L'IPOTESI DEL MALE

D o n a t o   C a r r i s

生死逆行

多那托・卡瑞西——著　吳宗璘——譯

國立停屍間的第十三號房，是保存沉睡者之地。

它位於地下第四層、也就是最底層，宛如地獄一角，不過，這是冰寒地獄，專門停放無名屍的區域，鮮少有人造訪。

然而，今晚卻有訪客獨自前來。

警衛在電梯口迎接訪客，他抬頭凝望，標示電梯樓層的面板亮光漸次遞滅，心覺納悶，不知這位意外訪客是誰，更詭譎的是，到底是誰會千里迢迢來到這個孤絕於世間生靈之外的偏僻邊界？

最後一個數字亮了。過了一會兒之後，電梯門才緩緩開啟，站在那裡的是某名約莫四十多歲、身著藍色西裝的男子。然後，警衛發現對方露出詫異表情，這是所有人初次到訪時都會出現的反應，因為映入眼簾的並非純白色磁磚與慘白螢光燈管，而是綠色牆面與橘色光源。

「這些顏色可以避免產生恐慌。」警衛解答了訪客心中的疑問，並交給他一件藍袍。

訪客默默穿上之後，兩人開始往前走。

「這層存放的屍體多為遊民與非法移民，」警衛說道，「沒有身分證明，沒有家人，斷氣之後就被送來這裡，集中在第一到第九號房。第十與第十一號房的就是和你我一樣會納稅會觀看電視足球賽的普通人，但卻在某天早上搭乘捷運的時候突然心臟病發身亡，旁邊有人假意幫忙，但其實真正目的卻是扒錢包，然後嘩啦！騙術得逞：那個人也就此在世間永遠消失。不過，有時候純粹是政府作業問題：某名公務員搞錯文件，家屬前來認屍，但看到的卻是另外一個人，彷佛你沒死，他們還在尋找你的下落一樣。」警衛想要來場震撼教育，但他卻不為所動。「然後，還有自殺或是意外事件：集中在第十二號房，有時屍體實在慘不忍睹，根本無法相信那原來是個人。」警衛自己泰然自若，但其實卻在測試這位訪客的忍受極限。他繼續流利背出法條，「反正，法律對這些屍體的規定一視同仁：必須放置冰庫十八個月以上。然後，要是無人認領，警方也無重啟調查的意願，那麼就會交由當局火化。」

此時，他的語氣變了，有些緊張不安，他準備要切到訪客至此夜探的真正目的。

「接下來，就是第十三號房的這些屍體。」

謀殺懸案的無名屍。

「根據法條，在確定謀殺案遇害者的身分之前、必須保全屍體作為證據，要是不能證明確實有受害者，那麼也無法將殺人犯予以定罪。如果找不出姓名，屍體就只是某起謀殺案的存在證據而已。所以它們沒有保存期限，這也成為律師們喜好的訴訟偏門技巧之一。」

法律明文規定，要是無法確定遇害致死原因，絕對不可毀損屍體，也不能任其自然腐化。

「我們稱之為沉睡者。」

這些無名男屍、女屍，以及童屍的背後元兇依然逍遙法外，他們殷殷期盼多年，希望有人能夠現身、讓他們能夠就此脫離宛如依然在世的魔咒。而這正像是某種悲慘童話裡的情節一樣，只能等待那個奇蹟字詞出現。

他們的名字。

收容他們的那個房間——第十三號房——位於走廊另一頭的最後一間。

他們走到了某道鐵門前面，警衛翻弄鑰匙，過了一會兒之後才找到正確的那支。他打開之後，退到一旁，讓訪客進入黑漆漆的房內。他才一跨進去，立刻觸動感應器，一排天花板黃燈也隨即亮起，正中央擺放了驗屍台。一面面的高牆排列了數十個儲屍格。

鋼製蜂巢。

「訪客必須簽名，這是規定。」警衛拿出登記簿，他變得焦躁不安，「你是對哪個有興趣？」

終於，訪客總算開口，「待在這裡最久的那一具。」

AHF-93-K999。

警衛早已熟記那組編號，一想到陳年懸案可能有解，讓他精神大振。他立刻走到附有那組編號的儲屍格把手前方，左邊牆面從底下數來的第三個，他向訪客指了一下位置，「在這些屍體當中，這一具呢，我們連當初出了什麼事都不清楚。某個星期六下午，有些小孩在公園裡踢足球，球飛進了樹叢，他們也就是在那裡發現了他，頭部中槍身亡，找不到身分證，也沒有鑰匙。他的面孔依然清晰可辨，但並沒有人撥打緊急電話尋找他的下落，也沒有任何失蹤人口的報案紀錄。現在，也只能等待警方追出兇手，但真相可能永遠無法水落石出，而這場犯罪惡行的唯一證據就是這具現存的屍體，所以法院才會裁定屍體必須要保留到破案的那一天，得以伸張正義。」他停頓了一會兒，「但是，多年過去了，他依然在這裡。」

警衛一直不明白，保留一個無人記得的刑案的證據，究竟有什麼意義。他一直覺得，這世界早在許久之前已然遺忘了第十三號房的這具無名住客。不過，現在聽到訪客的這個要求，他知道這幾公分之厚的鋼門背後所保存的秘密，絕對不只是某個身分而已。

「打開，我現在要看。」

AHF-93-K999。這是他多年來的名字，但也許現在狀況即將生變。警衛開啟氣閥、打開了儲屍格。

沉睡者即將甦醒。

米拉

證據編號397-H/5

[redacted]年九月二十一日早晨六點四十分錄音謄本
主旨：撥打到[redacted]的緊急求援電話，接線員：警員克拉拉．薩格多

接線員：這裡是緊急救援中心，你的地點是？
X：……
接線員：先生，我聽不見你的聲音，你的地點是？
X：我是傑斯。
接線員：你必須要提供全名。
X：傑斯．貝爾曼。
接線員：傑斯，你幾歲？
X：十歲。
接線員：你在哪裡打的電話？
X：家裡。
接線員：給我地址好嗎？
X：……
接線員：傑斯，可以給我地址嗎？

X：我家的地址是[redacted]。

接線員：好，發生了什麼事？你知道這是警方的電話吧？為什麼要打給我們？

X：對，我知道，他們死了。

接線員：傑斯，你剛才說「他們」死了？

X：……

接線員：傑斯，你還在線上嗎？誰死了？

X：嗯，他們都死了。

接線員：傑斯，你沒有在開玩笑吧？

X：阿姨，沒有。

接線員：可不可以告訴我出了什麼事？

X：好。

接線員：傑斯，你還在嗎？

X：對。

接線員：要不要告訴我事情經過？你可以慢慢講沒關係。

X：他昨天晚上來的，我們那時候在吃晚餐。

接線員：來的人是誰？

X：……

接線員：傑斯，是誰？

X：他開槍殺死了他們。

接線員：好，傑斯，我想要幫你忙，但現在你得先幫我一個忙，好嗎？

X：好。

接線員：你是不是說，有人趁你們在吃晚餐的時候闖進你們家，而且開槍殺人？

X：對。

接線員：然後他離開了，他並沒有殺你，你沒事，對嗎？

X：不是。

接線員：傑斯，你的意思是你受傷了？

X：我沒事，我的意思是他沒有走。

接線員：開槍的人還在那裡？

X：……

接線員：傑斯，拜託趕快告訴我。

X：他叫你們要過來，馬上過來。

電話斷線，錄音結束。

1

五點五十五分，街道開始有了生氣。

垃圾車沿街清理住家外那些宛如玩具士兵的成排垃圾桶，之後登場的是清理柏油路面的輪刷掃街車，過沒多久之後，園丁的小廂型車也出現了，草坪與車道的落葉與雜草全被清理得乾乾淨淨，籬笆也被修整到美觀高度。這些人完成了任務，離開現場，留下一片井然有序又寂靜的世界。

米拉心想，這片幸福之地，正準備要向它的幸福居民問安。

昨夜平靜，其實，這裡的每一個夜晚都非常寧靜。約在早晨七點鐘左右，所有的家戶開始慵懶甦醒，透過窗框，可以看到裡面的父母與小孩正歡欣鼓舞、準備迎接新的一天。

米拉把自己的現代汽車停在街尾、坐在裡面冷眼旁觀一切，她完全沒有妒意。她知道要是刮除那層鍍金表層之後，總會出現別的故事，由光亮與幽影組構而成的真實畫面，這是唯一能夠看到的情景，不過，其他時候，浮出的卻是黑洞，飢餓地獄吐出的臭氣讓你無法招架，而且，那幽深的底層似乎有人正在輕聲呼喚你的名字。

米拉·瓦茲奎茲太清楚黑暗的誘惑到底是什麼滋味。打從出生的那一天開始，她就一直在與黑暗共舞。

她開始扳手指，對左手食指不斷施壓，這股短暫的痛感正好帶給她足夠的刺激、讓她能夠保持專注。過沒多久之後，家家戶戶陸續打開大門，裡面的人準備離家迎接世界的挑戰——米拉心想，這種事對他們來說，一向是輕而易舉。

她看到康納一家人出門了。父親是律師，年約四十歲的纖瘦男子，微灰髮色突顯出他的曬色臉龐，一身完美灰色西裝。母親一頭金髮，依然保有年輕女子的身材與面容，米拉知道時間絕對不會在這女子身上留下任何痕跡。再來，是康納家的兩個女兒，老大已經在念中學，而小女兒——留著一頭捲髮——還在念幼稚園。她們完全就是父母的翻版，要是有任何人懷疑演化論，米拉只要讓他們看看康納這一家，就可以讓眾人疑慮盡消。他們長得漂亮，十全十美，顯然只會住在這樣的幸福之地。

康納律師吻別妻女後，進入自己的藍色奧迪Ａ6轎車，開車離去，追求自己的璀璨事業。而康納太太則發動某台綠色日產休旅車，準備要送兩個女兒去上學。等到他們全部出門之後，米拉才離開自己的舊車，準備闖進康納家的別墅——還有他們的生活。雖然天氣炎熱，但她還是選擇運動服作為掩護。現在不過是剛入秋的第一天而已，要是她穿T恤與短褲，身上的傷疤一定會招來側目。根據她從幾天前開始進行監控的紀錄數據，大約四十分鐘後，康納太太就會返家。她要在這四十分鐘之內、找出這個幸福之地是否藏有秘密。

康納家是她這幾個禮拜以來的研究對象，而這一切的開端純屬意外。

專門偵辦失蹤人口的警官不能只坐在辦公桌前、等待案件自己送上門。有時候，失蹤者沒有親屬，自然也不會有任何的報案紀錄。可能因為他們是外國人，或者刻意斷絕一切聯絡，再不然，就純粹是在世上已沒有任何家人。

米拉把他們稱之為「命定之人」。他們的周邊有一大片真空地帶，從來沒想過自己某一天會被其吞噬。也就是說，她必須先找尋切入機會，接下來才可能找到失蹤人口。她要在街頭四處走動，仔細尋訪那些黑暗如影隨形、對你死纏不放的絕望之地。不過，在充滿保護之愛的健康環境裡，也會發生失蹤事件。

比方說，小孩。

有時候——其實，應該說是經常發生——被磨人日常搞得恍神的父母，未能注意到某個微小但卻十分關鍵的改變，有外面的人在偷偷接近他們的小孩，但是他們卻渾然不覺。小孩發現自己成為某個大人的關注焦點時，通常會覺得忐忑不安，因為大部分的父母會給小孩兩種截然不同的意見、讓他們無所適從：要對大人友善，另一派則是不要跟陌生人講話。無論最後他們選擇的是哪種策略，終究得要隱藏部分真相。不過，米拉卻找到了一個能夠探索孩童生活狀況的絕妙途徑。

每個月，她都會造訪不同的學校。

她會請求校方許可，趁學生不在的時候、在教室裡四處走動，仔細觀察牆上的畫作。他們的想像世界隱藏在日常生活的元素中，裡面濃縮了孩童如海綿般吸收的秘密、以及常見的各種渾然無覺的情緒，然後，又透過畫作再次釋放出來。米拉喜歡參觀學校，尤其是那些東西的氣味——蠟筆、漿糊、新書、口香糖，能夠讓她產生一股奇特的平靜感，讓她覺得自己彷彿能夠永遠平安無事。

因為對成人而言，最安全的位置就是孩童時期流連的地方。

在某次訪視的時候，米拉在牆上的數十張畫作當中發現了康納小女兒的某張塗鴉。她在開學季隨意挑了間幼稚園，趁遊戲時段進了學校，小孩全在外頭玩耍。她在他們的小小世界裡徘徊不去，盡情享受後頭操場傳來的開心叫喊。

康納家小女孩所描繪的幸福家庭景象，讓米拉印象深刻。在某個美麗豔陽天，她的媽咪與爹地、姊姊，還有她自己，待在自家的前院草坪，四個人手牽手，不過，除了這一家人之外，卻多了一個突兀的東西，第五個人。她的心頭立刻湧現一股詭異的焦慮感，那似乎是飄浮物，而且沒有面孔。

鬼，這是米拉起初的想法。

她本來覺得算了，但繼續搜尋小女孩在牆上的其他畫作之後，她才驚覺每張畫裡面都有同一個幽影。

要說是純粹巧合，也未免太牽強了，她的直覺告訴自己，必須要深入追查。

米拉詢問了小女孩的老師，她非常熱心，也證實了這個類似鬼魅的東西已經持續了好一段時間。她說，根據她的經驗，這沒什麼好擔心的——親戚或認識的人死去之後，會出現這類的元素其實很正常，這是小朋友表達悲傷的方式。為了保險起見，這位老師還特地詢問了康納太太，雖然他們家最近並沒有親人過世，但小女孩最近常作惡夢，這可能是一切異狀的起因。

不過，米拉從孩童心理學家那裡得知，小孩經常會以虛幻角色的形體、描繪出他們所看到的真實人物，而且，也未必是負面角色。所以，雖然某個陌生人可能會是吸血鬼，但在他們的筆下隨隨便便就能變成友善的小丑甚或是蜘蛛人。不過，一定會有蛛絲馬跡顯現那個角色其實是真實存在的人。她想起了莎曼珊・赫南德茲的案子，小女孩曾經畫下那個每天在公園裡接近她的白鬍子男人，而他在圖畫中的樣貌成了聖誕老公公，但畫中的那個人前臂有刺青，實際狀況亦然，只不過沒人注意到這件事。所以，那個變態只不過佯裝要給她禮物，就順利將她擄走，並且殺害。

而康納家幼女的畫作之中，透露出的元素是重複性。

米拉深信這小女孩一定是被什麼東西給嚇到了。她必須找出是否有真人牽涉其中，最重要的是，必須確定對方不會傷人。

她遵循自己的例常行事模式，並沒有事先知會小孩的父母。純粹只是基於充滿不確定性的懷疑，實在沒必要讓他們受到無謂的驚嚇。一開始的時候，她只是默默監視康納家的小女孩，想確定她是否與住家外的人有接觸，或者，在遠離父母視線的少數場合，比方說待在托兒所或是去上舞蹈課的時候，出現類似的狀況。

她並未發現有哪個陌生人特別關注這個小女孩。

看來是她多疑了，遇到這種結果也在所難免，要是浪費了二十天埋頭苦幹，最後不過是虛驚一場，她也不會放在心上。

不過，為了確保萬無一失，她也決定要走一趟康納家大女兒的學校。她的畫作裡沒有任何異狀，但在某份老師指定的作文作業之中，卻隱藏了詭異情節。

這女孩寫出的是恐怖鬼故事。

這很可能只是姊姊的幻想而已，然後，也影響到了她的小妹妹。或者，這也可能證實了這絕非虛幻角色，而米拉之所以還沒有看到任何可疑人士，搞不好是因為對方其實相當貼近這兩姊妹，遠超過她當初的想像。

換言之，這號危險人物不是陌生客，而是住在屋內的某個人。

所以她決定要深入探究，仔細查看康納家的內部狀況，她的角色也必須有所轉換。

本來在追尋小孩的下落，現在，她得追查的是鬼魂的行蹤。

將近早上八點，米拉將連接MP3的耳機戴好，她根本沒開音樂，純粹只是為了要佯裝為晨跑者，然後，迅速跑過康納家車道外的人行道。就在快要接近大門口的時候，她轉向右側，繼續沿著這棟住家的側邊前進，到達房屋後方。她試了一下後門，然後又把腦筋動到窗戶上頭，但全都鎖得死死的。要是她發現哪裡沒關好、又正好有人看到她闖入屋內，那麼她就可以辯稱是因為懷疑有盜匪行竊，所以才會入內查看。但這種說詞還是說服力不足，而且她很可能因此受到懲處，但至少還有機會全身而退。不過，現在她若是想要強行破鎖進去，這樣的風險不但沒有意義，而且相當愚蠢。

她再次思索自己為何特地前來這一趟。直覺是無法解釋的，所有的警察都明白這一點，不過，米拉的狀況卻不是如此，她的內心總是有一股無法抵擋的衝動，慫恿她越界。即便如此，她也不能直接去敲康納家的大門，劈頭丟出這種話，「嗨，我發覺你們家有狀況，兩位千金有危險，因為她們身邊有鬼，不過，那其實是活生生的人啊！」所以，她和以往一樣，不安感還是戰勝了理智：她回到後門，硬是闖了進去。

空調的強勁力道，立刻朝她撲來。廚房裡的早餐碗盤還沒有清理，而冰箱門上貼滿了度假紀念照與優秀的學校作業。

米拉從運動衣口袋裡拿出了黑色塑膠袋，裡面有個尺寸宛如鈕釦的迷你相機，上頭還有條突出的傳輸線。感謝無線網路，讓她可以從遠端監看這個家庭裡的狀況，現在，只需要找到安裝的最佳地點就是了。她看了一下手錶，隨即開始搜尋屋內的其他地方。時間不多，乾脆直接鎖定家庭活動的主要場所。

客廳裡除了沙發與電視機之外，還有一座嵌有石楠木的書櫃。裡面除了書籍之外，還有康納在律師生涯中所拿到的各種證書、以及服務社區所獲得的獎狀，他是廣受大家敬重的現代好公民。櫃架上還有溜冰獎杯，是他們的大女兒贏得的榮耀。米拉心想，能與家中另外一名成員共享展示功績的空間，這想法的確很棒。

壁爐架上有康納洋溢幸福微笑的全家福照片，一家四口都穿著同款的舒適紅色聖誕應景毛衣，顯然這是他們家的某項傳統。米拉永遠沒辦法擺出這種姿勢照相，她的生活太與眾不同了，本身亦然。她立刻把頭別到一旁，這種畫面讓她難以承受。

米拉決定上樓一探究竟。

臥室裡的床鋪都依然一片凌亂，等待康納太太歸來，她放棄了自己的事業，全心奉獻家庭，照顧女兒。米拉只是瞄了一下兩個小女孩的房間，而主臥室裡的衣櫥也是敞開的，她在康納太太的衣物前徘徊不去，幸福母親的生活誘引出她的好奇心。米拉的情感全被閉鎖在自己的內心世界，所以她無從得知那到底是什麼感受，不過，她當然可以發揮想像力。

丈夫、兩個女兒，鳥巢般舒適又安全的家。

米拉一時忘記了這次的搜尋目的，注意到衣架上的那些衣服尺寸各有不同，顯然就算是美女也會有發福的一天。米拉從來沒有這種困擾，她一直很苗條。從康納太太企圖掩飾贅肉而刻意挑選的那些寬鬆衣物看來，她一定覺得恢復完美身材困難重重。

米拉突然驚覺自己行為失當，她已經完全失控。她不但忘了追查危險人物，自己反而成為這個家庭的潛在威脅。

侵入私密生活空間的陌生人。

她也失去了時間感：康納太太很可能已經在回家的路上了。所以她當機立斷，客廳就是安置小型攝影機的理想地點。

最佳位置就是這一家人擺設獎章的書櫃。她拿出雙面膠，小心翼翼將器材藏匿在裝飾品之間。不過，就在她忙著動手的時候，她眼角餘光的右側卻注意到某個紅點，彷彿壁爐架上方的牆面有個不停閃爍的紅燈。

米拉放下手邊的工作，轉身，再次盯著那張聖誕節全家福，剛才她因為心中湧起一股奇怪的妒意，所以只是匆匆一瞥。現在，她終於凝神細看，發現這美好和樂的圖像中有諸多破綻。尤其康納太太眼眸中的那股死寂，宛如荒屋之窗。而康納先生也讓人覺得是在強顏歡笑，而他摟住妻女的模樣並不像是在護衛，反而比較像是宣示主權。照片中還有其他的異狀，但米拉也說不上來到底是什麼，反正，在康納全家這張假面幸福照之中，就是有哪裡不對勁。然後，她看到了。

小女孩是對的，他們之間確實有鬼。

照片中的背景並非擺滿獎章的書架，而是一道門。

2

鬼通常都躲在哪裡？

不會被打擾的暗處，例如閣樓。或者，就像是這起案件一樣，待在地窖。米拉心想，喚醒鬼魂，這種吃力不討好的工作，自然是我的職責。

她低頭望著木地板，現在才注意到有刮痕，顯然有人經常在挪動這個書櫃。她走到櫃子旁邊，望著後面，果然有道暗門。她把手伸入隙縫，使勁一拉，這家人的紀念品開始匡啷作響，書櫃也顛危前傾，但米拉還是努力喬出能夠容身而過的空隙。

米拉開了門，晨光瞬間奔流進隱密的地穴。但她反而覺得被裡頭的黑暗之氣迎面痛擊。這道門貼有隔音材質，可能是為了要防止別人聽到裡面的噪音，或是擔心聲響傳進去。

往下一看，在兩面粗糙水泥牆之間，有道通往底層地窖的樓梯。

她從運動衣外套口袋裡拿出手電筒，開始往下走，她進入高度警戒狀態，肌肉緊繃，隨時備戰。

米拉越來越接近底層，樓梯轉向右方，接下來應該會進入地窖的主體區域。到達梯底之後，她進入被黑暗籠罩的巨大空間中，米拉立刻將手電筒對準家具，以及其他不該出現在此的物件，換尿片檯、嬰兒床、遊戲圍欄，而且欄內傳出了一陣規律的聲響。

生物發出的聲音。

她走過去，刻意放慢腳步，以免驚擾到那正在沉睡的生物。它的裝扮的確宛如鬼魅，以床被裹身，背對著她，還有隻小小的腿露了出來，看起來是營養不良。缺乏光線，讓成長速度更加遲緩，肌膚蒼白，一歲左右吧。

她必須要親手碰觸，確定它是真正的生物。

康納太太的飲食失調症狀，還有她的假笑，都與這個小小的生物息息相關。她先前不是變胖而已，她是懷孕了。

手電筒的光驚醒了那坨小東西，它開始蠕動，轉身面向米拉，懷中還抱著布娃娃。米拉以為它馬上要哇哇大哭，但它卻只是盯著她，露出甜笑。

這個鬼有雙大眼睛。

它伸出兩隻小手，想要被人擁入懷中，米拉也就順了它的意。這小東西立刻使出全力、緊扣她的脖子，想必一定感覺到米拉是過來救它的。米拉發現這裡雖然環境惡劣，但小寶寶卻很乾淨，一直被照顧得很好：這是在愛與仇恨之間擺盪——存於善惡之間的某種矛盾。

「她喜歡被抱抱。」

小女孩認出了那個聲音，歡喜鼓掌。米拉轉身，康納太太正站在梯底。

「他和別人不一樣，他總是喜歡掌控一切，我竭盡努力，就是不想讓他失望。當他發現我懷孕的時候，他並沒有抓狂。」她明明講的就是她先生，但就是避免提到他的名字，「他從來沒問過我父親是誰。我們的生活原本應該很美滿，但我卻破壞了他的計畫，這才是他真正惱怒的原因，他氣的並不是我出軌。」

米拉不發一語，站在那裡盯著她不放，不知道該如何看待這個女人。她沒有動怒，甚至連看到有陌生人入侵也不覺得詫異，彷彿她已經期待多時。也許，她也想要獲得自由吧。

「我請他讓我墮胎，但他不肯。他逼我秘密懷胎，不准讓任何人知道。在那九個月當中，我一直以為他想要留住這寶寶。然後，有一天，他把我帶到地窖、讓我看到他特意改裝之後的成果，那一瞬間，我才恍然大悟。憎恨對他來說還不夠，真的，他必須要處罰我。」

米拉感覺自己的喉中凝結了一股怒氣。

「他逼我在地窖生小孩，而且繼續把她關在這裡。我一直告訴他，就連現在也依然沒放棄，我們可以把她留在警局或是醫院外面——不會有人知道的，但他就是不肯理我。」

小女孩在米拉的臂膀裡微笑，似乎完全不受到任何侵擾。

「有時候，他晚上不在這裡，我會把她抱上樓，讓兩個熟睡的姊姊看到她的模樣。我猜她們應該有感覺到我們兩人現身，但可能以為只是一場夢。」

米拉想起了小女孩的畫作與童話故事中的那個鬼，她不禁心想，或者，應該說是一場惡夢吧。她覺得自己聽不下去了，隨即走向圍欄，拿起那個布娃娃，想要盡快離開現場。

「她名叫『娜』，」那女子繼續說道，「至少，她是這麼喊那個布娃娃的，」她停頓了一會兒，「要是我連女兒最喜歡的娃娃名字都搞不清楚，我又算是哪門子的母親？」

那妳又為自己的女兒取名字了嗎？米拉雖然憤怒，但終究沒把這句話說出口。外面的世界根本不知道有這個小女孩，要是她沒有闖進來的話，這起事件會如何收尾，自然也不難想像。沒有人會去追蹤某個不存在的小女孩。

那女子看出了米拉眼眸中的仇惡，「我知道妳在想什麼，但我們不是殺人兇手，我們沒有危害她的性命。」

「是沒錯，」米拉回道，「你們在等她自己斷氣。」

要是我連女兒最喜歡的娃娃名字都搞不清楚，我又算是哪門子的母親？

當她待在車子裡的時候，心中一直反覆思索這個問題，而浮現的答案總是一模一樣。

我也沒比她好到哪裡去。

每當這股自覺浮出心頭的時候，就宛如同樣的傷口一再慘遭撕裂。

3

十一點四十分，她步入了靈薄獄。

這是大家對於聯邦警務總部失蹤人口處的暱稱。它位於西翼的地下室，距離大門口超遠，從它的位置與名稱看來，根本沒有人在意這個單位。

首先，迎接她的是老舊空調的持續隆隆聲響，還有陳年菸味——這是在尚未禁菸的舊時代所留下的傳奇氣息——以及從地底冒升的潮氣。

靈薄獄裡有好幾處隔間，還有個儲藏舊報紙與證物室的低層樓板。這裡共有三間辦公室，除了留給處長的那間之外，每一間各有四張辦公桌。不過，最大的那個空間，卻是當你進去時第一個映入眼簾的地方。

等候區。

對許多人來說，這裡就像是路的盡頭。一走進去之後，你會發現三件事。第一，空曠，完全沒有家具，回音在這個空間裡自由迴盪。第二，幽閉感，雖然有挑高天花板，但完全沒有窗戶，而唯一的照明就是灰撲撲的螢光燈管。第三，你會看到現場有數百雙眼睛。

牆壁上貼滿了失蹤人口的照片。

男人與女人，年輕人與老人，小孩，讓人一開始大感震撼的就是小孩的照片。米拉從很久以前就在思索箇中原因，後來，她才發覺他們之所以如此突出，正是因為他們的照片引發出一股不公不義的情緒，令人惴惴不安。小孩不會自願消失，想當然耳，一定是有某個大人擄走他們、將他們硬是拖入某個隱形空間。

但是，小孩在這些牆面上並沒有享受任何特殊禮遇，他們的臉孔與其他人排在一起，完全依照時間順序。

這面沉默之牆的所有居民一律平等，不會因為種族、宗教、性別，或是年齡而有任何差別。這些照片只不過是他們失蹤前的近照，可能是生日派對上隨手拍下的照片，或是從監視器影帶擷取的某個定格畫面。他們可能笑得無憂無慮，甚至根本不知道自己被拍了下來。最重要的是，沒有人會想到這將成為最後一次的留影。

從外人的角度看來，少了這些人，世界依然繼續運轉。但他們不會被拋棄的，靈薄獄裡的人絕對不會忘了他們。

「他們不是人，」米拉的主管史蒂夫總是這麼說，「他們只是我們工作的處理對象而已。要是你不這麼想，一定沒辦法在這裡久待。畢竟，我已經在這裡二十年了。」

但米拉沒辦法把這些人當成「我們工作的處理對象」。在其他部門，他們會被稱之為「受害者」，某種泛稱式的字彙，純粹表示他們遭受了某種暴行。米拉那些在靈薄獄之外的同事一定不知道，能夠擁有那樣的字彙是多麼幸運的事。

就失蹤案而言，承辦警官無法立刻判斷失蹤者是否真為受害人，抑或是自願人間蒸發。

這些在靈薄獄工作的人，其實並不知道自己在調查的是什麼案子，有可能是綁架，謀殺，或是離家出走。這些在靈薄獄工作的人，並不會得到正義的饋賞，他們的辦案動機並非是抓到歹徒，他們必須因為有機會挖掘出真相就能感到心滿意足。對一切存疑，很可能會成為某種偏執——這種狀況，不只出現在摯愛失蹤、一直耿耿於懷的那些人而已，就連靈薄獄裡的警察也不例外。

米拉對此感觸極深。她在這裡的前四年，曾經有位名叫艾瑞克．溫切恩提的同事，個性安靜有禮，他告訴過她，女人要求與他分手的理由都一模一樣，因為，只要他帶她們出去用餐或是小酌，他的目光總是駐留在其他桌的客人或是來來往往的客人。「我女友跟我講話的時候，我總是心不在焉。其實我也很想要專心聆聽，但就是沒辦法。其中一個還警告過我，跟她出去的時候不准再盯著其他女人了。」

米拉想起艾瑞克．溫切恩提講出這段話時的淺笑，他略帶沙啞的細小聲音，還有他點頭的方式，宛如聽到這種話他也只能無奈以對，現在說出來也就是個陳年笑話罷了。不過，他卻轉趨嚴肅。

「我四處尋訪他們的下落，永不停歇。」

這些話讓她突然一陣顫慄。自此之後，那股悸動再也沒有從她心頭消失。

三月的某個星期天，艾瑞克．溫切恩提失蹤了。在他的單身公寓裡，床鋪得整整齊齊，鑰匙放在門廳的小桌上面，衣服全掛在衣櫥裡。他們找到的唯一照片，是他與兩名老友的合照，他笑容滿面，展示剛才釣到的鯰魚。最後，這張臉孔也與其他失蹤者一起陳列在東邊的牆面。

「他再也承受不住了。」這是史蒂夫的判斷。

米拉心想，是那個黑暗世界帶走了他。

她走向自己的辦公桌，又瞄了一眼艾瑞克・溫切恩提的桌面。他失蹤兩年了，但一切原封不動，這是他留下的最後痕跡。

所以，現在靈薄獄只剩下兩個人在工作。

在總部的其他單位，許多員警必須像沙丁魚一樣擠在辦公室，而且得要想盡辦法達到上級要求的工作績效標準。但這裡沒有。她與處長史蒂夫有充分的空間可以自由活動，而且也不需要向任何人解釋自己的辦案方式、或是必須保證工作績效。任何有一丁點野心的警官都不會想要待在這個單位——當牆上那一起起懸案的主角一直盯著你的時候，對光明未來的期盼也會逐漸褪逝。

不過，七年前，當米拉偵破了當時的某起空前重大刑案、獲得擢升的時候，她卻刻意挑選了靈薄獄。她的長官們都嚇了一大跳：大部分的人都覺得要把自己埋葬在這個洞穴裡，未免太不合理了。不過，米拉卻十分堅持。

她已經脫去早晨為偽裝所套上的運動衣，換上了平常的穿著——樸素的休閒上衣、深色牛仔褲、搭配運動鞋——然後，她坐在電腦前，開始撰寫康納事件的報告。那個根本連名字都付之闕如的鬼魅女孩，已經交給了社福部門。警方派兩名女性心理學家搭乘警車到學校、接回她的兩個姊姊。康納太太已經遭到逮捕，米拉也知道他們立刻趕到她先生的辦公室抓人。

就在她等待自己的古董級電腦啟動的時候，一整個早上縈繞心頭的那句話又出現了。

我也沒比她好到哪裡去。

她抬頭，看著史蒂夫辦公室的門，通常是敞開的，但也不知道為什麼，現在卻大門緊閉。就在她心生困惑的時候，門開了，處長探頭出來。

「哦，妳在啊，」他開口說道，「進來一下好嗎？」

她還來不及發問，他就不見了，只留下半敞的門等她進來。她起身，快步走過去，就在她靠近辦公室的時候，聽到了斷斷續續的交談聲，裡面不止一個人在說話。

從來沒有人來過靈薄獄。

不過，顯然今天史蒂夫身旁還有別人。

4

想必訪客特地前來，必有重大事由。

他們樓上的同事總是對靈薄獄近而遠之，宛如這裡被下了咒，到了這裡會倒楣一樣。它就像是他們良心的污點，寧可遺忘的一部分。或者，大家都擔心會被吸入等候區的牆壁裡面，動彈不得，求生不得求死不能。米拉推開辦公室大門，史蒂夫坐在辦公桌前，對面坐了一個男人，肩膀十分厚實，咖啡色的西裝外套簡直像快要綳開了一樣。他變胖了，髮線後退，領帶不但沒有讓他看起來更稱頭，反而像是快要讓他窒息了一樣。不過，米拉一眼就認出了克勞斯·波里斯的誠懇微笑。

他起身，走到她的面前，「瓦茲奎茲，一切都好嗎？」他本來想要擁抱米拉。隨即想起她不喜歡被人碰觸，彆扭地放下了雙手。

「我很好，」她趕緊開口化解尷尬，「你變瘦了。」

波里斯爆出大笑，又拍了拍自己的大肚腩，「我能怎麼說呢？」

米拉心想，他已經不是昔日的那個波里斯了。現在的他早已成婚，還生了兩個小傢伙，而且他也升上了探長，成了她的長官。這也是她懷疑對方此次前來並非是為了客套寒暄的另一個原因。

「『法官』要對妳今天早上的破案成果表達祝賀之意。」

米拉心想，是「法官」啊。要是這個單位的最高長官會關切靈薄獄某名警官的工作表現，那就表示事有蹊蹺。只要是他們查出與謀殺有關的失蹤案件，就會自動被轉到兇殺刑案組，一旦他們破案的話，就會攬下全部的功勞。

論功行賞，完全輪不到靈薄獄。

康納的案子，亦是如此。而米拉得到的回報是，他們對於她的非典型辦案手法就睜一隻眼閉一隻眼了。犯罪偵查小組十分樂意繼續接手調查，畢竟這就只是一起綁架案，十分單純。

「『法官』派你來告訴我這件事？為什麼不直接叫我過去就好？」

波里斯再次哈哈大笑，但這次的笑聲很勉強，「我們何不放輕鬆一點？」

米拉瞄了一下史蒂夫，她想要搞清楚這到底是怎麼一回事，但處長卻刻意迴避與她四目相接，現在他沒有立場講話。波里斯往後一靠，示意米拉坐在他對面，她卻轉身關門，依然站著。

「波里斯，別鬧了，到底出了什麼事？」她劈頭直接開問，根本沒看他。她終於面向他，看到他的前額出現了一道深紋，屋內的燈光宛如在不知不覺的狀況下突然變得黯淡。米拉心想，這才是重點，好，客套時段已經結束了。

「我接下來要告訴妳的事，屬於高度機密，我們不想讓媒體知道。」

史蒂夫問道，「為什麼要這麼小心？」

「『法官』已經下令全面噤口，只要是聽到案情的人，都會有正式紀錄，所以萬一消息走漏的話，一定可以追查到源頭。」

米拉心想，這不是單純告知消息而已，而是某種隱藏式的威脅。

「也就是說從此時此刻開始，我們兩個已經被列入名單，」史蒂夫回道，「到底發生什麼事了？」

波里斯沉默了好一會兒，「今天早上六點四十分，郊外的某間警察局接到了報案電話。」

米拉問道，「在哪裡？」

波里斯雙手一攤，「別那麼急，先聽完整個故事吧。」

米拉在他對面坐下來。

波里斯把雙手放在大腿上，彷彿講述案情會讓他元氣大傷，「打電話報案的是名叫傑斯・貝爾曼的十歲男孩。他說有人在晚餐的時候闖入他們家，對大家開槍，每個人都死了。」

米拉頓覺室內的光線變得更加黯淡了。

「他給我們的住址是位於山區的某間豪宅，距離最近的城鎮也有二十五英里之遠。屋主是湯瑪斯・貝爾曼，創辦了同名藥廠，同時也擔任公司的總裁。」

「我知道這家公司，」史蒂夫回道，「他們生產降血壓的藥。」

「傑斯是他們家最年幼的小孩，他還有一個哥哥與姊姊：克里斯與麗莎。」

波里斯使用的是過去式，米拉腦中的紅燈也立刻亮起，她知道讓人難受的那個段落即將到來。

「分別是十六歲與十九歲，」波里斯繼續說道，「貝爾曼的妻子名叫辛西亞，四十七歲。當地警察抵達現場查看的時候……」他停頓了一會兒，目光充滿憤怒，「好，也不需要拐彎抹角，男孩說的沒錯，這是一場屠殺。除了傑斯之外，每個人都死了。」

「為什麼會這樣？」米拉的語氣充滿哀傷，連她自己都嚇了一跳。

「我們研判兇手與一家之長有嫌隙。」

米拉皺眉問道，「為什麼會這麼說？」

「因為最後一個被殺害的是他。」

兇手之所以這麼做，背後的殘忍目的可想而知。湯瑪斯・貝爾曼一定知道自己摯愛的家人即將斷氣，讓他更加痛苦萬分。

米拉問道，「這個小男孩是不是躲起來了？」她強作鎮定，但其實這一段短短的犯罪實況已經讓她全身顫慄不止。

波里斯笑了一下，露出不可置信的神情，「這名兇手放了他一馬，讓他可以打電話報警、向我們說出事發經過。」

史蒂夫問道，「你是說，他打這通電話的時候那個畜牲也在旁邊？」

「他想要確定我們知道出事了。」

米拉心想，極端恐怖的暴力行為，而且渴望獲得矚目。這是某種特殊類型殺人犯——屠殺式兇手——的標準行為模式。

屠殺式兇手比連續殺人魔更加難以令人捉摸，而且也更危險，不過，媒體與社會大眾卻常常搞不清楚這兩者之間的差別。連續殺人魔會等待一段相當長的時間之後才會繼續犯案，而屠殺式兇手卻是精心籌劃、要狠狠一次屠殺多人——就像是被炒魷魚的人又回到工作場所殺光同事，又或是拿著突擊步槍到校、殺光老師與同學的學生，宛如把屠殺當成了一場電玩遊戲。

他們的動機都是憎恨。反政府、反社會、反威權，或者純粹就是反人類。

連續殺人魔與屠殺式兇手之間最大的差異就在於，幸好，有機會可以阻止連續殺人魔繼續橫行——你可以把他們銬起來，在逮捕之後盯著他們的雙眼、在他們面前說出「一切結束了」這樣的話，整個過程大快人心。不過，想要阻止屠殺式兇手卻沒那麼簡單，他們心中早已設下了既定的冤魂數目，不達目標絕不終止。他們會利用自己的屠殺武器、留一發自我解脫的子彈，再不然，就是蓄意讓警方射死自己，作為最後的一次違抗行動。但警方總覺得自己太晚到，因為兇手已經完成了既定的目標。

帶著其他生靈、與他一起同赴黃泉。

要是沒辦法逮捕行兇者、將其繩之以法，那麼，那些受害者就會隨著他一起消失，被眾人所遺忘，徒留世人的怒火，以及無意義報復的空悲感。殺手就是要運用這種方法、連警方為死者行使正義的慰藉機會也想要剝奪殆盡。

米拉心想，但這個案子似乎並非如此。要是兇手在最後自殺身亡的話，波里斯應該老早就告訴她了。

「他還活著，但天知道他跑到哪裡去了，」波里斯彷彿有讀心術一樣，「反正他活得好好的，隨身攜帶武器，恐怕還沒完沒了。」

史蒂夫問道，「你知道這個變態是誰嗎？」

波里斯避而不答，「我們知道他穿越樹林、進入屋內，而離開時也選擇的是相同路徑，此外，我們也發現他使用的是大毒蛇半自動步槍與左輪手槍。」

聽起來差不多就是這樣了，但是米拉卻覺得波里斯講述的案情似乎有缺漏，有些事他就是不肯說，正是因為有這樣的隱情，難怪他會特地下來造訪靈薄獄。

「『法官』希望妳能到現場看一下。」

「我不要。」

她脫口而出的速度之快，連她自己都嚇了一大跳。就在那一瞬間，她看到了四具屍體、濺滿鮮血的牆壁，還有流了一地的紅色油亮液體。她也聞到了那股氣息，那股臭味似乎認得你，而且對著你哈哈大笑，揚言你也終將一死，而且也會散發出同樣的臭氣。

「不要，」她又重複了一次，而且這次態度更加堅決，「抱歉，我愛莫能助。」

「等等，我不懂，」史蒂夫說道，「為什麼米拉得要過去？她不是犯罪專家，更不是側繪人員。」

波里斯沒理會處長，繼續對米拉說道，「兇手早有計畫，可能會馬上再次犯案，將會有更多無辜者喪命。我也知道，我們對妳提出的這個要求也太沉重了。」

她已經有足足七年不曾踏入任何的犯罪現場。妳是他的，妳屬於他所有，妳知道妳會喜歡……「不要。」她說了第三次，黑暗世界傳來的那股音浪終於完全噤聲。

「等到我們上樓之後，我會把一切解釋清楚，我保證，絕對不會超過一個小時。我們認為——」

史蒂夫不以為然，爆出大笑，「自從你進來這間辦公室之後，你所使用的代名詞一直是複數。我們決定，我們認為……拜託，大家都心知肚明，這全都是『法官』的想法與決定，而你來到這裡只是傳達旨意而已。好，所以這到底是怎麼一回事？」

蓋斯．史蒂夫阿諾波洛斯——大家為求省事，總是直接喊他史蒂夫——是個聰明機靈的老警察，年紀大到已經快可以退休了，所以他現在根本不在乎自己出口傷的到底是誰。米拉之所以喜歡他，就是因為他雖然看起來總是循規蹈矩，不想觸怒任何人，總是說該說的話、做該做的事，但他卻會在大家最意想不到的時候，流露出他的真性情。波里斯聽到史蒂夫講出的話之後所露出的那種詫異神情，其實米拉先前早已見識過許多次了。

現在，史蒂夫一臉促狹，面向米拉，「我現在是不是應該踢一下這位探長的屁股？把他送回樓上？」

米拉沒有回他，只是慢慢轉向波里斯，「你們有完整無缺的犯罪現場，已經提供了絕佳的辦案線索。而且你們甚至還有證人，貝爾曼的兒子，我相信你們早已經畫好了嫌犯繪像。也許你們還沒有辦法掌握犯罪動機，但查出真相一點也不難：類似這種案例，通常都是因為尋仇之類的原因，而且，聽起來也沒有任何人失蹤，所以這到底與我們靈薄獄有什麼關聯？又為什麼一定要找我？」米拉停頓了一會兒，「你之所以會到這裡來，一定是與兇手的身分有關……」

她講完這番話之後，等待波里斯沉澱、做出回應。不過他這次全程保持沉默，表情木然。

史蒂夫還是不肯放手，「你們追查不到他的身分，對不對？」有時候，其他部門會向他們請求這樣的協助，找出某張臉孔的姓名：要是他們找不到兇手，至少還挖到個名字。「你們之所以需要米拉，就是因為萬一無法抓到他、讓他得以再次行兇的話，至少可以怪罪在靈薄獄頭上，這種吃力不討好的事就丟給我們，是不是？」

「處長，你搞錯了，」波里斯終於打破沉默，「我們知道他是誰。」

這句話讓米拉與史蒂夫都嚇到了，兩人都不知該說什麼是好。

「他名叫羅傑．瓦林。」

米拉腦袋裡立刻湧入一長串資料，前後排序沒有特殊意義。會計，三十歲，母親罹患重病，一直照顧母親到她過世之後，沒有其他親人，沒有朋友，嗜好是收藏手錶，個性溫和，低調，邊緣人。

米拉的心瞬間飛出辦公室，進入了等候區的那一道走廊，她站在左手邊的那道牆前面，來回掃視，終於找到了他。

羅傑．瓦林。削瘦的臉龐，淡漠的神情，頭髮已有少年白。這是當初他們好不容易才找到的唯一照片，出入辦公室的工作證大頭照——淺灰色西裝、條紋襯衫、綠色的領帶。

在某個十月的早晨，他莫名其妙人間蒸發。

那是十七年前的事了。

5

長路環抱山陵。

車子不斷上行，將充滿煙塵的城市拋在後頭，景色也開始跟著轉變。空氣變得更加清新，高聳冷杉舒緩了夏末的殘留熱氣。

窗外的太陽正在樹梢之間大玩捉迷藏，閃動的陰影不時投射在米拉筆電螢幕的檔案上面：也就是羅傑·瓦林的檔案。米拉到現在還是很難相信，靈薄獄照片裡的那個憂容會計，居然會犯下這種殘暴惡行。他就與大部分的屠殺式兇手一樣，完全沒有前科紀錄。在毫無預警的狀況下就出事了，宛如突然被引爆。瓦林以前從來沒有觸犯過法律，自然也不會留下任何刑事資料。

所以，他們到底怎麼確定是他？

米拉先前曾經詢問過波里斯這個問題，而他只是請她稍安勿躁，因為一會兒之後，她就會明瞭一切。

波里斯開的是無塗裝的警用小轎車，她好納悶，為什麼要這麼小心翼翼？在她心頭所浮現的各種答案，只是讓她更加焦慮不安。

要是背後原因如此可怕，那麼她也不想知道。

這七年來，她一直在學習要如何在「低語者」一案[1]的陰影之下、繼續過生活。

她依然會有夢魘纏身，但不是在夜晚的時候，其實只要她一入睡，一切就消失無蹤。然而在白晝時分，她有時候會突然感到一陣恐懼，覺得背後有東西出現，宛如貓咪感知危險的天生本能。等到她發現自己根本無法擺脫那些記憶後，她也找出了妥協的方法，也就是說，為自己訂下幾條必須嚴格遵守的規則。第一條，也就是最重要的一條。

絕對不要說出那個惡魔的名字。

不過，在今天這個早晨，米拉卻必須違背自己訂下的另外一條規定，因為她曾經立誓再也不要親眼見到任何犯罪現場。她擔心自己目睹暴力跡痕之後，不知道會產生何種情緒，她努力說服自己，其實妳的感受就會和大家一樣，但她內心卻傳來遙遠的呼喊，告訴她根本不是如此。

妳是他的，妳屬於他所有，妳知道妳會喜歡——「就快到了。」波里斯開口，終於讓她的心咒消失無蹤。

米拉點點頭，拚命掩飾侷促不安。她轉頭面向窗外，恐懼感變得更加強烈：兩名帶著測速器的員警正在監測往來車輛的速度，這都是在演戲，他們的真正任務是要守護前往犯罪現場的通路。小轎車經過了那兩名員警的面前，他們也以眼神示意。波里斯又往前開了好幾公尺之後，轉進某條狹路。

地面顛簸，兩側樹枝交織成一道似乎要封閉車行的隧道。樹林伸出枝椏，在他們經過的時候假意好心輕撫，彷彿像是某個天生不懷好意的惡人。不過，等到他們穿過森林拱門之後，映入眼簾的卻是浸沐在陽光之中的某處空地，他們也萬萬沒想到，駛離樹蔭區之後，豪宅就矗立在他們

❶ 詳見本書作者前作《惡魔呢喃而來》。

的面前。

這是錯層式的三層建築，除了具有當地山區典型小屋的特色——斜面屋頂與裸露原木——也混搭了現代設計風格。架高式遊廊的周邊裝設了玻璃窗。

米拉的第一個念頭，有錢人的豪宅。

下車後，她開始四處張望，這裡一共停了四台汽車，還有鑑識部的廂型車，全部都是沒有塗裝的警用車，的確是大陣仗。

兩名警官走到波里斯面前，向他打招呼，同時報告最新狀況。她沒有在聽他們在說些什麼，只是跟在後面，登上通往大門的石階，與他們維持好幾公尺之遠的距離。

剛才在驅車前來的過程中，波里斯也向她交代了屋主背景，湯瑪斯・貝爾曼原本是醫生，後來創設了藥廠，成功發跡，自此轉型為商人。他年約五十歲，自始至終只有這一段婚姻，兩人共生下三名子女。這個一生好命的男人，最後卻死得這麼淒慘，米拉想不出來還有什麼比這更可怕的死法：看到全部的家人都被殺害之後才身亡。

波里斯在催促她，「快進來啊。」

米拉這才驚覺自己一直杵在門口。在這個有大壁爐的寬敞客廳裡，站了至少二十名警察，現在全都突然面向她。他們認得她，她也猜得出來他們到底在想什麼。現在的狀況好尷尬，但她的雙腿十分固執，就是不肯往前。她低頭看著雙腳，彷彿像是別人的一樣。要是我決定這麼做，就不能三心二意了，只要我跨出這一步，就再也不能回頭了。那個心咒再次出現，讓她充滿恐懼。妳是他的，妳屬於他所有，妳知道妳會喜歡……妳即將看到的景象。米拉自言自語，從記憶裡挖出了那一句話、將它填滿。

她讓自己的雙腳開始移動，進入了屋內。

有種屠殺式兇手的次類型，讓所有的警察都避而遠之，也就是大家所熟知的瘋狂殺手。他們會在相當短的時間之中、連續發動數起屠殺事件，羅傑．瓦林這次犯案，可能就是這種狀況。然而，此時此刻，逝去的分分秒秒卻對他們極其不利，難怪豪宅裡有一股怒氣與無力感。米拉望著同事忙進忙出，她提醒自己，要記得，能為死者做的也就這麼多了。

羅傑．瓦林爆發的那股恨意，在屋內留下了某種回聲，就像看不到的雷達，影響到後來進來的那些人。

他們渾然不覺，但其實每個人都因為憎恨而變得越來越病態。

兇手自己的殺機，八成也是因為心中湧現同樣的感覺，而且讓他的偏執越來越嚴重，終於，他揹起突擊步槍，那充滿節律的清晰噪響緩解了他心中不勝其擾的魔音，也驅策他要對自己所承受的羞辱與委屈、展開報復行動。

主要的殺戮現場在樓上，在她上樓之前，他們給了她塑膠鞋套、乳膠手套，還有髮帽，米拉準備好了，同時發現有名同事把手機交給了波里斯。

她聽到他在對另外一頭講話，「對，她來了，已經抵達現場。」

她打賭這位探長一定是在與「法官」通話。雖然警務總部的部長有這種外號，但其實這與法院或是審判一點關係都沒有。這個綽號已經流傳多年，本來是為了取笑這個人的嚴峻表情。

而「法官」卻不把大家的惡意放在心上，反而把它當成了某種功績、坦然接受。這名警官開始步步高升，外號裡的笑鬧意涵也慢慢消失了，現在，只要有人講出這個封號，流露的就是尊敬與恐懼。眼見「法官」平步青雲，當初開玩笑的那個人也必須一直活在遲早得付出代價的陰影之中，但「法官」卻從來不曾表現出自己的恨意，因為讓你的敵人提心吊膽才是上策。

米拉與「法官」只見過一次面，是在四年前的時候，當時的部長泰倫斯．莫斯卡因心臟病而暴斃身亡，新部長閃電到訪靈薄獄，除了向小組成員打招呼之外，也鼓勵他們要多加努力。然後，就什麼都沒有了，直到今天早上才再次聽到「法官」的消息。

波里斯結束通話，著裝完成，走到她面前，「準備好了嗎？」

他們進入連通這三層樓面的小型電梯——這不是必需品，而是奢侈品。波里斯戴上耳機，彷彿在等待無線電發出允許他們上樓的確定訊號，「謝謝妳過來。」

但米拉再也不想聽這種哄騙的話，「快告訴我昨晚出了什麼事。」

「他們大約在晚上九點鐘的時候用餐，至少，根據我們的小證人傑斯的說法，是這樣沒錯。廚房位於二樓，可以俯瞰後院的遊廊。瓦林從樹林裡過來，所以他們並沒有看到他出現在戶外步道。小男孩說，他們發現有個男人站在法式落地窗外頭，但一開始的時候根本沒有人知道他在那裡做什麼。」

米拉心想，起初大家並沒有驚慌失措。他們只是停止交談，轉頭看著他。當人們遇到危險的時候，最正常的反應不是恐懼，而是不可置信。

「然後，貝爾曼從餐桌前起身，打開了落地窗，問那男人到底想要什麼。」

「是貝爾曼打開了落地窗？難道他沒看到步槍？」

「他當然看到了，但他一定以為自己可以掌控大局。」

這就是某種位高權重人士的標準態度，米拉很清楚，他們總是以為自己有優先選擇權。湯瑪斯·貝爾曼萬萬不能接受有其他人對他頤指氣使，尤其是在他自己家裡，就連對方握著大毒蛇半自動步槍也一樣。貝爾曼擺出一貫的精明商人姿態，想要開始喬事情，彷彿真以為自己有什麼令人難以抗拒的誘人提議一樣。

但羅傑·瓦林不買單。

米拉看到波里斯伸手摸了一下耳機，他們應該是告訴他現在可以上去了。他神色篤定，轉向面板，按下三樓的按鈕。

「男孩在電話裡只提到瓦林開始拿槍殺人，」他們搭乘電梯向上，「老實說，事發經過究竟如何，我們也不是很清楚。一開始是爭吵，然後他把傑斯關在地下室，逼其他人上樓。」

電梯速度變慢，到達了三樓。米拉趕緊抓住這最後的幾秒鐘深呼吸。

她告訴自己，我們來了。

6

電梯門開了。

走廊上那一排三腳架上的鹵素燈，讓波里斯與米拉根本睜不開眼睛——在犯罪現場，必須要緊閉百葉窗或是拉上窗簾，因為日光很可能會引發錯覺。米拉記得那種感覺，彷彿進入了冰窖。而這裡的感受更為強烈，因為冷氣已經開到最強。不過，九月早晨的暖意無法進入室內，還有另一個特殊原因。

屍體還在這裡，她告訴自己，他們就在附近。

連通房間的走廊上聚集了一堆鑑識人員，他們身著白袍，在犯罪現場走來走去，好比極度自律的沉默外星人。米拉穿越生靈與亡者的交界，後頭的電梯門已經關起，也阻斷了她的唯一逃逸路線。

波里斯走在前面，「他並沒有一次殺光，而是先將大家分隔在不同地方，然後逐一殺害。」

米拉發現這層樓共有四個房間。

「嗨！」病理學家里奧納多．佛羅斯向他們打招呼。由於他是亞洲人面孔，所以大家都習慣稱呼他為張法醫。

波里斯也回禮，「嗨，法醫。」

「你們準備要進入羅傑．瓦林的奇幻世界了嗎？」雖然這個玩笑不太得體，但依然可以看得出這種景況讓他侷促不安。他給了他們一小罐樟腦膏，讓他們塗在鼻孔下方，以免聞到現場氣味。「三樓一共有四處主要現場，樓下還有一個次要現場。你們也都看到了，我們已經完成了仔細搜查，每一吋都不放過。」

主要與次要現場的差異在於兇手的犯罪手法。在判斷主要行兇動機的時候，次要現場並沒有那麼重要，但對於重建兇手心理狀態的時候，卻可以發揮關鍵功能。

波里斯一直不曾提到有次要現場，米拉很好奇樓下究竟出了什麼事。

張法醫帶他們進入克里斯的房間，也就是貝爾曼家的十六歲長子。

牆壁上貼滿了重金屬樂團的海報。地上放了好幾雙球鞋，角落有運動袋。電腦、電漿電視，還有遊戲機。椅背上掛的是讚美撒旦的T恤。不過，真正的惡魔卻根本不像T恤上的圖像，他早已偽裝成無害的會計、在等候區的牆上現身。

其中一名小組工作人員正忙著測量旋轉椅與屍體之間的距離，陳屍位置在血濕的床褥之間。

「這具屍體的腹部有一處大面積槍傷傷口。」

米拉望著他的染血衣物，這男孩是流血致死，「兇手沒有射擊頭部或心臟，」她繼續說道，「之所以選擇腹部，是為了要延長死者的痛苦。」

「瓦林想要欣賞這場表演。」波里斯指了指床前的椅子。

「這場表演不是為了他自己，」米拉糾正波里斯，「是為了貝爾曼先生，因為他可以聽到兒子在房裡的哭喊聲。」她可以想像那血淋淋的凌遲場景。受害者被囚禁在不同的牢房裡，但那裡明明是他們擁有最幸福回憶的地方，他們親耳聆聽自己至親血肉的遇害過程，一想到自己馬上就要承受相同待遇就顫抖不止。

「羅傑．瓦林是殘酷至極的禽獸，」張法醫說道，「也許他是一間一間來，且還與他們講話。或者，他想要讓他們誤以為有辦法可以逃出去，要是他們說出正確的話、表現出合適的作為，也許可以倖免於難。」

米拉開口，「這算是某種審判。」

張法醫回道，「或者，是某種虐待。」

開了一槍，瓦林繼續轉換陣地，就像他們現在的動線一樣。隔壁是十九歲女兒麗莎的房間，粉紅色的窗簾，搭配紫色小雛菊壁紙。雖然她早已不是小孩了，但房間的樣貌依然沒有太大的改變，所以洋娃娃、絨毛玩具與化妝包、唇膏共處一室。結業證書旁邊是她在迪士尼與布魯托、小美人魚的合影，而牆上還貼有許多搖滾樂團的海報。

白色地毯上的女孩姿勢詭異。在她斷氣之前，曾經企圖破窗逃走，她雖然拚命想要爭取一線生機，但終究沒有足夠勇氣大膽從四公尺高的地方一躍而下。她已經放棄了無謂的希望，因為她的身軀已呈跪姿。

「他對她的左肺開槍。」張法醫指著她背後的傷口。

「瓦林沒有帶刀，對嗎？」米拉之所以會問這個問題，自有其特殊原因。

「完全沒有身體碰觸，」張法醫知道米拉在想什麼，向她做出確認，「他自始至終都與受害人保持一定的距離。」

這一點很重要，兇手不希望自己雙手染血，也就排除了精神病的因素。米拉心中浮現了一個詞彙，正好可以精準描繪在這些牆面之間所發生的一切。

行刑。

他們走到了第三個房間，浴室，貝爾曼太太趴在門邊。

張法醫指了指窗戶，「從這裡可以看到路堤。此處與本樓層的其他地方不一樣，距離地面只有兩公尺而已，她大可以跳下去，可能會摔斷腿，但話說回來，也可能安然無恙，然後跑向大馬路攔車求救。」

但米拉明白她為什麼沒有這麼做。而且，房門旁邊的屍體姿勢，也證實了她的想法。她猜貝爾曼太太一直待在那裡，哭求兇手能夠手下留情，不然就是拚命呼喚小孩，讓他們知道媽媽還在屋裡。她絕對不會放棄兒女，當然也會想盡辦法營救他們。她的母性壓過了自己的求生本能。

殺手並沒有在她面前展現任何慈悲，他對她的雙腿開了好幾槍，依然使用的是步槍。好，那他為什麼也帶了左輪手槍？米拉就是想不透。

「各位先生女士，相信各位絕對不會對這趟旅程的終點感到失望，」張法醫開口，「瓦林準備了精采壓軸。」

7

主臥室位於走廊的盡頭。

目前這裡是鑑識部門最資深專家的個人專區。無菌衣頭罩下方露出了克列普那張熟男橢圓臉蛋，這是唯一可以認出他的部位。他的鼻子與眉毛有許多穿環，米拉也說不上來為什麼，每次一看到這個彬彬有禮、一臉聖賢貌卻滿是刺青與穿環的男人，總是會讓她嚇一跳。不過，克列普的古怪程度其實與他的天賦與專業旗鼓相當。

這個房間裡的家具全都東倒西歪。顯然湯瑪斯・貝爾曼想要以朝門口亂丟東西的方式讓自己逃出牢籠。

屋主陳屍床上，肩膀貼靠厚墊床頭板，雙眼圓睜，手臂也是，宛如在等待子彈襲來、讓他得以解脫，而槍傷位置則與心臟等高。

在這個房間裡，除了鑑識人員之外，還有身著深色西裝的某人，也和米拉、波里斯一樣，外加了鞋套、手套，以及髮帽。雙眼細小，鷹鉤鼻的他，雙手插在口袋裡，盯著鑑識小組忙進忙出。等到他轉身，米拉才認出他是誰。

古列維奇的警階與波里斯一樣，但大家都知道他是「法官」唯一盲目信任的警官。由於部長對他言聽計從，所以眾人都把他視為總部的幕後操盤手。雖然他前程似錦，但處事清廉，而且個性冷酷，完全沒有妥協空間，贏得畜牲的綽號也絕非浪得虛名。他有幾項鮮明人格特質實在太過偏鋒，已然成了他的缺陷。

古列維奇在此現身，讓張法醫渾身不自在，所以他提前告退，「好，祝兩位玩得盡興，還有好幾具屍體等我去搬移。」

波里斯與古列維奇雖然知道對方的存在，但就是把彼此當空氣。波里斯直接面向克列普，「你的假設得到證實了嗎？」

克列普想了一會兒，「我想是的，過來看一下吧。」他挑眉看了一眼米拉，算是打招呼，他一直是那種懶得過度寒暄的人。

米拉發現左輪手槍在床上，兇手竟然把它留在現場，讓她覺得匪夷所思。只有一個可能，這是瓦林表演的一部分，他希望警察能夠重建這個房間內所發生的一切，而且鉅細靡遺。

克列普把手槍裝入塑膠袋，然後把它放在他們最初發現的位置，那裡擺設了字母A的標籤卡。另外還有兩張標籤卡，一張在床邊桌上面的某顆子彈——歹徒雖然破門而入，但完全沒有動用到這一顆——還有一張放在屍體的右手位置，死者高舉食指與中指、擺出勝利手勢。

他在這房間做了最後一次巡禮，確定一切就定位之後，才開始還原事發經過，「就是這樣，」他調整了一下自己的手套，「我們到達現場的時候，差不多就是現在的場景。這把史密斯威森686手槍在床上，它一共可以發射六發子彈，但彈匣中少了兩顆。其中一顆進入湯瑪斯・貝爾曼的心臟，而另外一顆則完好無缺，掉在床邊桌上面。」

他們全部轉過去，望著桌面上的那顆點三五七麥格農子彈。

「現在，我想我可以提出一個簡單的解釋，」克列普繼續說道，「瓦林想要給屋主一個活命的機會，這遊戲就像是俄羅斯輪盤的相反版本。他從槍管裡取出一顆子彈——也就是床邊桌上面的這一顆——然後，叫貝里曼選一個號碼。」

米拉再次望著貝爾曼的手，她原本以為的勝利手勢，其實是他所挑選的數字。

二號。

「貝爾曼有六分之一的機會可以逃過死劫，」克列普說道，「他運氣不好。」

「瓦林想要測試貝爾曼在摯愛家人死亡之後、還有多少的生存欲望，」米拉開口，把大家嚇了一跳，「讓他以為自己還有機會可以向這個滅門兇手報仇，也把他逼向生死交關的臨界點。但我們依然不知兇手做出這些行為的動機……」

古列維奇原本一直站在角落，也在此時走了出來，慢慢鼓掌，「很好，非常好，」他走近那一小撮人，「瓦茲奎茲警官，能看到妳出現在這裡，真是太好了。」他的語氣充滿奉承，也停止了拍手的動作。

她心想，因為我別無選擇。「長官，這只是我應盡的本分。」

也許古列維奇聽出了她語調中的敷衍之意。他繼續趨前，五官也清楚可辨，米拉注意到他最引人注目的部分就是那薄如刀鋒的鼻梁。他兩側太陽穴的髮絲已經全禿光了，讓整個額頭看起來像是某種龜殼。

「瓦茲奎茲警官，根據妳剛才所說的話，妳是不是可以為我們側繪兇手的面貌？」

米拉剛才在路上已經仔細讀過瓦林的檔案，現在的她胸有成竹，「羅傑．瓦林一直在照顧自己的重病母親，他在這世界上也只剩下她而已。這名女子罹患了某種需要有人長期看護的罕見退化疾病。瓦林一直在某間會計事務所擔任會計，所以他白天上班的時候，必須聘請某名專科護士照顧母親，而看護費用也吃掉了他所有的薪水。他失蹤之後，警方詢問他的同事，他們幾乎講不出他的日常習性，有些人連他的名字都不知道。他從來不與任何人交談，也不與人為友，就連聖誕節聚會的照片裡也沒有他的蹤影。」

古列維奇回道，「我覺得這很符合那種一生積恨的心理變態的典型樣貌，不知道哪天就會帶著AK-47步槍走進辦公室。」

「長官，我覺得沒那麼簡單。」

「為什麼？」

「我們是從自身的觀點來看待瓦林的生活。對我們而言，狀似痛苦萬分的日子——因為這男人被母親的疾病困得動彈不得——其實並不是那麼一回事。」

「妳這話什麼意思？」

「我認為對他來說，這狀況一開始的確是負擔，但久了之後，他已經把它轉換成某種使命，照顧母親，成了他生活的唯一目標。換言之，這才是他真正的任務。而其他的一切——辦公室事務、與其他人的互動——他根本懶得理會。等到他母親過世之後，他的世界瓦解成碎片，頓時覺得自己一無是處。」

「妳為什麼會這麼覺得？」

「前來這裡的途中，我仔細研讀了瓦林的檔案，我發現有件事也許可以看出梗概。當他母親死亡的時候，他在屋內守屍長達四天之久。後來是鄰居聞到味道，趕緊請消防隊處理。葬禮結束之後的第三個月，他就此人間蒸發。顯然他是個情感耐受度有限的人，無法控制悲傷情緒。在這種狀況下，通常出現的結果是自殺，而不是殺人。」

古列維奇態度挑釁，「瓦茲奎茲警官，所以妳覺得他最後會選擇自殺？」

「我不知道……」米拉老實招認，現在這狀況讓她好尷尬。克列普望著她，默默表示支持之意，就在這個時候，她才恍然大悟，「你早就知道了來龍去脈，對不對？」

古列維奇回道，「的確，我們沒有讓妳知道全部的案情。」

米拉嚇了一大跳。古列維奇把某個透明檔案夾交給她，裡面是某份科學期刊的文章，上面還有湯瑪斯．貝爾曼的照片。

「我乾脆直接告訴妳，妳就不用浪費時間研究了。簡而言之，貝爾曼的公司持有保證某種罕病病人能夠存活下去的唯一藥品的專利，」古列維奇緩慢吐出一字一句，享受揭曉的快感，「這是能夠增進病患生活品質、而且也能夠讓他們多活好幾年的神奇藥物。很可惜，它非常昂貴。猜猜看，這篇文章裡講的是哪一種罕見疾病？」

波里斯現在開口了，「依照羅傑．瓦林的薪水，他已經沒辦法負擔母親的醫療費用，他花光了所有的錢，彈盡援絕之後，他只能被迫看著她死去。」

米拉心想，這就是他仇恨的根源，也突然領悟到瓦林針對貝爾曼的那套詭譎儀式，也就是俄羅斯輪盤相反版的真正意義。

「那顆不在彈匣裡的子彈。它讓他的受害人有活命的機會——這是他母親一直可望而不可得的東西。」

「一點都沒錯，」波里斯接口，「現在我們需要瓦林失蹤案的詳細報告，也需要他的心理側繪。」

米拉依然不解，「為什麼要問我？找犯罪學家不是更合適嗎？」

古列維奇又切回原來的主題，「七年前瓦林失蹤的時候，是誰向警方報案？」

他沒有回答米拉，但她反正先回了再說，「他服務的公司，因為他曠職了一週，但一直沒有請假，也聯絡不到他。」

「最後一次出現身影是什麼時候？」

「沒有人記得。」

古列維奇面向波里斯，「你還沒告訴她是不是？」

波里斯低聲承認，「是還沒有。」

米拉瞪著他們兩個人，「到底是什麼事？」

8

大屠殺序幕的起點是廚房。

瓦林就是從那裡闖進來。他借道花園、走到法式落地窗外頭。不過，還有另外一個理由必須讓這裡被歸為「次要犯罪現場」。

這是漫漫長夜悲劇的最後一幕的發生地點。

古列維奇、波里斯、米拉又走回樓下。米拉跟在她的兩位長官後面，現在她已經不再多問，她知道馬上就會得到所有的答案。他們下了圓木樓梯，進入某個比較像是客廳而非廚房的寬敞空間。俯瞰花園的那一道牆，正是法式落地窗的位置，鑑識小組還沒有遮蓋這裡的光源。

米拉心想，這裡沒有屍體。但她卻輕鬆不起來，因為她立刻產生了預感，接下來的狀況更可怕。

古列維奇問道，「在瓦林失蹤之後，你們是使用哪一張照片去尋訪他的下落？」

「辦公室門禁卡的那一張，他正好才剛換新卡。」

「他在照片裡是什麼樣子？」

米拉回想起掛在等候區牆上的那張照片。「灰白頭髮，臉龐削瘦，身穿淡灰色西裝與直紋襯衫，搭配綠色領帶。」

米拉不知道這位探長為什麼要問她這個問題，因為想必他早就知道了細節。

他不作任何解釋，反而直接走到廚房中央，靠牆櫥櫃上方有個石面鑲黃銅的大型抽油煙機，附近擺放了原木餐桌，桌面除了昨晚晚餐的油膩碗盤之外，還有另外一餐的殘餚。早餐。

古列維奇看到米拉注意到了異狀，他走到她面前，開口問道，「他們有沒有告訴妳我們是怎麼認出羅傑．瓦林的？」

「還沒有。」

「剛過六點鐘，也就是太陽已經升起的時候，瓦林把地窖裡的傑斯放了出來。他把小男孩帶到這裡，為他弄了玉米片、柳橙汁，還有巧克力鬆餅當早餐。」

恐怖之中的日常。讓米拉深感不安的就是這種異常行為，風暴過後的寧靜通常是惡咒。

「瓦林與小男孩一起坐在餐桌前，等他吃完早餐，」古列維奇繼續說道，「妳提到他在十七年前伴母屍足足有四天之久，也許，今天早上他願意留傑斯活口，也是為了要讓他嚐嚐這種滋味。話雖這麼說，他還是趁小男孩吃東西的時候表明身分，而且為了確定傑斯不會忘記，還命令他抄寫下來。」

米拉問道，「他為什麼要這麼做？」

古列維奇向她示意，稍安勿躁，反正一切終將揭曉，「波里斯，傑斯這小男孩真勇敢，你說是不是？」

波里斯回道，「的確。」

「儘管發生了這些事，他一直很冷靜，直到不久之前才崩潰大哭。不過，在那之前，他已經回答了所有問題。」

「當我們把瓦林的照片拿給他看的時候——也就是淡灰色西裝與直紋襯衫，搭配綠色領帶的那一張——他立刻就認出來了。」波里斯講完之後，臉色一沉，「我們問他，可不可以多描述一點？比方說，他穿的衣服？他再次指著那張照片，對我們說道，『就是穿那樣。』」

米拉嚇了一大跳，等候區的那張照片浮現心頭，她忍不住脫口而出，「不可能。」

「我也這麼覺得，」古列維奇回道，「某個男人，在三十歲的時候失蹤了，在四十七歲的時候又重返人間，而且穿著打扮與十七年前一模一樣。」

米拉不知該說什麼是好。

「他這段時間到底在哪裡？」古列維奇滔滔不絕，「是不是被外星人綁架了？他突然從樹叢消失，難道有太空船在貝爾曼的大門口等著他？」

「還有另外一件事，」波里斯指了指壁掛電話，「今天早上，傑斯依照瓦林的指示打電話報警。但根據通聯資料顯示，瓦林先前也曾經利用它撥打了某通電話，約在凌晨三點鐘左右，也就是在他進行滅門屠殺時所發生的事。」

「他撥打的那個號碼是市區某間二十四小時自助洗衣店，」古列維奇說道，「裡面的顧客多是老人與移民，所以那裡有設置公共電話亭。」

「洗衣店裡沒有員工，無人看管，」波里斯緊盯著米拉，「只有防範滋事者與宵小的錄影監視器。」

米拉問道，「所以你們知道是誰接的電話？」

「重點來了，」波里斯說道，「沒有人接聽電話。瓦林讓它響了好一會兒，最後掛了電話，也沒有繼續撥打。」

古列維奇開口，「瓦茲奎茲警官，妳說是不是很不合理？」

米拉現在知道這兩名探長為什麼這麼憂心忡忡，但她依然不確定自己在這起案件中要扮演什麼角色。「你們希望我做些什麼？」

「如果我們想知道瓦林接下來的行動，就必須了解他過往生活的一切細節，」古列維奇說道，「我們絕對不能出錯，因為他早已有了預謀。他昨晚是想要打電話找誰？為什麼只打了一次？是否有同夥？他又會有什麼後續動作？他會帶著大毒蛇半自動步槍去哪裡？」

「而這一切的答案，都與某個關鍵問題息息相關，」波里斯做出小結，「羅傑・瓦林這十七年來到底在哪裡？」

9

瘋狂殺手是以周期性的方式逞凶施暴。

每次的周期大約持續十二個小時，並且分為三大階段：冷靜、醞釀，以及爆發。首次攻擊之後，就會出現第一次周期。短暫的滿足感消失之後，就是新的醞釀期，這時候，憤怒的情緒也開始混雜了仇恨，這兩種情緒交融在一起，宛如起了化學反應。如果只有其中一種情緒，未必具有殺傷力，但混雜之後就會引發高度不穩定的心理狀態。到了這種時候，出現第三階段也在所難免，唯一可能的結果就是死亡。

不過，米拉衷心盼望自己還來得及。

要是瓦林還沒有自殺，也就表示他早有計畫，決定要貫徹到底。

他接下來要去哪裡發動攻擊？接下來的受害者又會是誰？

下午的時光漸漸流逝，已經快要接近傍晚，天空也出現了夏季尾聲的色澤。米拉駕駛的現代汽車緩慢前行，因為她趴在方向盤上面、仔細找尋門牌號碼。

街道兩側全是一模一樣的雙層獨棟屋舍，斜式屋頂，還有小花園。唯一的差異就是顏色而已——白色、米色、綠色，以及棕色——但全都褪得差不多了。許久之前，年輕家庭入住此地，小孩在草地上玩耍，每扇窗戶後面都有溫馨的燈光。

現在這是老人的居所。

昔日劃分住宅界線的白色木頭圍欄，如今成了鐵絲網，花園也早已雜草叢生，到處都是垃圾與廢金屬。米拉找到了四十二號，放慢車速，停住不動。對街那棟房子，就是羅傑・瓦林之前住的地方。

十七年過去了，現在這棟房子已經成了另一個家庭的財產，不過，這正是瓦林自小生長、蹣跚學步的地方，他在草坪上玩耍，學騎腳踏車。他每天都會從那道大門出來，起初是上學，然後是上班，這是他日常作息的起點，也是羅傑必須照顧重病母親、等待無可避免的生命盡頭到來的處所。

米拉多年來一直在忙著找尋失蹤人口，她也從中得到了某一深刻體悟。無論我們跑得多遠，家，永遠是如影隨形跟著我們的地方。我們可以經常搬遷，但一定有個讓我們總是情牽心繫的地方。彷彿真正的關係是我們隸屬於它們，而它們並不屬於我們所有，彷彿我們由相同的質料所組構而成——不是血，而是土，我們關節中有原木，骨髓是水泥。

米拉懷抱的唯一希望，也就是可能讓她有機會追查到羅傑・瓦林的那條線索，就是他固然心中有怒、心懷不軌，而且這段時間也不知道到底跑到哪裡去了，但他依然無法抗拒對於此地的各種回憶。

她把車停在人行道旁邊，下車之後，四處張望。強風吹動樹梢，每一次風勢來襲，都會讓遠方的防盜警笛變得更加響亮，然後，它慢慢消退，成為背景噪音的一部分。瓦林先前住家的花園裡有一台酒紅色房車的車屍，輪胎早就沒了，現在就只能靠四疊磚塊支撐車體。新住戶在屋內走動，米拉不時可瞄到他們的側影。想要找出蛛絲馬跡，她必須到別的地方，她東看西看，決定前往正對面的住家。

有位老太太正忙著收拾晾在曬衣繩上面的衣物，她兩手抱得滿滿的，準備登上門廊階梯，米拉趕緊快步走過去攔人。

「打攪一下……」

老太太轉身，對米拉看了一眼，目光充滿懷疑。米拉站在步道中間，拿出自己的警證讓對方安心。

「抱歉打攪您，但我有事情想要請教您一下。」

老太太露出淺笑，「親愛的，沒問題。」她身穿毛巾布質料的及膝襪，其中一隻滑落到腳踝，睡衣污漬斑斑，而且肘部也嚴重磨損。

「您在這住很久了嗎？」

這問題似乎把老太太逗樂了，但回望米拉的目光卻閃現一抹哀愁，「四十年囉。」

「那麼我就是找對人了……」米拉語氣暖心，她不想嚇壞對方，絕對不能劈頭就問最近是否有看到老鄰居羅傑．瓦林——也就是已經失蹤了十七年的那個人。再說，米拉也懷疑對方已經是這把年紀了，搞不好腦袋也糊裡糊塗。

「要不要進來坐？」

米拉老早就在等這句話了，她立刻回道，「好啊！」

那老太太開始帶路，一陣惱人強風吹來，颳亂了她的稀疏髮絲。

瓦爾考特太太穿著羊毛拖鞋、拖著腳步，在地毯與厚重置物櫃之間的破舊木地板來回走動，櫃內塞滿了各種物品——玻璃小飾品、缺口的瓷器，還有逝者的相框——最後，她拿出托盤，上頭擺了茶壺與兩個茶杯。米拉本來坐在沙發上，立刻趨前幫忙，把東西放在茶几上。

「親愛的，謝謝妳。」

「妳真的不需要這麼客氣。」

「這是我的榮幸，」老太太開始倒茶，「我家裡平常沒什麼客人。」

米拉望著她，不知自己是否也會有這樣孤老的一天。瓦爾考特太太的唯一伴侶應該就是窩在手扶椅上的那隻紅毛貓，牠偶爾會微睜雙眼，瞄一下四方狀況，然後繼續打盹。

「薩奇莫不太會與陌生人打交道，但他個性不錯。」

米拉等老太太坐下來、面對著他之後，才拿起自己的茶杯，開始切入話題，「我想要請教妳的問題，可能有些奇怪，因為真的是好久以前的事了。不知道您是否還記得住在對面的鄰居？瓦林那一家人？」她指向對面那棟房子，發現瓦爾考特太太臉色一沉。

「可憐的小孩，」老太太低聲感嘆，顯然她的確記得他們，「我先生亞瑟與我買下這棟房子的時候，他們也才剛搬過來不久。這對夫婦年紀很輕，就和我們一樣，而這個社區也才剛蓋好，是個適合生活與養育小孩的寧靜好地方。仲介是這麼告訴我們的，他也沒說錯，至少，前幾年的確如此。許多人都從市區搬過來，大部分是白領上班族或是小老闆，完全看不到工人或是移民。」

瓦爾考特太太是屬於上個世代的人，會說出這種一點都不政治正確的話，並不令人意外。米拉聽了很不舒服，但依然保持彬彬有禮的態度，「瓦林一家是什麼樣的人？」

「哦，他們一家人很不錯。太太負責料理家務，先生有份不錯的工作，是業務助理。她是個大美人，一家似乎和樂融融。我們兩家人立刻成了朋友，每個禮拜天都相約烤肉，遇到國定假日也都一起活動。當時亞瑟與我剛結婚沒多久，而他們已經有了小孩。」

「妳還記得羅傑嗎？」

「我怎麼可能忘得了呢？可憐的小孩。才五歲就會騎腳踏車了，成天在街上晃來晃去。亞瑟很疼這小男生，還為他蓋了樹屋。我們那時候已經知道我們不可能有親生的小孩，但我們沒把這事放在心上，因為我們不想傷害彼此。亞瑟是個好人，要是上帝願意讓他為人父的話，他一定是個好爸爸。」

米拉點點頭。

瓦爾考特太太也點點頭。她就和許多老人家一樣，容易講話岔題，偶爾必須要把主題帶回來，「羅傑的父母怎麼了？」

老太太搖搖頭，「瓦林太太生了重病，醫生們一開始就講得很清楚，她不可能痊癒，但他們也說了，不可能那麼快蒙主寵召。一開始發病的時候，她十分痛苦，飽受折磨，也許這就是她老公決定要離家出走的原因。」

「羅傑的父親拋棄了他們？」米拉在檔案裡沒有看到這項紀錄。

「對，」瓦爾考特太太語氣很不以為然，「他再婚了，而且從來沒有回來過，就連他們要怎麼生活下去也不曾聞問。也就是從這個時候開始，羅傑整個人開始變得黯淡無光。以前他總是活潑積極，而且有一大堆朋友，但後來亞瑟和我發現他變得越來越孤僻。他經常陪伴母親，真的是一個孝順的年輕人。」

瓦爾考特太太似乎是真心覺得羅傑可憐。要是她知道他在昨天晚上犯下的惡行，一定會很難過。

「亞瑟很同情這個小男孩，而且對他父親的行徑感到十分憤怒。有時候我還會聽到他痛罵這個人，他們以前還曾經是那麼要好的朋友呢。亞瑟與羅傑之間有份特殊情誼，只有他才能讓羅傑願意走出家門。」

「他是怎麼辦到的？」

「手錶，」瓦爾考特太太將自己的空茶杯放在托盤上——米拉這才發現自己幾乎根本沒喝茶。「亞瑟有收集手錶的嗜好。他會在市集或拍賣會場買手錶，然後花一整天的時間坐在桌子前面，把它們拆卸開來，或是把錶修好。等到他退休之後，他已經進入廢寢忘食的階段，我必須三不五時提醒他。這實在太神奇了，他的周邊都是手錶，但他就是不知道時間。」

「然後，羅傑也像他一樣，對手錶充滿熱情。」米拉已經知道了瓦林的嗜好，並且慫恿她繼續說下去。

「亞瑟把自己所涉獵的一切知識全部傳授給羅傑，而他也一頭栽進這個滴滴答答的精密世界，從此無可自拔。我先生說，這小孩的確有天分。」

米拉心想，鬱鬱寡歡的人喜歡沉浸在微小至極的事物之中。他們可以避開人群，但依然能夠在這個世界中發揮某項功能，如計算時間之類的重要功能。

然而，到了最後，羅傑．瓦林乾脆決定徹底人間蒸發。

「上面有個閣樓，」瓦爾考特太太說道，「本來是要拿來當作小孩房，不過，我們當然沒有這個需求。我們總是說要租出去，但最後卻成了亞瑟的工作室。他與羅傑總是關在裡面，有時候一整個下午都看不到他們的人。然後，我先生病了，幾乎是一夜之間，這男孩從此再也不來我們家。亞瑟總是幫他找藉口，他說，所有的青少年都有點冷血，羅傑會有這樣的行為絕非出於惡意。而且，他曾經被迫眼睜睜看著母親慢慢步向死亡，所以他沒辦法在另外一個人行將就木之際現身，就算這個人是他唯一的朋友也一樣。」老太太從睡衣口袋裡拿出皺巴巴的手帕、擦去了早已盈積眼角的淚水，然後，她把它揉成一坨、放在自己大腿上，以備不時之需。「不過，我覺得亞瑟其實相當難過。我想他的內心深處一直在殷殷盼望，羅傑有一天會再次走入這個大門。」

米拉開口，「所以妳自此之後就跟他失去聯絡了……」

「並沒有啊，」瓦爾考特太太的反應有些詫異，「大約是在我丈夫過世之後的六個月左右，他出現了，先前我丈夫葬禮的時候也沒看到他的人。不過，某天早上，羅傑突然跑到我家門口，問我可不可以讓他上去閣樓、為那些手錶上發條？自此之後，他就經常一個人過來我家。」

米拉不假思索，立刻仰起目光，「上面嗎？」

「當然。他放學回家之後的第一件事就是去看望母親。要是她沒有別的需要，他就會上閣樓、在那裡待兩三個小時。就連他開始當會計之後，這個習慣也一直沒有改變。不過，從某一天開始，我就再也沒有聽到他的聲音了。」

米拉知道她所指的就是他失蹤的那一天。

「根據妳剛才的話，妳是除了他媽媽與同事之外、最常看到他的人，但是向警方報案他失蹤多時的人卻不是妳。抱歉，我就直接問了，羅傑不再出現在這裡的時候，難道妳不覺得有異嗎？」

「不會啊，因為他總是自己來來去去。想要上閣樓，也只有一個外梯而已，所以有時候我們根本不會打照面。他從來沒有發出任何聲響，但奇怪的是，只要他在樓上，我一定知道。我也解釋不出到底是為什麼，就是種直覺而已，反正，我能夠感應到他在屋內。」

米拉發現她的眼眸與臉龐出現一股微微的惱怒，她顯然在擔心自己的話沒有人信，會被大家當成發瘋的老太婆。但她還有別的情緒：恐懼。米拉傾身向前，握住老太太的雙手，「瓦爾考特太太，請老實告訴我，在過去這十七年當中，妳是不是曾經感覺羅傑回來過？」

老太太雙眼盈滿淚水，身體與嘴唇忍不住顫抖。然後，她彷彿終於下定決心，果斷點頭。

「如果您同意的話，」米拉說道，「我想要上去看一下閣樓。」

10

米拉剛進入這社區時所聽到的防盜警鈴，依然在遠方響個不停。

基於本能，當她從外梯爬上閣樓的時候，一直緊握著自己的佩槍。她不覺得自己有機會與羅傑．瓦林正面對決，但瓦爾考特太太答覆她最後一個問題時的那種態度，讓她覺得也不無可能。那當然有可能是獨居老太婆的胡言亂語，但米拉相信她的那股恐懼感一定其來有自。

某個沉默的不速之客，很可能曾經到訪過這裡。米拉發現這是她今天第二次搜查某人的屋宅。在康納家地窖找出幽魂女嬰，不過是早上的事而已。根據或然率法則，不太可能會讓她一天連中兩次，不過這種事也很難說。

閣樓大門上了鎖，但是瓦爾考特太太剛才早已給了她鑰匙。當她正忙著開門的時候，遠方的防盜警鈴似乎在警告她、同時也在訕笑她。

米拉將門把往下壓，本來以為會聽到一聲咿呀聲響，但大門卻只是發出微嘆就開了。閣樓是被兩側斜面屋頂所包夾的區域，裡面有五斗櫃，條木型床架，其中一頭還擺放了捲收式床墊，兩個瓦斯爐口的小廚房，以及嵌在壁櫥裡的廁所。另一頭有天光從凸面窗穿透而下、落在靠牆的工作台，上面擺放了一個滿佈灰塵的小櫃。米拉取出佩槍，緩緩走過去，覺得自己彷彿闖入了某個私人空間。

她心想，這是某人的巢穴。

實在看不出來羅傑．瓦林曾經到過這裡。一切似乎靜止不動，多年不曾受過任何驚擾。她坐在工作台前，有個被固定在邊角的老虎鉗，正中央有盞配有放大鏡的圓燈。米拉開始盯著那排整齊擺放的小工具，她認得打開錶殼的螺絲起子、鑷子，還有小刀，製錶師傅的專用眼鏡、儲放內部零件的小盒子、小枕墊、木槌、油罐，還有一些她叫不出名字的精密器材。

要不是因為那該死的警鈴依然響個不停，她早就被這些沉靜物件的魔咒給收服了。她凝望眼前的小櫃，裡面一共有兩層，展示了瓦爾考特先生的手錶藏品。

它們全都待在那裡靜止不動，緊緊箝住它們的是一股能夠打敗時間的強大力量：死亡。

她瞄了一下，大約有五十多只的腕錶或是懷錶。她認出了浪琴、天梭這兩個牌子，還有藍色真皮錶帶搭配銀色錶殼的梭曼錶，以及某只美麗的芝柏金屬錶。米拉不是這方面的專家，但她看得出來，瓦爾考特太太的先生留給她的這些手錶，其實是一筆小財，只不過這個老太太似乎渾然不覺，其實她只要賣掉其中幾只手錶，就可以過著更舒適的生活。但米拉轉念一想，孤單女子活在這個世界之中，又還會有什麼欲求呢？她只需要對貓咪的瘋狂寵愛，還有在陳舊飾品與老照片裡的點滴回憶。

透過凸面窗，她可以看到對面那棟屋子。米拉開始揣想羅傑．瓦林的心境。你可以在這裡看到自己的家，所以並不會覺得自己拋棄了母親，但坐在這裡，也等於是一個逃離她的機會。為什麼你要等到她死了之後人間蒸發？你到底去了哪裡？為什麼又要回來？拖了這麼久才復仇有什麼含義？現在你又想要幹什麼？

這一連串的問題，再加上那持續不斷的警鈴聲響，讓人越來越無法喘息。為什麼？在貝爾曼家的那場屠殺，羅傑・瓦林要穿著失蹤時的那套衣服？那天晚上打電話到洗衣店的用意是什麼？為什麼沒有人接電話？羅傑，證明給我看，你來過這裡，而且你對於自己遠離的這個世界依然充滿思念，你想要回味過往，再看看自己的老巢。

突然之間，警鈴聲沒了，但它依然在米拉的腦中不斷發出回音。過了好一會兒之後，她的耳根子——還有她的內心，才終於恢復清靜。

就在這個時候，她聽到了滴答聲響。

它宛如某種規律的加密訊息，持續不歇的秘密呼喚，簡直像是在不斷重複米拉的姓名，也吸引了她的注意力。她打開小櫃，開始找尋那只發出模糊訊號的手錶。

那是一只老舊、價格親民的蘭柯錶，搭配的是假鱷魚皮錶帶，錶殼有鏽斑，表面玻璃出現裂痕，象牙指針也因年歲久遠而變成褐色。

靠著發條機械功能，即便是過了數年之後，手錶依然能夠走動，不過，當米拉把它拿在手中的時候，卻赫然發現它並非在沉睡多時的狀態下、悠緩醒轉過來。

有人最近才為它上過發條，因為，錶面的數字正好就是現在的時間。

11

「他曾經到過這裡，這一點毋庸置疑。」

米拉的車依然停放在瓦爾考特太太住家外頭，她坐在裡面，花了好久的時間才聯絡到波里斯。現在已經過了晚上十點，他被綁在會議室裡一整天，一直與某人在爭論是否要讓媒體知道這場屠殺案，以及兇嫌的身分與照片。波里斯認為，這一招應該可以有效孤立羅傑．瓦林，而且搞不好有人認識他，至少可以幫警方解決他失蹤十七年的部分謎團。但是古列維奇不肯讓步，他很堅持不能把案子曝光，這種狀況反而對瓦林有利，甚至搞不好還會刺激他再次犯案。最後，勝出的是古列維奇。

「幹得漂亮，」波里斯稱讚米拉，「不過，我們現在有其他的要務。」

自從犯下屠殺案之後，羅傑．瓦林就消失得無影無蹤，警方完全沒有任何線索，而夜晚又要再次降臨。這一次，他會闖進誰的家中？又要找誰復仇？

「目前的癥結是，瓦林屠殺貝爾曼一家人的動機，固然十分充分，但也有隨機的成分。殺害製造昂貴救命藥品的藥廠老闆全家人，不能算是犯案模式吧？瓦林接下來又會挑誰？拋棄重病老婆與幼子的老公協會會長？」

米拉了解波里斯為什麼如此挫敗。

「抱歉，」他繼續說道，「今天實在很難熬。妳表現十分傑出，我們的兇手搞不好會再次現身，我會找人監控瓦爾考特太太的住家。」

米拉望向對街的那棟房子，「我覺得不可能。瓦林留下那只手錶，只是為了要給我們某種暗示而已。」

「妳確定那只手錶不是老太太自己上的發條？我覺得這不太算是線索，我也不覺得能靠這條線追查到瓦林的下落。」

波里斯的研判搞不好是對的，但米拉依然覺得這一定有其他意涵。不過，現在也很難吵得贏他們，畢竟瓦林有可能再次作案。

米拉回道，「好吧，我們明天處理。」她發動車子，準備回家。

到了這種時候，她能找到的唯一停車位，就是在離家三條街遠的地方。太陽早已西沉，近似夏季的白日高溫也隨之陡降，現在的空氣又冷又濕。米拉只穿著T恤與牛仔褲，不禁拚命加快腳步。

這是百年前興建的老社區，最近被雅痞與著名建築師重新再造、企圖讓它成為全新的時尚中心。這種風潮越來越興盛，這座大都會也不斷浮現嶄新面貌，只不過，罪惡永恆不變。各個社區開始翻新，街道也開始更名，所以居民會感受到耳目一新的現代感，卻忘了他們其實過著與先前住戶一樣的生活、重複相同的作為、犯下相同的錯誤。

被天生劊子手蹂躪的天生受害者。

也許，瓦林之所以會發動那場屠殺，是想要翻轉這種循環過程。貝爾曼是重要人士，具有能夠治療身體與操控生死的權力，地位宛如異教徒的上帝，但他卻是依一己之私濫用此等權力。米拉不解的是，羅傑為什麼要因為這名父親的罪行、而把他的妻子與小孩一起拖下水？

在回家的路途上，米拉一直在思索這個問題。她剛才曾在某間速食店買了兩個漢堡，已經吃完了一個，還有一個在包包裡。她走進某條小巷，把剩下的那個放在垃圾桶的蓋子上面，然後，走上通往四層樓公寓的大門階梯。就在她忙著把鑰匙插入大門的時候，果不其然，她瞄到黑暗中伸出兩隻髒兮兮的手、取走了她刻意留下的餐袋。那個流浪漢不久之後也會放棄這個地盤，他與這即將變貌的環境格格不入，對街建物正在進行更新工程，覆蓋立面的大型看板以超現實風格描繪出那些未來有錢居民的樣貌。

一如往常，米拉駐足了一會兒，望著看板中那對夫妻俯視下方的巨大笑臉，她覺得，自己就是永遠不會羨慕他們。

她關上公寓住所的大門，但沒有立即開燈，她累斃了，想要享受腦中思緒沉寂的時刻，但這股平靜卻持續不了多久。

妳是他的，妳屬於他所有，妳知道妳會喜歡妳即將看到的景象。

是真的。當她進入犯罪現場，直接與邪魔留下的殘跡接觸的時刻，她感受到一股熟悉的悸動。大家看了新聞就以為自己明瞭一切，但他們卻不懂站在那裡、盯著被害者屍體的真正意義。

說來奇怪，警察的心路歷程總是一樣，宛如就像某種自然演化。一開始會覺得噁心，然後習慣，接下來，它會變成某種癮頭，開始把死亡與害怕聯想在一起——害怕被殺、害怕殺人，也害怕看到慘遭毒手的屍體。不過，這種思緒卻像病毒、進入了你的DNA主鏈，它自我複製，成了你的一部分。死亡，成為讓你生氣勃勃的一大要素。這就是米拉處理完「低語者」一案之後的遺緒，而且，它的後遺症還不止於此而已。

她終於伸手開了電燈開關，點亮了客廳另外一頭的燈光。這裡堆滿了書，臥室、浴室都一樣，就連小廚房也無法倖免。小說、紀實類作品、哲學與歷史書籍。有新書，也有二手書，來源有書店，也有書市小攤。

自從艾瑞克．溫切恩提──她在靈薄獄的同事──失蹤之後，她就開始囤書。她擔心自己最後會變得和他一樣，會被尋找失蹤人口的那股執念所吞噬。

我四處尋訪他們的下落，永不停歇。

她也擔心會被那個自己拚命摸索的黑暗世界所徹底毀滅。至少，書本是一種可以讓人抓住生活感的方式，因為每本書都有結局，最後是否幸福，並不重要，結局是種奢侈品，因為她每天在處理的那些案件，永遠看不到這種東西。書本也是靜默的解毒劑，因為某些必要字詞能夠填滿她的心靈、連接她與受害者之間的裂隙。最重要的是，書本是她的逃逸路線，屬於她的失蹤方式。她會讓自己埋首書中，而其他的一切──也包括她自己──都不復存在。在書香世界裡，她想當什麼樣的人都可以，不當任何人也行。

每當她回到自己的公寓的時候，向她問候的也就只有這些書而已。

她走向分隔客廳與小廚房的桌台，從腰間取下佩槍、放在警證與石英錶的旁邊。她脫去T恤，瞄到了某扇窗面，映照出她有多條傷疤的身體。她很慶幸自己沒有豐滿曲線，不然她一定會很想拿刀狠狠刺進去。這些年來，她在身上留下的傷疤，等於是她體會不到的受害者感受傷痛的見證史。自殘，是她提醒自己畢竟是人的唯一方法。

上次她在自己身上劃下傷口，也將近是一年前的事了。雖然她並沒有強迫自己一定要遵守什麼承諾，但她的確很努力，畢竟她打算要走向自我提升之路，而這是其中的重要一環。三百六十五天，沒有任何的新刀傷，真叫人不敢置信。但看到自己的鏡中映影，仍然充滿誘惑，她的裸體正對她頻頻召喚，所以她趕緊別開目光。不過，在洗澡之前，她還是先打開了筆記型電腦。

她與某人相約見面的時間，馬上就要到了。

12

到了現在，它已經成了儀式。

米拉身著睡衣，拿著毛巾擦頭髮，從桌上拿起筆記型電腦、把它帶上床。她把電腦放在大腿上，進入程式。她早已關掉電燈，現在正等待連線。某處的對應系統取得回應，螢幕上出現了一個黑漆漆的視窗。米拉立刻認出了某個聲響，微弱但持續不斷，雖然來自黑暗，但並沒有任何敵意。

呼吸。

她專注聆聽了好一會兒，讓那平靜的節律溫柔環抱自己。過了好幾秒之後，她按下某個按鍵，黑色螢幕消失，出現了影像。

綠色微光照亮的小房間。

這個小型攝影機──與她先前在康納家使用的那一個十分相似──能夠利用紅外線穿透黑暗世界。而這樣的光線剛好可以隱約看出右邊有衣櫥，左邊放了單人床，正中央是柔軟的小地毯，上面散落了玩具、卡通人物的海報、扮家家酒的小屋。

有個蓋著毛毯的小女孩，睡得好熟。

米拉沒有發現任何異狀，一切似乎寧靜平和。她又看了好一會兒，眼前景象的那股靜謐感讓她好生著迷。自然而然，這也不禁讓她聯想到另外一個小女孩──幾個小時前、她救出的那個地窨鬼娃娃。要是她凝神回想，依然可以感受到當她抱走小女娃的時候、手中所承受的那股重量。此刻的感受不是憐憫或是溫柔，唯一殘存的是觸覺記憶，那是某種必然的痛感，她沒有任何同理心、受到懲罰之後的連帶反應。但與康納太太的那場偶遇，卻讓她銘記在心。

要是我連女兒最喜歡的娃娃名字都搞不清楚，我又算是哪門子的母親？

小房間裡有狀況。從敞開的房門可以看到走廊的遠處出現燈光，立刻出現人影，腳步節節逼近，影子也變得越來越短。是女人，但米拉看不清對方的臉。她走到床邊，為小女孩掖被。然後，她靠在門柱旁，凝望著那熟睡的小孩。

米拉想問螢幕上的那個女子，那妳知道她最喜歡的娃娃名字嗎？

不過，她突然覺得自己像入侵者。但她並沒有切斷連線，反而又按下另一個按鍵，即時影像旁邊又多了一個視窗，這是羅傑·瓦林的檔案。她想要趁就寢之前再讀一次，有個關鍵點依然懸而未決。

打到洗衣店的那通神秘電話。

瓦林為什麼得打電話找某人？這是她百思不得其解的地方。就算他有同夥好了，那麼為什麼沒有人接聽這通電話？

不對，一定有原因才是。那通電話不合常理，就與瓦林決定要身穿十七年前失蹤照的衣裝一樣，讓人匪夷所思。

淺灰色西裝、條紋襯衫、綠色的領帶。

在屠殺結束之後，瓦林與貝爾曼家的幼子共進早餐，趁機講出自己的身分。他甚至還命令傑斯在紙上寫下他的名字，以免這小孩通報警方的時候出了差錯。最重要的是，瓦林還要傑斯記得他的面孔以及穿著。

古列維奇之前曾經開玩笑，他說瓦林之所以會穿那樣的衣服，很可能是因為十七年前被外星人綁架了。不過，自從米拉造訪了瓦爾考特太太的住家、看到了那些手錶之後，她寧可相信瓦林是穿越了連接遙遠時代的黑洞、回到現在的時光旅人。偵辦謀殺案出身的古列維奇，習慣專注當下，也就是「此刻此地」，著重因果關係。然而，在靈薄獄的他們，處理的都是昔時過往。

當初是艾瑞克・溫切恩提向她解釋了兩者之間的差異。米拉還記得這一段對話，他一直在追查失蹤人口，最後自己也走上了同樣的路途。

「謀殺案是瞬間爆發，」溫切恩提是這麼說的，「但失蹤人口案件卻需要時間醞釀。法律規定失蹤三十六小時之後才能展開搜索，但其實真正所需的時間還要更久。某人消失之後、留下的一切逐漸問題叢生，這才是失蹤案具體現形的開端：電力公司因為屋主欠費而斷電，陽台的植物因為無人澆水而枯萎，衣櫥裡的衣物也變得老土過時。我們就是得要回到過往、才能找出這個敗象的背後成因。」艾瑞克・溫切恩提講話風格一向誇張，但米拉知道他說的基本上一點也沒錯。

早在這些人真正消失不見的許久之前，他們就已經等於是失蹤了。

如果是綁架案，打從擄人者第一次告知受害者狀況，就像隱形人進入他們的生活、自遠處監看他們的那一刻開始，他們就算是失蹤了。而至於那些主動逃離人世的人，當他們第一次覺得渾身不自在、但也不知道為什麼的時候，他們就進入了失蹤階段。他們覺得那股情緒在體內滋長，就像是宛如無法得到滿足的欲望，但他們也根本說不上來為什麼，彷彿是某個癢到要命、想要被抓個痛快的地方。他們明明知道屈從之後只會讓狀況更加雪上加霜，但他們就是忍不住，唯一能夠讓自己平靜的方法就是接受召喚、進入幽影地帶。想必羅傑・瓦林就是如此，可憐的艾瑞克・溫切恩提亦然。

米拉告訴自己，失蹤的原因存在於過往。

她繼續把注意力放在瓦林一案。沒有任何的信件或字條能夠解釋他做出這種事的原因，她不斷告訴自己，這是一個基於仇恨憤慨或是報復而行兇的殺人魔，透過自身罪行、表達自我的殺人魔，根本不在乎其他人是否了解他。

他的衣裝、撥打到洗衣店的那通電話，還有瓦爾寇特太太家那只被調校到正確時間的手錶，會不會都只是為了要透露同一個訊息？

答案就是「時間」。

瓦林想要逼他們注意他當初的失蹤時間。

米拉打開電腦裡的某個搜尋引擎。她告訴自己，瓦林之所以會身穿那樣的衣服，等於是告訴我們，這一切彷彿是發生在十七年前。也就是說，他那晚撥打的電話並沒有任何問題，對他來說，那就是正確的電話號碼。

她找到了電信公司的網站，有個欄位提供了過往用戶的資料清冊。她期盼能夠找到在瓦林失蹤當時、那支電話號碼所登記的客戶姓名與地址，她輸入那間洗衣店的號碼，按下了「搜尋」。

螢幕上的那個小漏斗狀的符號標示不斷跳動的秒數，米拉盯著不放，漸失耐心，不知不覺緊咬著下巴。過沒多久之後，答案出來了，她猜得沒錯，十七年前的確有這個號碼。

這支電話隸屬於「愛的小教堂」，它位於通往湖畔的公路附近。

米拉立刻搜尋這地方是否有新的號碼，但發現「愛的小教堂」早在幾年前就不再舉辦任何活動。她停止搜尋，開始思索下一步，她該怎麼辦？可以立刻通知波里斯，或是明天再告訴他，也許這條線索最後也是白忙一場，搞不好純屬巧合罷了。

她再次望著那個在臥室裡沉醉夢鄉的小女孩。她不是在監控，而是在保護，她又想到了康納家的事，她告訴自己，*我是硬闖別人家、偷裝隱藏式攝影機的人*。但就是靠著她的這股魯莽之氣，今天早上才救出了那個鬼娃娃。

米拉知道自己不能等下去。

她闔上筆記型電腦，下床，又穿回衣服。

13

清朗夜空中的明月正在眨眼。

通往湖畔的道路一片荒涼，但並非是因為夜晚的緣故，就連白天的狀況也一樣。

這整個地區曾經是熱門的度假地點，有飯店、餐廳，而且還有一應俱全的水岸設施。不過，就在十二年前，某種原因不明的疾病讓這裡的魚類和動物大量死亡，當局一直找不出原因，不過有人歸咎是水源污染。大眾開始恐慌，再也不肯造訪這個地方，過沒多久之後，問題消失，動物又現蹤影，生態系統再次平衡原貌，但一切太遲了，度假客人不肯回來，多年來廣受歡迎的休閒設施關門大吉，缺乏養護，自然開始逐步毀壞，整個地區的衰敗之勢已經無藥可救。

「愛的小教堂」一定也遭逢了相同的命運。

這裡曾經是熱門結婚場地之一，對於那些並非是虔誠教徒、但又希望自己的婚禮不只是公證結婚的新人來說，這裡的確有多套的世俗婚禮可供選擇。

米拉駛過減速緩坡，透過擋風玻璃看到了大門入口兼識別標誌的磚造拱門，正中央有一對以螢光燈管製成的紅心，現在一片漆黑。上方有錫製的邱比特，他的臉已經有一半都已經鏽爛，表情也變得扭曲猙獰，彷彿像是個在守護危險天堂的邪惡小天使。

這個園區的正中央是停車場，周邊有好幾棟的低矮建築，最雄偉的那一棟看起來像是後現代風格的教堂。幸有月色相助，讓它不致被夜色淹沒，但也無情突顯出它的頹敗狀態。

米拉把車停在接待區小屋旁，熄火，下車，準備進入那早已不與任何生靈打交道的世界，迎向它那粗野又充滿敵意的寂靜。

「愛的小教堂」位於可以俯瞰湖面的某座山丘，不算是風光最秀麗的地方，但站在那裡可以看到依傍水岸各處的廢棄飯店。

米拉爬了三層階梯，到達接待小屋的門廊，發現辦公室的大門已經被木板封得死死的，要移開這些木板是不可能的了。大門旁邊有扇窗戶，也被尺寸不一的木條所封住，但還是可以透過縫隙看到裡面的狀況。米拉從皮衣口袋裡拿出手電筒，把臉湊到窗戶前面，將手電筒的光源往裡探照。

又一個對她微笑的臉龐。

米拉後退一步，等到她恢復鎮定之後，才發覺那是與大門入口上方雕像型款類似的某個邱比特。她一時之間還以為他棄守自己的崗位、就是要過來嚇唬她，但那只不過是個紙板模型而已。她越挨越近，除了看到自己在玻璃上的映影之外，還發現裡面有張佈滿灰塵的接待辦公桌，文宣展示架，某些手冊早已散落一地。她看到了一整面牆，上面有張海報，除了「愛的小教堂」的標誌之外，還有提供給顧客的套裝選擇。根據文案內容，新人可以自行選擇要如何讓自己美夢成真。小教堂可以佈置成以異國情調命名、帶來幻想空間的各種風格，你可以選擇威尼斯或巴黎，或是以《亂世佳人》或《星際大戰》等電影為主題的場景設計。海報的最下方則列出了各種婚禮的價目表，所有的套裝選擇都會加贈一瓶迷你法國香檳。

米拉後方突然起了強風，她一陣顫抖，立刻轉身查看。同一陣風，繼續喧囂，讓教堂的某一道門吱嘎作響。

似乎有人打開了那道門。

□

月光皎潔，足以引路，所以她乾脆關掉手電筒，進入了建物之間的空曠地帶。腳步聲在柏油路面上不斷吱吱嘎嘎，因為歷經每年漫長冬季的折磨，路面早已碎裂。那陣幽風依然對她緊追不捨，在她的兩腿之間狂舞。她拿出佩槍，緊握不放，繼續往前走。四周的低矮建築宛如核災過後的廢墟，那些門窗是幽黑房間的大嘴，守護著秘密世界的黑暗地帶，或者，應該說只是讓人徒生恐懼的空地而已。米拉置之不理，繼續前行，屋內的黑暗地域睜著黑色大眼、緊盯著她的一舉一動。

她應該要打電話通知其他人才是，尤其是波里斯。*她心想，我的這種行為，就像是恐怖電影裡那些一心找死的女人。*但她知道背後的原因，這只是她永恆挑戰之中的另一場賽事。她心中假裝酣睡的惡魔開口，令她前進，每次慫恿她拿刀劃傷自己的也是它。她不斷以自己的痛苦與恐懼餵養那個惡魔，期盼能夠填飽它的肚子，因為，她要是不這麼做的話，她不知道它會對她做什麼、或者命令她做出什麼樣的事。

她走到了小教堂前，駐足一會兒後，才繼續登上通往大門的台階。她往內看了一會兒，幽暗氣息立刻朝她的臉龐直撲而來，她認得出那種氣息，死亡之味無誤：它完全不匿形，總是讓生靈一聞到就覺得格外嗆鼻。然後，她又聽到了聲音，彷彿有人在輕聲細語舉行彌撒，音量輕柔，但也宛如機器運轉的速度一樣激切。

她把手電筒往內探照，一大群小生物頓時四散逃逸，不過，有一些卻根本沒注意到她，依然繼續忙著處理眼前的要務。

在這個以中世紀建築為靈感的場景裡面，最大的亮點是綑綁了某具屍體的髒污床墊。

米拉對空鳴槍，回音在廣場迴盪，就連湖區也聽得見。最後，老鼠放過了屍體，只有一隻陷入遲疑，還回頭看了她好一會兒，那對小小的紅眼充滿了恨意，眼前這名入侵者破壞了牠的大餐。然後，牠也跟著消失了，隱沒在黑暗之中。

米拉站在那裡，望著那具屍體。中年男性，身著藍色四角褲。

他被塑膠袋套住頭，而且喉部還被絕緣膠帶緊紮收口。

米拉後退一步，放下手電筒，正打算要拿出口袋裡的手機，卻發現床墊上有某個閃亮亮的東西。從她後面透入的月光，正好對著那具男屍手上的某個東西、發出反光，她趨前看個究竟。

已經被老鼠啃到只剩些許殘肉的左手無名指，有一只婚戒。

14

現在，這個地方成了禁區。

道路設下路障，以免有其他人想要進入湖區，巨大閃燈發出警示，前有土石滑落。不過，此時此刻，只有警察出現在這個荒棄之地。

米拉剛才在等待同事前來馳援的時候，一直坐在那間假教堂外頭的階梯上、守著那具屍體。她看到旭日拚命從地平線升起，光線溢滿整座山谷，湖水也因而沾染了一抹豔紅，初秋之葉，讓它更加顯色。

亮白天光無情映照一切，讓她身後的恐怖現場無所遁形，但她卻浸淫在一股詭異的祥和感之中，她被疲憊與恐懼搞得精疲力竭，現在已經沒有任何感覺。她坐在那裡，動也不動，聽到警笛的聲響越來越近，然後又看到警車的閃燈出現在路尾，宛如解放軍一樣、朝她的方向持續挺進。

當鹵素燈一照亮犯罪現場，恐懼感也立刻消失無蹤，取而代之的是冷靜的案情分析。

鑑識小組已經封鎖周邊，開始採證，而且將所有可能成為呈堂證供的畫面全都拍了下來。至於那具死屍的中央舞台，現在輪到病理學家登場獨舞，還有一群收屍大隊等在一旁。

張法醫彎身檢視死者，說出了繞口令式的結語，「一切看似簡單，其實絕沒那麼簡單。」

警察忙進忙出，一直待在小教堂裡的除了鑑識人員之外，就只有米拉與古列維奇，他聽到這位法醫講出的話之後，似乎很不爽，「可不可以講得更具體一點？」

張法醫再次盯著躺在血濕床墊上的屍體，除了罩頭的塑膠袋與內褲之外，全身一絲不掛，「沒辦法。」這個答案也讓探長心中的恐懼表露無遺。

張法醫猶豫不定的態度惹惱了古列維奇，「我們必須要盡早知道死亡時間。」

瘸結在於老鼠，牠們改變了屍體的原始狀態。四肢是重災區，幾乎已經看不到肉，而胳肢窩與胯下部位的傷口最深。這場鼠劫也讓法醫幾乎無法從外觀來判定死亡時間，因此也更難判定這起案件的兇手是否是羅傑．瓦林。

米拉心想，如果這真的是瓦林下的毒手，那就表示他的犯案模式出現了巨大改變。實在很難想像本來拿大毒蛇步槍、避免與受害人有任何肢體接觸的他，現在卻改弦易轍、讓他們看到眼前這幅景象，所以大家才會這麼緊張。

波里斯進入小教堂，站在角落靜靜聆聽。

張法醫依然支支吾吾，「我們必須要驗屍，才能建立可信假設，並且找出屍體是什麼時候出現於此。」

這段話讓古列維奇更加火大，「我不是在要報告，我只是想要聽意見而已。」

張法醫思索了一會兒，宛如心中早已有了答案，但卻遲遲不說出來，就是擔心萬一搞出嚴重失誤的話，等一下會被狠狠打臉，「我想，死亡時間至少超過二十四小時以上。」

這句話透露出兩大重點。其一，就算洗衣店電話的謎團能夠早一點解決，也救不了這個頭罩塑膠袋的男人。不過，真正的重點是，兇手不可能是羅傑．瓦林。

顯然，這樣的可能性並沒有嚇到古列維奇，「我們又多了一個兇手了。」他搖搖頭，思索此一重大發現可能會讓案情出現什麼樣的新發展，「好，我們看看死者是誰吧。」

終於，他們就要看到受害者的臉龐，米拉希望這能夠幫他們解決新的謎團。

張法醫宣布，「我現在要取下死者頭部的塑膠袋了。」他更換乳膠手套，戴上LED頭燈，拿了解剖刀，走向屍體。

他伸出兩根手指，掀起死者臉上的詭異屍布，然後，目光定在與顱頂骨同一高度、以另一隻手剪開塑膠袋。

其他人屏氣凝神看著法醫的動作，靜靜等待答案揭曉。而米拉卻一直盯著死者左手無名指的婚戒，她心想，他的另一半一定還不知道自己已經變成了寡婦。

張法醫把塑膠袋開剪到喉部下方之後，放下了解剖刀，小心翼翼將它剝開。

終於，受害者的臉露了出來。

「靠！」這是古列維奇的第一個反應，這也等於告訴大家他認識這個人。

「是藍迪．菲利普斯，」克勞斯．波里斯報出了死者姓名。他的口袋裡還放著昨天的早報，他取出之後、交給同事，「在第三版。」

裡面有張優雅男子的照片，但他的笑容卻相當自負。雖然此刻幾乎已經確定無疑，但古列維奇還是把照片與死屍的臉孔比對了一下，然後大聲唸出標題：「菲利普斯臨陣脫逃：法官判處被告有罪、全因律師缺席。」

張法醫繼續檢視死者頭部，波里斯則面向同事，「藍道爾．菲利普斯，綽號『藍迪』，三十六歲，專長是家暴案件，他的當事人通常是男性。這位律師的辯護策略，就是盡可能挖掘妻子或女友最醜惡的那一面。要是找不出來，他就會瞎掰。明明是不幸的女子，在他口中卻成了人渣，他的專長真讓人嘆為觀止。就算是那可憐女子現身法庭的時候戴著墨鏡遮掩瘀傷、甚或是坐在輪椅上出席，菲利普斯仍然會扭曲事實，讓陪審團認為她是自找的。」

米拉發現張法醫的手下互相使眼色，大家都覺得好笑，這種粗野的男性情誼，不禁讓她聯想到藍迪．菲利普斯出現在電視上的模樣，他一直有句名言：「要審判女人何其容易……就算是由其他女人擔任審判工作也一樣。」他的大部分當事人最後都能獲判無罪或是大減刑度，他也因而贏得了「人妻制裁者」的稱謂，此外，還有一個沒那麼好聽的綽號，「人渣藍迪」。

「我們應該可以還原一下事發經過，」張法醫完成初步檢視，開口說道，「首先，他被泰瑟槍或是電牛棒之類的電力武器擊昏。」他指了一下死者喉嚨，看得出有輕微灼痕，「然後，被綁在那裡，套住頭部，過沒多久之後，因呼吸性酸中毒而身亡。」

最後一句話，引來眾人一陣沉默。

「藍迪．菲利普斯結婚了嗎？」

米拉的提問讓大家嚇了一大跳，每個人都看著她，古列維奇更是一臉懷疑。

「不知道我有沒有記錯，」波里斯說道，「我記得他沒有老婆。」

米拉不發一語，指著屍體的左手，還有先前拜月光之賜、讓她突然注意到的那只婚戒。

眾人又陷入沉默。

這算是某種報復。

「藍迪被迫在某間愛的小教堂裡、與死亡共結連理，真叫人無法置信，是不是？」一張法醫離開了犯罪現場，確定古列維奇聽不到他講話，開始酸言酸語，「這有點像是某人在告訴他：現在，你進入了自己無法脫身的婚姻牢籠。」

米拉心想，就像被禁錮在隱藏夢魘的愛情美夢裡的女子一樣。因為沒有工作、沒有收入而無法離婚的女子，只能被迫受虐，因為，與失去一切相比，被人痛扁比較沒那麼可怕。還有，終於鼓起勇氣舉報老公家暴惡行的女子，但由於藍迪的緣故，卻只能眼睜睜看著她的受虐者逍遙法外。

克列普與鑑識團隊剛才禮讓法醫執行任務，現在，他們繼續接手犯罪現場。古列維奇在此時開口說道，「搞不好有兩人以上涉案，我們必須要立刻想辦法還原過程。」

克列普態度輕蔑，擺出愛唱反調的一貫風格，「只有一個人。」

波里斯問道，「確定嗎？」

「我們到達這裡封鎖現場之後，我立刻要求手下清查教堂地板的腳印。這倒不難，因為多年來已經積累了一層厚灰。除了瓦茲奎茲警官、以及死者的腳印之外，就只剩下另一個人的腳印，鞋號是五號半。」

古列維奇已經充滿好奇，「繼續說下去。」

「至於廣場，我們找不到車胎痕跡。我們還在研究菲利普斯與兇手是怎麼到達這裡，也許我們應該要派人巡查一下湖岸。」

米拉心想，兇手之所以要弄走藍迪．菲利普斯的汽車，可能只有一個原因，就是不想破壞發現屍體者的現場驚嚇感。一切設計得如此完美，要是不小心破局就太可惜了。

克列普說道，「也許我們該仔細研究一下那只婚戒。」

古列維奇回他，「要是上面有指紋，一定要留下採證給我。」

克列普低聲嘀咕，不知道講了些什麼，隨後蹲在床墊旁邊，以極為優美的方式執起受害者已經見骨的手，這姿勢可說是近乎浪漫。他脫去戒指，帶著它走向停放在外頭、內有鑑識配備的廂型車。

某名待在廣場的警官準備了兩杯咖啡給古列維奇與波里斯，但卻把米拉當空氣。她與長官們一直保持適當距離，但不忘聆聽他們的對話內容。

「藍迪失蹤了，但沒有人向警方報案。」

「如果他獨居的話，這倒是沒什麼好意外的。也許他平常不進辦公室，也許他不會告知秘書所有行程，畢竟是大忙人，而且顯然有許多秘密。」波里斯做出無奈手勢，「不過，如果排除了羅傑・瓦林的涉案嫌疑——那麼，又是誰殺了他？」

米拉覺得這起案件沒有表面上看起來那麼簡單。她很想要與長官一起討論，但始終卻步不前，反倒是古列維奇邀她加入，「瓦茲奎茲，妳怎麼看？有人綁架了菲利普斯、把他帶來這裡，加以殺害。妳分析一下吧？」

她還是覺得他一直在忽視她，但好歹現在總算開口詢問她的意見。她走向那兩個男人，「我覺得兇手並沒有綁架菲利普斯，太複雜了，風險太高。我覺得兇手應該是把他引過來，電昏，綑綁，完成一切。」

「菲利普斯不是笨蛋，他為什麼要來到這種荒僻的地方？」對米拉來說，古列維奇的提問倒不是在批評，他並沒有對她的理論嗤之以鼻——就算有質疑的意思，也只是想要了解得更深入而已。

「我想可能有以下這幾個理由。兇手也許假裝自己有什麼菲利普斯需要的資料——某名當事人的妻子或伴侶的醜聞。或者，兩人早已熟識，菲利普斯自然不會懷疑。」

「瓦茲奎茲警官，別擔心，繼續說下去。」

古列維奇顯然知道米拉早有結論，但一直不確定是否該說出來。

「我覺得是女人。」

波里斯挑眉，「妳為什麼會這麼認為？」

「菲利普斯以為我們是弱者，也深信自己可以掌握狀況：所以他才會充滿自信。而且，只有女性才會有仇殺動機。」

波里斯問道，「妳認為這是報復殺人，就與瓦林的動機一樣？」

「我還沒有任何想法，現在做出定論也未免太早了一點。不過，我知道輕忽女人的確是菲利普斯的弱點，而且，這只戒指的戒圍顯然是女人的尺寸，似乎更能證實這樣的假設。」

「我找到東西了！」克列普的聲音從鑑識小組的廂型車傳過來，他們三人立刻走過去。

克列普坐在工作台前面，以顯微鏡檢視那只婚戒。

「沒有指紋，」他宣布鑑識結果，「但裡面倒是看到很有意思的刻記。」他伸手打開連接顯微鏡的螢幕，上面立刻出現了戒指的放大影像，「某個日期，我猜應該是婚禮日期……九月二十二日。」

波里斯驚呼，「就是今天！」

「對，但這顯然是兩年前留下的刻記，因為可以看到暗沉鏽斑。」

古列維奇說道，「結婚週年快樂。」

「除了日期之外，還有別的東西，」克列普轉動顯微鏡下方的戒指，露出了另一個刻記。這個工法很不一樣：比較粗劣，顯然並非出於專家之手，位於近乎是刮痕的溝線旁的金屬區域，色澤比較閃亮。克列普說道，「這是最近才鑿出的新痕。」

這個新發現，也更增添了這道刻痕的重要性。

h21。

古列維奇一臉焦慮，望著波里斯，「二十一小時之後，就是九月二十三日。現在除了得找到那兩名兇手之外，我們還收到了最後通牒的戰書。」

15

沒有人知道二十一小時之後到底會發生什麼事。

不過，值此同時，他們已經追查出藍迪．菲利普斯是開著自己的賓士車到達「愛的小教堂」。不出克列普所料，他們果然在湖區盡頭發現了車子。換言之，兇手一定也有自己的交通工具，才能在行兇之後順利逃逸。

如果他們排除了綁架的可能性，那麼，就必須找出菲利普斯怎麼會如此天真，一個人來到如此偏僻的地方、落入歹徒陷阱的真正原因。米拉當初直覺是女人犯案，也有了立論基礎，許多人也開始接受這個假設。

有一組警察依然在菲利普斯的辦公室裡仔細搜查各項紀錄資料，想要找出與婚戒日期吻合的線索。

九月二十三號，是目前一堆混雜不明又為數過多的線索之中、能夠追查下去的唯一機會。

最重要的是，貝爾曼滅門案與小教堂謀殺案之間必有關聯，這都是靠米拉靈機一動、解開過期電話號碼之謎才挖出的關聯性。受害者之間似乎完全沒有關係，所以唯一的可能就是犯案者彼此認識。

在羅傑．瓦林失蹤的這些年當中，他是不是認識了某人——某個女人——然後聯手策劃屠殺案？

米拉像是臨演一樣、在警務總部的走廊四處閒晃，這是她目前能夠想出的唯一解釋。不過，此時此刻，重要的不是過去發生了什麼事，而是未來可能會出什麼事。

當下的最大危機，就是歹徒下達的最後通牒。

時間分秒流逝，他們也安排了許多防堵或阻嚇的措施、以免又有其他人遇害。許多休假警員都被叫回來執勤，而且提高了換班頻率，他們必須要向某名或多名歹徒明白宣示決心，這座城市已經做好了萬全準備，所以設下路障，加派巡邏警車。平常配合的線民被要求要睜大眼睛、耳聽四方。整座城市有大批警力進駐，甚至也讓某些黑道老大願意幫忙，只求警察能夠盡速撤離街頭，不要再妨礙他們做生意。

為了避免引發媒體懷疑，警方已經事先發布新聞稿，宣布將會針對組織犯罪展開大規模打擊行動。報紙、電視、網路也熱情助陣、加入了圍剿行列，殊不知這只是又一次浪費納稅人金錢、毫無意義的公關操作罷了。

值此同時，總部內也連續召開了多起商討策略的秘密會議，高層主管全部與會，由「法官」擔任主席。至於其他人，就依照自己的層級聽命行事。截至目前為止，米拉貢獻良多，但她很快就被貶為不重要的那一群人。她有種強烈感覺，自己的角色被刻意壓縮，他們似乎不希望她插手查案。

大約在五點鐘的時候，她離開了總部的上方樓層，回到底下的靈薄獄。傍晚即將到來，不知道會出什麼事的那股恐懼感也越來越強烈，但米拉已經撐了許久沒睡，要是她想要保持腦袋清醒，必須要好好休息一下。

她進入曾經是儲藏區的地下室，先前她早已在裡面準備了行軍床，偶爾可以在下班後小睡一下。她脫掉鞋子，皮衣就權充為毛毯，除了下方門縫透入的微弱黃光之外，這個舒適的小小空間幾乎可算是一片昏黑。這樣的光線正好可以讓她產生安全感，宛如有人在外頭監看她，但她卻躲在暗處。她縮腿側躺，雙手交疊胸前。一開始的時候，她無法入睡，然後，腎上腺素逐漸褪去，倦意終於得到了最後的勝利。

「我們找到了。」

米拉半睜雙眼，不確定自己聽到的這句話是在夢境，抑或是在現實之中。對方的語氣平和，不想嚇到她。她定睛一看，房門只開了些許縫隙，以免光線過於刺眼。史蒂夫阿諾波洛斯處長坐在行軍床後方，手裡拿著熱氣蒸騰的杯子，他遞過去給米拉，但她沒收下，反而低頭看錶。

「別擔心，現在是晚上七點，最後通牒時間還沒到。」

米拉坐直身子，終於接下咖啡，吹熱氣，喝了一小口，「所以我們找到了什麼？」

搜索菲利普斯辦公室，終於得到了預期的結果，「有名字了，娜蒂亞・尼佛曼。」

雖然米拉是第一個想出此一假設的人，但聽到某個女人名字的時候，依然嚇了一大跳，「娜蒂亞・尼佛曼……」她重複了一次那個名字，根本沒注意到自己的咖啡杯舉到一半、就卡在半空中動也不動。

「她是艾瑞克・溫切恩提偵辦的最後一起失蹤案，」史蒂夫回憶過往，「他們剛剛從樓上打電話過來。顯然，他們又需要妳出馬了。」

米拉打開艾瑞克・溫切恩提辦公桌上的電腦，將娜蒂亞・尼佛曼的檔案寄給波里斯，這名女子失蹤已經是兩年前的事了。然後，她又打電話給波里斯，講了十分鐘的電話。

娜蒂亞・尼佛曼是三十五歲的家庭主婦，一百七十公分高，金髮，九月二十二號結婚。婚後的第三年，她與丈夫離婚，因為他是家暴慣犯。

「她丈夫不會正好是藍迪・菲利普斯的客戶吧？」波里斯在電話裡說道，「非常強烈的復仇動機。」

米拉也不懂為什麼會這樣。

「米拉，到底是出了什麼事？為什麼這些失蹤人口都回來了？」

「我不知道。」這是她唯一能夠擠出的答案。她不明白，完全不知其所以然，而且她好恐懼。

羅傑・瓦林與娜蒂亞・尼佛曼都是失蹤人口，但兩人的失蹤時間卻相隔了十幾年。

「要是被媒體發現的話，一定會把他們叫作『殺手鴛鴦』，總部的人已經忙瘋了，『法官』召開了緊急會議。」

「我知道，史蒂夫已經到樓上去了。」

「我不懂娜蒂亞為什麼不殺了她老公，反而要殺他的律師？」波里斯說道，「或者，最後通牒是針對他？」

「你們警告他了嗎？」

「我們已經把約翰．尼佛曼帶到庇護所，接受二十四小時的保護，但妳真的應該要看看他挫賽成什麼樣子。」

他們當初並沒有發布瓦林的照片，娜蒂亞亦然。但女兇嫌的狀況不一樣，與瓦林相比，她失蹤算是最近的事，所以想要找出她失蹤時的下落，機率也大多了。

「波里斯，你希望我要怎麼幫忙？我應該要上去嗎？」

「不需要。我們會逼問她老公，搞不好他前妻失蹤的時候，這王八蛋有什麼事情沒講出來。然後，我們會仔細調查她的檔案，也許有人在兩年前暗助她人間蒸發：朋友或是閨密。我希望妳也能依這個方向找尋線索，能不能查一下艾瑞克．溫切恩提是否有除了正式報告之外的其他筆記內容？」

他們結束電話，米拉立刻開始上工。

她把電腦螢幕上的檔案一路往下捲動。艾瑞克．溫切恩提將一切依照時間先後順序排列，這是處理失蹤人口案件的獨特手法。比方說，在撰寫謀殺案報告的時候，他們總是使用倒敘法，也就是說，以受害者的死亡日作為起點。

艾瑞克．溫切恩提撰寫報告的態度總是十分仔細，像是小說一樣。

「重點就是要保留那股悸動，」他老是喜歡把這段話掛在嘴邊，「只有靠這個方法，才能讓記憶歷久彌新。以後不論是任何人，只要看了這份檔案，一定都會喜歡上這個失蹤者。」

根據溫切恩提的想法，唯有如此，接替他工作的人才會全心投入追索真相，米拉心想，最後就會和他一樣認真。

我四處尋訪他們的下落，永不停歇。

米拉望著檔案裡的那些照片，顯露出時光在娜蒂亞臉龐所留下的跡痕，但老化得最為明顯的就是她的雙眸，只有一個原因會引發這種結果。

苦痛的侵蝕威力，米拉再清楚不過了。

16

娜蒂亞．尼佛曼曾經是個大美女。全部男同學都想要娶回家的夢幻女神。她是運動比賽冠軍，學業成績傑出，還是學校話劇社的女主角。她大學主修哲學，成績依然優異，二十四歲的時候，娜蒂亞已經是獨立成熟的女子。大學畢業之後，她繼續攻讀新聞所碩士，也在某家電視台的編輯部擔任兼職工作，看來前途似錦，不過，卻在某一天，她認識了那個糟糕的男人。

約翰．尼佛曼和她相比起來，根本一無是處。他高中就輟學，當兵也只當了一半，而且還有一次婚姻失敗的紀錄。他從父親那裡繼承了某間盈利豐厚的小型貨運公司，但自從他接手之後，事業江河日下。

娜蒂亞與約翰結識於某場派對。他又高又帥，就是那種大家都喜歡的可愛壞男人。她對他一見鍾情，兩人馬上訂婚，短短兩個月之後，兩人成為夫妻。

米拉可以猜到之後的發展。娜蒂亞一開始就知道約翰喜歡喝酒，但她以為他能夠自制，還希望自己有機會可以改變他。

這是她犯下的最嚴重錯誤。

根據娜蒂亞告訴社工的說法，新婚過後不過幾個月，問題就出現了。他們會因為小事而吵架，就像他們剛訂婚的時候一樣，只不過，又多了一些新的爭執，娜蒂亞一時也說不出哪裡不對勁的事情，最主要是約翰三不五時會出現的某種態度，讓她很不舒服。比方說，他會對她破口大罵，而且慢慢迫近她，但總是會在最後一刻撤退。

然後，有一天，他出手打了她。

他說，只是一時犯錯，她也就相信了他。不過，她卻看到他眼中閃動著她從所未見的一抹光亮。

某種邪惡的光亮。

艾瑞克．溫切恩提從娜蒂亞多年來報警的（但數天後就撤銷的）那些筆錄當中、汲取出許多她的個人隱私。也許她覺得被親友知道的話會很丟臉，或者，可能覺得要出庭面對審判很難為情，不然就是約翰哭哭啼啼求娜蒂亞原諒他，而她總是願意給他第二次機會。多年來，她給了他多次的機會，其實次數可以算得出來，就和她的瘀傷一樣。一開始的時候，都是那種可以用套頭毛衣或是大量粉底掩蓋的瘀傷，娜蒂亞覺得，只要沒有見血就不需要擔心。米拉知道某些女人就是靠這種心態過日子：只需要不斷提高自己的容忍標準，就可以繼續活下去。被揍的時候，一想到骨頭沒斷就心存感恩，而要是真的斷了骨頭，妳又開始催眠自己真走運，因為本來可能會更淒慘。

不過，有些事比被毆打更令人心痛，娜蒂亞．尼佛曼身上徘徊不去的無力感與恐懼感，知道暴力因子總是蠢蠢欲動、隨時可能莫名其妙爆發的不安。只要她做錯事，說錯話，約翰就會懲罰她。她要是問同一個問題太多次就會招來毒打，即便是稀鬆平常的問題也一樣，比方說，問他什麼時候要回來吃晚餐。或者他純粹就是覺得她對他講話的口氣不好，甚至連她的語調都可以挑剔，反正最細瑣的小事都可以成為他的藉口。

米拉突然想到，只要是沒有類似經驗的人知道這種故事之後，總會覺得很納悶，為什麼娜蒂亞沒有立刻逃走？然後，他們就會做出這樣的結論，如果她能夠接受這種事，那麼也許實際狀況並沒有那麼糟糕。但她很清楚家暴的過程，角色定位清楚，不可動搖，受害者因為恐懼而無法脫離施暴者，因為這種情緒產生了某種弔詭的反應。

在娜蒂亞的受創心靈中，唯一能夠保護她、不會受到約翰毒害的人，就是約翰。

娜蒂亞只有一件事敢違逆她的丈夫。他想要小孩，但她卻偷偷服用避孕藥。

約翰有時候會在喝醉酒、意識不清時霸王硬上弓，她覺得應該不會中鏢，但她還是堅持吃藥。她也許已經準備好承受煎熬，但絕對不能讓另一個生命被迫走上同一條路。

不過，某天早上，她從超市回來的時候，感覺腹部有異樣。她的婦科醫生曾經告訴過她，就算是服用避孕藥，依然會有極低的受孕機率。娜蒂亞當下有強烈直覺，她懷孕了。

檢測結果證實無誤。

她也想要墮胎，但始終無法說服自己這是合適之舉。

她不知怎麼了，還是把這消息告訴了約翰。她本以為他會立刻狠狠修理她一頓，不過，其實呢，出乎她意料之外，他變得沉穩多了，持續了好一段時間。他喝酒之後，兩人依然會爭吵，但無論吵得多兇，他再也不會出手打人，她的孕肚成了盔甲，她不敢置信，自己又產生了幸福感。

某天早上，娜蒂亞預定要去產檢，約翰說要帶她過去，因為外頭開始飄雪。該出發了，他露出酒鬼一大早醒來、雙眼空茫又略帶憂鬱的那種神情，不過，他似乎沒有動怒。娜蒂亞穿上外套，拿了包包，站在樓梯的頂端，準備戴上手套。一切發生在一瞬間，那雙暴戾之手突然猛推她的背，世界驟然消失在她的腳下，她不知哪裡是上哪邊是下。她在某個木階上彈了一下，出於本能，她立刻伸出雙手保護腹部。然後，又翻了一次跟斗，這次衝擊力更猛烈，她的臉直接撞牆，顴骨擦撞欄杆邊角，她的雙手不敵離心力，再也無法護腹。她又被踢了一腳，然後是第三次墜跌，完全被地心引力急拉而下，她的腹部首當其衝，終於，她停住了。沒有痛苦，沒有聲音，但最可怕的是，沒有反應。裡面似乎很平靜，未免也太平靜了。娜蒂亞記得約翰在階梯上方俯瞰她的模樣，神色淡漠，然後，他轉身離開，把她一個人丟在那裡。

米拉缺乏同理心，所以也讓她免除了感同身受之苦。唯一能夠觸動她的只有憤怒。當然，她覺得那女人很可憐，但她擔心自己的個性其實更像是另一個約翰。

這起新的家暴事件，無論有沒有正式報案紀錄，警方都無法置之不理，這個過程簡直就是預謀殺人。他們明白告訴娜蒂亞，這次她要是瞎編理由、讓約翰得以脫罪，比方說，她是自己摔倒什麼的，那麼他日後一定會再犯，屆時死的將不是小孩，而是她自己。

所以，她終於鼓起勇氣。報案之後，她遵守一切守則，甚至還住在收容受暴婦女的庇護所，以免被他找到。約翰被收押，而且因為拒捕而不得交保。娜蒂亞最大的勝利並非是多年隱忍這個禽獸，而是立刻獲得判准離婚。

然後，藍迪．菲利普斯出現了。

他出庭的時候，只拎了雙高跟鞋。不需要證人，不需要其他證據，就足以證明她是哪一種母親，明明懷有身孕，也知道冬雪之日出門走路有點危險，但依然不願放棄穿高跟鞋的女人，完全不把肚中生命當一回事的那種女人。

那天，約翰被無罪釋放，而娜蒂亞則人間蒸發。

她沒有帶走任何一件衣服，就連她過往使用的物品也毫無眷戀，也許她就是希望大家誤以為她被前夫弄死了。的確，約翰一度看來情勢不妙，鐵定會被起訴，但藍迪．菲利普斯再度出手，檢方完全拿不出對約翰不利的證據，所以，娜蒂亞這一回合也輸了。

米拉讀完檔案之後，開始思考案情。她必須要保持思慮清明，要是產生了憤怒感受，也必須暫時放下。娜蒂亞歷經了這些折磨，不需要以追捕一般罪犯的方式、將她緝捕歸案。也許，瓦林的狀況也一樣，他對母親之死的哀痛十分真切，

大家也能夠理解，不過，他也早該走出來了才是。靠，他足足醞釀了十七年才犯案。

依照波里斯先前所給他們的稱號，這對殺手鴛鴦，其實是個性截然不同的雙人組。在娜蒂亞亡命天涯的某個時間點——因為米拉覺得她是逃離暴力老公的妻子——她認識了羅傑，兩人都向對方說出了自己的過往，發現彼此擁有相同的秘密，也許，也對這世界懷抱相同的仇怒。他們一股腦說出了自己的恨意，創立了他們的殺人小組。

我不懂娜蒂亞為什麼不殺了她老公，反而要殺他的律師？先前波里斯在與她通話的時候，曾經提出了這個疑問，然後，他又改口，補了一句，或者，最後通牒是針對他？

但米拉對這種觀點持保留態度。要是娜蒂亞真的也想要殺死她的前夫，行兇順序應該顛倒過來才是。用如此驚人的方式殺死藍迪，結果卻造成警方保護她老公，這麼做有什麼意義？如果她先殺死的是老公，那麼絕對不會有人懷疑她也想一併做掉菲利普斯。

歹徒下達最後通牒的對象並非約翰．尼佛曼，米拉對此十分確定。波里斯曾說，那男人嚇到

挫賽。娜蒂亞選擇報復菲利普斯的方式是套上那只婚戒，而且讓他在新人成婚的小教堂痛苦死去，而她留給前夫的報復方式則是恐懼，她想要讓他承受自己經歷過的那種痛苦，時時活在生命飽受威脅的陰影之下，她要讓他知道，隨時都可能輪到他，她要他體會那種等待某種命運到來的煎熬。

艾瑞克·溫切恩提桌上的電話響了，害米拉嚇了一大跳。她愣了一會兒之後才接起電話。

「妳在那裡幹什麼？」打來的是史蒂夫，「已經過了十一點，最後通牒的時間早就過了。」

米拉望了一下牆上的時鐘，她根本沒注意到時間，她語氣驚恐，「現在呢？」

「沒事。只有兩名男子在酒吧裡持刀械鬥，還有某名男子在今晚企圖殺死公司合夥人，但最後沒有成功。」

「有見到嗎『法官』？」

「我們十五分鐘前散會，所以我才打電話給妳，我知道妳還在那裡。瓦茲奎茲，趕快回家吧，聽清楚沒有？」

「遵命，處長。」

17

一陣冷冽薄霧，宛如冥河，在街頭幽幽漂流。

米拉前往總部停車場、準備開車回家的時候，已經將近十二點。她走到車子旁邊，發現有兩個輪胎破了，她立刻變得十分警覺：所有的異常事物都是潛在威脅。輪胎破了一對，表示有人要逼她步行，等到她走到街上、再伺機攻擊。但她立刻就放下恐慌，都是現在這起案件害她緊張兮兮。其實，只要她四處張望一下，就會發現附近的汽車全部都遭殃了。顯然這是小混混在刻意報復警察，上個月也出過一樣的事。

米拉決定搭捷運，立刻走向最近的車站。

街上空無一人，橡膠鞋底踩在濕漉漉的人行道，發出吱吱啾啾的聲響，建物之間聽得見她的足音在不停迴盪。她到達捷運入口，列車入站的氣流撲面而來，

她趕緊跑下階梯，希望還來得及。她把票卡插入閘門，卻卡住了，又試了一次，還是沒辦法。她聽到列車駛離的聲音，乾脆決定放棄。

過了一會之後，她站在售票機前面、準備買新車票，有人對她開口，「給我一點好嗎？」

米拉嚇了一大跳，旋即轉身，看到某個穿帽T的男孩站在那裡，向她伸手。她最初的反應是一拳朝他的臉揮過去，但她還是把找零的銅板全部放到他的掌心、看著他喜孜孜離開了。

終於，她過了閘門，搭乘電扶梯──人一站上去就會自動運轉的那一種。她抵達月台，對面

列車正好進站，一小群乘客陸續下車，不消幾秒鐘的時間，車廂已經空了一半。

米拉抬頭望著指示牌，她的車還得等四分鐘。

車站裡只有她一個人，但這個狀態並沒有持續太久。她聽到機器的聲響，看到電扶梯又開始運轉，馬上就會有另外一名乘客現身，不過，米拉卻沒有看到任何人。電扶梯的步階像鋼鐵瀑布一樣，不斷下降，但上面卻空無一人。她心想，這也未免拖得太久了，她突然想起在「低語者」一案中所記取的某個經驗。

敵人永遠不會立即現身，但一開始的時候會想辦法轉移你的注意力。

米拉的手握住佩槍，轉向另一面月台，找尋是否有埋伏。就在這個時候，她看到了她。

站在對面月台、面對著米拉的是娜蒂亞．尼佛曼，那一雙空洞大眼盯著她，被時間百般摧折的臉龐，彷彿像是剛結束一場漫長旅行的倦容。

她穿了件過大的羽絨外套，雙臂無力垂落身體兩側。

兩人就這麼站著不動，此刻宛如凝結的永恆。娜蒂亞舉起右手，將食指貼唇，示意要保持安靜。

鐵軌上的廢紙屑開始四處飛揚，就像是被隱形繩索控制的木偶一樣在亂動，為她們表演一場短暫的舞蹈。米拉一時沒發現這股擾流其實是某陣陰冷狂風來襲的前兆，後來終於恍然大悟，另一邊的列車即將進站。

就快到了，不久之後，它就會像柵欄一樣、橫亙在兩個月台之間。

「娜蒂亞！」當米拉發現對方正步步向前的時候，她不禁萬分驚恐，她的心知道該做些什麼才是，但腦筋卻一片空白。她沒多想，本打算要跳到軌道上面、直接涉過那條隱形的塵土狂風之河，但列車的燈光已經進入隧道，車速實在太快了，她沒辦法，「等一下！」米拉再次呼喊娜蒂亞，她沒有牽動臉上任何一條肌肉、依然緊盯米拉。

列車再五十公尺就要進站了，米拉已經感受到一股強風撲在臉上，「拜託不要這樣！」她大喊懇求，卻發現自己的聲音被一陣狂奔而入的金屬巨響所湮沒。

娜蒂亞微笑，又往前走了一步，正當第一節列車快要煞車的時候，她以米拉永遠忘不了的優雅姿態、跌墜軌道，宛如鳥兒驚飛而落。她只發出了一聲砰響，而且立刻被列車急煞聲蓋了過去。

米拉愣了好一會兒，望著阻絕她與事發現場的那道鐵簾。然後，她狂奔上樓梯，到了另外一邊，奔下月台，準備衝向娜蒂亞剛剛站立的地方。

一小撮剛下車的乘客聚在靠近隧道的月台末端，米拉硬擠過去，拿出警證，「我是警察。」列車駕駛怒氣沖沖，自言自語啐罵，「幹——我今年遇到第二次了。他們就不能挑別的地方嗎？」

米拉低頭望著鐵軌，她並不覺得會看到什麼鮮血或殘肢，她心想，其實，看起來總像是列車吞沒了那個人一樣。

沒錯，唯一躺臥在那裡的是一隻女鞋。

也不知道為什麼，這樣的畫面讓她聯想到自己的母親，還有她走路送米拉去學校時不慎跌倒的情景——總是自持穩重、擔憂儀容的她，因鞋跟斷了而狼狽不堪。米拉記得母親躺在那裡，頭髮蓬亂，一隻鞋子不見了，肉色褲襪的膝頭抽絲破洞，平常她那頻頻吸引男性目光的冷豔美貌，如今卻被某個不願停下來扶她一把、居然還哈哈大笑的路人挫得一敗塗地。米拉好氣那個沒教養的混蛋，而且覺得她母親好可憐——這是在她的心變得虛空之前、最後一次感受到的強烈情緒。

這段記憶也讓她立刻轉身、面向後頭那群不斷擠壓而來的群眾，「麻煩後退！」

她也在此時發現到站在人群後方、穿著帽T的男孩，正是她先前偶遇的那一個。也許他聽到了騷動，衝下來看熱鬧，不過，他卻一直站在樓梯口。米拉注意到他盯著手中的某個物品，表情很困惑。

她對他大叫，「喂！」

米拉走過去，大聲喝令，「快交出來！」

他嚇得往後退，隨即伸手、把東西給她看，「我在這裡找到的，」他指了一下月台，「我發誓，我真的沒有要偷的意思。」

那是紫羅蘭色的戒指盒。

米拉接過東西，只丟了一句話，「你走吧。」他也乖乖閃人。

她望著手中的東西，立刻聯想到藍迪．菲利普斯之死。不過，要是婚戒在死屍的手上，那麼這個盒子裡面又放了什麼？

米拉遲疑了一會兒，然後小心翼翼打開盒子，很擔心不知道會看到什麼東西。

雖然她馬上就認出那是什麼東西，但依然盯著它，一臉不可置信。

一顆沾血的牙，人類的牙齒。

18

「相信我，我看過超多殘缺不全的屍體。」

這名年輕警佐先前一直就覺得好納悶，受害者的前臼齒不知跑到哪裡去了？兇手為什麼要帶走那個奇特的紀念品？

「有些人挑的是耳朵或手指頭。有一次，在某個毒販的床底下，我們找到了他在幾小時之前殺死的毒蟲頭顱，天知道他怎麼會想把那東西拎回家。」

這種八卦嚇不倒米拉與波里斯。要是他們兩人沒出現的話，這顆失蹤的牙齒又會變成午餐時段和同事打屁聊天的奇聞話題而已。米拉現在沒有興趣聽這些毛骨悚然的故事，因為就在一兩英里之外的地方，殯葬人員正忙著蹲在那台倒楣列車駛經的鐵軌旁邊，收拾娜蒂亞·尼佛曼的殘屍。

所幸年輕警佐總算住嘴了，他們三人在這家大型二手家具店的展示間繼續前行——裡面有鄉村風格的廚房、亮灰色的臥室、維多利亞式的客廳，接下來又是廚房，但這個比較具有現代感。在這一路上，米拉開始回想這個晚上所發生的一切，起初，她的車有兩個輪胎遭人刺破，顯然這是娜蒂亞的計謀，要引她去搭乘捷運。而在她自殺之前，還向米拉示意要保持安靜。最後，還給了她這條線索。米拉依然搞不懂，找到這次的最新犯罪現場怎麼會這麼容易？他們只需要在總部電腦系統裡面輸入「牙齒」這個關鍵字，這起詭異命案立刻現蹤，案發時間在一大清早，約在破曉時分，當時聯邦警務總部的菁英都集聚在「愛的小教堂」。

「我們完全找不到兇手留下的痕跡，」這位警佐說道，「雖然有大量血跡，連個指紋也沒有。如果你問我，我會說這是高手犯案。」

受害者是五十五歲的阿拉伯裔男子，名叫哈拉緒。

「大家把他叫作『收屍人』，」警佐繼續說道，「專門以清空死人家當為業。只要是有人一嗝屁，就會看到他現身，向死者親人開價買遺物，他的習慣是一次全買走。許多人都是獨居，身後留下一切給兒孫，而他們根本不知道該怎麼處理這些家具或設備。哈拉緒為他們解決了問題，而這些人萬萬沒想到這些老舊的東西其實可以賺錢，這個收屍人只需要看訃聞，就能嗅到絕佳商機。不過，大家都知道他開始放高利貸，但他和其他地下錢莊的老闆不一樣，要是借錢的人付不出分期貸款的時候，哈拉緒不會立刻打斷對方的骨頭。反而會奪走他們的財產、變賣，把這筆收入當成利息。」

米拉張望周邊的那些物件，它們屬於別的時代，別的生靈。每一個都有自己的故事。誰曾經坐在那張沙發上面？又是誰曾經睡過那張床或是看過那一台電視？

這些都是其他人生活的遺痕，在他們過世之後，都成了二手回收品。

「所以哈拉緒才負擔得起這個地方，」他們經過了另外一間毫無特色的客廳，警佐繼續說道，「過了一陣子之後，他不需要再放高利貸了，開始做合法公開的生意。他很幸運，先前的那些勾當只讓他坐了兩年的牢，他大可以過著逍遙的下半生，不過，他又偷偷摸摸開始經營高利貸。大家不都這麼說嘛，死性不改。哈拉緒個性貪婪，這一點毋庸置疑，但我認為還有一個重要原因，讓他會做出這種行為，控制那些需要他鈔票的窮苦人家，能夠讓他得到快感。」

警佐站在緊急逃生門的門口，猛推把手，映入他們眼簾的是一間堆滿廉價家具的儲藏間。警佐帶他們走到房間的另一頭，那裡有間小小的辦公室。

「這就是案發現場。」

波里斯與米拉看到那個以黃色膠帶封鎖的陳屍位置，輪廓依然清晰可見。

「兇手拿鉗子將被害者牙齒一顆顆拔下來，就是為了要逼問那個密碼，」他指了一下壁嵌式保險箱，「舊款式，雙轉盤的那一種。」

有人以黑色麥克筆在牆上寫了一組數字與字母，字跡歪七扭八。

6-7-d-5-6-f-8-9-t

米拉與波里斯望著保險櫃的門，依然關得緊緊的。

「他沒有問出全部的密碼，」警佐知道他們在想什麼，「這個混蛋臭老頭很固執，他以為自己可以挺得住。盜匪從哈拉緒口中逐一問出了數字與字母，但他還沒講出最後那幾個密碼就掛了。法醫說他心臟不好，受不了這樣的壓力。你們知道嗎？要是在無麻醉的狀況下拔牙，痛苦的程度就跟中槍一樣。」他搖搖頭，看不出他這動作是覺得不可思議抑或有趣，「他拔了八顆牙，我們找到了七顆，最後一顆在你們手上，不知道他為什麼要帶走那東西……」

米拉說道，「因為你不知道兇手來此的真正目的。」

警佐不解，「什麼？」

「你們誤以為這只是一起強盜未遂案。」米拉從外套口袋裡取出橡膠手套，戴上之後，走到保險箱前面。

警佐詢問波里斯，「她要幹什麼？」但這位探長沒接腔，反而示意他站在一旁看就是了。

米拉開始撥弄那兩個轉盤，一個是數字，另外一個是字母，她的目光在保險櫃與牆壁之間來回飄移，將那組黑色麥克筆序號逐一在轉盤上排組，「應該不能說兇手沒有問出全部的密碼，他只是把剩下的部分寫在別的地方。」

米拉在那組密碼序列後面又補上h-2-1。

她準備拉開保險櫃把手的那一刻，心中已經十分篤定，藍迪．菲利普斯婚戒裡的刻痕，並不是最後通牒的倒數時間。

警佐驚呼，「靠！」

保險箱裡有一大疊鈔票，還有槍，但似乎沒有人動過。

「我馬上找克列普過來，」波里斯語氣亢奮，「我們需要專家再次仔細搜查現場，也許可以找出指紋。」

「我們本地的鑑識人員已經搜查過了！」聽得出警佐的語氣有一絲惱怒，顯然他的長官們並不信任他。畢竟，對他而言，米拉與波里斯不是同事，只是兩個從總部派來的空降部隊，拚命質疑他的辦案方法。

「警佐，這不是針對你們，」波里斯態度輕蔑，「我們謝謝貴方同仁的協助，但我們已經浪費了太多時間，現在我們需要頂尖高手。」說完之後，他立刻從口袋裡拿出手機打電話。

米拉依然在檢查保險箱裡面的東西。她好失望，原本以為會找到什麼曖昧的線索。就只有這樣嗎？她真希望自己是錯的。不可能，我不相信。

在她後頭的兩個人還在爭執不休，「長官，隨便你了，幹你這種行為真是大錯特錯，」顯然警佐已經動怒，「要是你願意好好聽我講，只要一分鐘就好，那麼我就可以告訴你，這個兇手——」

「夠了，」波里斯氣呼呼打斷他，「兇手，你一直講這個兇手，彷彿只有一個人涉案一樣，但也有可能是雙人組，甚至是三人，目前這個階段還不能下定論吧？」

「不，長官，真的只有一個人。」警佐斬釘截鐵，語氣簡直就像是在抗命。

「你怎麼這麼確定？」

「我們有他的影帶畫面。」

19

那段影帶成了關鍵。

警佐安排的看片地點是他的辦公室，剛才的最後一句話讓他意外成了明星人物，讓他甚是得意。

現在剛過凌晨兩點，米拉已經感受到睡眠剝奪與低血糖的症狀，她剛才趕緊在電梯旁的販賣機旁邊買了條巧克力。

「我也不知道為什麼，但現在這案子無論出現什麼狀況，我也不覺得有什麼好意外的了。」

米拉沒回他。

警佐清了一下喉嚨，「我們幾乎可以百分百確定兇手從大門進來，可能是趁傍晚的時候、混在其他客人之中一起入內。然後，他躲起來，等待他的時機到來——究竟是什麼時候，我們並不清楚，目前只知道他利用側門逃逸。算他倒楣，幾公尺之外就有間藥房裝設了監視器。」

當地警察立刻查扣了影帶，也就是他們等一下要檢視的內容。

投影機已經連接到電腦，負責操作的是某名具有資訊專業背景的員警。「速度很快，」警佐說道，「所以你們一定要全神貫注。」

以廣角鏡頭拍攝的畫面出現了，空無一人的街道，汽車全部停放在路邊。根據上方的字幕，時間是早晨五點四十五分。影像畫質很普通，呈現粗粒狀，而且還斷斷續續。米拉與波里斯靜靜等待，不發一語，突然之間，有個幽影從畫面下方衝出來，瞬間消失無蹤。

警佐說道，「這就是我們的兇手犯案之後的逃離畫面。」

波里斯問道，「就這樣？」

「最精采的來了……」警佐向那名操作電腦的員警示意了一下。

畫面變了：是另一條馬路，整個街面一覽無遺，日期與時間與剛才的畫面一樣。

「我們鎖定嫌犯之後，在這個區域的另外一台監視器畫面當中、找到了他。所以我們也得以重建他的活動軌跡：比方說，這一段畫面，可以看到他正好從超市走出來。」

這一次，兇手直接走向攝影機，他們清楚看到他穿著雨衣還戴了一頂小帽。

警佐說道，「很可惜，他的臉全被帽簷擋住了。」

畫面開始不斷變換：提款機、健身房、十字路口的監視器畫面，但就是看不到嫌犯的臉。

「他很清楚……」米拉開口，大家都轉頭看著她，「他很清楚要怎麼避免被攝影機拍到，這傢伙非常狡猾。」

「我倒是不覺得，」警佐回道，「這地區至少有四十台監視器，也不是每一台的位置都那麼顯眼，他不可能全身而退。」

米拉充滿自信，「但他就是辦到了。」

他們繼續盯著螢幕，希望兇手會出紕漏。過了五分鐘之後，嫌犯突然在轉角消失不見。

波里斯很不高興，立刻怒聲責問，「怎麼回事？」

警佐囁嚅，「找不到人了。」

「這話什麼意思？」

「我從來沒說可以讓你看到兇嫌的臉，只是可以證明他獨自犯案罷了。」

「那你幹嘛要讓我們在這裡枯坐十分鐘？看這種畫面？」

這位探長勃然大怒，警佐不知道該怎麼回應，一臉困窘。他向操作電腦的員警示意，「現在我們看一下慢動作畫面。」

「最好這次別浪費我們時間，不然你就完蛋了。」

「等等，」米拉問道，「你們有沒有兇案發生之前那個下午的錄影畫面？」

警佐不知這個問題與案件的關聯在哪裡，「有，我們查扣了一整天的影帶資料。為什麼問這個？」

「既然他知道攝影機位置，所以他一定事先勘查過。」

警佐回道，「但未必是動手殺人的那一天。」

米拉突然靈機一動。他想要被大家認出來，但不想被外行人識破，就像是羅傑·瓦林的衣服或是娜蒂亞·尼佛曼的婚戒一樣。他想要測試我們，要確定坐在電腦螢幕前的就是他要找的對象，也就是已經在偵辦此案的那些警察。為什麼？

波里斯面向她，「如果真如妳所說的一樣，那麼我們只需要一台監視器的畫面就行了，妳覺得要挑哪一個？」

「十字路口的那一台，因為它涵蓋的區域較大，影像畫質也比較銳利。」

警佐對電腦前的員警下達指令。

螢幕上再次出現同一條街道，但這次是白天的景象，車水馬龍，人來人往。

米拉問道，「可不可以快轉？」

人群與車輛開始以瘋狂急速移動，彷彿在看喜感默劇，但沒有人笑得出來，大家都提心吊膽，米拉祈禱自己不要出錯，這是他們唯一的機會，但她也知道自己可能完全搞錯了方向。

「找到他了！」警佐得意大叫，指著螢幕的邊角。

另一名員警將影帶調回正常播放速度，他們看著那個戴著小帽的男人、走在景框邊緣的那條人行道，他低著頭，雙手插在雨衣口袋裡面。在斑馬線前面停下來，與其他路人一起等綠燈。

米拉在心中默唸，*趕快抬頭，不然你怎麼會看到攝影機？*她在慫恿他，*快啊，抬頭吧。*

行人開始過馬路，看來燈號已經變了，但他們的兇嫌卻動也不動。

警佐一臉困惑，開口發問，「他在幹什麼？」

他們繼續盯著螢幕，米拉也開始恍然大悟，他之所以選擇十字路口的監視器，理由就和我們一樣，因為它涵蓋的區域較大，影像畫質也比較銳利，她心想，等一下就可以看到他要表演什麼給我們看了。

嫌犯蹲在人孔洞旁邊繫鞋帶，抬頭，目光直視攝影機。他態度極其冷靜，舉手摘掉帽子，揮了兩下。

他在向他們打招呼。

波里斯說道，「不是羅傑．瓦林。」

警佐啐罵，「他媽的。」

他們不認識他。

在這間辦公室裡面，只有一個人認得他，就是米拉。倒不是因為那張在等候區牆上的臉龐，而是因為他有好長一段時間都坐在她的辦公桌對面，他們是靈薄獄的同事。

我四處尋訪他們的下落，永不停歇。

這是他在失蹤之前、經常告訴她的那一段話。

艾瑞克．溫切恩提。

貝瑞世

證據編號511-GJ/8

在某年九月十九日，淹死維克多·莫斯塔克的兇手、利用受害者手機發送的簡訊謄本：

漫漫長夜來臨，幽影軍團已經進駐這座城市。他們已經準備要迎接他的到來，因為他即將抵達這裡。叫他「巫師」、「靈魂魅誘者」、「晚安男」都可以：因為凱魯斯擁有上千組的稱號。

20

大家都想要和賽門．貝瑞世談心。

他這個人有某種特質，可以打開別人的心房，讓他們說出心底話、傾吐私密細節。這並不是最近的新發現，他知道這是自己的天賦。比方說，他的老師也不知道發什麼神經，居然告訴他——而且只告訴他而已——她和副校長搞在一起。倒是沒有講得這麼白，但光聽到這段話就懂了，「賽門，前幾天喬丹先生在我家的時候，看到你寫的文章，他說你文筆真好。」

還有一次，學校裡最正的美眉，溫蒂，曾經告訴他——而且只告訴他而已——她吻了她旁邊的女同學，她還補充了一句，「神奇奇」——她還為此創造了一個新詞。但她為什麼要挑全校最宅的男生傾吐這種秘密？

其實，早在溫蒂或那位老師對他說出心事的數年之前，他的父親也曾經做出幾乎一模一樣的事，「要是哪天你沒聽到我的車子駛進家裡的車道，別擔心，好好照顧你媽媽就是了。」實在不該對八歲小男生說出這種話，而且，他爸爸這麼做並不是為了要教導賽門什麼是責任感，反而是為了要讓自己卸下肩頭的重擔。

這些記憶突然向他排山倒海而來，現在，他忍不住一頭栽進回憶裡，那些算不上是特別悲傷或不快的記憶，只不過，已經是前塵往事，他也不知道該怎麼面對就是了。

「……朱利亞斯喝得爛醉如泥，所以走錯了畜棚，裡面不是母牛，而是巨大的公牛在瞪著他。」馮丹講完自己的故事之後，暢懷大笑，貝瑞世雖然聽到一半的時候就開始恍神，但還是配合大笑。在剛才這半個小時當中，馮丹講了許多鄉野奇譚，這是好現象，表示這個農夫已經開始放鬆。

貝瑞世問道，「你的燕麥收成怎麼樣？」

「每一季都盡量塞滿兩個穀倉囉，老實說，還算不錯。」

「天啊，我不知道產量這麼驚人，今年怎麼樣？我聽說下雨影響很大。」

馮丹聳肩，「時機不好的時候，勒緊皮帶就不成問題，提高休耕地的比例，隔年種玉米，彌補一下損失的時間。」

「我以為最近都採用循環耕種法了，不知道你還會讓田地休耕。」貝瑞世拚命擠出高中農業課習得的殘餘記憶，不幸的是，他已經快要詞窮了。在過去這一小時當中，他們已經變得很熟，現在絕對不能讓兩人之間冷卻下來。但他需要改變話題，而且不能過於突兀，「我猜你一半的收成都拿去繳稅了吧。」

「哦，沒錯，那些王八蛋的手就是不肯放過我的口袋。」

繳稅，閒聊的好話題出現了，屢試不爽。它會營造出某種共謀關係，他需要的就是這個東西，他要善加利用，「每當我接到某兩個人打來的電話，就會嚇得發抖，一個是我的會計師，一個是我的前妻。」

他們兩人同時哈哈大笑。其實貝瑞世從來沒有結過婚，不過這樣的謊言，也巧妙帶入了某個禁忌字詞。

老婆。

貝瑞世開了七十公里的路過來、兩人相見的理由就是因為馮丹的老婆，但此刻已經是凌晨四點多，他們卻一直沒有聊到這女人。他突然覺得要是有人看到他們兩人現在的模樣，可能會以為他們在酒吧剛認識，正在喝啤酒聊天打發時間。只不過，這地方跟酒吧天差地遠。

這間鄉下派出所的迷你偵訊室，不但狹小，而且還充滿了菸臭味。

這地方很可能是唯一還能抽菸的公共場所，貝瑞世先前答應馮丹，可以將他自己的菸草與捲菸紙帶進來，他同事一向把香菸當成獎勵。根據法律規定，他們不能阻止嫌犯去上廁所，而且要是對方要求的話，也應該要提供食物與飲水。所以警方會不斷拖延允許他們上廁所的時間，或是只給他們一小瓶水，而且味道就像是熱呼呼的尿，但這些作法可能有被嫌犯投訴的風險。至於抽菸並不算是基本人權，再說，要是被偵訊者正好是超級大菸槍，那麼逼迫對方無法吸菸，也等於是某種施壓的方法。貝瑞世才不信這一套，他也不信威脅之道，或是什麼扮黑臉白臉的偵訊技巧，也許是因為他認為在壓力之下所說出的供詞沒那麼可信。某些警官只能出此下策，但貝瑞世認為只有在一個地方、同一段時間、說出的唯一自白才真正算數，而且，犯下某些罪行的嫌犯，一進入正式場所就是不肯招認。

尤其是那些一時衝動的殺人犯。

之後的一切——為了配合檢方或是因應陪審團需求而不斷重複的那些陳述——都會由於罪犯企圖與自己良心展開和解、而變得扭曲失真。因為真正艱難的部分並非面對他者的審判，而是在自己餘生之中的每個日日夜夜、驚覺他們一直誤以為自己是好人，實則不然。

所以，要讓他們完全吐實，也就只能期盼那唯一的神奇時刻。

貝瑞世感覺得出來，馮丹已經到了那個臨界點，從他聽到「老婆」這個字詞的反應就可以看出端倪。

「女人真麻煩……」貝瑞世語氣一派輕鬆，但他已經為柏娜黛特．馮丹的幽魂打開了大門，她走進偵訊室，靜靜坐在他們之間。

這已經是馮丹第四次被警方找來，要求他解釋為什麼在這將近一個月的時間當中、一直沒有人看到他老婆。

沒有人提到失蹤，遑論謀殺，因為目前沒有足夠證據支持任何一種假設。

就法律層次來說，她現在的狀況應該要被稱之為「失聯」。

一切要從頭說起，只要有男人哄騙柏娜黛特要一起私奔、遠離那個渾身堆肥味的老公，她就會離家出走。這些男人多是長途卡車司機或是四處拜訪客戶的業務，發現她一受吹捧就會被迷得神魂顛倒，只要稱讚她美麗智慧過人、不該留在這個鳥不拉屎的小村莊，就能贏得她的芳心。這招超管用，她總是會爬進卡車或鑽入汽車，但最遠也不過就是第一間汽車旅館罷了。他們會在那裡待上幾天，男人玩夠了之後，把她修理一頓，然後叫這女人滾蛋、回到當初娶她的那個笨蛋身邊。馮丹總是會把她帶回家，但什麼都不問——其實，是不發一語，貝瑞世心想，這種行為可能讓柏娜黛特更瞧不起他。就算他出手打她，好歹算是種反應，但他並沒有這麼做，她的生命中也只有這個從來沒有愛過她的窩囊廢。

因為你要是真心愛上某人的話，也可能由愛生恨。

她的老公是她的獄卒，總是用繩鍊拴住她，竊笑不已，他深信她反正永遠不可能找到比他更好的男人。看到馮丹的每一天——根本是每一秒鐘——都等於在在提醒她，就算她比其他女人漂亮聰明，最多也只能與他在一起而已。

不過，柏娜黛特每次離家的時間至多只有一個禮拜，但這次也太久了一點。

大家都以為她是跟最近勾搭的對象私奔了——某個販售動物飼料的業務——但有兩三名證人說曾經看到她回到農場。但自此之後，她就沒有到村裡買過東西，星期天的時候也沒有去教堂望彌撒。於是馮丹終於再也不想當蠢綠帽老公、決定宰了老婆的謠言，也開始傳得甚囂塵上。

當地警方也覺得流言並非無的放矢，因為，柏娜黛特某名好友的說詞，由於她一直沒回電話，而且也不再出現，所以她跑去柏娜黛特家中一探究竟，但她所有的東西都還在家裡。兩名警員也詢問了她的丈夫，而他的回應是老婆在大半夜只身著睡衣睡袍就離家出走，沒有穿鞋，也沒有帶現金。

當然，沒有人相信這種鬼話。但因為柏娜黛特曾經多次搞失蹤，所以警方也拿馮丹沒辦法。

如果真的是他殺了她，那麼，最簡便的棄屍方法，就是把它埋在自己的某處田地。警方已經帶著嗅犬搜查過他家的部分區域，但農場幅員廣大，得要派出數百人、花兩個月的時間才能完成徹底搜索。

這就是為什麼馮丹先前已經被三度叫進警局。他們輪流上陣，逼問了好幾個小時之久，大家都一無所獲，他總是堅持自己的版本，每一次都只能把他放走。第四次的時候，他們從市區請來了某名專家，大家說他是問案高手。

大家都想要和賽門．貝瑞世談心。

貝瑞世知道他的同事之前就搞砸了，因為最難讓兇嫌認罪的部分不在於殺人，而是在於棄屍地點。

這也就是為什麼有百分之四的謀殺案永遠找不到屍體。貝瑞世很清楚，就算他能夠讓馮丹承認自己殺了嫩妻，也絕對沒有辦法問出屍骸位置的任何線索。

很正常，這是一種可以讓兇手避免面對自己暴行的某種方法。所以，這也讓自白有了討價還價的空間：我告訴你是我幹的，那麼你就讓我永遠不要再看到受害人，讓他們好好留在原來的地方就是了。

當然，這樣的交換條件並沒有任何法律基礎。不過，貝瑞世十分清楚，所有警方的訊問者都會讓罪犯產生這種幻覺。

「我結過一次婚，」他開始鋪陳，「三年的地獄生活，所幸沒有小孩。不過，我現在得要付贍養費給她和她的吉娃娃。你不知道那隻狗花了我多少錢，最糟糕的是牠恨死我了。」

「我有兩隻混種狗，牠們是很好的守護犬。」

貝瑞世心想，他轉換了話題，大勢不妙，必須要把它拉回來才是，「我好幾年前開始養荷花瓦特犬。」

「那是什麼品種？」

「它的意思是『田園守護者』。有淡金色長毛的漂亮大狗。」貝瑞世沒有說謊，他真的養了一隻名叫希區的荷花瓦特犬。「我太太的狗超煩人，但我爸爸總是告誡我：把女人娶回家，就必須對她還有她所愛的一切負起責任。」這一段就是他鬼扯的話。他的父親——那個人渣——拋下所有的責任、一走了之，反而讓一個八歲的小孩承擔一切。不過，他現在需要編出一個會吐露珠璣小語的嚴肅父親。

「我爸爸教導我要努力工作。」馮丹臉色一沉，「我之所以會變成今天的模樣，完全是他的緣故。我繼承家業，為了經營而必須做出的犧牲奉獻，我也默默承受下來。相信我，這種生活一點也不輕鬆。」他低頭，輕輕搖了好幾下，沉溺在自己的悲傷情緒之中。

他又縮回去了。

貝瑞世感覺到柏娜黛特幽魂的雙眸正盯著他，顯然是譴責的意思，居然放任她老公就這麼漂走了。貝瑞世必須趕緊把他拉回來，不然一定會就此斷線。他必須要冒險一試，但要是沒搞好的話，一切就完蛋了。要是他沒猜錯的話，馮丹的爸爸就和他父親一樣都是人渣，所以他開口說道，「我們之所以會變成現在的模樣，也不是我們的錯，這得看我們的上一代是什麼樣的人。」

他提到了一個重要的概念：「錯誤」。如果馮丹是敏感的人，或者覺得自己擁有全世界最棒的父親，那麼他一定會開口反駁，而這長達六個小時的「閒談」就白費了。當然，也有另外一種可能，他痛恨自己一直這麼軟弱，而貝瑞世正好給了他大好機會，能夠將自己的缺點怪罪給別人。

「我父親生性嚴厲，」馮丹說道，「我必須早上五點起來，在上學之前完成農場的所有雜務，一切都必須要以他交代的方式完成，如果犯錯的話，我就慘了。」

貝瑞世希望能鼓勵他繼續說下去，於是他開口附和，「我也被我爸爸賞了多次巴掌。」

「我爸不是，他用的是皮帶。」馮丹的語氣沒有憎恨，反而近乎失落，「但他的處罰是對的，有時候我會恍神，而且常常作白日夢。」

「我小時候總是喜歡幻想搭太空船旅行——我喜歡看科幻漫畫。」

「我連自己在想什麼都不知道。我一直拚命想要專心，但過沒多久之後就開始精神渙散，我實在沒辦法，就連老師也說我反應慢。但我爸爸聽不進任何藉口，因為只要在農場工作，就是不能分神的。所以每當我犯錯，他就會狠狠修理我，我也得到了教訓。」

「想必你自此之後就再也不曾出錯。」

馮丹遲疑了一會兒，然後以近乎氣音的方式低聲說道，「沼澤附近有一小塊地，今年應該是長不出任何東西了。」

在那個當下，貝瑞世其實不確定馮丹到底是不是說了那段話。他沒接話，讓沉默宛如布簾一樣落在兩人之間。要是馮丹覺得不安，那就讓他自己閃開，給貝瑞世看到幕後全貌——案情的其他部分，那些駭人的細節。

「可能是我的錯，」馮丹繼續說道，「我用了太多除草劑。」

他把自己、還有「錯誤」那個字詞並置在同一句話之中。

「可不可以帶我去沼澤附近的那塊地？」貝瑞世態度平靜，「我想要看一下。」

馮丹點點頭，起身，臉上露出一抹淡淡的微笑。這樣就對了。一直把這種秘密藏在心底，令人身心俱疲，但最後他還是得到解脫，不需要繼續偽裝下去。

貝瑞世轉身，柏娜黛特的幽魂消失了。

過沒多久之後，一列警車出動，急速駛向現場，馮丹在車上的時候，似乎心情平靜。貝瑞世心想，他已經得到了那種寧和感。他完成了自己的任務，照顧了妻子，現在柏娜黛特終於得以舉行葬禮，以更有尊嚴的方式入土為安。

大家都想要和賽門・貝瑞世談心。

不過，更精確的說法其實是這樣的：大家都想要在賽門・貝瑞世面前供出惡行。

21

有本《白鯨記》，一直放在艾瑞克．溫切恩提的辦公室抽屜裡面。一個能在梅爾維爾的著作中、找尋到生命真諦的人，居然會成為對人拔牙虐殺致死的兇手，米拉依然覺得不可置信。

他曾經說過，《白鯨記》蘊含了他們工作內容的精髓。亞哈船長苦苦追鯨的那種態度，就像是他們在找尋茫茫人海中的失蹤人口一樣。「不過，有時候，不免會讓人懷疑小說裡的真正禽魔到底是誰？是那條白鯨？還是亞哈？為什麼亞哈一定要堅持找到某個不想被別人探知下落的生物？」

他對他們工作的質疑，已經可以在這個簡單問題中看出梗概。

殺害「收屍人」哈拉緒的兇手是個心思極為細膩的人，會做出各種贏得好感的體貼舉動。比方說，米拉一早進入靈薄獄辦公室的時候，總是會看到他準備的咖啡。他工作的時候，總是習慣把某台小收音機放在身邊，音量調得極低，他固定收聽專播歌劇的電台頻道，還會跟著一起哼唱詠嘆調。只要他們去尋訪某個失蹤人口的父母，他也一樣會事先在口袋裡準備乾淨手帕，萬一對方哭出來的時候就可以派上用場。艾瑞克．溫切恩提，隨時會請你吃薄荷糖；艾瑞克．溫切恩提，從來不生氣；艾瑞克．溫切恩提，是米拉遇過最不像警察的警察。

「艾瑞克愛喝酒，」史蒂夫低聲回道，在他的辦公室裡面，有一股教堂般的怡人寧謐氣氛，

「他是酒精的奴隸。」

「我一直不知道這件事。」

「因為他不像娜蒂亞的老公，喝醉之後就露出醜惡的一面、對老婆暴力相向。艾瑞克就是屬於我稱之為專業酒鬼的那種人，他們可以撐一整天，不會顯露任何異狀，因為他們其實沒有真的喝到醉醺醺。他看起來像是個正常人，但陰暗的那一面終究會造成傷害。我們都會戴面具隱藏自己最醜惡的那一個部分，而艾瑞克的面具就是薄荷糖。」

辦公室房門後方一片嘈雜，犯罪偵查小組正忙著帶走溫切恩提辦公桌的所有物品——那本《白鯨記》除外，因為它和他一起失蹤了——他們希望能夠挖出某些線索，在這詭譎拼圖之中、找出下一塊碎片的方向。

目前，他們並沒有找到下一起命案的任何線索。

哈拉緒的保險櫃裡面沒有，他的屍身沒有，也許這代表整起事件即將落幕。米拉心想，不過，警察是生性多疑的動物，而且他們這方面的直覺通常是對的。舉例來說，她曾經很信任艾瑞克，但如今她卻必須付出慘痛代價。

「娜蒂亞在我面前、跳下捷運月台自殺，就是要把那顆牙齒的線索交給我……因為我是唯一可能在那卷影帶中認出艾瑞克的人。」米拉的語氣夾雜了困惑與苦痛，「但為什麼要挑哈拉緒下手？一個高利貸老闆，與溫切恩提或他的酒癮有什麼關聯？」

因個人恩怨而行兇殺人，在羅傑・瓦林與娜蒂亞・尼佛曼身上似乎是說得通。還有，娜蒂亞選擇自殺，而艾瑞克・溫切恩提與羅傑・瓦林也就現蹤一次而已，然後再度人間蒸發，這也讓案情變得更加撲朔迷離。

「這個地方是艾瑞克的詛咒，」史蒂夫說道，「其實，他的臉早就等於掛在等候區的那面牆上了，但他沒有注意，我也是。」現在他的語氣多了一抹憾恨，「他已經崩潰了，再也無法承受那些懸案的壓力，我應該要早點發現才是。每一個警官都必須要坦然面對自己的工作、及其所牽涉的黑暗面。靈薄獄吞噬了這些人，而且不肯放他們回來——就算是回歸人間，至少樣貌也與以往截然不同。我們部門的同事不可能因為辦案而貪污，不過，那空無之聲總有一天會對你開口，日積月累，搞不好會對你產生了吸引力。它給了你某條線索，讓你以為你還可以獲取更多線索，在那當下，你也割讓了部分的自我。但你畢竟不能與那空無之聲和平共存，沒辦法與它討價還價。最後，你為它打開了門，彷彿把它當成伸出援手的朋友，而它進入之後，卻開始掠奪你的一切。」

米拉回道，「就和那名收屍人一樣。」

史蒂夫沉默了，他倒是沒有想到這一點，「對，就和哈拉緒一樣。」他凝望遠方好一會兒，若有所思，「我覺得溫切恩提之所以挑他下手，是因為這傢伙是專門佔人便宜的敗類，那些被欺壓者的痛苦，就與逼人不得不失蹤的那種壓力不相上下。」

誰是惡魔？亞哈船長還是那條白鯨？

處長的臉部表情放鬆多了，「艾瑞克對那畜牲做出那種事，老實說，我也不怪他。」

史蒂夫的這段話令人心驚，彷彿他已經開始與魔鬼打交道。米拉心想，原本應該是「我們在這，他在那」的楚河漢界，但邪惡力量總是無孔不入。就連執法者也會忍不住誘惑、想要了解另外一邊的狀況。其實，每個人都需要一隻白鯨、作為自己假意在追索的目標。

史蒂夫起身，雙眼緊盯著她，「樓上的會議馬上就要開始了。無論他們怎麼評論艾瑞克，我們對他的看法也不該有任何改變。靈薄獄裡的罪行，就讓它留在靈薄獄。」

米拉點點頭，宛如某種對人赦罪的姿態。

22

總部立刻召開了緊急會議。

重要人物全都到場，還有各部門主管與犯罪偵查小組的分析人員，總共約有五十人，目前案情依然屬於最高機密。

米拉與史蒂夫阿諾波洛斯處長進入會議室。像她這種職級的警官，通常不能參加這種高階會議，所以她渾身不自在。史蒂夫對她眨眨眼，他們必須要團結一致，因為艾瑞克．溫切恩提涉案，所以靈薄獄也籠罩著一股集體罪惡感——眾人都以懷疑的目光看待他們，只不過因為他們曾與他共事過而已。但最讓她忐忑不安的是，她是現場唯一的女性。

在這場高官雲集的會議中，最令人匪夷所思的是「法官」缺席了。

雖然沒有親自現身，但「法官」的靈魂卻無所不在。米拉注意到牆上高掛的某台監視器狀似關機狀態，但她相信其實並非如此。

波里斯說道，「各位入座之後，我們就可以開始了。」為了因應開會，某張小桌早已有人準備了兩大壺的熱咖啡、放在某張小桌，而波里斯就是針對圍在桌邊的那些人在喊話。

不過幾秒的時間，大家全部乖乖坐下。

為了讓大家能看清楚螢幕，室內燈光已經調暗，米拉突然覺得頸底出現一陣刺癢，這通常意味馬上就要發生巨大變化，而且，斷無可能逆轉。

她已經有七年不曾出現過這種感覺。

這倒未必一定是警訊，有可能只是長駐在她內心的幽魂在仰頭探望、想要博取注意力。佈滿灰塵微粒的某道強光，從會議室後頭直接投射在波里斯後方的螢幕，然後，出現了三張並列的照片，分別是羅傑．瓦林、娜蒂亞．尼佛曼，還有艾瑞克．溫切恩提。

「不到四十八小時，已經出現了六名受害者，」波里斯說道，「我們現在對於這些嫌犯充滿了諸多疑問。這些人為什麼決定要在多年前消失？這段時間在哪裡？為什麼回歸人間的目的是為了行兇？這背後的陰謀到底是什麼？」為了要加強效果，他還刻意停頓了一會兒，「諸位都看到了，案情有許多模糊地帶，而且看不出彼此之間的強烈關聯性。不過，不管接下來會有什麼狀況，我們鐵定會出手阻止。」

在警方的話術中，這些字詞是為了要傳達某種堅定的決心，但米拉善於解讀肢體語言，她的主要感受卻是無力感與困惑。

她心想，當敵人在攻擊我們的時候，我們的主要焦慮不是無法反擊，而是想要拚命隱藏自己的軟弱無能。

不過，她也弄錯了。她先前以為瓦林與尼佛曼失蹤之後，認識了彼此，向對方傾吐自己的悲劇、仇恨，並且開始共同醞釀某起可怕的計畫。不過，出現了第三位主角之後，卻讓這套殺手鴛鴦的假設理論出現了破綻，艾瑞克．溫切恩提現身，證明他們現在面對的是更龐大、更難以預測的局勢。她好害怕，真心盼望這場會議能夠研擬出有效的防堵措施。

「與『法官』仔細討論之後，我們已經有了因應策略。不過，在出手遏止犯罪之前，我們必須要先了解案情重點。」波里斯伸手向古列維奇示意，而他也立刻起身，接替同事的位置、站在螢幕前面。

他劈頭說道，「我們要對付的是恐怖組織。」

□

米拉當下真的以為自己聽錯了。不過，她驚覺古列維奇是認真的，恐怖攻擊？真是瘋了啊。

「其實，這些事件的本質已經相當明確，」他繼續說道，「兇案接二連三而來，而最近的這一起謀殺案，讓我們看出了端倪。兇手與受害者之間的關聯混沌不明，我們如果排除復仇因素，也就只有一個可能，」他環顧全場，「意圖顛覆。」

會議室後方開始出現不安低語，宛如浪潮一樣不斷向前翻湧，古列維奇舉起雙手，示意大家安靜。

「諸位，」他繼續說道，「這個組織的細胞是由個體所組成，表面上是為了復仇而行兇，但真正的目的是為了要營造恐慌，造成社會秩序動盪不安。我們非常清楚，那種恐懼的威力更勝過千枚炸彈。」

米拉心想，這種版本何其荒謬。不過，扭曲事實本來就是警察的專長，當他們束手無策的時候，不願承認自己遇到困境，反而曲解真相，佯裝自己距離兇手只有一步之遙。

就在這個時候，十字路口監視器的影帶出現在古列維奇後方的螢幕，艾瑞克·溫切恩提沿著人行道前行，停在紅綠燈口，與其他行人站在一起，然後，他蹲在某個人孔洞旁邊繫鞋帶，脫下帽子，一臉倨傲，向所有盯著他的人揮手致意。

對米拉來說，將自己的前同事當成反抗社會與各項象徵機制的瘋子，實在太荒唐了，但她也驚覺在這些畫面中的艾瑞克與以往模樣簡直是天壤之別。

「要預測接下來的目標，十分困難，這一點我們無須否認，」古列維奇把雙手放在他微駝的背部後方，「我們不要忘了，目前我們所掌握的三名兇手，完全沒有前科，所以也沒有任何的檔案資料。我們之所以知道是羅傑．瓦林犯案，是因為他向唯一的倖存者說出了自己的姓名，還有他的服裝特徵；而尼佛曼這名兇手，靠的是受害者手上的婚戒；至於艾瑞克．溫切恩提，則是由某位同仁指認出他的身分。」

他沒有提到米拉的名字，她心懷感恩。

「這也符合了我們的理論，我們要面對的不是專業罪犯，所以我們不要期待與我們資料庫相符的完美指紋、血液或是DNA，此時此刻，反恐計畫啟動。我們的當前要務是追查羅傑．瓦林以及艾瑞克．溫切恩提的下落，揪出在背後支持他們、窩藏他們的那些同夥。」他開始伸出手指扳算，「第一：瓦林使用大毒蛇半自動步槍作為屠殺工具，他的槍是從哪弄來的？他不過是個會計，不可能自己弄到那種玩具。第二：我們必須要清查網路，逐一檢視那些極端主義者的網站，看看有誰發布了狂妄聲明，表達反政府的態度，甚至對於要如何實踐他們的瘋狂計畫、提供了具體建議。第三：我們需要注意政治活躍份子、軍火商，只要是曾經在過去揚言攻擊體制者，就算意圖並不明顯，也必須全面通查，一定要對這些人迎頭痛擊，我們的格言是『零容忍』，而且我們鐵定會抓到這些人渣。」

底下的聽眾自動自發開始鼓掌。這個舉動未必代表他們深信不疑，而是一種面對不確定感的方法，藉由掌聲，驅除不安。不過，這就像是在深不見底的水坑鋪地毯一樣。米拉很清楚，現場這些人都擔心會被困在摸不著頭緒的案件之中、動彈不得，而古列維奇給了他們一條方便的出口，雖然目前他的理論看不出有足夠說服力，但她的同事們在這種時候也別無選擇了。不過，這位探長卻犯下了一項重大錯誤：他鐵口直斷這些兇手就是「恐怖份子」，也就等於告訴他們不必費心思考其他的可能性。

「要是我們孤立他們，搗毀他們的根基，就能阻卻他們發動下一波攻擊。」古列維奇說出結論，面露得意微笑。

米拉不以為然，卻渾然不知自己的搖頭動作也未免太明顯了一點，這位探長也注意到了。

「警官，妳有不同意見嗎？」

大家都轉頭面向米拉，她這才驚覺長官問的是她，她好困窘，囁嚅回道，「是，長官，不過……」

「瓦茲奎茲警官，也許妳另有高見？」

「我不認為犯案者是恐怖份子，」米拉聲音清朗，連她自己都嚇了一跳，但現在也沒辦法回頭了，「羅傑．瓦林個性軟弱，也許我們提出的疑問，不該是他失蹤這段時間之內所產生的變化過程，而是應該要探究到底是什麼原因觸發了他內心的改變因子，讓他拿起步槍、冷血屠殺。老實說，我不認為他的復仇含有政治動機，一定是偏向私人因素的恩怨。」

「老實說，在我看來，他就是因為得不到社會關注而懷恨在心的普通人罷了。」

「至於娜蒂亞，」米拉滔滔不絕，一派鎮定，「她老公對她暴力相向，差點就把她活活打死，她卻根本不敢吭氣，我實在很難想像她是恐怖份子。」

會議室裡傳來各式各樣的批評，波里斯與史蒂夫望著米拉，兩人都面露憂色。

她明明知道周遭充滿了不懷好意的低語聲，但她決定豁出去了，「還有，艾瑞克．溫切恩提是我的同事，他為了追查失蹤人口而全心奉獻，但最後這些案子卻成了他的夢魘。」

「妳是要讓我們覺得他們很可憐？還是要說他們其實也是受害者？」古列維奇的目光充滿責難，「瓦茲奎茲警官，妳的遣詞用句，一定要保持審慎，不然很可能會造成誤解。」

「我想要強調的重點是，誠如您先前所提到的一樣，他們都是沒有前科的人，在他們放棄這個世界之前，他們早已被這個世界棄絕多年。」

「這剛好就是顛覆組織有興趣吸收的對象：那些近乎一無所有或是根本一無所有的人，與社會格格不入、深受委屈而想要報復的那些人。顯然有人在招募這樣的人，幫助他們人間蒸發，他們在暗地裡接受訓練，最後被交付任務。」

「的確是有某種特殊目的，這一點你倒是沒說錯，」米拉的回應讓古列維奇好困惑，「不過，我們不能光憑過往經驗而遽下判斷，這絕對是大錯特錯。」會議室裡的竊竊私語一直不曾停歇，米拉抬頭，目光直視著那個打從一開始就默默緊盯全場的攝影機，「我認為背後絕對有陰謀，而且根本沒有辦法預測誰是下一名受害者或是兇手。」四周越來越喧鬧，她只能被迫抬高音量，「我只能說，我也衷心盼望這是恐怖份子的活動。因為，如若不然，想要阻止這樣的惡行，將會相當困難。」

23

為了更換那台現代汽車的輪胎，已經害米拉耽擱了一個多小時的時間。

她本來很想要在會議結束之後直接返家，但她卻忘了先前發生的那起不快意外，等到她走回總部停車場的時候才猛然想起。這就彷彿重新再來一次，但此刻又多了一股會議結束之後的怒氣。

所以，她必須打電話叫拖吊車、把她的車送進修車廠。現在，雖然看到輪胎換好了，她卻另有懸念，而且她的冷靜態度也只不過是表象而已。

他們並沒有在當場把她轟出會議室，但自從她插話之後，會議依然繼續進行，宛如她剛才什麼都沒說過一樣。她乖乖坐好，不發一語等待會議結束，大家都不理她。這就是為什麼她好氣自己，因為她在眾人面前出醜，而且她也好氣艾瑞克・溫切恩提，因為她覺得自己一直所敬重的人居然欺瞞了她。

米拉心想，不知道你是亞哈船長還是那條白鯨？可能都是，也可能都不是，難怪我才沒有察覺任何異狀。

她的同事所犯下的那起謀殺罪，缺乏明確動機——如果拔掉某人的牙齒、任其流血致死也算是謀殺的話。這種無謂的殘酷暴行讓米拉很不以為然，此外，現在也看不出他接下來要殺害什麼人，這也正是大家坐立不安的另一個原因。

只有一件事，大家都十分確定：這起事件依然沒完沒了。

截至目前為止，這一連串兇殺案之所以會曝光，都是靠獨特的線索，一系列的謎團，宛如尋寶遊戲一樣：瓦林的衣著、哈拉緒的牙齒、溫切恩提的影帶畫面……為什麼溫切恩提不在犯罪現場留下任何痕跡，但卻在監視器的鏡頭前面耀武揚威？

米拉心想，也許答案非常簡單，但我們就是看不到。

不過，總部同仁專注研究的並不是下一條線索，反而沉浸在瘋狂理論之中，恐怖主義？難道他們真心覺得一定要為自己的恐懼賦予某個名字？

過沒多久之後，車廠把換上新輪胎的現代汽車交還給米拉。她從儀表板置物盒取出太陽眼鏡，準備開車回家。今天天氣不錯，一片亮藍天空，只有幾朵微雲投射出點點幽影。

不過，當米拉開車前行之際，她看到的卻不只是這幅景象。艾瑞克・溫切恩提的影帶畫面在她腦海裡不斷重複播放。

她一直覺得溫切恩提總有一天會回歸人間。黑暗世界會把他吐出來，就像是捨棄某種無法消化的食物一樣，讓他重返靈薄獄，這是失蹤也能歸來的活生生明證。

她期盼看到艾瑞克走進辦公室，手裡還拿著買給她的咖啡，然後，他坐在自己平日使用的那張辦公桌前，宛如他從來不曾離去一樣，打開了收音機，轉到專播歌劇的頻道，開始努力工作。

但再次相遇的場景卻不是如此，他出現在她萬萬意想不到的地方。

她永遠忘不了街頭監視器所捕捉到的那個人形：身穿雨衣的男子蹲在人孔洞旁邊繫鞋帶，然後，以某種她一想到就依然顫慄不止的狂妄姿態、脫下帽子致意。

那齣默劇的重點是什麼？只是為了要被人認出來而已嗎？

如果真是如此，那就證實了恐怖攻擊的假設理論。不過，米拉在那些畫面當中卻發現了其他的線索：她的同事——她還是沒有辦法把他當成前同事——已經在黑暗世界完成受洗，而在攝影機前的那場表演，也透露出某個大秘密。

此時此刻，艾瑞克．溫切恩提正在與黑暗共舞。

夕陽已經逐漸西沉在屋宅的後方，米拉公寓的客廳也滿溢金光，不斷追逐書疊上的灰塵，宛如在執意驅趕一樣。對街看板的那兩個巨大人臉正對著底下的行人微笑——就連手推塞滿塑膠袋與老舊毛毯的超市購物車的那名流浪漢也不例外。米拉等一下會把食物留在巷底垃圾桶的桶蓋上面，這次給他的不是漢堡，可能是雞湯。

她現在覺得平靜多了，離開了窗前，坐在筆記型電腦前面，打開電源。過了幾分鐘之後，連接到某個隱藏式攝影機的軟體開始啟動，她一直在監控的那個小女孩的房間，又再次出現在螢幕上面。

小女孩在某張小圓桌前面畫畫，周邊擺滿了一大堆的洋娃娃。

我不知道她最喜歡哪一個。

她的一頭灰金色長髮綁成馬尾，只露出了一半的臉。她手裡拿著色鉛筆，似乎十分專注在眼前的畫作——米拉心想，真是標準的六歲小妞。她調高音量，但現在喇叭裡只聽得見背景聲而已。

前幾天的那個晚上，她看到的那名女子又再次進入景框，這次則帶了托盤。她已經五十多歲，但依然明豔照人，她對小女孩說道，「點心時間到囉！」

小女孩轉頭，但隨後又盯著自己的畫，「等我一下下。」

那女子把托盤放在小圓桌上面，有一杯牛奶、好幾片餅乾，還有兩顆彩色的藥丸，「趕快過來，等一下再畫吧，現在就得吃下維他命哦。」

「我沒辦法。」小女孩講話的那種語氣，彷彿像是有全世界最重要的工作正等著她完成。

那女子走過去，抽走了小女孩手中的色鉛筆。她雖然固執，但什麼也沒說。米拉心想，沒有危險，一切安然無恙。然後，她緊繃著小臉蛋，拿起某個紅髮娃娃，抱得緊緊的，彷彿把它當成了某種屏障。

要是我連女兒最喜歡的娃娃名字都搞不清楚，我又算是哪門子的母親？

女子開口，「把那東西放下來。」米拉心想，她不知道，哦！她不知道！

小女孩抗議，「那不是『東西』啦。」

那女子嘆氣，將維他命藥丸與牛奶交給她，開始清理桌面，「妳看看妳把這裡搞得這麼亂。」

小女孩假裝在綁鞋帶，趁那女子分神的時候，趕緊把藥丸藏進紅髮娃娃的洋裝裡。

看到那小孩如此慧黠，米拉忍不住露出微笑。但她的笑容卻幾乎立刻僵住不動，雖然電腦螢幕明明在眼前，但她眼前的景象卻變了，取而代之的是另外一台監視器在她心中留下的畫面。

艾瑞克．溫切恩提停下腳步，與其他路人一起在等紅綠燈；艾瑞克．溫切恩提蹲在人孔洞旁邊繫鞋帶；艾瑞克．溫切恩提脫下帽子打招呼。

米拉心想，不，不是這樣，他不只是在打招呼，當然，他想要被人認出來……但他也希望引來大家的注目。

艾瑞克很清楚警察的個性，知道要怎麼惹毛這些人，也猜到他們會沉溺在各式各樣的假設理論之中，但就是不肯承認自己陷入困境。現在出現了恐怖主義的說法，可為明證。

米拉一直告訴自己，答案非常簡單，但我們就是看不到。她在腦海中不斷播放那個段落的每一格畫面，宛如在以慢動作仔細檢視。

這小女孩偷藏維他命的技巧，給了她靈感。

也許艾瑞克·溫切恩提也在人行道上藏了什麼東西，就是不想讓他們看見。

24

街角擠滿了急忙趕回家的路人。

米拉站在馬路的另外一頭，緊盯著一雙雙的高跟鞋、運動鞋、平底鞋，還有夾腳拖走過去，攸關某人生死的重要線索很可能就在他們的腳底下，而這些人根本渾然不覺。

她慎重其事，穿越馬路，準備要如實模擬艾瑞克・溫切恩提在那段畫面中的動作。

首先，她低著頭在人行道上走路，撞到了好些走路不看路的人，其中還有幾個因為被耽誤腳程而對她破口大罵。但米拉卻依然盯著人行道，檢視每一吋的路面，然後，走到了艾瑞克・溫切恩提抬頭凝望攝影機之前、蹲在人孔洞旁邊的那個位置。

她重複自己同事的動作，如同石頭一樣趴在原地，周邊的路人也只能被迫繞道而過，她緊盯著鑄鐵孔蓋，上面有這座城市的盾徽與鑄造廠名稱，一般人不會注意的那些細節。人孔洞，就是大家踩踏過去的時候、也不會多看一眼的東西。

米拉伸手撫摸它的邊緣，碰觸到某張摺疊好的紙。她想要以指尖抽出來，但卡得太深，試了好幾次，甚至還弄斷了指甲，劃傷手指頭，但最後還是成功了。

她吸吮手指頭止血，再次站起來。她充滿了好奇心，一直盯著那張紙，宛如搶在別人之前、首先發現藏寶圖線索的小孩，她轉過街角，鑽進某條小巷，避開其他行人。然後，以充滿期待的顫抖雙手，打開了那張紙。

是一份剪報。

更精確的說法，是九月十九號某起兇殺案的簡短報導——而那正是羅傑．瓦林犯下貝爾曼屠殺案的前一天。

由於兇手的殺人方式怪誕殘酷，所以登上了地方報紙，只不過受害者是個無關緊要的小毒販，所以被排到社會版的最下方。

根據受害者弟弟的說法，維克多．莫斯塔克天性恨水，但他最後卻是淹死的，其實，是死在不過只有幾吋深的泥水之中。兇手綁住他的手腳，然後把他的臉埋入狗兒專用的那種金屬水盆。

在綑綁莫斯塔克的某條繩子上面、鑑識小組採集到兇手的指紋，但比對資料庫之後卻沒有任何結果，所以兇手身分仍然有待確認。

記者也提到了這起謀殺案的另一個異常面向。

兇手在離開之前、利用莫斯塔克的手機發送簡訊給死者的弟弟——但這很可能只是在通訊錄裡隨機亂選的號碼，而警方不願公布訊息內容。

米拉看完之後，發現有人在剪報下方以鉛筆寫了幾個字：

P.H.V.

她從口袋裡拿出手機找人。

靈薄獄處長立刻接起電話，「我是史蒂夫阿諾波洛斯。」

「這一連串謀殺案的第一起並不是貝爾曼滅門案，先前已經有人開始行兇。」

「妳怎麼知道？」

「艾瑞克．溫切恩提留了線索給我。」

他開口問道，「我們可不可以等一下再說？」

「我需要你登入你自己的電腦、查詢總部資料庫。」

「給我十分鐘，我等一下會在我辦公室回電話給妳。」

十五分鐘過後，米拉的手機響了。

「怎麼回事？妳應該要打給波里斯和古列維奇才是。」

「認同他們的恐怖份子計畫？別鬧了。等到我把狀況搞清楚之後就會打電話給他們。」

「米拉，別這樣吧。」話雖這麼說，但他也知道自己不可能讓她回心轉意。

「別擔心。」她立刻把人孔洞夾藏的那份剪報內容告訴了他，請他查詢資料庫內關於維克多．莫斯塔克命案的資料，「我想要知道那通簡訊的內容。」

史蒂夫花了好一會兒的時間閱讀資料，爬梳筆錄，找到簡訊內容的時候，他不禁啞然失笑。

「什麼事這麼好笑？」

「米拉，相信我，妳搞錯方向了。」

「到底要不要告訴我？」

他大聲唸出來，「漫漫長夜來臨，幽影軍團已經進駐這座城市。他們已經準備要迎接他的到來，因為他即將抵達這裡。叫他『巫師』、『靈魂魅誘者』、『晚安男』都可以：因為凱魯斯擁有上千組的稱號。」

幽影軍團，米拉心想，好完美的詮釋，「這段話在講什麼？」

「這就是警方沒有向媒體透露的原因，根本就是不知所云。聽我的話，這條線就算了。」

但米拉不想放棄，「我還想知道更多細節，之後我會自行決定是否要放棄。」

史蒂夫嘆氣，他知道現在交手的對象固執得要命，「妳可以去找某個人問個清楚。不過，在妳與他見面之前，有幾件關於他的事，妳一定要謹記在心。」

「什麼事？」

「他一開始是那種老派刑警，個性急躁，但世事多變，他脫胎換骨，開始研讀人類學。」

米拉好詫異，「人類學？」

「之後他就成了總部裡的頭號訊問高手。」

「那為什麼我從來沒聽過這號人物？」

「這是他個性的另外一面，但這就由妳自己去找出答案。我只是要告訴妳，和他玩遊戲就免了。妳要說服他配合妳，可沒那麼簡單。」

「他叫什麼名字？」

「賽門．貝瑞世。」

「我要到哪裡才能找到他？」

「警界同仁習慣去的那家中國城餐廳，他每天都會去吃早餐。」

「好，回到維克多．莫斯塔克的案子。我也需要你幫忙查一下P.H.V.資料庫裡是否有兇手的指紋，因為剪報上面出現了這個關鍵字。」

「我會詢問克列普，但我不會讓他知道查詢目的。」

「謝謝。」

「瓦茲奎茲……」

「什麼？」

「要小心貝瑞世這個人。」

「為什麼？」

「他是邊緣人。」

25

警察都很喜歡泡在那間中國城餐廳。

他們就和消防員一樣，也習慣要找到自己喜歡的地點，而且就此忠心不二。他們一開始的篩選標準究竟是什麼，至今依然成謎——通常與食物或服務品質無關，甚至連是否靠近工作處所也不是取決重點，總而言之，就是很難判定到底什麼時候開始蔚為風潮。第一個進去這間餐廳或咖啡店的警察是誰？為什麼其他人會跟進？這個被挑中的地方成了他們的專屬疆域，其他的顧客——「平民老百姓」——是可以被容忍、但不是太受歡迎的少數族群。對老闆們來說，這簡直就是上帝的恩賜：除了會有穩定收入之外，也等於讓他們受到保護，不會遇到竊盜詐欺或是其他的滋擾。

米拉一走進去，炸物的氣味就朝她撲鼻而來，把這裡擠得滿滿的那些制服員警，他們高分貝音量的威力也同樣驚人。有名中國女服務生趨前招呼她，發現她是生客，立刻告訴她自中午開始才會供應傳統餐點，目前就是一般的西式早餐。聽到這段話之後，米拉真想問她這裡明明是廣東菜餐廳，為什麼中午之前卻只賣培根與煎蛋？但她還是謝過女服務生，然後開始東張西望，過沒多久之後，她就看到了史蒂夫所描述的那個邊緣人。

其他的警官三三兩兩，邊吃早餐邊開心閒聊，只有賽門．貝瑞世獨坐一桌。

米拉從餐桌的空隙之間擠過去，終於到了最裡面的最後一個桌位，某個卡式座。身穿外套打領帶的貝瑞世，一邊喝咖啡，一邊專心看報。他的左邊放著剛吃過的餐盤，上面還有培根炒蛋，此外，還有杯檸檬冰水。他的腳邊有隻淺色中型犬，乖乖躺在地上睡覺。

「抱歉，」米拉開口，「您是貝瑞世特警嗎？」

他放下報紙，似乎沒想到有人會找他講話，面色驚嚇，「嗯。」

「我叫米拉．瓦茲奎茲，我是您的同事。」

她伸手致意，但他卻對她置之不理，盯著她的手，彷彿她正拿槍對著他一樣。米拉發現餐廳裡的所有目光都朝他們投射而來，她覺得自己似乎踩到了禁區。

「我想請教您經手的某個舊案……」她放下手，也沒理會周邊同事的異樣眼光。

貝瑞世沒請她入座，就把她晾在原地，一臉狐疑打量著她，「哪一個？」

「『巫師』、『靈魂魅誘者』、『晚安男』，『凱魯斯』。」

貝瑞世突然全身僵住。

米拉越來越忸怩不安，「不需要耽擱您太久時間。」

貝瑞世東張西望，想確定四周沒有人聽得到他講話，「我覺得這樣不太好。」

「至少告訴我為什麼，我就不會再煩你了，」米拉發現他就是想要攆走她，她更是堅持，「誰是『巫師』、『靈魂魅誘者』、『晚安男』？」

「某個虛構的角色，」貝瑞世壓低聲音，「就跟虎姑婆、尼斯湖水怪一樣。二十年前，在集體歇斯底里的社會情境之下被創造出來的產物。只要有人失蹤，媒體就會把他挖出來，只要提到其中一個名號，就能為新聞加油添醋，收視率會立即飆升。這就像是衣櫥裡的海軍藍西裝，可以穿它去參加葬禮，但出席婚宴也很好用。」

「但你相信有這個人吧？對不對？」

「那是很久以前的事了，妳那時候只是個小孩，」貝瑞世態度警戒，「抱歉，我得繼續吃早餐了。」說完之後，他又繼續看報。

米拉正準備要離開。不過，就在這個時候，隔壁桌的制服員警已經付完帳，站了起來。其中一個傢伙經過他們那桌的時候，距離十分貼近，屁股撞到了貝瑞世放在桌邊的餐盤，害貝瑞世的領帶濺到了蛋沫。這個舉動太刻意了，就連地上的狗兒也感受到緊張氣氛，立刻抬起頭來。

米拉擔心火爆衝突一觸即發，但貝瑞世卻只是拍了拍狗兒，讓牠立刻繼續入睡，隨後又從外套口袋拿出某條整齊摺疊的手帕，輕沾杯子裡的水，擦拭沾到衣服的食物，宛如什麼事都沒有發生。某名警察大膽犯上，而且還是在公共場合，現在卻開心繼續往外走，甚至對同事露出得意洋洋的笑容。米拉正打算出面干涉，但貝瑞世卻拉住她的手腕。

「算了。」他根本沒抬頭看她，講出了這句話的時候，然後又把自己的手帕交給她。

他的溫和語氣透露了許多秘密，也包括了他為什麼不邀她入座的理由。他不是粗魯，只是不習慣有人陪伴而已。說也奇怪，米拉能夠明瞭他的感受，可惜這並非她展現了同理心，純粹只是有過相同經驗而已。根據警界的行事潛規則，會被排擠成為邊緣人的狀況並不多，但全都是罪無可赦的等級，最嚴重的就是背叛同僚、舉發他們。他們的懲罰等於是讓你喪失了部分的公民權，但最可怕的莫過於讓你時時處於危險之中。因為，這就表示本來應該要保護你的那些人，再也不會對你伸出援手。不過，貝瑞世面對這種處境，似乎是處之泰然。

米拉接下手帕，也逐一拭淨自己外套上所沾到的那些蛋沫。

「要不要吃點東西？」貝瑞世說道，「我請客。」

米拉坐在他對面，「謝謝，我要炒蛋和咖啡。」

貝瑞世向某名女服務生招手，為米拉點了東西，也叫了杯義式咖啡。在他們等待餐點時，貝瑞世把那份報紙仔細摺好，然後整個人靠在座位區的軟背墊，「為什麼妳明明有個美麗的西班牙名字，卻要把自己取名為米拉？」

「你又知道我的真實姓名了？」

「瑪莉亞．艾蓮娜，對嗎？米拉就是這名字的暱稱。」

「那是一個不屬於我的名字，或者，應該說我不屬於它。」

貝瑞世也就接受了她的這套說法，然後，繼續以他的深色眼眸注視米拉，但她一點也不介意。那雙眼睛有動人的神采，能被這樣的人緊盯不放，當然不會令人不快，貝瑞世看來也神態自若，一舉一動都十分體貼。他身材精壯，透過襯衫依然可以看出他擁有結實肌肉，也讓他的正式衣著看起來像是是某種盔甲。以前的他並不是這樣，史蒂夫告訴過她，貝瑞世後來開始苦讀人類學。不過，在此時此刻，她並沒有興趣知道他為什麼出現這麼激烈的轉變。

「所以，可以告訴我『凱魯斯』的事嗎？」

貝瑞世看了一下手錶，「再過十五分鐘，這餐廳裡就沒人了。所以，妳先好好享用早餐，等一下我會回答妳的問題。等到我講完之後，我們就分道揚鑣，不要讓我再看到妳了，一言為定？」

「沒問題。」

餐點來了。米拉開始吃炒蛋，貝瑞世喝自己的義式咖啡，果然如他預料的一樣，過沒多久之後，咖啡店已經看不見客人，女服務生開始清理桌面，幾分鐘之前的喧鬧已經完全消失，現在只聽得到收拾餐盤的聲響。

貝瑞世腳邊的那隻狗倒是沒有任何動靜，依然處於熟睡狀態，而貝瑞世則再次開口。

「我不知道妳為什麼會出現在這裡，我也沒興趣知道。早在多年前，我就已經不管這個案子了，但我還是會把我知道的部分告訴妳，不過，其實妳大可以直接找出檔案就是了，裡面都寫得很清楚。」

「是我的處長史蒂夫建議我來找你。」

「老史蒂夫啊，」貝瑞世說道，「他是我離開警校之後的第一位長官。」

「我不知道這件事，我以為史蒂夫一直在靈薄獄工作。」

「哦，他是證人保護小組的組長。」

「我不知道我們有這個單位。」

「其實，早就沒有了。那時候，組織犯罪問題嚴重，好幾個黑幫老大正在接受審判，等到緊急狀況結束之後，這單位也就撤了，我們被分派到不同單位。」他停頓了一會兒，「不過，妳……」

「我怎樣？」

貝瑞世乾脆傾身向前盯著她，「就是妳，對不對？」

「我不懂你在說什麼。」

「妳參與了『低語者』那個案子，我現在想起來了。」

「你記憶力真好。但希望你別介意，我現在不想講自己的過往，只想聽你的故事。」她又盯著他，「告訴我凱魯斯的事。」

貝瑞世深吸一口氣，彷彿她已經打開了他內心深處閉鎖多時的某道門。米拉早有感覺，那道門之後仍然鬼影幢幢，貝瑞世開始娓娓道來，甚至可以看到那些鬼影輪流浮現在他的臉龐。

26

世界末日，通常是稀鬆平常的一天。

大家去上班，搭捷運，繳稅，沒有人起疑。何必呢？他們依然持續埋首在日常事務之中，因為大家觀察到的表象很簡單：如果今天就和昨天一模一樣，那麼明天又怎麼可能會有所不同呢？

有時候，世界末日是眾人同歸於盡，但有的時候，卻只有某人落難而已。

某人一早起來，渾然不知今天就是自己的忌日。某些案子的主角離世時刻安安靜靜，甚至根本無人察覺，一切船過水無痕，最後曝光時的細節與形式卻出現諸多矛盾之處。

比方說，「晚安男」這起案件，都是因為一張停車罰單而起。

那台車的擋風玻璃貼有當地居民的停車證，但是有兩個車胎卻超出了格線範圍。

勤快的交通巡警發現了這起違規事項，也在某個尋常的星期二早晨，將罰單放在擋風玻璃的雨刷下面。第二天，又加了一張，然後就這麼持續了一個禮拜之久，接下來，車窗上被黏了某張貼紙，告知車主必須盡快移車。最後，過了將近三個禮拜之後，市府拖吊車出動，將這台銀灰色的福特汽車送入拖吊場，要是車主想要把車領回去，那麼就得付出為數可觀的罰金。法律規定拖吊滿四個月之後若無人領回就直接充公，然後，車主還有六十天的寬限期，若是依然不付款，那麼車子就會遭到拍賣、支付公家機關的各項處理費用。最後，這個期限也過了。拍賣這台福特，並沒有引來任何人下標，所以這台車得銷毀。為了要支付相關費用，市府派出某位官員到這名倒楣車主家裡查扣財產。

一直到這時候，他們才發現這名男子——名叫安德烈．賈西亞，沒有家人，先前服役的時候被當局發現他是同性戀，所以就離開了軍隊，他一直靠著社會津貼過活——已經失蹤了好幾個月。

他的信箱塞滿了廣告傳單與各種手冊，而且因為欠款多時，屋內的水電瓦斯也早就被切斷了，冰箱成了塞滿腐爛食物的儲藏室。

值此同時，記者們正在挖掘政客以變態方式向社會大眾拚命榨錢的新聞，揭露他們玩弄法律、官僚體系上下交相賊的醜陋面貌。

安德烈．賈西亞也因而上了報紙。

這篇報導詳細描述了官方的迫害過程，而且從頭到尾都沒有人想到——其實只要去敲一下屋主的房門，直接請他把車子挪個五十公分或是乾脆開走就行了——卻必須等到最後一名官員登門查封財產。媒體爽歪了，出現了「這世界遺忘了他，但市政府可沒有」或是「市長大喊：賈西亞，把我們的錢還來！」之類的標題。

儘管如此，但卻沒有人要問可憐的安德烈到底怎麼了。他可能離開了這座城市，也許投河自盡，但完全沒有跡象顯示他遭人殺害，那麼，他接下來要怎麼度過餘生也是他自己的權利，他唯一的重大貢獻就是立下了新聞類型範例。既然社會大眾喜歡被激怒的感覺，所以媒體繼續追出類似案例，市政府、銀行，或是稅務機關對著死人、或是因車禍而在醫院昏迷不醒的病患拚命討錢。

所以，這簡直像是在開玩笑一樣，陸陸續續又出現了六起案例。四女兩男，年紀從十八歲到五十歲，而且失蹤時間都長達一年以上。

失眠者。

「他們就是一般人，」貝瑞世說道，「就像是在我們習慣去的咖啡店裡面、每天早上為我們送上早餐的女服務生，或是每週幫我們洗車、每個月為我們剪髮的男人。他們全都是獨居者，大家可能會反駁，許多人都是這樣，不過，他們的孤獨卻截然不同。它像是常春藤一樣緊箝他們不放，慢慢纏繞著他們的身體，佔據所有空間，卻巧妙隱藏在下方。孤單重重包圍了他們的身軀，他們體內還有寄生蟲，它並非吸血維生，而是在吞噬人類的靈魂。他們不是隱形人，大家還是會與他們互動，和他們閒聊幾句，在等待他們送咖啡過來或是買單、找零的時候，還會交換一下微笑。我們經常看到他們，但下一秒鐘就忘得一乾二淨，彷彿這些人從來不存在，只有等到你下次看到他們的時候，他們才會復活，然後，他們再次失去蹤影。他們無足輕重，這一點比隱形人還悲慘，他們在別人的生活中消失，不會留下任何痕跡，這是他們的宿命。」

他們存在的這段日子當中，四周的人從來就不會對他們產生任何興趣。不過，等到他們人間蒸發之後，大家不但突然對這些人突然有了感覺，甚至還會獻上遲來的敬意。

我怎麼可能忘記那個送貨的小男生？或是那個喜歡收集獨角獸的女學生？自然科的退休老師？或是那個明明有三名子女、但從來不曾過來探視的寡婦？瘸了條腿、開布店營生的那個女子？又或是每逢星期六傍晚就坐在咖啡店的同一張桌子前面、期盼被人注意到的那個百貨公司女助理？

基於偶然機緣，媒體開始把這七個人連結在一起。也許他們是因為同樣的原因而失蹤，或是同一個人綁架了這一群人。警方一如往常，開始追隨媒體線索辦案，是否會有他人涉案。這也引發了熱烈討論，大家也提出了諸多假設，雖然從來沒有人點破，但其中一個可能就是連續殺人魔。

「這彷彿是在實境秀節目還沒有出現之前的一場實境秀，」貝瑞世說道，「這七名失蹤者成了這場秀的大明星。每個人都覺得討論這些主角、挖掘他們的生活、對他們品頭論足是理所當然的事。聯邦警務總部也成了焦點，而且接下來恐怕會出醜。而唯一缺席的是真正的明星：兇手。當然，是假設的兇手，因為沒有屍體。由於沒有人知道他的名字，所以大家就取了好幾個綽號。『巫師』，因為他會把人搞到不見；『靈魂魅誘者』，就是因為根本找不到屍體——這名號聽起來有點『恐怖』，但有助刺激銷量；不過真正大受歡迎的其實是『晚安男』，警方調查之後的唯一具體線索——也就是這七人的唯一共同特徵——就是他們全都因失眠所苦，需要靠藥物才能入睡。」

若不是因為有這種排山倒海的壓力，在一般狀況下，聯邦警務總部當然不會為了如此薄弱的巧合而大費周章。

「不過，這起事件引發了強烈關注，就算我們沒有人真的覺得這稱得上是一起刑案，但也不能就這樣置之不理。最後的結果，其實就與多數人猜測的一樣，再也沒有失眠者失蹤，社會大眾也看膩了，媒體跟著風向跑，開始找尋別的報導。一開始的時候，就像是場鬧劇，肇因於可憐賈西亞的停車罰單，而收場也像是鬧劇一樣：沒有犯罪事實、沒有加害者，而之後再也沒有人聽過這檔子事了。」

米拉回道，「而這時候又出現了。」

「我想這就是妳為什麼會過來的原因，」貝瑞世說道，「但我什麼都不想知道。」

剛過十點鐘而已，這間中國餐館又擠滿了在制服員警不在的時候、趁空進來的新客人，他們想要覓食果腹，得趕緊吸引服務生的注意力。

「你已經告訴我這名嫌犯為什麼會有這些暱稱，」米拉問道，「但你還沒有解釋：為什麼會跑出凱魯斯？」

「老實說，這是我第一次聽到這名字。」

米拉發現貝瑞世在刻意迴避她的目光，貝瑞世可能是總部的偵訊第一高手，但實在不太會說謊。不過，米拉也不能確定，畢竟他剛才一直很合作，她不想指責他隱匿案情而惹惱了他。「我會幫你把這個洗乾淨，」她指的是先前他借給她清理衣服的那條手帕，「還有，謝謝你招待這頓早餐。」

「不客氣。」

米拉的手機發出簡訊通知聲響，她看了一下，把手機與手帕放回口袋，起身準備離去。

貝瑞世開口攔下她，「史蒂夫怎麼講我這個人？」

「他說你是邊緣人，還叫我要小心。」

他點點頭，「他十分敏銳。」

米拉彎身，拍了拍貝瑞世的狗兒。

「不過，有件事我一直覺得很奇怪。為什麼他叫我來找你，但同時又叫我要提防你？」

「妳知道妳要是對總部裡面的邊緣人表露同情之後，會有什麼後果嗎？妳也會遭殃，這就跟傳染病一樣。」

「我不覺得有什麼好擔心的，我看你當邊緣人倒是當得很自在。」

貝瑞世坦然接受米拉的挖苦，淡然一笑，「妳也看到這地方了吧？許多年前，兩名巡邏員警在早餐時間進入這間餐廳，然後，就像妳剛才一樣，點了炒蛋與咖啡。當時剛從中國搬過來的這位老闆呢，有兩個選擇：直接告訴他們，菜單上沒有他們要的東西，或者，乖乖走進廚房開始打蛋。他選了第二個，自此之後，餐廳每天會有三小時專門供應與廣東菜八竿子打不著關係的餐點，但他卻因此發了大財，這都是因為他體悟到非常重要的一課。」

「顧客永遠是對的？」

「不是。當警察跑進他媽的中國餐館、嚷著要吃培根加蛋的時候，輕鬆因應之道是稍微調整一下自己的千年文化，而不是去改變警察的思維。」

「我不知道這樣講有沒有安慰到你，但我根本不在乎同事們對我的看法。」

「妳以為這是一場裝強悍就可以得分的遊戲？妳搞錯了。」

「這就是下屬對你不敬的時候、你不做任何反應的原因嗎？」

「妳可能以為我是懦夫，但他做出那種舉動，對我來說根本不造成任何影響，」貝瑞世笑了，「我一個人坐在自己的餐桌前，沒有人敢來煩我。他們假裝這裡沒有我這個人，或者，最多就是對我投以嫌惡目光，儼然把我當成了他們食物裡的毛髮：可能很噁，但就眼不見為淨，繼續吃下去。今天早上會出那樣的事，都是因為妳，他們想要警告妳，這樣的訊息非常清楚：『別靠近這傢伙，不然妳也會有相同的下場。』如果我是妳的話，我一定會聽從他們的話。」

這個人這麼直率，讓米拉覺得又好氣又好笑，「那你為什麼要天天過來這裡？史蒂夫打包票我可以在這裡找到你，你是不是什麼受虐狂？」

貝瑞世微笑，「我剛當警察的時候就開始每天來這裡報到，一直沒有任何改變。不過，老實說這裡的食物不怎麼樣，而且油炸食物的氣味也會把衣服搞臭。但我要是不出現的話，一心期盼我嗝屁的那些人可就得意了。」

米拉不知道貝瑞世先前做了什麼、必須要過著這般的贖罪生活，她只知道看來是沒救了。不過，既然她是來詢問凱魯斯的案情，有件事她也早已了然於心。她把其中一隻手放在桌上，身體前傾，對貝瑞世造成壓迫感，「我知道史蒂夫為什麼叫我來找你。你並沒有像其他人一樣放棄這個案子，對不對？你依然拚命在找尋那七人失蹤懸案的真相，也就是在那個時候，你犯下了讓你成為邊緣人的嚴重錯誤。我覺得你還是沒有棄守，即便到現在也一樣。你還是想知道這究竟是怎麼回事，搞不好你希望自己可以與我們一起辦案，但腦海中卻有個聲音告訴你不能這樣，不過，我也不知道為什麼你會有這種心態。你像個僧侶一樣淡定，但那只是由怒火轉化的沉默。其實，你要是放棄的話，一定永遠沒辦法原諒自己。」

貝瑞世望著她的雙眸，「為什麼會這麼說？」

「因為我就是這樣的人。」

這樣的答案讓他心中一凜。也許他早已習慣了別人惡毒、有時甚至是不公平的批評，但他卻從來沒有遇過像她這樣的警察，對於充斥他周邊的惡言毫無懼色。「妳最好忘了這案子，我這麼說都是為了妳著想。根本沒有凱魯斯這號人物，一切只不過是集體幻想的產物。」

米拉突然劈頭問他，「你知道什麼是P.H.V.嗎？」艾瑞克．溫切恩提在人孔洞裡留下的那份剪報下方，留有這幾個字母的鉛筆筆跡。

「妳想要講什麼？」

「Potentail Homicide Victim，兇案潛在受害人。這是靈薄獄為他們準備的特別資料庫。裡面包括了可能已遭殺害的失蹤者的指紋、血液與DNA樣本。我們從他們的個人物品進行採樣——電視遙控器、牙刷、梳子上的毛髮、玩具等等。萬一遇到屍體需要確定身分，這些檔案就可以派上用場。」

「為什麼要跟我說這個？」

「四天前，有個毒販遭人殺害。更精確的說法是，他的臉被塞進只有兩英寸深的泥巴水狗碗裡。兇手在綑綁被害人的某條繩子留下了指紋，但目前無法比對出他的身分資料。」

「這個人沒有紀錄。」

「其實有，但不是犯罪前科，而是在兇案潛在受害人的資料庫。」米拉從口袋裡取出手機、拿到貝瑞世面前，「幾分鐘前，我收到這封簡訊。根據鑑識結果，那些是安德烈．賈西亞的指紋，也就是二十年前因同志身分被強迫退役、之後就人間蒸發的那名失蹤者。」

貝瑞世臉色瞬間變得煞白。

「好，現在你就繼續說你不想爲這案子吧，」對方無言以對，沉默無語的每一秒鐘，都讓米拉得意洋洋，「不過，看來在那群所謂的『晚安男』受害者之中，已經有一個歸返人間了。」

27

米拉．瓦茲奎茲知道了。

這一點毋庸置疑。她走出中國餐廳之後，留他一個人待在裡面，最後的那一段話，依然在他的耳邊迴盪不已。

安德烈．賈西亞從幽暗世界回來了。

這絕非偶然，也不會讓人驚呼意外，他再次現身的目的就是為了殺人。這件事可能會讓許多秘密被迫曝光，賽門．貝瑞世雖然百般不願、但依然決定要全力保護的那些秘密。

貝瑞世坐在辦公桌前，雙腳蹺得老高，激烈搖晃座椅，雙眼瞪著天花板，宛如踩踏在自己的思緒之上、顫顫巍巍表演走鋼索。

希區窩在習慣的角落，緊盯著他——這是身為邊緣人的好處之一，可以把自己的狗兒帶進辦公室，也不會有任何人反對。

外頭傳來熱鬧的日常活動聲響，但就是不會飄進貝瑞世的辦公室大門，他的同事也一樣，總是對他避而遠之。對他而言，這些人只是從辦公室大門霧面玻璃倏忽而過的幽影罷了。

這間辦公室，是他的流亡之地。

他總是把這裡維持得乾乾淨淨，彷彿像是等著訪客到來一樣。書架上的檔案盒排列得一絲不苟，桌面上的立體燈、桌曆、筆座、電話整齊擺置，就連辦公桌前的兩張座椅也一樣平行等距。

多虧了這些日常事務，讓他熬過了被眾人孤立的多年歲月。

他已經建立了一套安全模式、得以在周邊建立起防堵牆，承受其他人的辱罵與自己的孤獨。自從失敗之後，他已經重新振作起來，找到擔任執法者的新方法。既然失去了眾人的敬重，他理應要有自知之明，趕緊辭職才是。不過，他卻發現自己最難嚥下的那口氣就是含冤莫白，要是他交出自己的警證，他就只能一路陷溺下去。而這個方法，至少，能夠讓他止血。

儘管每天都必須為此付出代價，但是那些羞辱人的手勢還有厭惡的目光，也給他繼續奮戰下去的理由。

當他買下第一本人類學專書的時候，他已經踏出了這場戰役的第一步。他原本一直是標準的行動派，但他現在卻決定喚醒自己忽略多時、另一部分的自我，正好接替了他的佩槍位置。

他的心靈成了自己的武器。

他全心投入閱讀，這並非是在閃避。一開始的時候，可能是純粹出於好奇，但過沒多久之後，他就發現它的無窮潛力，可以將這些所學套用在警察的日常工作。

人類學開啟了新的視野，讓他了解到自己與其他人的許多面向。

當然，總部裡的每個人都覺得他瘋了。上班的時候關在自己的辦公室裡，花上好幾個小時的時間看書，一本接著一本。不過，反正他也沒有其他事可忙。他的長官早就不再交付案子給他，同事也拒絕與他合作。

他們希望他就此放棄，主動辭職。

所以他必須要想辦法填補白天的空白時段，這些書是絕佳的工具。一開始的時候，他覺得這些書所使用的語言根本讓人看不懂，讓他好幾度想把書扔向牆壁。不過，這些字詞的意義也開始慢慢浮現，宛如某一失落文明的遺跡從海平面破水而出。

當他抱著一大箱的書、走向辦公室的時候，他的同事們都以懷疑的目光看著他。他們不明白他在玩什麼把戲，其實，貝瑞世也不知道最後會怎麼樣，但他胸有成竹，遲早會知道答案。

多年之後，當他在偵訊某名嫌犯的時候，答案出現了。他並沒有強迫取供，反而讓自己調整到與對方相同的高度，將訊問轉化為閒聊。而他成功的秘訣，就在於他得到了某個簡單的體悟。

大家不喜歡講話，但卻喜歡被人聆聽的過程。

許多人一定覺得這句話是自相矛盾，只有少數人才能夠參透這兩者的差異，而貝瑞世就是其中之一，而且，從那一刻開始，他就知道自己再也不可能回頭了。由於他天賦異稟，也因而贏得了好評，這一點依然沒有辦法抹消他的邊緣人污點，但大家就把它當成了某種共濟會的密技——遇到特別棘手案件而無計可施的時候，這一招就可以派上用場。現在，只要辦案遇到瓶頸，他們就會找他幫忙。

所以，他總算為自己找到了定位，只是大家依然視而不見而已。

現在跑出了米拉．瓦茲奎茲，恐怕得逼他脫離自己多年苦心經營的這個領域。她沒多說什麼，但貝瑞世感覺得出來，除了安德烈．賈西亞之外，還有別人。

回歸塵世的失蹤者是為了殺人。

他還發現最近總部的氣氛格外緊張。當然，沒有人向他透露半點口風，但他確定一定出事了。光是從那個女警口中知道賈西亞的指紋居然出現在謀害毒販的犯罪現場，就已經讓他擔憂不已。

而且，她也提到了那個名字：凱魯斯。

在那間中國餐廳的時候，他想要隱藏自己的驚異反應。他告訴米拉・瓦茲奎茲，這是他第一次聽到這個名字，但其實並非如此。

她知道了，他不斷對自己重複這句話，她知道我對她撒謊。

凱魯斯這個名字，是二十年前那起七人失蹤案的案情細節，聯邦警務總部不想公諸於世的某條線索。

遇到敏感案件的時候，警方會經常採取這種隱匿重要細節的手段，阻遏其他的模仿犯或是藉以測試證人證詞的準確度。而當初之所以不公布凱魯斯之名，其實是基於更重大的考量因素。所以，只有真正牽涉其中的人才可能知道此一名號。

不過，是史蒂夫阿諾波洛斯建議米拉來找他一談，要是老長官決定自己也要背水一戰，那唯一的可能就是案情出現了新突破。

賽門・貝瑞世感到隱隱不安，因為某個長期隱蹤的人物又要再次現身。

也許，他剛才不該那麼莽躁，應該再讓米拉・瓦茲奎茲多待一會兒才是。

28

三十六個多小時過去了，並沒有傳出新的謀殺案。

總部裡的每個人都認定這是恐怖組織的行為，正在等待他們接下來要發動的攻擊，不過，米拉卻越來越相信自己才是對的，而此時此刻她還不想向長官分享她查出的線索。

這是冒險，也是她天生性格裡的因子。

她在中國餐廳與貝瑞世聊過之後，也讓她有了許多新發現。她知道他並沒有講出全部的實情，而史蒂夫處長當初警告她要小心這男人，但自己卻沒有講出他們曾經共事過，貝瑞世當時是剛從警校畢業的菜鳥，史蒂夫則是證人保護小組的長官。

反正，米拉現在已經心中有底。無論貝瑞世先前究竟做了什麼而淪落為邊緣人，但他始終不曾放棄。他並沒有像許多喪志的警官一樣、靠著買醉消解自己的挫折與恨意，他採用的是截然不同的策略。

脫胎換骨。

米拉離開了中國餐廳之後，又回到了總部辦公室。自從那場荒唐會議結束之後，波里斯與古列維奇就再也沒找過她。他們現在八成忙得要命，也沒時間去追查羅傑．瓦林與艾瑞克．溫切恩提的下落。

他們不知道這一連串的謀殺案依然沒完沒了，還有，他們也沒想到事件的起始點必須前推，在九月十九日，某名毒販被淹死——也就是在羅傑・瓦林屠殺貝爾曼一家的前一天。這一連串謀殺案的犯案手法已經相當清楚，唯有回到過往，才能找出問題的解答。現在，她必須找出二十年前出了什麼事，與現在的案情進行比對。

過往與現在之間必定有強烈關聯。

能幫她找出兩者連結的那台時光機器，就在靈薄獄底層的檔案區。

米拉走下階梯，進入漆黑不見五指的墳塚，到了梯底的時候，她摸到了開關，打開燈源。低層天花板的螢光燈管一支支接著閃動，亮了，露出一排排高疊紙箱所築圍出的迷宮。

地下室的味道與冰涼潮氣立刻朝她撲面而來。這裡是與人間遠渺相隔的地方，進來之後就看不到光線，手機也收不到訊號，彷彿一切心生膽怯，就此止步。

米拉一派自若，左轉向前。

她身旁的那些紙箱，全都依照時間先後順序排列，箱子的正面是透明玻璃材質，所以可以看到裡面的物件，放在編號塑膠袋裡面的各種物品，全都堆疊得整整齊齊，有衣服、牙刷、落單的鞋子——畢竟保留一對鞋子沒有意義——眼鏡、帽子，甚至還有菸屁股。除了個人用品以及日常生活的瑣細小物之外，還看得到電視遙控器、枕頭與床單、依然留有殘渣的餐具，以及電話。

只要是可能留有失蹤人口的生物痕跡的物品，都會保存在他們的檔案之中。

在靈薄獄的這些警官，一定會想辦法找到這些失蹤人口經常碰觸的東西，以便取得DNA、或是乾脆採到指紋即可。要是他們已經掌握了足夠線索、懷疑並非是自願失蹤案件，失蹤者就會被歸入為P.H.V.——兇案潛在受害人。

這是孩童失蹤案的標準程序，但如果可能是刑案，也會遵循同一套蒐證流程。

心智健全的成年人自願人間蒸發，也是他們的自由，「我們的職責不是強迫他們回來，」史蒂夫老是把這句話掛在嘴邊，「我們只是要確定他們平安無事就夠了。」

每當米拉一進入檔案區，她就會想起這一段話。

走了一小段距離之後，她靠著先前數次造訪的記憶，到達了算是某個房間的地方——其實，這只是由紙箱圍起的正方形區塊——位於迷宮的正中央。

裡面放了塑膠桌與椅子，還有一台老舊的電腦。

米拉在正式上工之前，先把外套擱在椅背上，清空了口袋裡沉甸甸的東西、將它們放在桌上。除了住家與汽車鑰匙、手機之外，還有貝瑞世先前在中國餐廳借給她的手帕，她不假思索，立刻拿起來聞了一下。

有古龍水的氣味。

她告訴自己，有點太濃了，但其實這句話是為了要驅趕她真正的想法，其實，她喜歡這種味道。她把手帕與其他物品放在一起，決意要放下這一切，打算開始研究那七名在二十年前人間蒸發的失眠者檔案。當時的資料還沒有電腦化，所以她只能找尋紙本檔案。

找到了，她帶著檔案回到桌前。

打開之後，她立刻發現裡面只有個別失蹤者的資料——他們全都是兇案潛在受害人——除此之外，什麼都沒有。沒有提到「巫師」、「靈魂魅誘者」，或是「晚安男」，更甭說是凱魯斯了，只能隱約看出這些失蹤案背後似乎有主使者。

米拉覺得檔案好像曾經被人「清理」過了。真正的辦案結果在別的地方，這裡存放的只是他們稱之為鏡像檔案的文件——為了某種方便性或安全理由、刻意隱匿機密資料的檔案。

不過，她知道安德烈．賈西亞這條線索。

欠繳罰款、曾經入伍過的那個人，就像是傳染病的零號病患，一切的起源。

在二十年前失蹤的那七個人當中，第一個不見的是他；而在過去這幾天出現的四名兇手之中，第一個歸返人間的是他。

米拉記得，第一個出手殺人的也是他。

所以，從安德烈．賈西亞身上可以挖出許多線索。就像是流行病學專家總是會去尋找第一個引發傳染的帶菌者，才能了解疾病的散播方式。

她突然靈機一動，想出了賈西亞、瓦林、尼佛曼，以及溫切恩提之間的可能關聯。

當某人執意要上演失蹤記的時候，通常不會帶走任何行李，部分原因是因為私人物品會讓他們聯想到自己拚命想要逃離的那種生活。不過，要是他們帶走了某個物品——或者，應該說是與過往連結的情感象徵物——就有機會發揮安全索的功能，讓他們可以隨時反悔、掉頭返回自己的家。不過，大多數的案例是完全看不出預謀，而且這類案件也是難度最高的懸案。

對於某些人來說，能夠繼續過日子的唯一方法，就是徹底清除自己留下的所有痕跡。為了要追查到這種人的下落，靈薄獄依賴的是幾項基本技巧，還有運氣。

他們的辦案契機是失蹤者改變心意、或是犯錯，比方說找提款機領錢或是用信用卡付帳，不然，就是得要購買日常使用的慢性藥。比方說，如果這個人是糖尿病患者，自然就需要胰島素。所以他們一定會找那個人的醫生，查出他們是否有任何的疾病，當他們第一次搜索失蹤者住家的時候，也會列出藥櫃裡的藥品清單。

米拉之所以靈機一動，就是因為最後這一個辦案技巧。

首先，她不想回到自己樓上的辦公桌，所以打開了面前的那台舊電腦的電源，進入靈薄獄的數位檔案資料庫。

她輸入了羅傑・瓦林、娜蒂亞・尼佛曼、艾瑞克・溫切恩提這三人的姓名，相關檔案也在茫茫網海中一個個浮現出來。米拉仔細閱讀，還忙著做筆記，等到看完所有的檢索資料之後，她開始重新閱讀筆記。二十年前失蹤的那七個人都要吃安眠藥的習慣——她想起了「晚安男」。

好，羅傑・瓦林的家裡會存放酣樂欣，這是他重病母親所使用的藥品，娜蒂亞・尼佛曼最後買了一盒樂耐平，而艾瑞克・溫切恩提也有羅眠樂的處方箋，但他們始終不曾在他的公寓裡發現它的蹤影。

也就是說，這三個人，與賈西亞、以及二十年前的其他失蹤者——那些失眠者——其實有所關聯。

對於這個重大發現，米拉不知道該覺得興奮或是害怕才好。一連串的失蹤舊案，當時的警方推測可能幕後有主謀——也許是連續殺人魔——但他們一直無法證實。莫名其妙出現了好幾起失蹤案，最後也莫名其妙無疾而終。

不過，根據她剛才的新發現，一切似乎完全沒有終止的跡象。

米拉心想，應該這麼說吧，失眠者的失蹤案暫時停歇了一陣子。三年過去了，社會大眾的興趣已經褪逝，然後，輪到了羅傑．瓦林，十七年前的失蹤者。沒有人會把他的案件與先前的那些案例聯想在一起，也絕對想不到會歷史重演。

米拉自言自語，「不過，要是這些人歸返世間，那就表示他們沒死，所以不能將他們稱之為受害人。」

同理可證，多起失蹤案的幕後可能有某名指使者——「巫師」、「靈魂魅誘者」、「晚安男」——在這個階段而言，此一假設也太過武斷。

米拉關了電腦，準備上樓的時候，忍不住心想，不過，當我提到凱魯斯名字的時候，貝瑞世出現了奇怪反應。他重述當年過程的時候，少了某個東西，真相的某一塊缺片。關於二十年前所發生的事，貝瑞世明明知道某些重要線索，但就是不肯告訴她。

她十分確定，凱魯斯絕對不是什麼集體幻想的產物。

她開始收拾桌上的筆記與貝瑞世的香氛手帕，再次進入長長的走廊，走向階梯，上樓回到靈薄獄的辦公區，現在，才剛過晚上九點鐘而已。

米拉一直在專心思考是否有某個主腦在操控這一連串事件，所以當她距離出口只剩下幾個階梯的時候，皮衣口袋裡的手機在不斷震動，她一開始居然完全無感。

她拿出手機，看了一下螢幕，約有十通簡訊，全部都是某一組特定號碼的奪命連環叩。

這是總部案情調查室的號碼，他們只有一個理由會打電話給靈薄獄的警官，米拉的背脊不禁起了一陣寒顫。

她進入等候區，回撥這支號碼，對方立刻接起電話。

電話另一頭傳來某名男子的聲音，「瓦茲奎茲警官？」

「對，我是。」她的聲音抖了一下。

「我們今天下午都在忙著找妳，這裡有緊急狀況。」

米拉知道這句話的真正意涵。

青少年失蹤的時候，通常是基於自由意志離家出走，這種事件通常可以快速落幕，圓滿解決。年輕人對科技愛不釋手，要是他們帶著自己的手機，輕輕鬆鬆追蹤到他們的下落，只不過是遲早的問題而已。

他們通常會關掉手機，以免被別人找到——這舉動也讓父母更加焦慮不安。不過，他們通常只要超過二十四小時、就會忍不住看看是不是有朋友傳訊。只要他們一開機，就算沒有打電話或是傳訊，晶片卡也會連接到所在區域的某個基地台，警方會立刻知道他們的確切位置。

有時候，他們運氣沒這麼好，而且失蹤的青少年會刻意斷聯好一段時間。警方會請電信公司不要取消號碼，因為，有時候手機或晶片卡會在好幾年之後突然又有了動靜。總部的案情調查室會開始追蹤，等待訊號出現。

「有某名失蹤者重新開啟手機，」案情調查室人員開始解釋，「我們查過了，不是幽靈訊號，一定是再次開機。」

米拉覺得要是線索無誤，想必狀況非同小可，她開口問道，「是誰？」

「用戶名叫迪安娜·穆勒。」

十四歲，棕髮，深色眼眸的她，在某個二月早晨的上學途中消失了，根據資料，她的手機在早晨八點十八分就此斷訊。

經過九年的無聲歲月，她的手機又還魂返回人間。

「找到訊號位置了嗎？」

案情調查人員回道，「當然。」

「很好，快給我地址。」

29

那支手機是老舊的諾基亞。

迪安娜・穆勒是在某張公園長椅上發現了這支手機，想必是別人忘在那裡了。還可以用，但不算是什麼很炫的手機——電池只能撐幾個小時，螢幕上還有刮痕，應該是經常被亂摔——而且，當然不能跟最新款的智慧型手機相提並論，在這小女孩失蹤的那個年代，根本還沒有這種產品。

但是迪安娜從來沒有手機，所以這東西對她來說意義非凡。

這等於算是通往成人世界的某種護照。雖然型號老舊，但她卻把它當成新的一樣，小心呵護，甚至還加了藍色天使形狀的手機吊飾、金星手機殼，讓它變得美美的。她在電池槽裡面寫下了「迪安娜・穆勒的財產」的字樣，還畫了一顆小愛心，以及暗戀的男同學名字縮寫。她覺得這算是某種魔咒——誰知道呢，搞不好哪天她真的會接到他打來的電話。讓她得意洋洋的這支手機，在現代十四歲少女的眼中恐怕是興趣缺缺。它沒有網路、郵件、遊戲、應用程式，沒辦法上網，就連拍照功能也沒有。

只能拿來打電話或是傳簡訊。

「迪安娜，妳錯過了好多事。」米拉一邊開車，一邊自言自語，她正要前往手機定位的地址，距離這女孩當初失蹤的地方並不遠，而這一點也讓米拉有些惶惶不安。

九年前，一條年輕的生命似乎人間蒸發，就此隨風而逝。但米拉相信這起謎團的開端在於那支手機，它是迪安娜的化身，正在黑暗世界發送訊號。

某種執念。

在迪安娜小時候，也就是其他同齡小女孩可能會把流浪小狗帶回家的那個年紀，她曾經把某台老舊收音機帶回家，她宣稱是在街上找到的東西。她堅持，要是把它扔在那裡不管，真的很可惜，原來的主人丟掉這東西的時候，顯然不知道自己在做什麼。

這收音機與那支手機不一樣，它早就壞了，根本修不好，但對迪安娜來說根本沒差。

那一次，迪安娜的母親也答應女兒可以把東西留下來，她萬萬沒有想到，自此之後，迪安娜開始把各種老舊物品帶回家——毛毯、嬰兒車、玻璃罐、過期雜誌——每一次都振振有辭，

起初，迪安娜的母親也知道女兒的詭異嗜好有點不太對勁，但也想不出合適的理由可以阻止她。她不知道這種執戀其實是一種對奇怪物件的病態情感，也就是囤積症。

米拉和迪安娜的母親不一樣，她知道這是某種強迫症。這種病症的患者會拚命收集垃圾，根本沒辦法丟棄任何一樣物品。

迪安娜已經病入膏肓到房間裡塞滿了她的囤積物，造成空間狹小、根本無法順利走動，除此之外，還有衛生問題：迪安娜的那些「寶貝」，真的應該要好好檢查一下，她宣稱這些全都是意外撿到的東西，但其實來源是垃圾桶。

當她母親發現家中有蟑螂到處亂爬的時候，才驚覺事態嚴重。牠們四處橫行——櫥櫃、書架，就連地毯下面也遭殃。她發現牠們全都來自於迪安娜的房間，她打開房門，發現一包包的垃

圾袋，嚇得半死，一口氣全扔了。不知道從什麼時候開始，她女兒基於不明原因、開始把垃圾袋帶回家，與她自己的日常物品放在一起。

米拉知道看到這種情景的時候一定會極其不安，我們身處於消費社會之中，丟東西，讓它們從我們的生活與記憶之中徹底消失，自然也是稀鬆平常之事。我們扔掉沒吃完的食物或是再也不需要的東西，從來不覺得自己需要操心，反正會有別人負責處理。一想到那些被清除的垃圾會突然回來、對我們苦纏不放，簡直就跟我們以為死去的人卻突然復活一樣可怕。

這個畫面不但引發驚恐，也令人不解——這就像是瘋子的詭奇動機或是戀屍癖的病態衝動一樣。

迪安娜的母親陷入恐慌，決定把女兒的東西全部丟掉。她一放學回家，看到的是一片空寂。過了幾天之後，這片空寂也吞噬了她。

迪安娜的母親名叫克里絲，女兒就是她僅有的一切，米拉還記得那女子眼眸中的失落之情。迪安娜失蹤的時候，米拉還沒有進入靈薄獄工作，她們是後來才認識的，因為克里絲經常會過去探詢他們是否有最新進度，然而，她每一次來訪，也讓他們看得好心疼。

他們總是發現她站在等候區的門口，殷殷找尋迪安娜的照片，確定它依然還在牆上——彷彿只要還掛在那裡，她的女兒就不會被眾人所遺忘。等到她找到之後，才會走進來，近乎是躡手躡腳，然後，默默等待有人注意到她。

通常接待她的是艾瑞克．溫切恩提。他會請她入座，為她倒茶，然後開始與她閒聊，確定她心情平穩，可以回家。自從艾瑞克失蹤之後，安撫克里絲的重責大任就落在米拉的身上。

米拉感受不到同理心，所以她很難去想像這名女子的心事——她究竟承受了什麼樣的煎熬。米拉對於自己的苦痛分類一清二楚：剃刀、燒燙傷、瘀血，再加上憤怒與恐懼，這就是她能夠體會到的少數情緒反應。也許，正是因為如此，所以她從來沒有辦法像溫切恩提一樣、與迪安娜的母親產生真正的緊密連結，不過，她也對這名女子有了更深入的了解。

比方說，克里絲不是個壞媽媽，雖然她周邊沒有男人可以擔負父親的角色，但她獨力撫養女兒，必須嚴格管教的時候絕對不客氣。對於迪安娜的荒謬行徑，她一直百般忍受，因為她知道自己一點也不完美，這也讓她總是落於下風。有一次，克里絲告訴米拉，女兒溫柔可愛，實在很難想像會對人心生仇恨，但她確定迪安娜一直過著悶悶不樂的生活，而且其實非常憎恨她。

克里絲最大的問題是她喜歡男人。

她總是任由他們佔她的便宜——這算是某種受虐狂，害她一再重蹈覆轍。

不過，她這種行為態度的真正受害者卻是迪安娜。

她多次在超市裡遇見情人的老婆過來放話，離我的老公遠一點；還有，她多次被迫換工作，因為老闆已經與她玩膩了，乾脆把她炒魷魚。母女兩人只能被逼得頻頻搬家，放棄一切，逃離四周的八卦與敵意。

所以，當迪安娜開始「收集」的時候，很可能是要向她的母親傳達某項訊息，現在，她終於劃出屬於自己的領地。那些充斥熟悉事物的過往消失了，她現在擁有的是別人當成垃圾一樣拋棄的過往。

但是當克里絲恍然大悟的時候，已經太遲了，她先前對待女兒的態度，簡直把迪安娜當成了神經病。她曾經告訴米拉，她十分確定迪安娜並非離家出走或遭到綁架，她深信自己的女兒為了逃離妓女母親而自殺，因為家裡有盒羅眠樂不見了。

米拉突然急踩煞車，引擎也跟著熄火。她停在空蕩蕩街道的正中央，引擎蓋裡發出滴答聲響，這些記憶中的字句在她腦海中不斷迴盪。

迪安娜失蹤一案，安眠藥也是其中一項關鍵因素，這絕非巧合。

她一直在心中吶喊，不可能，這不是真的，我不相信。這一次，她必須要通知波里斯，不能獨自冒險。

她內心卻傳出了別的聲音，不過，妳已經走到了這個地步，他們現在一定會把妳趕走、不准妳繼續參與辦案。

九年不曾使用的手機突然有了訊號，這是在發送請帖，而且只給她一個人而已。一定有什麼事或是有哪個人正在等待著她，米拉再次發動引擎。

她不想錯失這次邀約。

30

那個商業區靠近河畔。

高聳閃亮的建築物主要是辦公大樓，到了晚上這種時候，儼然像是空無一人的透明教堂。上班族早已離開，現在只剩下清潔工在忙著清潔地板與地毯，清空字紙簍的垃圾。

米拉經過了三個街區之後，找到了那條她正在尋訪的小巷。

她左轉，繼續往前開，看到一大片鐵絲網圍欄，還有標明施工中的巨幅看板。

米拉將車停妥之後，下車，四處張望，她要找的地址在圍欄的另外一頭。她打電話到案情調查室，詢問迪安娜的手機訊號是否依然正常，位置是否有任何變動。

案情室人員回道，「還在那裡沒錯。」

她掛了電話，找尋圍欄入口，果然看到靠近建物右側有一小段鐵網往內凹縮，她立刻彎身、鑽了進去。

她再次站直身子，拍了拍雙手，抹去牛仔褲的灰塵。矗立在眼前的這棟建物已經荒棄多時，她本來以為至少會有警衛，但這裡似乎完全無人看管。目前這棟還沒完成的建物只蓋到了十樓，但從底層的寬度看來，顯然原本預計要蓋到更高的樓層。旁邊還有個巨洞，是另外一座建物的地基，雙子星建築，但連第一棟都蓋不完。後面還有其他未完工的工地，應是雙子星大樓周邊的衛星建物。

在那一大群小型工地之間，有座上世紀遺留下來的小小紅磚屋——這是為了迎接摩天大樓、剷平老舊社區所留下的最後痕跡，米拉還看得見小屋立面的門牌數字。她穿越了擺放大型機具的空地、準備朝它走去，恐懼的隱形之手不但沒有把她往後拉，反而把她不斷往前推進。

她邁出大步向前，但它似乎早就主動朝她迎面而來。

這是一棟兩層樓的建築，窗戶內側已經用木條封死，而且還有噴漆大字警告此地恐有坍塌之虞。四周都是簇新的建築，這棟矮屋簡直就像是蛀蝕的爛牙，被眾人徹底遺忘。

就在米拉快要抵達那道厚重大門的時候，她發現底下塞了一張紙，是市政府二十多天之前寄達的徵收通知。市長依據最新的都更計畫，已經下令必須強制拆除這棟房屋，以便其他建築能夠順利完工，屋主必須在接下來的這三週之中迅速搬離。

米拉算了一下，根據通知函的日期，拆除日就是明天。

她推了一下大門，動也不動，她想要破鎖而入，但依然沒有辦法。

她往後退，助跑衝過去，以肩膀撞門，一次，兩次，大門依然不動如山。

她東張西望找工具，發現正好有把鏟子放在幾公尺外的地方。她把它拿過來、將鏟尖插入大門中間的隙縫，又硬是往下戳了好幾公分，門板也出現了裂痕。然後，她全身的重量壓住把手、拚命猛推，將鏟子當成了槓桿。木頭裂紋越來越大，米拉繼續使力，才不過數十秒的時間，她的前額已經開始沁汗。

裡面有某個東西爆裂，大門也開了。

米拉丟下鏟子往前走，一股刺鼻惡臭襲來，某種甜膩氣味，像是嚴重腐爛的水果，她不知道那到底是什麼。

她立刻拿出皮衣口袋裡的手電筒，打開，朝前方一照，一大塊空蕩蕩的區域，還有通往上方的樓梯。

她轉身，看著剛才自己硬闖進來的那道大門，發現裡頭加裝了一道門槓，雖然槓體依然完整，但門鍊早已生鏽，被她撬門的力道給弄斷了。

米拉再次專注聆聽，希望可以聽到人蹤。

聲音、氣味，還有幽暗的質地，不禁讓人覺得這裡是一處秘密深洞，裡面全是大家眼不見為淨、或是拚命想要忘卻的事物。

那股臭氣越來越讓人受不了，她拿出貝瑞世先前給她的手帕，掩著嘴巴。

上面依然有貝瑞世古龍水的殘香。

米拉望著那盛氣凌人的黑暗世界，她不怕：打從小時候開始，她就覺得自己是裡面的一部分。不過，這也不表示她具有勇敢性格。她只是不會被嚇跑而已，她需要這種感受。她對於它的依賴，讓她變得大膽無畏，她很清楚這一點。米拉知道自己應該要回到車裡，打電話呼叫總部的同事，不過，她卻拿出佩槍，慢慢走上階梯，想要知道在樓上等她的到底是什麼。

31

樓梯上方是一道門。

令人作嘔的臭味就是從裡面飄散出來。雖然米拉已經以手帕掩住了口鼻，但依然聞得到。米拉試推了一下房門，但其實只需要靠手指輕輕施力就開了。

她將手電筒往裡面探照。

疊得老高的舊報紙，幾乎頂到了天花板，至少有三公尺之高，而且一疊疊緊緊相貼，形成了一堵無法跨越的牆，幾乎沒辦法擠進去。

米拉鑽進去，正苦惱不知該怎麼穿越這道障礙物的時候，手電筒的燈光照到了某個隙縫。

她毫不遲疑，側身而過。

空隙後方是一道寬度僅能容身的走廊，宛如被兩側高疊雜物所包夾的峽谷。她開始往前走，像是執鞭的馴獸師，以手電筒驅趕頻頻襲身的黑暗勢力。

四周的物品琳瑯滿目。

塑膠容器、空瓶、鐵罐。廢鐵、不同式樣與顏色的衣服、一九二〇年代的縫紉機。皮革裝幀的古書，還有許多封面色彩繽紛的現代書籍，但全都因為時光久遠而嚴重受損。洋娃娃的頭、被壓扁的香菸盒、帽子、行李箱、箱子、老舊的音響、引擎零件、鳥標本。

這儼然像是某名瘋子垃圾商的儲藏室，但搞不好也可以這麼說，在海上航行多時、吞下各種雜物的大鯨魚腹肚。

不過，這樣的混亂場景，卻自有其邏輯。

米拉雖然不解，但她就是看得出來，眼前的一切的確有其秩序，但她講不出個所以然。彷彿所有物件都依照某套方法、放置在合適的地方，有人不知基於何種原因，仔細整理了某個巨大的垃圾堆，遵循某種神秘的歸納方式、將這些東西分門別類，每一個物品都有它扮演的角色及其重要性。

眼前這幅景象的答案，就是囤積症，迪安娜．穆勒所罹患的心理疾病。

不過，這一次她玩得很大。突破儲藏極限的巨大倉庫，內部已成迷宮的大房間。

米拉繼續往前走，感覺到腳下有其他東西，剛掉落下來的物品，顯然這一疊疊東西並不穩固，她必須要注意自己的腳步。

到達走廊底端之後，她才發現原來的路徑在此一分為二，她把手電筒分別往左右一照，心中盤算必須要找出合適理由、決定到底要走哪一條。她選了右邊，部分原因是因為這條路似乎可以通往迷宮的中央。

這裡就像是靈薄獄的檔案區，塞滿了數千人的遺物。再也不存在於世間的那些人所留下的唯一存在證據，也就是這些了。

米拉想起來了，幽影軍團。他們怎麼了？迪安娜．穆勒的手機在哪？那個女孩人呢？

突如其來的沙沙聲響逼她停下腳步。想必牠們無所不在，就像是蟑螂一樣。她把手電筒對準地板，證實了她的臆測，地上佈滿了許多小糞。

她感覺有許多小眼睛在盯著她——搞不好有數千雙吧。全都躲在暗處盯著她，想要知道她接下來要做什麼，基於本能，牠們想要知道這名闖入者是可怕威脅？抑或是飽餐一頓的大好機會？

米拉把這個念頭拋諸腦後，越走越快，因此膝蓋不小心踢到垃圾牆的某處突角，幸好她及時抬頭，發現其中一疊頂端的東西開始掉落，馬上就要壓到她，她趕緊伸出雙臂護身，一堆東西，有硬有軟，宛如火山爆發，滾洩在她身上。手電筒掉了，光源消失，而且手槍也掉落在地，不慎走火，槍響在狹窄空間發出了震耳欲聾的回音。她蹲伏在地，等待這場雪崩停歇。

終於，一切靜止，她終於能夠再次緩緩睜開雙眼。

她聽到了尖銳耳鳴——持續不斷的穿腦式單音，此刻的苦痛還混雜了恐懼。雖然皮衣承受了部分的衝擊力道，但她的脊椎與手臂依然痠痛，她心跳急快，想起自己得好好呼吸，所以她趕緊摘掉臉龐上面的手帕，雖然臭味撲鼻，但還是奮力讓宛如活塞狂跳、簡直要撕裂胸膛的心臟慢慢舒緩下來。過去這幾年來的自殘經驗告訴她，沒有骨折。

她站起來，推開蓋住身軀的那些垃圾，黑暗早已抓住大好機會，對她展開奇襲，她開始東摸西摸，找尋手電筒。

被一堆垃圾砸死已經夠可憐的了，如果還有比這更慘的狀況，那鐵定是被困在黑暗之中、完全找不到出路。

她終於找到手電筒，準備要按下開關的那一刻，她雙手顫抖，光線一直遲遲未出現，她快要嚇出心臟病了。

她搖了搖手電筒，想知道是怎麼回事，有了光之後，她開始找槍。她把手伸入身旁的垃圾堆，希望能靠著指尖摸到槍，她拚命彎身，終於看到了。

她距離佩槍只有三呎遠，但蓋在上面的那些垃圾卻撐住了牆面，要是她挪動任何一個物品，垃圾山一定會再次倒塌。

她暗罵一聲，靠。

她伸手摀嘴，另一手扶住痠痛的屁股，希望能好好思考，但耳鳴不止，哪有那麼容易。她必須要前進——之後再回頭拿槍，除此之外，也沒有其他辦法了。

她開始尋找能夠當作武器的其他物件，找到了一根鐵棒。她抓起來，掂了掂重量，沒問題。

由於剛才發生的那一場垃圾土石流，原本的牆出現了縫隙，米拉爬過去，發現自己進入另一道平行的走廊。

她小心翼翼前進，偶爾會看到貌似一窩昆蟲的東西，但她只能選擇視而不見，耳邊不斷傳來老鼠在奔跑的聲響。

牠們似乎帶引她前往某個特定的方向。

她東繞西轉，估計自己走了至少有五十公尺，光束照向前方，距離她幾步之遙的地方出現障礙物，又是另外一座倒塌的牆，阻擋了她的去路。她正準備要回頭，卻發現那堆垃圾下方有個突出物，長型白骨。她想要確認無誤，立刻趨前細看。

是某人的脛骨。

這不是幻覺。米拉移動手電筒，又發現了垃圾堆下方其他的突出骨骸。手肘、某隻手的指骨。

毋庸置疑，就是迪安娜．穆勒。

米拉覺得很好奇，不知道她到底死了多久，可能至少有一年吧。她心想，我差點也會落得與她一樣的下場。要是先前那場雪崩沒有停下來的話，她可能也得面臨相同的命運。她不願多想，還是小心翼翼跨越了那堵障礙物、以免踩到屍體的其他部分。

前方的走道變得寬闊。

她走過去之後，才發現這是一處凹室。地板上有個床墊，上面鋪滿了髒毛毯與床單——是迪安娜睡覺的地方嗎？除此之外，還有一張小桌、一堆發臭的食品罐頭、各式各樣的雜物，像是塑膠叉、雷射唱片、玩具，也不知道為什麼，玩具似乎格外獲得重視，享有獨特地位。

在這堆亂七八糟的東西當中，她瞄到了藍色天使狀的吊飾，這才驚覺它依然掛在迪安娜的手機上面。

米拉放下鐵棒，含住手電筒，將它拿起來，仔細檢視這個被金星外殼包住的手機。

螢幕依然在發亮，但沒有任何來電或撥出的紀錄。

她打開後面的電池蓋，想要確認這是否真的是失蹤女孩的手機——裡面應該會有「迪安娜．穆勒的財產」字樣，還有她暗戀男生的名字縮寫——而米拉也意外發現有人在最近換過電池。可想而知——迪安娜以前抱怨過電池很弱——要不是換了新電池，這支手機也沒辦法從下午撐到現在。

米拉嚇了一大跳，她驚覺不可能是附近的這具死屍換了電池，死人也不可能在失蹤九年之後、重新打開手機。

米拉僵住不動，覺得那股黑暗之氣正逐漸籠罩而來。她再次拿起鐵棒與手電筒。慢慢轉身，了解周邊狀況，發現後面有另一個垃圾迷宮隙縫。

米拉走過去，發現自己必須靠狗爬方式才能鑽過去。她一手拿著手電筒照射前方、另一手拿著鐵棒、在佈滿報紙的骯髒地面上慢慢拖行，終於，她到達了隧道的另外一頭。

有第二個房間。

但這裡和第一間迥然不同，此處的一切整齊清潔。正中央有張真正的床，鋪有床單與毯子，一旁置有五斗櫃。某張矮桌上還擺放了許多各式各樣的蠟燭。如此井然有序的房間，不禁讓米拉聯想到母親一向自豪的客房。

她覺得這間屋子不只是迪安娜．穆勒的避難所，一定還有別人，某名深受敬重的重要人士，畢竟，這裡是上演失蹤記的完美躲藏地點。

她陷入沉思，又聽到了崩塌巨響，迷宮另一頭的某個地方，她立刻關掉了手電筒。

這裡有人。

32

持續不斷的耳鳴聲，讓她剛才一直沒注意到有人。

多虧現在剛冒出的那一陣土石流巨響，讓她終於注意到有異狀。然後，她看到天花板出現折射光，想必另一個人也有手電筒。

他躲過了那一場垃圾雪崩，現在正逐漸朝她逼近而來。

米拉不想處於無路可退的困境，決定離開她命名為「客房」的那個地方。她可以回到走廊——那裡至少還有一條逃脫路線。不過，她為了避免對方發現自己的行蹤，早已關掉了手電筒，在沒有光源的狀況下，很可能又會引發另外一場垃圾土石流。

她得好好想辦法。現在手邊沒槍了，而她剛才找到的鐵棒只有在徒手格鬥時才能發揮作用。萬一另外一個人持有槍火，她該怎麼辦？

她心想，要是這位「貴客」準備要進入他的房間，那麼，也就等於是朝她的方向行進。此時此刻，唯一的因應之道，聽起來也許很瘋狂，就是直接朝他走過去、與他正面對決。

米拉努力保持冷靜，搬出在警校所學、於多年警界生涯中發揮作用的那些守則。

首先，必須要精準判讀自己所處的位置。四周一片漆黑，米拉只能盡量靠記憶拼湊這棟建物的輪廓。

她想起迪安娜的那張簡陋的床，上面有一些毯子，她拿起其中一條，一路摸索回去，跨過了女屍殘骸。

也許還是有辦法可以躲避這名客人。

不過，她得先找到最理想的地點，才能讓計畫奏效。走廊有塊為了遷就柱子而留出的空間，米拉覺得已經足以容身，她躺下來，以那條臭毛毯裹住自己。

她的計畫是先躲起來，等待對方走過去。

等到對方一離開，走道淨空，她就可以奔向出口。既然別無他法，這似乎也算是權宜之計。不過，她得要速戰速決——不知道來客到底是誰，但他已經逐漸迫近。

走道空間夠大，就算他走過去，也不會注意到她躲在一旁。萬一米拉運氣不好、被他看見的話，她可以立刻把毯子丟到他身上，拿出鐵棒對決。不過，她希望這一招不要派上用場，她告訴自己，不會有事的。

她就定位，靜靜聆聽四方動靜。槍響造成的耳鳴完全沒有消退的跡象——而且，恐懼感讓它變得更加尖銳。她已經將自己裹得好好的，在眼前留下一點縫隙、觀察周遭狀況，不過，能夠看到的視角範圍依然受到了嚴重侷限。

米拉看到隧道的另一頭有光束在來回掃動。由於地面佈滿垃圾，掩蓋了這名來客的腳步聲響，所以她根本聽不清楚，但她知道對方的每一步都小心翼翼。

他知道這裡有入侵者，米拉腦海中有股細弱的聲音不斷浮現，他知道。

他越靠越近，幾乎已經聽得見他的吐納氣息，然後，一道幽影矗立在她的面前。她透過眼前的隙縫向外張望，是男人的鞋子。她屏住呼吸，不敢發出任何聲響。

為什麼他只是站在那裡動也不動？

時間靜止不動。她覺得有東西進入她的腹部，宛如一陣冷流穿透全身血脈。是恐懼，她經常在祈求能夠心有所感的那股恐懼。剎那之間，她覺得腦中的耳鳴簡直要把她逼瘋了。

那道黑影轉向她的方向。正當光束照向她藏匿處的時候，她使出全身力氣、衝出來，揮舞著鐵棒。那道白光讓她什麼都看不見，但她還是豁出去了，用力一擊。完全沒中。她又試了一次，這次擦中對方，而且力道足以讓他失去平衡、跌倒在地。他的手電筒不見了，黑暗再次宰制了這個空間。

「米拉！」她聽見他在地上大吼，「等等！」

米拉氣喘吁吁，仍然拿著鐵棒在盲尋目標，她以近乎尖叫的聲音大嚷，「你是誰？」

那道黑影不發一語。

「你是誰？」她再度逼問，這次語氣堅定多了。

「是我——貝瑞世。」

耳鳴聲讓她一時認不出他的聲音，「你怎麼知道我在這裡？」她焦慮不安，依然在尖吼。

「我打電話到總部，他們告訴我妳在這裡。」

「那你為什麼要過來？」

「我改變心意了。我現在才發現事態嚴重，所以打算要幫你。」

米拉沉思了一會兒，也信了他的說法。「靠，貝瑞世，」她放下鐵棒，「媽的快去找你的手電筒，我沒辦法忍受一直待在黑漆漆的地方。」

米拉正打算要伸手去拉他，後面卻有另外一個人抓住她的手。她基於本能，立刻轉身，聞到了一股熟悉的氣味。她嚇壞了，但沒有任何反應，一切過程像是慢動作，她後面的那個人把她拉過去，然後，一陣槍鳴，轟然巨響穿透封閉的走廊，出現短暫火光，到了這時候，米拉驚覺拉住她的才是真正的賽門・貝瑞世，把她引過去的那股氣味正是他的古龍水。

原來，躺在地上的那個假冒貝瑞世的男子想唬弄她。雖然有槍擊的連續閃光，但她沒辦法看到那個騙子的面孔，因為他已經從容轉身逃跑。她看到他消失在第一個角落，閃過子彈，他鑽過去之後，造成垃圾牆有多處塌落，覆蓋了他的逃逸路徑，後頭的追捕者也只能望之興嘆。

槍聲停歇，真正的貝瑞世面向她，對她大吼，「我們快走！」

他拉著她、在黑暗中疾行好幾公尺之後，隨即打開自己的手電筒。米拉緊緊抓住他的手，但對於自己的步伐依然小心翼翼、不想隨便亂踩一氣。貝瑞世開始奔跑——通往出口的路線，他似乎記得很清楚。

她陷入恐慌，也發現自己速度變慢，那是在惡夢中奔跑時才會出現的可怕緩滯感。她想要加快腳步，但卻覺得自己像是在一大坨油膩的液體上奔跑，而且這股幽暗之氣讓它變得更加黏滑。

然後，她認出了自己剛進來的第一道走廊，房門在那裡，如此靠近，但卻似乎就是搆不到，能夠成功逃離的感覺一定很棒，但卻讓人覺得好不真實。她感受到樓下飄來的清冷空氣，宛如房門正在呼吸。

他們穿過房門，開始下樓，她覺得他們腳下的階梯彷彿在搖晃，像是踩到了某個怪獸血盆大口的利牙。她聽到屋外不斷傳來狗吠聲，似乎在焦急呼喚他們，他們快要脫困了。

就在米拉要離開大門之前，她覺得那棟紅磚屋彷彿正慢慢封閉入口、準備要把他們關在裡面，她閉上雙眼，默默計算步伐。

貝瑞世走到拴住狗兒的地點，他彎身拍拍牠，「安靜，希區，沒事了。」

他們兩人都氣喘吁吁，希區也變得安靜。貝瑞世望著米拉，她依然在全身顫抖。

她雙手摀耳，五官因苦痛而扭曲成一團，他覺得自己應該要開口解釋一下。

他拉高嗓門，因為他知道她現在沒辦法聽得很清楚，「我打電話到總部要找妳，他們說妳來這裡了。」

「然後，那個假冒是你的傢伙，居然知道我找過你、找你幫忙，」米拉突然一陣光火，伸手指向那棟屋子，「他到底是誰？」

但貝瑞世卻迴避了這個問題，「靠，這地方是狗窩，我從來沒看過這種地方。」

「你在說什麼？」

「我說這是囤積症患者的避難所。」

這算哪門子的避難所？米拉覺得一陣作嘔。迪安娜．穆勒把自己關在那棟屋子裡，與世隔絕，但卻為某人特地安排了一個藏身之地。「那裡還有個房間，她準備接待某個客人。」

貝瑞世抓住米拉的雙肩，「妳一定要告訴大家，叫他們立刻過來。他被困在裡面了，妳難道看不出來嗎？他已經無路可逃。」

他的眼眸盡是擔憂，米拉沒多問，準備拿出手機、打電話到總部找波里斯，希區卻在此時又開始狂吠，而且叫得更淒厲，似乎後頭有狀況。米拉與貝瑞世同時轉身，望著那棟紅磚屋。

被封住的窗戶冒出了徐徐灰煙，幾秒鐘之後，爆炸起火。

整間房子變成了火海地獄，他們趕緊掩住自己的臉，帶著希區、一起迅速撤離。

到達安全的地方之後，他們轉身，望著那片大火。

「不，千萬不要……」貝瑞世的聲音好哀愁，充滿無力感。

「看著我，」米拉逼他面向她，「他是誰？你明明認識他。」

貝瑞世目光低垂，「我看不見他的臉，但我猜是他。」

「誰？」

「凱魯斯。」

愛麗絲

證據編號 443-Y/27

二〇一五年九月二十六日救護車執勤人員供詞：

我們在午夜十二點之前抵達傷者住家。先前已接獲無線電通報他的狀況，他是一名員警。我們到達時，發現傷患有大面積的三級與四級灼傷，還有嚴重的窒息症狀。雖然他狀況危急，但依然意識清楚。我們的工作人員準備要施行標準急救程序，避免讓病患產生併發症、同時希望可以穩定他的呼吸，患者突然十分焦慮，堅持要與我們對話。他奮力扯下氧氣罩，過了好幾秒之後，才開始講話，內容斷斷續續，我們只聽出這幾個字，「拜託，我不想死。」

不幸的是，他還沒到院就斷氣了。

33

大家都在等待「法官」到來。

警方已經接管失事地點。但是在總部的大家長到來之前，沒有人敢開口或是輕舉妄動，現場宛如被封凍了一樣。

火勢已經撲滅，但這棟紅磚建築也已經被徹底燒毀。那一大堆垃圾所燒出的毒煙雲塵，伴隨著黎明微光，將天空染成了璀璨的紅色。

邪惡事物可能也有美麗的面貌。不過，消防員卻必須要清理火場。

波里斯只丟了一句酸話，「還真是湊巧，我們就是需要這樣的曝光機會。」

他不肯與她講話，他不只是生氣而已，米拉擔心他也對自己大失所望。她並沒有向他報告找到的線索，她不想讓他知道案情，她並不信任波里斯，兩人之間已經出現了無可彌補的裂痕。

古列維奇同樣把她當成空氣。當晚，米拉打電話給他，而不是波里斯，這個舉動是為了避嫌，不要讓別人誤會她與老友早有串通。支援警力到達現場之後，他眼睫毛眨也沒眨一下、靜靜聆聽她的陳述。米拉講出自己獨立調查的全部過程，從塞在人孔洞的那份剪報、以及講到有關凱魯斯的那封簡訊，以及迪安娜．穆勒的失蹤細節。

她唯一沒有提到的就是賽門．貝瑞世。

當初是她建議貝瑞世要離開現場，她不希望她的長官發現他在這裡。他的名聲已經夠臭的了，不需要因為一起根本不是他的案子而受到責難。米拉向他保證，她之後一定會去找他，讓他知道最新狀況。

十多分鐘之前，消防隊已經通知大家可以拿下防毒面具，經過噴灑泡沫之後，起火垃圾的有毒煙塵已經被控制住了。

米拉的耳鳴已經消失，但那名男子在幽暗世界中的聲音卻一直在她腦海徘徊不去。

這個人非常狡猾，成功引誘她進入陷阱。她心想，他一直在監控我，他知道我聽到恐懼的召喚就會受不了。

貝瑞世告訴她那是凱魯斯，然後，他也承認的確有這號人物。那麼，當初他們第一次見面時，為什麼要隱瞞真相？

某台裝配深色玻璃的黑色寶馬汽車，穿越了警方杜絕媒體與旁觀民眾的偵查封鎖線，直接停在建築工地的前面。米拉認出那是「法官」的座車，古列維奇與波里斯也立刻趨前迎接。

裡面的乘客並沒有下車，反而繼續坐在裡面、搖下車窗，與那兩名探長講話。米拉站在車子的另外一邊，沒辦法聽到他們的對話內容。好幾分鐘過去了，那兩名探長終於側身、讓車門得以開啟。

二十公分的高跟鞋踩踏在髒兮兮的水泥地，一頭濃密的淡金色頭髮的女子也立刻現身，套裝是一貫的黑色，即便在一大清早，臉妝也十分完美。

喬安娜・舒頓，「法官」，一如往常，儀表無懈可擊。

總部裡流傳著許多有關她的故事，但全部都只是八卦等級。大家只知道她是單身，而私生活更是保密到家。不過，最重要的是，這些謠言的內容都無涉她的性別，從這一點就可以知道她有多麼令人望之生畏，而她一路高升到部長的經歷更成為了教科書的完美範本。

喬安娜・舒頓雖然在警校時的表現就已經無人能及，但一開始進入警界的時候，他們卻沒有立刻給她像樣的職位。看來她似乎大有機會，但她卻總是讓男同事們相形見絀，而且實事求是的態度更讓大家頭痛不已。所以，上級只會把小案子派給她，但也不知怎麼回事，她總是能讓自己變成閃耀明星，這都得歸功於她的學習能力、承擔的勇氣，以及自我犧牲的精神，她甚至還把貶抑的「法官」外號轉變為一種功績徽章。

記者們打從一開始就愛上她了。

她兼具模特兒的外貌與老派嚴厲警察的氣質，自然是報紙頭版與電視新聞素材的首選。她的上司一直擔心這個性感金髮女郎會成為聯邦警方的代表性人物——而這個噩夢，的確成真了。才不過兩年的時間，喬安娜・舒頓已經完成了不少艱鉅任務，成為總部有史以來最年輕的探長。自此之後，她一路平步青雲。

她摘掉太陽眼鏡，一派自信，走入現場中央，開始打量這棟殘破的紅磚屋。

「誰可以跟我報告一下最新狀況？」

態度積極的古列維奇、波里斯，以及消防隊隊長立刻圍繞在她身邊，開口的是消防隊隊長。

「我們在一小時前控制住火勢，但建物也在那時候開始塌陷。根據您底下警官的說法，這把火來得十分突然，我沒有辦法確定這是不是一起人為縱火案，裡面塞滿了一堆易燃物，只要隨便出現個火光就付之一炬了。」

「法官」思索他剛才的那一段話，「就我看來，這火光似乎還真是隨便，特地等了這麼多年、挑選今晚燒毀一切。」

舒頓尖酸刻薄的評語就像是石頭入水一樣，只換來一片沉寂。米拉發現大家不知道要怎麼和她互動，沒有人知道她到底是在開玩笑？還是要運用諷刺手法控制眾人？

「瓦茲奎茲警官……」舒頓呼喊米拉，但根本連看都沒看她一眼。

米拉走向那一撮人，那裡飄蕩著「法官」的香奈兒香水氣味，宛如充滿巨大引力的球體，現在就連米拉也被吸了過去，「是，部長。」

「我聽說妳在裡面發現了某名企圖攻擊妳的男子。」

其實不是這樣，但米拉還是說出了與貝瑞世協議後的版本，「我們之間發生了短暫的打鬥，我的手電筒掉了，陷入一片漆黑，但我還是對他開了好幾槍，他嚇跑了。」

「所以妳沒有打中他？」

「我想是沒有。」米拉這次說的是實話，「我只有看到他跑掉而已。然後，我也開始跟著跑，因為我擔心會有東西壓到我身上。」

「妳丟了槍，對嗎？」

米拉目光低垂，員警丟掉佩槍實在不是什麼光彩的事。既然她不能講出開槍的是貝瑞世，那麼她也就省得麻煩，不必承認自己在犯蠢分心的時候丟了槍，只不過她最後還是沾染了污點上身，「報告『法官』，沒錯。」

舒頓突然之間對她失去興趣，開始東張西望，「張法醫呢？」

過沒多久之後，這位身著石棉防火衣的法醫從廢墟裡現身，他脫掉硬帽，也加入他們的行列。

「您在找我？」

「裡面有沒有屍體？」

「裡面有大量的化學物質、碳氫化合物，以及塑膠製品，所以起火時引發了高溫。除此之外，這棟是磚造房屋，簡直就像是大熔爐一樣。在這種狀況下，所有的人類骨骸都會熔裂。」

「但那男人明明在裡面，」米拉幾乎失聲尖叫，其實並沒有人在指責她說謊，但她並沒有注意到，「而且裡面還有一具骨骸，迪安娜·穆勒的骨骸，她十四歲的時候失蹤，人間蒸發了九年之久。」

「法官」問道，「怎麼可能從來沒有人發覺異狀？」

「那房子是一部分的未分割遺產，」古列維奇根本不甩米拉，「根據公司資料，強制拆除日是今天，裡面根本沒住人。在這段時間當中，沒有任何人通報社福單位，也未免太詭異了。看看周邊環境吧，這裡不是人跡罕至的郊區，而是商業區，每天來來往往的有數千人。」

米拉很想開口反駁，對，但日落之後，這地方就一片荒涼。不過，她最後只是搖搖頭，表示自己並不認同。

波里斯是唯一不曾看輕她的人，但現在他卻迴避她的目光。這樣的沉默比古列維奇的迂迴指控更傷人。不過，此時的喬安娜·舒頓，似乎依然沉著冷靜。

「如果真的是像瓦茲奎茲警官所說的那樣，」古列維奇擺出自以為是的口吻，「那麼攻擊她的男人也縱火、選擇葬身火窟，他為什麼要這麼做？不合理嘛。」

「法官」面向消防隊隊長，「你一定已經找過這間屋子的建設公司了吧？」

「對，我們先前打過電話，想知道這棟屋子的平面配置狀況。」

「除了大門之外，還有沒有其他方式可以進入這間屋子？」

消防隊隊長思索了一會兒，「嗯，建物下方正好有下水道經過，可能有人從下面找到某個通道、進入屋內。」

「法官」面向她的男性同僚，「諸位可能沒有考慮到這一點，住在屋內的人，可能另有掩人耳目的方法進進出出。攻擊瓦茲奎茲警官的那名男子，很可能在縱火之後、利用這個方式逃之夭夭。」

沒想到舒頓會表態支持米拉，她感激在心，這並非是出於她的幻想。

「法官」終於願意正眼看她，「親愛的，妳的同僚之所以會抱持懷疑態度，是是因為妳沒有等待指示就擅自行動，顯現出妳一點都不尊重這套指揮體系。此外，妳也搞砸了我們的偵查行動，現在很難繼續追查這條線索，因為所有的證據恐怕都已在大火中付之一炬。」

米拉很想開口道歉，但聽起來一定會像是拙劣的謊言。所以她乾脆站在那裡不說話，頭低低的，承受一切責難。

「如果妳覺得妳比我們優秀的話，直說無妨。我知道妳的工作表現，我也很清楚妳有多麼厲害，但是我萬萬沒想到一個經驗老到的警官會搞出這種事。」舒頓面向其他人，「你們先走，我有事要和她單獨談一談。」

34

那三名男子迅速交換了一下眼神，隨即閃人。

他們或許佔了人數優勢，但要是遇到「法官」這種充滿陽剛氣魄的女子，他們也只能落於下風。

等到他們離開之後，舒頓又等了一會兒才開口，彷彿是在字斟句酌，「瓦茲奎茲警官，我很想要幫妳。」

米拉原本以為長官又要一陣斥罵，聽到這段話不禁嚇了一跳，「抱歉，您剛才說什麼？」

「我相信妳。」

這句話的強度更勝表態支持，因為聽起來像是願意結盟。

舒頓開始往前走，米拉也跟在後頭，「古列維奇探長在我趕來的途中、已經向我陳述了案情。他說妳為了這個案子的線索，想要追查二十年前的某些事件。」

「是的，部長。」

「『巫師』、『靈魂魅誘者』、『晚安男』……對嗎？」

「還有凱魯斯。」

「啊，是的，」不知道為什麼，「法官」停頓了一會兒，「還有另外一個名字。」

米拉認為舒頓先前一定聽過凱魯斯，但這可能是少數人知道的秘密。

「我記得那些失眠者的案子，」舒頓繼續說道，「這也是證人保護小組走向衰亡的起點。兩年之後，其中的一名特警牽涉到另一起醜聞，名譽掃地。」

米拉猜舒頓指的人是賽門．貝瑞世，她沒有問出了什麼事，但舒頓自己全說了出來。

「他接受賄賂，在他的幫助之下，某名歸他看管的重要證人也因而順利逃脫。」

米拉不敢相信這就是貝瑞世被排擠成邊緣人的原因，更無法想像他會接受賄賂，但她看出舒頓很想告訴她這件事，所以她也就繼續配合下去，「我看那名特警一定早就離開總部了。」

「法官」面向米拉，「很不幸，我們一直找不到定罪的證據。」

「為什麼要告訴我這件事？」

舒頓十分坦直，「因為我不想看到妳去找他求援。無論遇到什麼狀況，只要找我就對了，這樣講夠清楚了吧？」

「了解。要是我在自己的報告裡提到凱魯斯，妳會不會反對？」米拉的提問是出於刻意挑釁。

「完全不會，」舒頓回道，「不過，要是妳想聽取我的忠告──同為女性的角度──如果我是妳，我絕對不會做出這種事。真是二十年前的舊案，沒有證據，沒有線索，很可能只會讓妳深陷泥沼動彈不得。而且，那些綽號根本沒有意義，全都是媒體為了刺激收視率與報章雜誌銷量而搞出來的玩意兒。別傻了，千萬不要花時間去追蹤虛幻的漫畫人物。」

但米拉不禁想到她前晚在屋內遇到的那個人形，十分逼真，有血有肉，就和一般人一樣。也許當下的各種因素──那個巢穴、幽暗環境，再加上自己的恐懼──讓這個人的形象變得異常可怕，但他絕非是憑空想像的惡魔。

的確有這個人，他是真的。

「要是我在報告裡只提到自己被不知名男子攻擊呢？」

舒頓露出微笑，「當然好多了。」然後，她緊盯著米拉，「自從我們開始辦案之後，我就一直在觀察妳的表現，的確很傑出。我也知道妳對於恐怖組織犯案的假設抱持懷疑態度，而且也公開表達了意見。」

「對，我依然沒有改變想法。」

「瓦茲奎茲警官，那麼我就助妳一臂之力好嗎？」

米拉不知道她這句話是什麼意思。

「古列維奇曾經要求我把妳踢出去，不要再碰這個案子，不過，我認為妳在其他方面依然可以發揮得很好，」舒頓向她的司機示意，他立刻下車，手裡還拿了個褐色檔案。

「法官」將它交給米拉，她看了一下，很薄的東西，「這是什麼？」

「我要妳從另一個方向去偵辦此案，相信裡面鐵定會有讓妳眼睛一亮的線索。」

35

辦公室一直是他的庇護所，如今的感覺卻像是監牢。

貝瑞世不斷走來走去，想要找出逃逸方法。

「我沒有打中他……」他對著躺在角落的希區開口，而這隻狗兒則盯著主人毫不停歇的腳步。

對於昨晚發生的事，他實在無法原諒自己。在一片漆黑之中，他的手在顫抖，沒有擊中目標。但話說回來，他已經好一陣子沒有用槍了，他忍不住自嘲，本來的行動派，現在成了思想派。

最糟糕的是，那男人折磨他長達二十年之久，但居然沒看到對方的面孔。現在，又多了一堆問題，對他苦纏不放。

他不斷告訴自己，凱魯斯回來了。

昨晚，在他離開事發現場之前，米拉把前幾天發生的事全都告訴他了：羅傑．瓦林屠殺貝爾曼一家人、還有娜蒂亞．尼佛曼與艾瑞克．溫切恩提犯下的兇案。這些人都和安德烈．賈西亞一樣，先前人間蒸發，如今再度現身，而唯一的目的就是殺人。

當時貝瑞世靜靜聆聽，這些案子一開始本來被認定為是仇殺，後來又改為恐怖攻擊，昔日的恐懼竄流全身，他覺得喉嚨被哽住了，彷彿所有的疑惑與焦慮都湧入那個部位。

這是什麼狀況？這一連串環環相扣的謀殺案背後究竟隱藏了什麼？

每當他開始覺得焦慮的時候，只要一想到賽薇亞，就能讓他的心情得到平靜。過往記憶滲入他不安情緒的無形表層，就像明亮的幻象穿透了濃霧。她會展露甜笑安撫他，不斷撫摸他的手。貝瑞世日日夜夜都會想到她。

他一直以為，早已把那段有關她的記憶放逐到連他自己也碰觸不到的地方，但也不知道為什麼，賽薇亞總是會回來，宛如千方百計想要找到方法回家的貓咪。他總是會在物件之間或是某地景觀之中、驚見她的形影，要不然就會在某首歌的歌詞裡聽到她在對他講話。

雖然兩人的關係十分短暫，但他依然深愛著她。

但再也不是那種激情的方式——一切結束之後，大家都要求他解釋清楚，而且怪罪他，那股熱愛就此發生了劇烈變化。現在，它成了疏遠的懷舊之情，對她的思念、愛意，依然會出現在他的心中，他會捧在手心，把它當成了絕美風景仔細端詳，然後，再次任它墜落而下。

他們第一次見面的時候，一看到她那綁成長辮的烏黑秀髮，就讓他大為驚豔。過沒多久之後，他發現只要她把頭髮放下來，等於在傳達她想要做愛的訊號。那天的她，不算美麗，但他立刻知道自己沒有她就活不下去了。

有人連續三次叩門，把他拉回到現實中。

他站在辦公室中間，愣住了，希區也是，突然變得警覺。

從來沒有人敲過他辦公室的門。

「我們在那間屋子裡看到的那個男人可能並沒有被火燒死，搞不好鑽進下水道溜走了。」

米拉站在門口，貝瑞世趕緊把她拉進來，期盼沒有同事注意到她，「妳來這裡幹什麼？」

她搖了搖手中的褐色檔案，「舒曼跟我講了你的事，是她自己主動提起這個話題。她建議我——不，應該說警告我——要離你遠遠的。既然部長大人特別交代，想必有什麼隱情。」

貝瑞世嚇了一跳，他實在猜不出舒頓對米拉說了什麼，其實，他已經心中有底。他希望米拉不要被舒頓所影響。一定沒有，絕對沒有這個可能——從她臉上的表情，可以看出她不為所動。

「我知道當部門裡的邊緣人讓你覺得很安心，」米拉面對貝瑞世的沉默，滔滔不絕，「我了解，但現在你過得也未免太舒服了吧？我要知道全部的事。」

貝瑞世想要讓她壓低講話音量，「我已經把所有事情都告訴妳了。」

米拉指了指辦公室的房門，「我在外頭，在真實世界當中，必須得要為你撒謊。我在總部部長面前編了一堆謊言，就是為了不想讓你惹上麻煩，你欠我一份恩情。」

「昨天晚上我救了妳一命，這還不夠嗎？」

「我們兩個現在都脫不了身。」米拉說完之後，將棕色檔案夾放在桌上。

貝瑞世盯著它的神情，儼然是看到即將引爆的手榴彈，「裡面是什麼？」

「我們辦案方向正確無誤的證據。」

貝瑞世走到自己辦公桌後頭，坐了下來，十指交疊，撐住下巴，「好吧，妳想知道什麼？」

「所有一切。」

二十年前、那七名失眠者的失蹤案並沒有就此結束。

聯邦警務總部一直在追查這七人之間的可能關聯：被迫退役的同志、送貨小弟、女學生、自然科的退休教師、寡婦、布店老闆，以及百貨公司助理。

要是他們能夠找出這些人之間的某種關係，那麼就能知道他們是不是真的被人擄走，還有為什麼有人會對他們有興趣、讓他們人間蒸發。不過，他們只找到一條薄弱的線索，這些人都有失眠問題。

這可能只是媒體刻意炒作的巧合而已。畢竟，這座城市裡每天的失蹤人口不計其數，而當中習慣服用安眠藥的人更是所在多有。不過，就算警方無法肯定，社會大眾依然喜歡幕後有主使者的這套可怕版本。

就在這個時候，證人們陸續現身。

「總是有人看到或是自以為看到了什麼線索。在總部裡面的我們早已訓練有素，一眼就可以看出那些想出鋒頭的人，而且也知道要怎麼應付他們。首先，我們會觀察他們是不是在外頭徘徊許久之後才進來。然後，他們的說法通常都非常類似——這已經成了一套標準模式，這些人大談某名失蹤者住家外頭曾出現可疑人士，然後，我們就會請他們協助繪製嫌犯模擬畫像。我也不知道為什麼，只要一提到嫌犯，大家描述的長相幾乎都一樣，小眼睛，寬闊的額頭。根據人類學家的說法，這是演化過程中的遺痕——敵人在注視我們的時候，一定會瞇眼，而當我們在空曠之處想要找尋隱匿敵人的時候，第一個注意到的就是額頭。反正，要是出現這兩個特徵，幾乎就可以確定這幅模擬畫像是派不上用場了。」貝瑞世清了清喉嚨，「不過，有名證人提供的描述似乎相當可信。」他打開辦公桌抽屜，交給米拉一張模擬畫像。

凱魯斯——這個專門製造失蹤案的男人——有張陽剛與陰柔並濟的面孔。

米拉仔細端詳，想知道自己是否能就此認出昨晚在貝瑞世槍響的短暫火光之下、瞬間瞄到的那張臉龐，她第一個注意到的就是這股中性氣質。雖然模擬畫像的筆觸單調，缺乏特色，但卻呈現出此人五官的纖巧精緻。重點宛如全部集中在那對如同雙生螺旋的黑色眼眸，周邊的光暈直像是被吸進去了一樣。深色頭髮像是王冠，蓋住削瘦的額，高顴骨，豐唇，下巴的正中央還有象徵權力與魅力的美人溝。

果然不出所料，凱魯斯長得不像惡魔。

「證人的供詞準確詳實，凱魯斯一百七十公分，身材結實，年約四十歲。證人對於一切細節如此篤定，是因為凱魯斯做出讓證人印象深刻的舉動。」

「晚安男」刻意露出微笑。

「不知道他為什麼要笑，似乎就是希望證人要記住他一樣。而且這一招真的奏效，那張笑臉的確營造出令人惴惴不安的焦慮感。」

證人已經接受警方保護、安置在特殊住所，但這顯然不夠。

「就這麼人間蒸發了。」

貝瑞世露出了必須面對威脅、但卻不明就裡的困惑表情。

「這就像是進電影院看恐怖電影，結果居然看到惡魔從螢幕裡跑出來一樣：電影票購買的那股恐懼，卻變成了另一種惡夢，而且你還不知道該怎麼稱呼它，是恐慌，但更加可怖，感覺像是無路可逃。你突然恍然大悟，來不及了，無論逃得多遠都依然危險臨頭，死神知道你的名字。」

他伸手梳弄了一下灰髮，「我們在找他，他出現了，『晚安男』就在我們之間。現在他不只是有了面孔，甚至還挑選了他自己想要的綽號。」

凱魯斯。

「唯一看過他的那位證人消失後的第三天，總部收到了一份包裹。裡面有一撮那位證人的頭髮，還有張字條，只寫了一個名字：凱魯斯。」

他不只是以那樣的方式公開現身，而且還對他們下戰帖。

「他似乎在喊話：截至目前為止，你們的方向很正確，從頭到尾就是我。你們現在有了我的模擬繪像，也有了我的名字，來找我吧。」

當時總部瀰漫著一股沉重的挫敗感。每個人都嚇壞了，因為如果對方膽敢這樣挑戰警方，那就表示受害者不只是那些微不足道的一般人，大家都可能遭受威脅。

「就這麼結束了。我們再也沒有聽到凱魯斯這個名字，而失蹤案也再也沒出現。『晚安男』最厲害的一招就是給我們留下一個大問號。我們不能稱他為兇手，因為沒有屍體；我們也不能稱他為綁架犯，因為沒有任何證據顯示這些失蹤者遭受暴力威脅。我們對他、還有對他的動機都只能提出一堆假設而已。」

凱魯斯犯下了沒有名稱的罪行。就算他們抓到了他，也不知道該怎麼定罪。不過，對於那些失蹤者，他們依然稱之為受害人。

「證人叫什麼名字？」

「賽薇亞。」

36

證人是名女子。

米拉發現貝瑞世遲疑了一會兒才說出這個名字，彷彿這舉動對他來說十分費勁。

「這個賽薇亞已經告訴你們凱魯斯長什麼樣子，那麼為什麼還要讓她消失？」

「要讓我們見識一下他的能耐，還有他的堅毅決心。」

「他的確得逞了，」米拉的結語充滿酸意，「因為，就連有了模擬畫像，也還是讓你們的案子辦不下去，你們決定乾脆結案，以免之後無法忍受失敗的苦果。正確的說法不是結案，而是埋葬。我在靈薄獄找到的是被清理過的檔案，如此一來，你們就有藉口可以宣稱所謂的『晚安男』只是虛構人物，某種都會傳說罷了。」米拉講到火氣都上來了，「其實，他是個活生生的人，我們昨天晚上都看到了，他在那裡，就在我們眼前。」

對於昨晚的紅磚屋事件，貝瑞世似乎餘悸猶存。

「你當時在證人保護小組，是史蒂夫的手下，所以由你負責保護賽薇亞，對嗎？」米拉的臉龐浮現一抹失望之情，「你和史蒂夫阿諾波洛斯都有接觸這個案子，除了你們之外還有誰？」

「古列維奇與喬安娜・舒頓。」

米拉嚇了一大跳，「『法官』？難怪她先前說要幫忙。」「經過史蒂夫同意之後，大家達成協議，搜索這些失蹤者的工作到此結束，你們根本沒有人想要再碰這個案子。」

「我的前途？」貝瑞世爆出諷刺大笑，「後來史蒂夫主動申請轉調靈薄獄，正是因為他不想放棄。」

「但其他人因私利而放棄此案，你卻坐視不管，你等於是他們的同夥。」

貝瑞世聽到這樣的指控，也知道是自己罪有應得，但他還是想要反駁，「如果讓我回到過去，我還是會做出一樣的事。因為舒頓與古列維奇是優秀的警察，而且我不是為了要幫他們，我是為了整個總部。」

米拉不知道貝瑞世為什麼要這麼挺那些看不起他的同事。她還記得「法官」曾經向她吐露貝瑞世可能收賄，她當時深受震撼，不知是真是假。

不過，她也開始了解為什麼過去這幾天的兇案不能走漏半點風聲——打從羅傑．瓦林屠殺貝爾曼一家人開始——所有的案子都被下達噤聲令。她的長官並不是為了要保護偵查過程，而是為了要保護自己，不要讓自己在二十年前所牽涉的醜聞因而曝光。「克勞斯．波里斯知情嗎？」

「妳和妳的朋友只是這場遊戲中的籌碼而已。」

聽到貝瑞世講的話，米拉鬆了一口氣。她不知道這是不是實話，但總而言之是讓她舒坦多了。「那『法官』為什麼要把這檔案給我？」她指了指桌上的那個褐色檔案。

「我不知道，」貝瑞世老實招認，「她真的不應該讓妳碰這個案子，不過，大家永遠猜不透喬安娜，她非常會利用別人。」

「如果你看過上面的內容，那麼你就會知道她其實給了我某條重要的線索，讓我有機會了解到你們二十年前所做出的決定。」

貝瑞世露出冷笑，「妳相信她？相信我，她之所以這麼做，八成是因為知道案件一定會曝光，所以她提早為最壞的狀況預做準備。」

也許被他說中了。所以，米拉才覺得如果必須要與某名曾經收賄的警官交手、她也毫不在意。「為什麼不看一下檔案？誰知道呢？搞不好你看完之後就決定想要幫我了……」

貝瑞世悶哼一聲，他看著米拉，然後又望向那個棕色檔案。終於，他把手伸到辦公桌的另一頭，拿起檔案，打開，仔細閱讀。

米拉望著他的目光一路向下、終於駐留在那張紙的尾端。他看完了，把它放在桌面。

「如果上面說的都是真的，那麼，一切就不一樣了。」

37

現在是九月底的某個星期二，但感覺依然像是夏天。

溫暖空氣彷彿緊緊的擁抱，裹住他們不放。希區一直把頭探向窗外，享受車子前行時製造出來的人工微風。

米拉開著自己的車，目光緊盯路面，貝瑞世坐在她旁邊，再次閱讀棕色檔案的內容。

他的襯衫袖口有咖啡污漬，他拚命把外套袖口往下拉、想要把它蓋住，幾乎是無意識的反射行為。米拉靠著眼角餘光、注意到他的動作，覺得他真可愛。貝瑞世很注重形象，這不只是為了儀表，也是為了禮節。他不禁讓她想起了自己的父親，每天早上都把皮鞋一擦再擦，他總說保持優雅端莊非常重要，這是一種尊敬別人的表徵。貝瑞世應該沒像她父親當時的年紀那麼大，但他卻擁有同樣的老派風範，讓米拉覺得這個人很可靠。

他隨口問了她一句，「多久沒睡覺了？」

「我沒事。」

在過去這二十四小時當中，可怕事件接踵而來，但是午後的暖意卻緩解了米拉的緊張心緒。

他們進入的這個郊區氣氛寧和，每間小屋都各有特色，大部分的居民都是勞工階級，他們工作、養育小孩，一生別無所求，只盼望能安穩過生活。這是大家都認識彼此、關係緊密的社區。

他們經過了街尾的教會，某棟尖塔狀白色建築，周邊有大片草地。歡喜聖歌清晰可聞，只不過外頭停放的是靈車。

過了教會之後，米拉轉彎，停在這條街的第三棟房子前面，一旁有高大的榆樹遮蔭。

他們下車之後，一股熱氣立刻迎面而來，他們繼續往前，走到某棟現代式平房的前院，花園裡有三個小孩——兩男一女。他們本來在玩耍，突然停了下來，盯著那兩名陌生訪客，他們三人的臉上全都佈滿了紅斑。

貝瑞世讓希區下車，開口問道，「你們的媽媽在家嗎？」

這三個小孩都沒回話，因為他們對狗兒興趣超級濃厚。

就在這時候，門口出現了一名女子，手裡抱著某個年約兩歲的小孩。她一臉狐疑看著他們，但一看到希區就露出微笑。

她先開口，「嗨。」

「嗨，」貝瑞世態度彬彬有禮，「羅伯森女士？」

「對，我就是。」

貝瑞世與米拉趕緊走上步道，閃過一堆玩具與三輪車，又爬上通往門廊的階梯。

「我們是聯邦警務總部的警察，」貝瑞世拿出棕色檔案夾裡面的那張紙，以兩指的指腹掐住，讓那女子看個清楚，「認得這份報案記錄單嗎？」

「記得，」羅伯森女士嚇了一大跳，「但我之後就再也沒聽到任何下文了。」

貝瑞世迅速看了一下米拉，兩人交換眼神，然後他又面向那女子，「可以讓我們進去嗎？」

米拉與貝瑞世坐在客廳裡，把希區留在花園，讓牠與那幾個年紀比較大的小孩一起玩耍。地毯上佈滿了積木與拼圖碎片，餐桌上還有一堆等著熨燙的衣物，某個髒兮兮的盤子正放在扶手椅的把手上面，看起來隨時會掉下來。

「真抱歉，家裡這麼亂，」女子把懷中的小孩放進圍欄裡，「得養五個小孩，實在很難把一切弄得整整齊齊。」

她剛才已經解釋過了，比較大的幾個沒去上學，是因為得了德國麻疹。而老四——在圍欄裡玩耍的這一個——今天也被迫待在家裡，因為幼稚園不希望其他小朋友受到感染。而老么只有三個月大，正在門廳附近的搖籃裡面酣眠。

「沒關係，」米拉回道，「是我們不好意思，應該在到訪前先讓妳知道才是。」

卡蜜拉．羅伯森年紀約三十出頭，身材短小精幹，手臂結實，白皮膚，粉紅色的雙頰，還有一對湛藍的眼眸。黃色上衣的領口，可以看到她項鍊的小型銀色十字架墜飾。總而言之，她看起來是個忙碌而快樂的母親。

「我先生是轉角那間浸信會教會的羅伯森牧師，」她語氣熱情，拿起擱在椅子把手上的骯髒餐盤之後，坐了下來。「我們社區有位弟兄昨天過世了。他正在主持葬禮，我應該現在要過去才是。」

貝瑞世開口，「妳的朋友遭逢這樣的不幸，我們深感遺憾。」

她露出真誠微笑，「沒關係，相信他現在已經安息主懷。」

屋內擺設簡樸，唯一的裝飾就是家庭照相框、耶穌、瑪利亞，還有《最後的晚餐》的圖像。

米拉覺得這絕對不是擺好看的而已，某種深刻宗教信仰支撐了這家人生活所有的面向，而這些圖片顯然正是此一基石的外顯表徵。

那女子開口問道，「要不要喝點什麼？」

貝瑞世回道，「羅伯森太太，真的不需要麻煩。」

她糾正他，「叫我卡蜜拉就好。」

「好吧……卡蜜拉。」

「咖啡呢？一下就好了。」

「老實說，我們有點急……」貝瑞世還沒說完，那女子已經起身、走向廚房。他們只好坐在那裡，乖乖等了好幾分鐘，待在圍欄裡的兩歲寶寶則一直盯著他們。卡蜜拉帶著托盤走過來，上面有兩杯熱氣蒸騰的咖啡，她立刻獻給客人。

「跟我們講一下那份報案紀錄的事吧？」米拉單刀直入，想要趕快了解事情真相。

羅伯森太太再次坐在扶手椅邊緣，雙手擱在大腿上，「我還能說什麼呢？陳年過往，根本是上一輩子的事了。」

「不需要講太多細節，」貝瑞世慫恿她多說一點，「只要講出妳記得的部分就可以了。」

「我想想……那時候我快十六歲，和我外婆住在火車站附近的某間公寓。在我幾個月大的時候，母親就拋下了外婆與我。她生性漂泊，不懂得要怎麼照顧我，我也從來沒看過我爸爸，但我並沒有對他們懷恨在心，我早就原諒了他們。」

圍欄裡的小朋友露出無牙笑容，她也對小孩擠眉弄眼，充滿了母愛。「我外婆娜拉一直不想要我這個外孫女，她總說我是她的負擔。她年輕時在工廠工作的時候髖骨受傷骨裂，所以平常靠社會津貼過活。她老是嚷嚷要不是因為我，她早就可以好好花那些錢了，她被迫過著豬狗不如的生活，都是我的錯。她好幾次把我丟進育幼院，但我每次都逃走，回到她身邊。天知道我幹嘛要這樣……有一次，我八歲的時候，我待在寄養家庭，那對夫婦是好人，還有六個小孩，某些和我一樣，都是別的家庭所生，他們和樂融融，總是幸福洋溢。但我覺得好失落，因為我不懂為什麼他們給我的愛如此大方無私。那女人不是我的親戚，但依然認真照顧我：為我洗衣服、煮東西什麼的。也不知道為什麼，我覺得自己應該要表達謝意，或者，應該是滿足一下他們的期待。所以，某天晚上，我脫掉衣服，鑽進她丈夫的床上，就像是我住在外婆家的時候、看到電視在深夜時段播出的那種電影一樣。他沒有生氣，展現和善態度告訴我，對一個小女孩來說，這樣的行為並不恰當，所以我又把衣服穿回去了。但我看得出來他很不高興。我怎麼知道我想要和他做的事是大人的行為？從來沒有人跟我解釋過啊。第二天，有名社工過來，把我帶走了，之後，我就再也沒有見過這一家人。」

卡蜜拉．羅伯森講出這個故事的時候，態度一派輕鬆，讓米拉為之一驚。她似乎已經放下了過往，而且淡然以對，所以她什麼都不需要隱藏。她的聲調裡沒有怨恨，只有一抹淡淡的哀愁。

貝瑞世很想叫她趕快切入重點，但覺得最好還是讓她暢所欲言。

「我十六歲生日的時候，接到了第一通電話。那是在下午兩點鐘的時候，而我外婆通常會午睡到傍晚六點。它一開始響了好幾聲，沒了，然後又立刻響起，我就是在這時候接了電話。來電者是名男子，他祝我生日快樂。很奇怪，因為從來沒有人記得我的生日，從小到大我只吃過一次生日蛋糕，當時我待在某間育幼院，而且我還必須與其他生日也差不多同時的五個小孩、一起共吹蠟燭。感覺是很好，但是一點也不特別。所以，當電話另一頭的那個男人指名要找我的時候，我覺得……受寵若驚。」

米拉望著遍佈客廳的那些羅伯森全家福，生日蛋糕與沾滿鮮奶油的開心臉龐的慶生照足足有數十張之多。

貝瑞世問道，「他有沒有說他是誰？」

「我根本沒問，我一點也不在意。其他人都叫我『娜拉的外孫女』，娜拉需要找我的時候，總是用很難聽的話把我叫過去。所以，對我來說，唯一的重點就是這男人知道我的名字。他想要知道我過得好不好，還問了我一些生活瑣事，比方說，問我有沒有去上學？好朋友的名字？最喜歡的歌手或樂團？但他其實也很了解我：他知道我喜歡紫色，只要有點閒錢就會衝去電影院，我喜歡看有關動物的電影，還有，我很想要養狗，把牠取名為班恩。」

米拉問道，「他知道妳這麼多事，難道沒有嚇到妳嗎？」

卡蜜拉·羅伯森微笑，搖搖頭，「我沒想到有人對我有這麼濃厚的興趣，我的反應其實是受寵若驚，真的，我不騙妳。」

「之後呢？」

「他打電話的頻率變得很規律，通常是星期六下午打電話。我們會聊二十分鐘左右，但大部分都是在聊我的事。整個過程很開心，我不知道他是誰，也不知道他長什麼樣子，但我一點也不在意。老實說，有時候一想到他挑中我、維持這種特殊關係，還真是讓人開心。他從來沒有告訴我不能向別人透露這件事，所以我也從來沒有懷疑他居心不良。他也不曾問我要不要見面，或是央求我為他辦事。反正，他是我的秘密好友。」

貝瑞世問道，「這種狀態持續了多久時間？」

「我想想，大概是一年左右，之後就再也沒打過電話了。不過，倒數第二通電話我倒是記得很清楚，」她停頓了一會兒，「他的語氣變了，而且還問了一個從來沒有問過我的問題，『想不想要有新的人生？』然後，他對我仔細解釋了這句話的意涵。如果我有意願的話，我可以改名換姓，搬到另外一個城市，搞不好還可以養隻名叫班恩的狗。」

米拉與貝瑞世互看了一眼。

「他並沒有對我解釋要怎麼樣才能辦得到。他只說如果我想要新生活，他可以幫我實現願望。」

米拉伸手，以極為緩慢的速度將咖啡杯放在矮桌上，似乎是擔心破壞了現場氣氛。

「我覺得這真是瘋狂，一開始的時候，我以為他在開玩笑，但他十分認真。我告訴他，我過得很好，我不需要新的人生。其實，我只是想要讓他安心而已，因為我不希望他覺得我是可憐蟲。他告訴我，可以再考慮看看，等到下週六的時候再告訴他答案也不遲。過了一個禮拜之後，他打電話給我，我還是給他一樣的答案，他似乎沒生氣，我們又東聊西扯了一陣子，我完全沒想到這會是我們最後一次通話。我還記得，一個禮拜之後，電話並沒有響，我從來沒有那麼悵然若失的感覺……」搖籃裡的小寶寶突然大哭，也把卡蜜拉．羅伯森拉回到現實中，「抱歉。」她趕緊起身，走向門廳。

米拉轉向貝瑞世，壓低聲音說道，「我覺得我們可以從她身上挖到不少線索。」

貝瑞世指了指那份棕色檔案，「而且我們還得好好問一下這個。」

38

過沒多久之後，卡蜜拉・羅伯森抱著嬰兒回來了。

她站在原地，雙臂哄搖寶寶再次入睡，「他受不了這麼熱的天氣，老實說，我也不行，但上帝今年給了我們一個漫長的夏天。」

「卡蜜拉，」米拉打斷了她，「妳還有聽到那男人的消息嗎？」

「有，多年之後。我當時二十五歲，過著見不得人的生活。我外婆在我十八歲的時候把我趕出家門，她說她已經為我付出了一切。後來她就過世了，現在我天天祈禱，盼望她已經在天國裡安息。」

「無家可歸，」貝瑞世說道，「想必一定是可怕的轉捩點。」

卡蜜拉面無懼色，直盯著他，「對，狀況真的很可怕。一開始的時候我嚇死了，但我也很有信心，將來一定會幸福快樂。誰知道我當初真的是大錯特錯……流浪街頭的第一個夜晚，身上的一點錢就全部被搶光了，第二天，我肋骨裂了，躺在急診室裡面。不到一個禮拜，我就已經覺悟，唯一生存之道就是賣淫。一個月之後，我第一次吸食快克，也讓我發現了身處地獄的快樂之道。」

貝瑞世端詳這名心平氣和的女子，越看她，越難想像她講的是自己的故事。

「我被逮捕了好幾次。雖然多次進出監獄或勒戒中心，但還是會回到以往的生活模式。有時候我會好幾天不吃東西，就是為了把錢省下來買毒品。要是恩客的付款方式是毒品，我也接受——其實我的客人也沒剩幾個了，因為我只剩下皮包骨，開始掉頭髮，而且牙齒也逐漸爛蝕。」

在她講話的時候，小嬰兒一直想要吸奶，他們眼前這幅純真無邪的畫面，與那女子口中所描述的場景，根本是天差地遠。

「我還記得某個冬夜，下著滂沱大雨，路上根本沒人，但我為了毒品，還是得站在外頭想辦法賺錢，反正，我也沒別的地方可去。大部分的時候，我都處於恍神狀態，像是待在某個平行時空裡一樣。不只是嗑藥時如此，就連清醒的時候也一樣，因為我殘留的唯一生存本能不會讓我想吃東西或睡覺，只會讓我想要再找機會茫一下。反正，那個雨夜，我躲在某個電話亭裡面避雨，我不記得為了等雨停而在裡面待了多久，我全身濕透，冷得要命。我不斷以雙手搓揉全身，想要讓自己暖和一點，但一點效果也沒有。就在這個時候，電話響了，我還記得自己盯著那電話久久不放，對於眼前所發生的事，我無法置信。我就讓它一直響，因為我沒有勇氣拿起話筒。我內心有個聲音在喊話，不是打錯了，擺明就是要找我。」

米拉靜靜等待，她讓這女子好整以暇慢慢道來，宛如又回到了那座公共電話亭，就像是多年前一樣、拿起了話筒。

「他開口的第一句話，就是喊出我的名字——卡蜜拉，我立刻就認出了他的聲音。然後，他問我過得怎麼樣，我開始放聲大哭。你們一定難以想像多年沒有掉淚、終於可以哭出來的感覺究竟有多棒。對了，我堅持不哭有我自己的理由，這個世界殘酷無情，我不能讓自己軟弱啼哭，不然我就死定了。」這名女子的聲音變得哽咽，「然後，他又問了我第二次，『想不想要有新的人生？』這次我就答應了。」

寶寶在他媽媽的臂彎裡睡著了，而兩歲的那個則靜靜在圍欄裡玩耍。外頭的那三個在開心尖叫追逐希區。無論是屋內屋外，都有卡蜜拉．羅伯森摯愛的人包圍著她。她許下承諾，盡心奉獻，為自己建立了這個小小世界，宛如她這一生不曾有過其他所求。

貝瑞世問道，「他有沒有講出要怎麼讓妳獲得新生？」

「他對我下達了一套特定指令。我必須買安眠藥，第二天傍晚入住某家飯店，找到以我名字預訂的那個房間。」

她一提到安眠藥，就立刻讓米拉與貝瑞世豎起耳朵，失眠者謎團的解答呼之欲出。但他們兩個卻不敢對看彼此，唯恐會破壞了卡蜜拉的話興。

「我應該要躺在床上，服下安眠藥，」她繼續說道，「然後，我就會在另外一個地方醒來，我的人生就可以重新出發了。」

米拉默默記下細節，依然不敢相信這故事的真實性，但聽起來很合理，「妳決定怎麼辦？」她問道，「妳真的去了嗎？」

「對。果然是為我預訂的房間。我走上樓，開門，髒兮兮的地方，但放眼所及倒是沒有讓人不舒服，我也不覺得有什麼危險。我拿起安眠藥藥瓶，躺在床上，沒掀開毯子，也沒脫掉衣服。我記得自己的雙手緊握藥瓶、放在大腿上，雙眼緊盯天花板。我已經嗑藥嗑了七年之久，但那一刻我卻好怕吞下安眠藥。我一直在想接下來不知道會發生什麼事，也不知道自己是不是真的想要擁有新的人生。」

貝瑞世追問，「後來呢？」

卡蜜拉．羅伯森雙眼疲憊，望著他，「我真的不知道我居然會這麼清醒，我告訴自己，要是我不靠自己的力量脫離困境，卻一頭栽進空無之地，我必死無疑，你懂嗎？這是我有生以來第一次恍然大悟，無論我有多麼自暴自棄，我真的不想死。」她深吸一口氣，項鍊的十字架墜飾也隨著她的胸膛同步起伏，「我起床，離開了那個房間。」

貝瑞世從口袋裡拿出凱魯斯的模擬繪像，把它攤開之後，交到那女子的面前，「妳有沒有看過這個人？」

卡蜜拉．羅伯森遲疑了一會兒，幾乎是以恐懼的姿態，接下那張紙。她盯了好久，仔細研究那張面孔的所有細節。

貝瑞世與米拉屏住呼吸。

「沒有，我從來沒見過他。」

這兩名警官雖然失望，但表情卻毫無所動。

「羅伯森女士，」米拉說道，「希望妳別介意，我們還有幾個問題請教，妳後來還有沒有接到電話？」

「沒有，從來沒有。」

米拉相信她的話。

「沒有這個必要，」卡蜜拉繼續說道，「經歷了那次事件之後，我加入了團契，這一次我態度十分認真。然後，我認識了羅伯森牧師，之後步入結婚禮堂。你們也看到了，我靠自己的力量達到了目標。」她的語氣頗為自豪。

這是驕傲之罪——但貝瑞世以微笑寬恕了她，「妳為什麼要在事發多年之後向警方舉報？」

「隨著時間過去，我對於這個人的想法也有了改變，我不確定他到底是不是基於好意。」

「為什麼會這麼想？」貝瑞世的確對她的觀點感到興趣濃厚。

「真的，我很懷疑。我認識我先生之後，看到他對其他人的無私奉獻，不禁讓我覺得好納悶，如果是出於良善的動機，為什麼需要躲在暗處？而且……」

貝瑞世與米拉靜靜等待她說下去。

「而且……這是邪惡的行為……」

貝瑞世仔細玩味她的答案，他不希望卡蜜拉誤以為自己講出了蠢話——對他而言，這樣的答案的確言之成理。

「最後一件事，」米拉說道，「妳記得那間飯店的名稱與房間號碼嗎？」

「當然……」卡蜜拉．羅伯森望著天花板，彷彿記憶存放在那裡一樣，「安布魯斯飯店，三一七號房。」

39

安布魯斯飯店是個毫不起眼的地方。

一大排狹長型建築之中的其中一棟，它一共有六層樓，每一層有四扇窗戶。從這裡可以看到某座捷運軌道天橋，約莫每隔三分鐘就會有列車經過。飯店屋頂上有霓虹招牌，只不過在白天的這個時段並未開啟。

飯店外頭已經停了一大排車，除了喇叭聲之外，還有從某台汽車廣播電台裡傳出的浩室音樂。這裡是連接通往中產階級郊區的環狀道路通勤要塞，不過，有許多的旅客，尤其是男性上班族，都會在此處逗留兩三個小時，這裡到處都是殷殷等待客人上門的情色酒吧、脫衣舞俱樂部，以及情趣用品商店。對於想要尋求短暫逃避的男性而言，這些閃爍的標誌是無法抵擋的召喚。濃妝豔抹的漂亮美眉全都聚集在捷運車站入口附近。

安布魯斯飯店在本地經濟活動中所扮演的角色，可說是不言而喻。

米拉與貝瑞世穿過旋轉門，進入佈滿灰塵的飯店門廳。由於鄰近捷運軌道天橋的關係，所以自然採光不足，而黃色壁燈也幾乎無法發揮照明效果，整個空間浸淫在橙黃色的色調之中，空氣裡瀰漫著濃重的菸臭。

室內依然可以聽到外頭的車流噪音，但已因為阻隔而變得低弱。某處的音樂流瀉進來，貝瑞世覺得這應該是伊迪絲．琵雅芙的某首老歌——正好營造出某種悲懷氛圍，歡迎這些心甘情願的客人，入住這間因偶然機緣而成為地獄的飯店。

某名身著格紋外套與直扣襯衫、但未繫領帶的黑人男子，坐在老舊的皮沙發上面，他目光空茫，盯著遠方，隨著音樂一起哼唱，其中一手拄著白色拐杖。

米拉與貝瑞世走過那名盲男面前，沿著酒紅色的滿鋪毯往前走、到了接待櫃檯。裡面沒人，他們靜靜等待。

「好，」貝瑞世指了指鑰匙架，每把鑰匙都有刻記房間編號的黃銅握把，「三一七號房沒有人住。」

有人拉開了櫃檯後面的紅絲絨布幔，某名身著牛仔褲與T恤的纖瘦男子走了出來，在那一瞬間，音樂突然變得格外大聲，原來在聽伊迪絲．琵雅芙的人就是他。

他趕緊把最後一口三明治塞入嘴巴，「您好。」

對方拖拉了這麼久才出來招呼，貝瑞世還是客氣回禮，「您好。」

那名男子約五十多歲，拿了餐巾紙擦拭雙手，雙臂的肌腱緊繃，佈滿了褪色的刺青。一頭灰髮剪成了俐落的平頭，左耳耳垂戴了金色耳環，小框老花眼鏡架在鼻尖，整個人就像是個熟男搖滾明星。

他坐在櫃檯前，低頭看著登記簿，開口問道，「需要房間嗎？」顯然這間旅館的常客不希望引來門房的過多關注，所以他會盡量迴避眼神接觸。

米拉與貝瑞世互使了一下眼色，他們被當成了偷歡男女。

米拉開口，「對，」就讓對方繼續誤會下去吧，「謝謝。」

「你打算以什麼名字登記入住？或者由我幫你隨便填一個？」

貝瑞世回道，「那就麻煩你了。」

「需要毛巾嗎？」門房用原子筆指了一下清潔台車，上面放了一大疊毛巾。

「不需要，這樣就可以了。」米拉問道，「可不可以給我們三一七號房？」

櫃檯後方的那個男人抬頭，「為什麼？」

「那是我們的幸運數字，」貝瑞世身體前傾，靠在櫃檯上面，「這有什麼問題嗎？」

「你們到底是誰？撒旦的信徒？靈媒？還是純粹好奇？」

貝瑞世露出疑惑神情。

「是不是有哪個人叫你們來這裡？除此之外，也不可能有其他解釋了。」

米拉反問，「解釋什麼？」

「不要假裝你們什麼都不知道。要是你們真的想要那個房間，還得另外加收百分之十五的房費，你們可別想唬弄我。」

「好，我們付就是了，」貝瑞世想要安撫對方，「好，現在可以告訴我們三一七號房為什麼這麼特別？」

那男人大手一揮，擺出責難姿態，「老實說，很無聊啦……據說在三十年前左右，裡面出了命案。所以三不五時就會有人聞聲而來，專門指名那間房要打砲。」然後，他盯著他們兩個不放，「你們不會搞綁縛那一套吧？幾個禮拜以前，某個穿皮內褲的男人央求妓女把他的脖子吊在衣櫃裡，我還得幫忙割斷繩子救人。」

貝瑞世向他保證，「別擔心，我們不會給你惹麻煩的。」

「都是因為那些神經病蜂擁而至，要是被我逮到亂傳三一七號房謠言的始作俑者，我一定會讓他好看。」他轉身面對鑰匙架，取下他們指定房間的鑰匙，「一小時夠嗎？」

貝瑞世回道，「太好了。」

他們付了錢，取走鑰匙。

貝瑞世與米拉進入幾乎難以容納兩人的狹小木造電梯，它徐緩上行，不時發出吱嘎聲響。他們到達四樓，電梯停下來的時候還震了一下。

電梯門必須靠手動開啟，貝瑞世拉開分隔梯內與樓層地板的鐵柵，然後，再次關上，兩人隨著指標、進入通往房間的走廊。

他們要找的那個房間位於走廊的末端，就在貨梯的旁邊。黑色塗漆的房門，和其他房間一模一樣，上面也有被磨亮的三個金屬數字。

這間是三一七。

趁貝瑞世還沒有把鑰匙插入鎖孔之前，米拉趕緊問道，「你有什麼想法？」

「這房間靠近貨梯，要在不驚動任何人的狀況下、把昏迷的人弄出飯店，可說是十分理想。」

「所以你覺得『晚安男』利用這房間來引誘受害人？」

「有何不可？我不知道這裡是不是真的出過兇殺案，但對凱魯斯而言，這種謠言正好成了他的有利條件。」

「的確，」米拉也同意他的看法，「要是他每次都預訂同一個房間，就算是使用假名，也可能會引發別人起疑。但由於三一七號房的恐怖過往，早已讓它成為這裡最受歡迎的房間。老實說，很聰明的選擇。」

貝瑞世轉動鑰匙，兩人進入房內。

三一七號房看起來就像是個普通的旅館房間，深紅色的壁紙，地上的滿鋪毯也是相同底色，但多了藍色巨花的圖樣——這是業主精心挑選的結果，如此一來，住客不會注意到積累多年的陳垢。褐色塗漆的雙人床上方懸掛著一盞沾滿灰塵的吊燈。酒紅色的緞面床罩有多處的菸灼痕跡，床的兩側擺放了大理石桌面的床邊桌，其中一張放了黑色電話。床頭牆壁上方的十字架雖然早在多年前就被移除，但遺痕依然清晰可見。所有的窗戶都是西向採光，俯瞰大街。那座捷運軌道天橋約莫在三十公尺之外，只要有列車過去，就會聽到隆隆聲響。

貝瑞世沒有多作解釋，立刻開始搜索房間。

米拉問道，「你真覺得我們能在這裡找出凱魯斯犯案動機的線索嗎？」

「我們等著看吧，」他打開了衣櫃與抽屜，「他之前打電話給他們，逐漸贏得他們的信任，承諾要給他們新的人生。這段過程不需費時太久，因為他早已刻意篩選出那些生活中只剩下苦痛與冷漠的人。他只需要做出別人不會做的事——展現友善態度、對他們表示關心——這樣就夠了。然後，等到時機到來，他吩咐他們帶著安眠藥、來到這裡。睡眠狀態是我們最脆弱的時刻，在那樣的狀況下，他們也就只能任由他宰割了。妳知道要說服人做出這種事有多麼困難嗎？凱魯斯就是有這種能耐。」

一排空蕩蕩的衣架，兩條髒毛毯，假皮封面印有飯店凸紋標誌的老舊聖經，除此之外，貝瑞世一無所獲。但他依然不放棄，接下來他要搜查浴室。

浴室牆壁是白色磁磚，黑白拼接的棋盤格地板。裡面有洗手台、馬桶、浴缸，但沒有淋浴間。

米拉站在浴室門口，望著貝瑞世從鏡櫃裡取出還剩下一半的泡泡沐浴乳、用完的保險套空盒，「你還沒有回答我的問題，」她開口問道，「為什麼『晚安男』需要這些人？」

「他在組織軍隊，幽影軍團，記得嗎？」

「記得，但派他們回來殺人的目的是什麼？」

貝瑞世正準備要開口回答，突然傳來尖銳的鈴聲——淒厲又刺耳——回音響徹了整個房間。

他們站在浴室門口、張望外頭的臥室。

床頭桌上的黑色電話正在急喚他們。

貝瑞世走出去，站在滿鋪的地毯上，但米拉一直站在浴室門口，無法移動腳步。

他面向她，指了一下電話，「我們必須要接電話。」

米拉望著他的那種神情，彷彿他剛才是建議兩人一起從窗戶跳下去。

電話依然在急催著他們。

最後，準備接起電話的人是米拉。她走到床邊桌旁，正打算要伸手拿起電話筒的時候，想起了「晚安男」探詢那些受害者的問題。

想不想要有新的人生？

她知道電話另一頭會傳出一模一樣的話。她拿起話筒，鈴聲戛然而止，等到她把話筒貼近耳邊的時候，什麼都沒有，只有宛如來自於幽暗無底深井的一股空寂。

貝瑞世看了她一眼，目光充滿疑惑，她正打算要開口講話、打破那股沉重靜默的時候，她聽到了音樂聲。

古典音樂，某段久遠的旋律。

米拉把話筒移到兩人中間，讓貝瑞世也可以聽個清楚。

出現這個令人費解的訊息，證明他們的辦案方向正確無誤，這可能是下一起謀殺案的線索。而且，更證實了凱魯斯已經事先知道他們的行動，他正在監視著。

電話突然斷線了。

米拉全身顫慄，這是她從來沒有感受過的恐懼。她望著貝瑞世，又重複了一次他們進入三一七號房之後、她已經問了兩遍的問題，雖然問法不同，但一直沒有得到解答。這一次，她問得更直接。

「貝瑞世，什麼是幽影軍團？」

「我可以告訴妳，他們不是恐怖份子。」

「那他們是？」

「某個邪教。」

40

「妳有沒有聽過『邪行之假設』？」

賽門．貝瑞世的聲音在偌大的圖書館裡迴盪。四周全是塞滿舊書的書架牆，中間是閱讀區，米拉坐在某張長桌前，緊盯著他不放。桃花心木桌面上散落了許多本書籍，全是他剛才從書架取出的文獻資料。現在，他焦躁不安，來回走動，希區卻一直在亂跑，能有這麼寬廣的空間可以玩耍，甚是開心。

這裡只有他們兩個人而已。

米拉回道，「沒聽過。」

「首先，這與撒旦與他的魔徒、上帝與他的聖人都完全無關。」

「那它到底與什麼有關？」

「與邪教有關，但不能從宗教觀的角度去理解。如果是宗教性的活動，那麼我們看到的應該是儀式性的殺人手法，充滿了象徵符號，而且遵循類似的犯案手法。當然，這些案子有許多近似之處，但更讓我們想要叩問的是它們的相異之處。」

米拉發現貝瑞世的眼中出現了全新的光彩，彷彿感受到某種令人喜樂的聖顯。

「好，我們知道的確有共通處，」她說道，「兇手全是失蹤者，而且在許久之後再次現身。前兩起案件的動機是仇殺。」

「貌似如此，」貝瑞世說道，「但實則不然。羅傑．瓦林殺光了藥廠老闆的一家人，因為能夠延長他母親壽命的藥品太昂貴？拜託！這樣的理由太薄弱了。娜蒂亞．尼佛曼殺死老公的律師，但居然不去找自己的老公算帳？」

「她想要看到他生活在恐懼之中。」

「那她為什麼決定要在事後自殺？」

米拉不發一語。老實說，她從來沒這麼想過這個問題，約翰．尼佛曼煎熬的日子沒多久就結束了。

「所以，妳也可以看得出來，在這兩起兇案中，復仇引發殺機的假設其實相當薄弱……艾瑞克．溫切恩提奪走『收屍人』的性命，他和這名高利貸商人完全沒有關係。」

「而安德烈．賈西亞所犯下的案子，也缺乏這種關聯性，」米拉說道，「他為什麼要挑選毒販？就我們所知，他在失蹤前並沒有沾染毒品。」

這是她第一次看清這串事件的矛盾之處，先前她拚命想要排除恐怖攻擊的假設，也沒時間思索自己的理論，「所以你是說這些人之所以被殺，純粹是罪有應得？」

「我也沒這個意思，」貝瑞世雙手擱在桌面，傾身向前看著她，「答案就在『邪行之假設』當中。」

他拿起其中一本，把書轉到米拉面前，讓她可以看個仔細。這是本老舊的動物學文獻，而他打開的章節是動物倫理。

「有個人類學假設，正好十分切合這個主題。」

他指了某張圖給她看，某隻母獅在攻擊一群幼小的斑馬。雖然是黑白繪圖，但依然栩栩如生。

「妳看到這張圖像的時候有什麼感覺？」

「老實說，我不知道，」米拉回道，「驚愕，也覺得有點不太公平。」

「很好。」貝瑞世簡單應了她一句，繼續翻頁。

又是另外一張圖片，同一隻母獅正在以斑馬肉餵食她的小孩。

「現在又有什麼感覺？」

米拉想了一會兒，「至少算是情有可原吧。」

「這就是重點。母獅為了餵養自己的下一代殺死小斑馬，這是善還是惡？當然，母斑馬會因為小孩死了而傷心欲絕，但如若不然，就是換作母獅眼睜睜看著子女活活餓死。這世界上並沒有吃素的獅子，對吧？所以善惡的界線也就變得模糊難辨。在動物世界裡，沒有選擇，自然也沒有價值判斷。但人類呢？」

「我們演化得比較高等，所以應該更容易區分善惡。」

「其實，答案隱藏在另外一個問題裡。要是世界上只有一個人，他是好人還是壞人？」

「不好也不壞……或是兩者兼而有之。」

「一點都沒錯，」貝瑞世回道，「這兩種力量不是二分法，並非是有你無我非黑即白的對立狀態。有時候，善惡是習慣的產物，『邪行之假設』告訴了我們，『某些人的善行恰巧是其他人的惡行，而且反之亦然。』」

米拉回道，「應該可以這麼說，作惡也可能等於是行善，而為了要達到行善的目的，有時候也必須為非作歹。」

貝瑞世點點頭，對於自己新門徒的表現感到很滿意。米拉十分欣賞他能夠以這樣的方式、帶引她了解他的論點，「邪行之假設」的確道出了她身為警察、每日接觸案情的心得精髓，而且，也揭露出她的一大秘密。

那來自於我出身的黑暗世界。偶爾，我必須回去。

對貝瑞世來說，他被邊緣化多年，孤單早已在他身上烙下一道深痕。顯然，他迫不及待想要將這段漫長時光的學習心得與人分享，米拉覺得自己好幸運。

「好，那現在告訴我，」貝瑞世問道，「面對羅傑·瓦林、娜蒂亞·尼佛曼、艾瑞克·溫切恩提，或是安德烈·賈西亞這樣的受害者，妳要怎麼將他們轉化為殺手？」

「想辦法說服他們，他們做出這樣的行為，一定可以造福他人。」

「沒錯，」他繼續追問，「換言之？」

「瓦林與尼佛曼的動機並非是為了復仇。在挑選目標的時候，他們選擇的是自己熟悉的人，他們的驅力來源是過往經驗，而不是仇恨。」

「娜蒂亞·尼佛曼的動機十分決絕，所以她把牙齒的線索親自交給妳之後，立刻自殺，以免被警方逮捕，但最重要的是，她對於這個邪教的信仰至為深切，就算是選擇死亡也在所不惜。創立邪教的人，也就等於新創了一個社群，規模大小不一，他會教導信眾一套行為準則，所以也產生一套新的正義典範。」

「凱魯斯大大激勵了這些追隨者。」

「他拯救了他們，從此不需悲慘度日，而且還讓他們的報廢人生得到了生存的意義。他讓他們參與了更偉大的工程：某個計畫……利用他人的抑鬱心理、銷售毒品的毒販，明明可以拯救他人生命卻唯利是圖的商人，理應要捍護法律，但卻知法玩法的律師，剝削債權人、害他們傾家蕩產的高利貸債主。這些兇手的目的不只是為了要懲罰他們的不當行為，殺人滅口，也就等於根絕了問題。」

米拉回道，「這是使命。」

「納粹、千禧年主義的信徒、拉斯塔法里極端主義者，就連十字軍時代的基督徒，都會運用『邪行之假設』、為自己的思維與行動找藉口，他們的說法是：『必要之惡』。」

「凱魯斯是引光的導師。」

「不只如此，」貝瑞世的語氣轉趨沉重，「他是傳教士。」

這幾個字的回音飄升到天花板，逐漸消散無聲，剎那之間，沉默又再次成為圖書館的主宰者。

貝瑞世心想，在網際網路時代，這種地方已經成了過時的知識庫，就和颶風裡的小傘一樣無用。不過，要是全球的數位時代突然崩解，大家還是會來到這裡。然後，他看著希區，他與牠之間相隔了數百萬年的演化差距，而這間圖書館正是人類絕對優勢的證據。

他告訴自己，不過，人類也有動物的直覺，這是我們每個人最脆弱的部分，也是傳教士的訴諸重點，然後，他又想到了那些失眠者。

凱魯斯幫助他們人間蒸發，之後又將他們從受害者轉變為行刑者。賽薇亞可能也走上了相同的路途。不過，此時此刻，貝瑞世只想要將這股懸念拋諸腦後。

「所謂的『意識操弄者』，可以分為好幾個範疇，」他想要以循序漸進的方式切入重點，「『仇恨製造者』，這種人不需要現身，只要創造出某個邪惡典型、期盼能讓眾人深信不疑：他們使用假資訊，不斷散播出去，刺激他人犯下暴行。接下來是『尋仇者』，惡意將某一族群塑造成應當殲滅的全民公敵。」貝瑞世從米拉的後方往前靠，準備要給她看另外一本書，這次是人類學，當他傾身的那一刻，他聞到了她的氣息，從髮間與頸項散發出的味道，混合了汗水與止汗劑。並不會讓人討厭——其實，恰恰相反。這股偷偷摸摸的愉悅忍不住讓他自問，他有多久不曾如此靠近女人了？答案是，真的好久了。

米拉延續話題，「不只這兩個類型吧？對不對？」

「不是，」貝瑞世挺起身子，「事實上，還有第三種，而我們的關注焦點也是這種類型……傳教士。」

他想起了凱魯斯慫恿卡蜜拉．羅伯森前往安布魯斯飯店三一七號房之前、在電話中詢問她的那句話——「想不想要有新的人生？」

這就是「晚安男」送給門徒的承諾。

「傳教士的主要天分是模仿——我們這二十年來都沒辦法找到凱魯斯的下落，想必他深諳其道。他潛入大家的日常生活之中，佯裝是他們的朋友。他關心他們，與他們建立良好關係，所以他才能夠贏得他們的信任。他的第二個天分是紀律。他認真堅持，恪守一己信念。」貝瑞世走向她的面前，為了加強語氣而開始振臂揮拳，「他有超級堅強的意志，激昂熱情的願景，全盤掌控自己的門徒完全不成問題。這種現象之所以稱為邪教，正是因為它與宗教的邪門歪道一樣，信眾崇拜自己的領袖，對他言聽計從，只不過，他並非什麼飄渺抽象的神祇，而是一般的血肉之軀。」

米拉站起來，但這只是反射性動作——她也不知道自己該去哪裡。

貝瑞世知道這個動作蘊含了恐懼，也有迷惘。突然之間，他的衝勁消失無蹤，也許他太躁進了，急著想要把自己的理論解釋清楚，所以不小心說錯了話，或者，他在渾然不知的狀況下，傷到了她的某個痛處。

米拉喃喃自語，猛搖頭，「我沒辦法……我沒辦法再來一次。」

貝瑞世知道她想到了「低語者」的案子。她在偵辦過程中飽受煎熬，如今歷史又要重演。現在有另一個看不見的敵人——又是操弄人類意識的罪犯——對她虎視眈眈、準備侵入她的生活。在他說出「邪行之假設」、邪教，以及傳教士之前，米拉壓根沒想到要以這樣的角度看待凱魯斯。

但問題沒這麼簡單，想必還有別的狀況。

他趨前問她，「怎麼了？」

「我只是覺得自己還沒有準備好。」

「為什麼不行？」貝瑞世態度堅決，因為他的直覺反應是米拉除了多年前偵辦「低語者」案件所留下的陰影之外、鐵定另有原因，而且癥結在於她現在的生活，「妳是追捕『晚安男』的不二人選，為什麼現在想退出？」

米拉轉過去看著他，目光流露恐懼，「因為我有個女兒。」

41

那晚的回家之路，並不容易。

她彷彿在倒著走路，生命開始迴帶，把她帶向她再也不想回去的地方，尤其是她的內心深處。

「我沒辦法。」這是他離開貝瑞世之前所說出的最後一句話，這是她的真心話。

明天，她要打電話給「法官」，拒絕這項任務。貝瑞世一開始的時候就不希望她介入，照理說現在應該要鬆了一口氣才是，不過，他卻相當失望，米拉知道貝瑞世一定是想要靠凱魯斯的案子翻身。

但她根本不想沾染這個案子。

他們探訪了安布魯斯飯店的三一七號房，聽到電話中的那段音樂，「邪行之假設」……她受夠了。

所以，當她距離自家公寓只剩最後一段路的時候，才會走得那麼焦急。建築看板上的那對巨大男女向她展露一貫笑容，那一瞬間，她不再陷溺思緒，驚覺自己違逆了回家的日常慣例。

這一次，她沒有留下任何食物給住在附近小巷裡的那個流浪漢。

她看到他躺在自己的紙板床上頭，蓋了毯子，宛如小孩一樣睡得好沉。她走過去，從口袋裡掏了一點零錢，正打算要放在他腳邊的時候，想起了貝瑞世提到的「邪行之假設」。這種慷慨行為也許可以撫慰施善者的心，但未必對收受者是好事。這個流浪漢可能會拿這筆錢又去買酒、而不是買熱食，繼續過著頹廢人生。

但米拉決定還是要給他銅板。

畢竟，他與她沒什麼不一樣，他也一直在對抗世界的冷酷，宛如苦行僧或是中世紀騎士一樣。臭味是他的盔甲，可以逼使他的敵人退避三舍。

她在他沉醉美夢——或許是惡夢之際，留下了錢。她走到公寓大門的時候，突然心情急切，趕緊找鑰匙。她好累，已經許久不曾闔眼了。過去這幾天她幾乎沒想到要睡覺，她知道自己的知覺已經變得鈍化。

不過，在好好休息之前，她得要先看一下女兒。

當初她把女兒取名為愛麗絲，靈感來自於她小時候最喜歡的故事書主角，有關於某個隱密的平行世界的故事，就像她現在天天造訪的地方，一般人永遠不會知道的某個國度。

公寓裡沒開燈，她穿著睡衣，躺在床上，電腦螢幕在她的臉龐照映出燦亮光暈。

愛麗絲六歲了，如果要讓她媽媽選擇一個形容詞來描述女兒的性格，那一定是「機靈」。當她那深沉專注的雙眼盯著你的時候，彷彿具有超齡的解密能力。

不過，愛麗絲與米拉不一樣，她對於其他人的情緒十分敏感，總是知道要安慰人或是顯露關愛，只不過她會使用非典型的表達方式，有時甚至會令人困惑。

有一次，在公園的時候，某個小男孩擦傷膝蓋，開始大哭。愛麗絲走到他面前，不發一語，伸出她自己的手指頭、開始收集他的淚水——首先是滴落地面的淚珠，然後是衣服上的淚痕，最後，是他雙頰上掛著的淚珠——最後，慢慢放入手帕裡。小男孩一開始的時候沒注意，後來一臉驚奇望著她，她繼續收集淚水，他忘了自己的傷口，最後也停止啼哭。等到他恢復平靜之後，她停下動作，對他微笑，帶著那些寶貴的淚水離開現場。米拉覺得那小男孩一定有某種失落感。你丟我撿——也許他下次因為小事而絕望至極的時候，應該會先仔細考慮一下。

米拉看著電腦螢幕，女兒睡在別人家中的床上。她背對著隱藏式攝影機，但米拉認得那在枕上散成一片的灰金色長髮。

這就跟她爸爸的髮色一樣，米拉在心裡暗嘆，沒事幹嘛想到這個。

那男人的名字，就和「低語者」一樣被徹底放逐、與她的生活徹底隔絕。她忘不掉這兩個人，以及他們對她所做出的一切，所以她痛下決心，從此絕口不提他們的名字。

當她在懷孕的時候，她還曾經一度想過自己應該可以走出陰霾，誤以為大家可以和平共處——她，還有自己的女兒。她又對別人的心情有了感應，彷彿眼盲女子又恢復了視力。不過並沒有持續太久，這段時間只是讓她終於恍然大悟，自己永遠沒有辦法躲開邪魔，就算「逃得遠遠的」，也總是不夠遠，而無論她身在何處，那股幽暗依然能夠發現她的蹤跡。

她生完小孩之後，那種同理心也沒了。

然後，她才發現自己的猜測沒錯：她能夠在這段短短的時間當中、對人類再次有感，都得歸功於寶寶，而不是她自己。所以，她下定決心，愛麗絲不該由這樣的母親撫養長大——她不是沒辦法體會情感，但她真的沒有辦法體會女兒的情感。一想到她永遠無法知道女兒什麼時候陷入憂傷、什麼時候需要幫助，就讓她惶惶不安。

一開始的幾個月好可怕。小孩會在大半夜醒來，躺在搖籃裡哇哇大哭，米拉躺在床上，雖然知道女兒在拚命求援，但她就是沒辦法做出任何回應。她是個情感百分百疏離的人，沒有辦法了解這個脆弱小生靈的需求。她告訴自己，我對女兒的苦痛渾然不覺，可能會害她在睡夢中窒息身亡。

過了好幾個月之後，米拉開口央求愛麗絲的外婆，請她照顧小孩。

伊涅絲年紀輕輕就守寡，身邊只有一個小孩，就是米拉。雖然她早已不再年輕，但還是答應照顧這個外孫女。米拉偶爾會去探視她們，通常會留在那裡過夜，第二天早上離開。

就算她與愛麗絲之間還有任何互動，也已經降至冰點。米拉曾經嘗試要親吻她或是撫摸她，就像是一般的媽媽一樣，但就連孩子也發現那些姿勢好彆扭，不再央求親親抱抱。

米拉把女兒藏了起來。

並不是為了要避開這個世界，而是為了要避開她這個母親。在她的臥室裡安裝隱藏式攝影機、偶爾查看一下她的狀況，可以消解米拉無法陪伴女兒的罪惡感。不過，有的時候，總是會有突發狀況摧毀她的一切努力，逼她回到原點，知道自己根本不夠格。

要是妳連女兒最喜歡的娃娃名字都搞不清楚，妳當然不是個好母親。

這只是某種為了吸引注意力的開場白，卻隱含了令人不安的事實。雖然米拉是從某個壞媽媽口中聽到這種話，但依然讓她一直放不下。

所以，她開始仔細搜尋螢幕，找到了，躺在床邊桌一旁的地板上，愛麗絲從不離身的紅髮娃娃——想必是在她睡著的時候滑落下來。

米拉不記得娃娃的名字，或者，應該是她一直不知道吧。她得趕快想辦法搞清楚，不然就太遲了。她知道這個舉動不會讓她成為更好的母親，她有其他缺點，比這個嚴重多了，但她內心有股聲音在催促著她，至少可以彌補一下。

她下定決心要改變，眼皮也變得越來越沉重，腦中浮現了在安布魯斯飯店電話中聽到的那段音樂。這一次，它的溫柔已經掩蓋了它所有的可能邪惡意涵，她讓記憶中的音符擁抱自己，睏意宛如溫暖的毛毯一樣、將她裹得緊緊的，她已經進入半醒半睡的昏沉狀態。

不過，就當她要入睡之前，她又瞄了一眼電腦螢幕，卻發現有隻手縮進了女兒的床底下。

42

「拜託，趕快接電話啊！」

她一邊開車，手機緊貼著耳邊，而鈴聲在另外一頭響個不停，但就是無人應答——令人神經緊繃的鈴響宛如某種絕望的加密訊號，米拉開始猛催油門。

一陣驚恐之後，她回神過來，第一個反應就是打電話聯絡母親，同時忙著再次著裝，而且還得要想辦法保持冷靜。她還記得取出藏在衣櫥裡的備用槍——她的慣用佩槍掉在凱魯斯的巢穴裡，現在也只能這麼辦了。

那隻手慢慢抽回、躲到愛麗絲黑漆漆床底下的畫面，依然深深烙在她的腦海之中，其實，也不過只有一秒而已，但她確定自己沒看錯。

她沒辦法通知自己的警察同事，首先，她不知道該怎麼說，而且，他們也不會相信她的話，這麼做只會浪費寶貴時間而已。

米拉的車在大街上急速狂衝，頻頻閃躲那些在外尋找荒誕刺激的夜貓子，她闖紅燈，駛過十字路口的時候也沒減速，只能祈禱自己福大命大不要出車禍。

雖然她經常靠著冒險、體會存活的真實感，不過，她從來沒有像此刻奮不顧身。

這次不一樣，她現在終於懂得其他父母曾經說過的那些話，也就是她母親口中的「自從生了小孩之後、就從眉心冒出來緊盯世界的第三隻眼」。

這就是小孩帶給你的某種新感官，與傳統五感截然不同的體驗，能讓你對於周遭事物的感受力提升到不可思議的境界。突然之間，無論是什麼事，只要牽涉到自己的骨肉，也變得與你息息相關。

「要是妳全神貫注，」米拉的母親總是這麼告訴她，「當然可以一眼就看出愛麗絲到底是苦痛還是開心。」但她從來沒有這種經驗。當她像瘋子一樣開快車、想要盡快衝到女兒住所的時候，她不知道自己內心湧現的焦慮是不是就和別人一樣。

不過，她知道要是她的寶貝女兒出了什麼事，那種痛苦——幫助她抹消世界醜陋面的溫暖感覺——這一次，將會令她無法承受。

這個住宅區矗立山區，與城市的其他部分徹底隔絕，自成一體，而這裡的房子亦然，每一棟都是獨立的世界。

米拉就是這樣長大的，爸爸加媽媽，總共就他們三個人，位於不同軌道、幾乎不會有任何交錯的三顆行星。

車子依然保持疾速，經過減速緩坡，激烈震搖了好幾下，發出一陣隱約的金屬晃動聲響。它在兩側佈滿沉默花園的大道上繼續奔馳，一直開到目的地之後才急煞。輪胎發出刺耳長嘶，整台車上了人行道，停在那棟房屋的花園草地裡。

米拉把手機丟在副座，拿起手槍，下車，幾乎無法呼吸。

那棟房屋上下兩層樓的窗戶，一片全黑。

她衝向門廊，站在一旁有白光照明的綠色木門前面，猛按電鈴，然後以手掌猛拍門板，雖然這是她自小長大的地方，但是她連鑰匙也沒有。唯一得到的回應是來自附近鄰居的那些狗兒，牠們開始狂吠。

才不過幾秒鐘的時間，她已經忘了訓練所學，居然沒有先查看屋外、是否有強行闖入的痕跡。她完全沒有考慮到自己的安危，而且也沒有採取任何的防護措施、以防敵人反擊。而且，她還違反了最重要的守則，也就是不論發生任何狀況，都必須要保持冷靜。

米拉狂按電鈴，猛敲大門，都得不到回應，準備要撬鎖。但她這時候才突然想起母親總是習慣把備份鑰匙藏在花園的某個花盆下面。她轉身回到花園，找了三個地方之後，終於摸到了，抬高那盆秋海棠、拿出鑰匙。

她終於進入屋內，門廳一片寂靜。

「你們在哪裡？」她大叫，「快回答我！」

米拉發現梯頂有光，三步併作兩步衝上去，她母親靠在欄杆旁，正忙著繫睡衣腰帶。「怎麼了？」她的聲音有濃濃睡意，「米拉，是妳嗎？」

米拉到了梯台，閃過母親，自己差點摔倒，但還是穩住重心，直奔愛麗絲的房間。

她的心跳宛如巨大的腳步聲響——某隻巨獸在她心中踩踏前行，彷彿像是童話故事裡的魔鬼。

她衝向走廊底端，背後的屋內燈光也逐一亮起，她摸到了愛麗絲房間的電燈開關。宛如蜜蜂形狀的天花板吊燈，立刻映入眼簾。

愛麗絲在床上，米拉抓起她的手臂，彷彿那張床早已成了可怕猛獸，準備要把女兒咬爛，然後，另一隻手拿起槍，愛麗絲嚇得尖叫。米拉冷不防踢開床墊，想要知道裡面到底躲了什麼。

接下來的那幾秒鐘，她只聽到自己吸氣入胸的聲響，她的雙耳瞬間鼓脹，彷彿她正在從高處墜落而下。她深呼吸，一次，兩次，終於又聽到周遭的聲響。第一聲是愛麗絲在嚎啕大哭，她拚命想要掙脫米拉的手臂。

地板上只有一坨毛毯、絨毛玩具與枕頭。

43

伊涅絲在廚房裡準備泡茶。

米拉看到她正忙著煮開水，兒時記憶場景彷彿再次上演，母親頭上頂著一樣的髮捲、身著同樣的粉紅色睡袍，在大半夜的時候為自己煮一小壺水──這是在惡夢驚醒之後、例常的安撫儀式的開端。

「我不知道自己是哪根筋不對，」她說道，「真抱歉。」

她不想告訴母親自己早已在女兒的房裡偷偷安裝了攝影機──沒有人知道這件事。米拉也不希望伊涅絲以為自己的女兒不信任她，所以只好選擇說謊。

「我知道我從來不在晚上打電話，但我突然急著想愛麗絲是否安然無恙，而且妳又沒接電話，我整個人就慌了。」

「妳已經告訴我了，不需要再講一次，」伊涅絲微笑回道，「都是我的錯──我一向睡得熟，不然早就聽到電話鈴聲了。」

剛才伊涅絲已經把愛麗絲哄回床上，等她恢復平靜，再次入睡，而米拉則靠在走廊牆邊，低著頭，聆聽母親再次為她代行母職。

她也很想安撫女兒，沒事，沒有壞人，是她搞錯了，根本沒有人躲在床底下。這個地方很安全。她在心底吶喊，為自己辯白，我沒闔眼已經超過四十八小時了。因為她沒睡覺，也改變了她對現實的認知能力。而且，現在她又得對付另外一個意識操弄者，這些因素在在喚醒了她的內心恐懼，「低語者」又回來了。

伊涅絲把茶壺裡的熱飲分裝兩杯之後，與米拉一起坐在餐桌前，低懸吊燈的溫暖光暈，儼然像是某種裹住她們兩人的保護罩。

伊涅絲問道，「嗯，那妳都還好嗎？」

「很好。」米拉不假思索，立刻就講出了這樣的答案。她知道伊涅絲聽到這兩個字就會開心，而且絕對不會多問。她母親一直不喜歡她當警察，以前老是盼望她能夠選擇不同的職業，當醫生或是建築師都可以，當然，能夠結婚就更好了。

「米拉，我老早就想找妳談一談了，」她似乎憂心忡忡，「關於愛麗絲的事。前幾天，她在學校的時候，爬到了三樓窗台上面，他們勸了好久才把她哄下來。她一直說自己不想下來，因為一點都不危險。其實，她是說這樣很好玩。」

「哦，又來了。」

「愛麗絲對危險事物完全無感。妳記得在海邊的那一次嗎？她游得好遠，差點就淹死了。還有一次，我只不過才把頭轉開一下下而已，再回頭的時候，她已經在大馬路的正中央，來往車輛都在猛按喇叭，拚命要閃開她。」

「愛麗絲是完全正常的小孩，就連醫生也這麼說。」

「我還想要再找別的醫生。兒童心理醫生知道什麼？他們又沒有和她天天在一起。」

米拉低頭望著茶杯，「我也沒有。妳是在講我嗎？」

伊涅絲嘆氣，「不是，我沒那個意思。既然她和我住在一起，最了解她的人當然是我。我不是說她有問題，我只是擔心而已，因為我又不能二十四小時盯著她。」她握住米拉的手，「我知道妳很關心她，我也知道妳因為和她分開付出了多少代價。」

對米拉來說，母親的手是不可承受之重。她沒辦法忍受肢體接觸，好想立刻把手抽回來，但她忍住了，不過她覺得皮膚好痛，而且心中湧起一股嫌惡之意，彷彿有毛毛蟲在指間鑽來鑽去一樣，「所以妳怎麼想呢？」

伊涅絲把手抽回來，以充滿憐憫的目光望著自己的女兒，「愛麗絲老是問我有關她爸爸的事，也許妳該帶她去見——」

「不准講他的名字，」米拉打斷她，「我已經再也不想說出他的名字了，其實，我已經絕口不提這個人。」

「隨便妳，但愛麗絲至少應該知道他長什麼樣子吧。」

米拉想了一會兒，「好，我明天帶她去見他。」

「這樣是對的，她現在也夠大了。」

米拉起身，「我明天下午過來。」

「今天晚上不留在這裡過夜？」

「沒辦法，我一早要去工作。」

伊涅絲也就不堅持了，她知道勸說無用，「自己多小心。」她的語氣似乎是真的很憂心。只有當媽媽的人才能讓這麼簡單的一句話變得語重心長——她想要告訴女兒的是，為了她自己著想，必須要有所改變才是。米拉很想告訴她，一切都好，但這樣的回答似乎言不由衷。所以她只是拿起餐桌上的手槍，準備離開。不過，走到廚房門口的時候，她卻突然轉頭，接下來要開口的問題讓她扭捏不安。

「愛麗絲最愛的洋娃娃是紅髮的那一個？對嗎？」

「去年聖誕節我買給她的。」伊涅絲等於是給了肯定的答案。

米拉的語氣像是隨口問問，「妳知道她為洋娃娃取了什麼名字嗎？」

「我記得她總是喊它『小姐』。」

「『小姐』……」米拉跟著複述，細細玩味這個名字，彷彿把它當成了自己的一大成就，

「我走了，謝謝。」

44

她知道一定能在那間中國餐館找到他。

不過，當她走進那個擠滿警察的地方時，出乎意料之外，賽門．貝瑞世習慣坐的位置沒有人，但桌上還看得到沒吃完的早餐。

米拉正打算要開口詢問女服務生他的離開時間，卻在這時候發現椅子下方的希區。過沒多久之後，她發現她的導師從洗手間出來，拚命想用餐巾紙抹去襯衫上的咖啡污漬，不難猜測剛才出了什麼事。平常坐在附近的那群警察在哈哈大笑，其中一個就是在幾天前故意撞到貝瑞世炒蛋與培根餐盤的警員。

貝瑞世回到座位，一派冷靜，繼續吃早餐。米拉擠過去，也陪他坐下來，開口說道，「這次換我請客了。」

貝瑞世嚇了一大跳，「我已經好一陣子沒有和同類互動了，所以變得有些遲鈍，猜不透某些話語與手勢的正確含義。我不懂雙關語，也聽不出話中有話，甚至還得動一下腦袋才能參透隱喻……所以妳想請客的意思是等於告訴我，想要繼續合作，是嗎？」

聽到貝瑞世的尖酸話語，她差點笑出來，但幸好還是忍住了。他剛剛才被同僚羞辱，但為什麼現在還能保持這麼溫善的態度？

「我了解，我現在就住嘴吧。」他舉起雙手，像在表示投降。

「很好，那我們就可以開始了。」米拉坐下來，點了內用餐點，還有一份外帶食物。

貝瑞世很好奇她到底是幫誰買外帶，但決定還是不要多管閒事。等到女服務生離開之後，他提出了埋藏心中多時的疑惑，「為什麼像妳這麼優秀的警官，破了『低語者』的重大案件，卻還選擇在靈薄獄工作？」

米拉想了一會兒，不過，她心中早已有了答案，「這樣一來，我就不需要去追捕罪犯，反而得去找尋他們的受害人。」

「根本是詭辯。但合理。好，那麼告訴我為什麼大家把這地方稱之為靈薄獄？我一直百思不解。」

「也許是因為掛在等候區牆上的照片，那些人彷彿處於某種生死不明的狀態……明明是活著的人，卻不知道自己依然存活人間，已經死去的人，卻沒有辦法入土為安。」

貝瑞世仔細思索米拉的說法，心中一凜，這種解釋的確言之成理。第一種失蹤者像是鬼魂一樣在世間四處飄遊——完全無視他人，而別人也對他們完全無視——只能等待某人點醒他們，其實，他們依然活著。不過，第二種失蹤者，卻被錯歸在活人之列，因為那些依然在殷殷等待他們回來的人，就是沒有辦法接受他們已然死亡的可能性。

關鍵字就是「依然」——這是一段漫無休止的漫長時光，唯一能夠終結的方法就是面對事實，或是選擇遺忘。

「你之前告訴我，我們不該把你介入辦案的事告訴『法官』或是古列維奇與波里斯，現在還是這麼認為嗎？」

米拉的問題把貝瑞世拉回到現實之中，「就讓他們去追捕恐怖份子吧，」他回她，「我們的偵辦方向是邪教。」

「該怎麼著手？」

貝瑞世傾身向前，靠在桌面，低聲問道，「記得我們在安布魯斯飯店電話聽到的那段音樂嗎？」

「記得，為什麼要問這件事？」

貝瑞世似乎十分得意，「我找到答案了。」

米拉不可置信，「你怎麼辦到的？」

「我必須承認，我不是古典音樂專家。今天早上，我跑去音樂學校，詢問其中一名教師，」接下來的段落，似乎讓他有些靦腆，「我對著他哼唱曲調，他一下就認出來了。」

米拉忍俊不禁。

「我別無選擇。但這位老師為了獎勵我的表現，給了我這個……」貝瑞世從口袋裡取出一張CD。

是史特拉汶斯基的《火鳥》。

「一九一〇年的芭蕾舞劇作品，我想這就是下一起謀殺案的線索。」

「老實說，我不知道你要怎麼利用這條線索……」

「我們聽到的是伊凡王子捕捉火鳥時的背景音樂。」

米拉開始動腦，「所以有三個元素：捕捉、火鳥，還有伊凡這個名字。第一個的挑戰難度頗高。」

「不算完全正確，」貝瑞世說道，「凱魯斯不是在和我們比賽。他是傳教士，他想要對我們灌輸他的信仰，所以這不是挑戰，而是測驗，他每次設局，終究還是希望我們能夠過關。我們在三一七號房接到的那通電話，是他的另一項測驗。他羞辱我們，讓我們覺得自己低他一等，但就某方面來說，他跟我們站在同一陣線，所以這就是他為什麼總是設下複雜的謎團，但答案卻總是這麼簡單的原因。」

「所以火鳥這個意象哪裡簡單？」

「我不知道，但我們一定會找出答案。目前這個階段，我關心的重點是伊凡這個名字。」

「你覺得這是下一名受害者身分的線索？」

「或是下一名兇手……我們得好好想想。他給了我們一個名字，但我們卻根本沒法子找出名字的主人，這豈不就沒有意義了？」

「但要怎麼著手？」

貝瑞世伸手朝桌面一拍，「我們得要在失蹤人口檔案中、找尋與伊凡這個名字相關的所有線索。」

「你要知道，我們現在要處理的時間軸長有二十年之久。你知道這樣得查多少人的資料嗎？」

「不知道，妳才是專家。」

「我們沒那個時間。上次的謀殺案發生至今已經隔太久了，想必這名傳教士的其他子弟兵已經準備發動攻擊。」

貝瑞世難掩失望，他一心盼望能從這個方向追出線索。

「我們必須想出別的對策。」米拉努力安慰他，「也許我們應該要逼問自己，『晚安男』究竟想在我們身上得到什麼？」

貝瑞世抬頭看著她，「走上這條不歸路，謎底就會揭曉。」

米拉思索了一會兒，目光望向空茫的前方，「我不知道我能不能撐到最後。」

「我看妳只要一想到女兒，就會出現這種反應。」

米拉覺得自己已經講太多了，所以他要是誤以為她的恐懼都是與愛麗絲有關，那就隨便他吧。其實，她應該要警告他，老實說出真正的答案，只要黑暗世界裡一出現狀況，我就得過去查看清楚。但她終究沒有說出口，反而繼續迎合他，開口問道，「貝瑞世，你有成家嗎？」

「從來沒結過婚，也沒有小孩。」他想到了賽薇亞，還有兩人當初若能在一起的話、可能會過著什麼樣的生活，但他不願讓最痛苦的回憶干擾當下，「我不像妳承擔了那麼多的風險，這一點我很清楚。不過，我也知道這種風險其實是可以被估算出來的。」

「什麼意思？」

「他們是人。」

「你說的是我們的敵人。」

「他們和其他人一樣，都是脆弱的生靈。只不過我們看不見他們而已。但依然有理由可以解釋他們的行為，而且是理性的分析。我們乍聽之下可能會覺得荒謬，但根據我所受的人類學訓練，這種事到頭來還是得歸因於人性。」

他們陷入沉默，雖然他們周邊嘈雜喧譁，但兩人突然都感受到孤單的寒意。米拉付了錢，女服務生把外帶餐點與收據交給了她。

「所以妳也有養狗？」貝瑞世打破沉默，先前不想多管閒事的想法已經拋諸腦後了。

「其實，是要給我家附近的某個流浪漢。」除此之外，她並沒有多說什麼。

但貝瑞世似乎興趣濃厚，「他是妳朋友嗎？」

「我連他叫什麼名字都不知道。說到這個，他有沒有名字很重要嗎？對於某個刻意打算要被大家遺忘的人來說，名字真的無所謂，你說是嗎？」

他的眼眸突然變得晶亮，「妳剛才這一段話給了我靈感，我現在知道要怎麼運用史特拉汶斯基作品裡的那條線索了。」

「我們該怎麼做？」

「要找出某個名字，我們需要某個從來沒有名字的人出手相助。」

45

貝瑞世特地進了公共電話亭打那通電話。

米拉與希區待在車裡等他，她覺得好奇怪，不知道貝瑞世為何如此小心翼翼。電話結束之後，他掛上話筒，還是站在那裡動也不動，米拉依然不解。然後，他步出電話亭，在人行道上來回踱步，彷彿在等人一樣。

二十分鐘過去了，什麼事都沒有。

米拉發現電話開始響了，看到他返回電話亭，她正準備下車、要向他問個清楚。第二次通話一結束，他立刻又朝她的車走來。

他言簡意賅，「我們得去兩個地方。」

米拉已經開始覺得他這套把戲很膩了，但依然沒多問，直接發動汽車引擎。首先，他們到了貝瑞世的住家，他並沒有請她上去自家公寓，自己進去之後又火速下樓，不發一語。不過，當貝瑞世回到車上的時候，米拉發現他外套內的口袋放有信封。

他告訴她接下來的行進方向，半個小時之後，他們到達了城市西方郊區的某個工業區——整排長得一模一樣的倉庫，大貨車在馬路上來來往往，而他們的目的地是某間肉品加工廠。

他們開進了那間公司的停車場，貝瑞世向她示意停車熄火。

不知名的白色建物區的旁邊有裝卸貨斜坡板，動物們就是從那裡被推入生產線，煙囪冒出的灰煙四處瀰漫，散發出令人作嘔的刺鼻氣味。

米拉開口問道，「好，你朋友呢？」她充滿好奇，而且也有一點惱怒，貝瑞世至今依然不肯向她透露半點風聲。

「他不喜歡有人問問題。」貝瑞世只丟下這句話，彷彿在警告她閉嘴。

米拉不知道自己還能夠忍受多久，她只盼望這齣莫名其妙的神秘劇可以早點落幕。

他們安靜坐在車內不講話。然後，某個身著白色外套、戴帽的矮胖男，從工廠後面的某扇小門出現了，他年約五十歲，雙手深插口袋，迅速走向他們的車。

貝瑞世開車門，讓他上車。

那名矮個頭男子開口，「嗨，警官，好久不見。」

希區對他一直吠。

「你還在養這隻大笨狗？」

看來他們是互看不順眼。

「她誰啊？」

「我是瓦茲奎茲警官，」她惱怒反問，「你又是誰？」

那男人根本不理他，再次面向貝瑞世，「你沒有告訴她我不喜歡有人問問題嗎？」

「有啊，我講過了。」貝瑞世瞪了一下米拉，目光滿是斥責，「但我還沒有告訴她我們要在這裡做什麼，我覺得還是交給你說明比較好。」

那男子似乎很欣賞貝瑞世的細膩心思，因為這次他直接對米拉開口，「我沒有名字，」他說道，「我的工作並不存在，等一下妳聽到的事，一定要忘光光。」

米拉回道，「我還是不知道你在搞什麼。」

那男人藏不住笑意，「我可以讓大家人間蒸發。」

過了十五分鐘之後，米拉終於懂得那些話語的含義。

「打個比方好了，妳是個遇到法律問題的有錢商人，而像我這樣的人就可以幫妳銷聲匿跡。」

「你真的會做出這種事？」米拉的語氣充滿驚駭，「幫助壞蛋逃避法律制裁？」

「我只幫詐欺與逃稅的人而已。我也有自己的道德標準，信不信由妳。」

貝瑞世插嘴，「我們這位朋友是真正的逃脫高手。只要有台電腦，他就可以消除某人的存在證據，警方沒有搜索票就無法使用的那些資料體系，對他來說易如反掌，像是政府機關的過往紀錄、銀行與保險公司的資料庫等等。」

「我可以把妳遺留的所有紀錄清除得乾乾淨淨，而且還會假造別的線索，混淆辦案者的方向。我可以幫妳買張飛往委內瑞拉的機票，弄張在香港免稅商店以信用卡購物的證明，最後再花錢找人開飛機、把妳送到安地瓜，但其實最後降落的也只有機師而已……反正就是這樣了，追捕妳的人只是在白費氣力，但妳卻早已輕鬆打點好一切，躲在貝里斯享受日光浴。」

米拉望著貝瑞世，「真有可能這樣嗎？」

他點點頭，這種沉默的正面回應，等於暗指「晚安男」的受害者可能也是採行相同的路數。

就算沒有公司高階主管的財力，但只要能有某名電腦高手幫忙，一樣可以人間蒸發。

而凱魯斯應該就是扮演這樣的角色。

「記得，凡事都有合理的解釋。」貝瑞世又搬出他一個小時前所說的話。

這一次米拉真心點頭同意。

「不過，我們的逃脫高手也可以反向追蹤，」貝瑞世繼續說道，「換言之，他可以進入最難破解的資料庫，挖出我們要追查的對象的所有活動紀錄。」為了讓她能夠更明白狀況，他又補充了一句，「你們靈薄獄的人沒辦法做到這一點。」

米拉與他們才不過聊了幾分鐘，已經知道自己慣常的辦案手法實在太過貧乏，現在，等候區的那些臉龐準備要質問她了。

貝瑞世把頭轉向後方，望著那個無名氏，「好，那你可以幫我們吧？」

米拉透過後照鏡、看到貝瑞世立刻取出剛才從公寓裡拿出的信封、塞進那名男子的口袋裡。

他們留希區顧車，跟隨那男人進入肉品加工廠的走廊。

他對貝瑞世說道，「等到任務結束之後，你可以拿塊上等牛排犒賞你的狗兒。」

米拉忍不住發問，「你怎麼會在這裡工作？」

這次他的態度就沒那麼衝了，「我從來沒說我在這上班。」

「什麼意思？」

「我沒有電腦、手機，或是信用卡，我不存在，記得嗎？這些東西都會留下紀錄。貝瑞世靠某個語音信箱號碼聯絡我，我通常一個小時左右會聽一次，然後，我會依照他當時留給我的號碼回撥給他。」

「那我們來這裡到底要幹嘛？」米拉更好奇了。

「這間辦公室有名員工今天請病假，所以有台電腦沒人用，現在正好可以派上用場。」

米拉心想，其實也不必多問他怎麼會知道這種事，顯然這傢伙是擷取資訊的高手。

他們沿路遇到了好幾名員工，但沒有人理會他們，這地方實在太大了，不會有人特別注意生面孔。

他們走到某個辦公室門口，這名電腦高手確定四下無人之後，拿出骷髏頭鑰匙開門。

裡面是個小房間，擺了張辦公桌，還有兩個檔案櫃。牆上貼了多張牛隻在吃牧草的海報，肉品加工廠裡出現這種東西還真是恐怖，此外，還有這名員工的家人照片。

男子向他們打包票，「別擔心，不會有人進來的。」然後，他一屁股坐在電腦前，「你們需要什麼？」

「我們在找的是過去這二十年之中的某名失蹤者，」貝瑞世繼續說道，「他名叫伊凡之類的名字。」

「這線索很模糊。難道沒有別的資料嗎？」

貝瑞世描述了史特拉汶斯基的芭蕾舞劇《火鳥》、以及王子捕捉它的那個場景，

「給我們線索的那個人希望我們要依循這個方向繼續追查，所以應該是找得出來。」

「挑戰來了，」男子顯然相當開心，「很好，我喜歡挑戰。」

米拉心想，你搞錯了，這是測驗，她很想糾正他，應該要講出貝瑞世先前解釋傳教士意圖時所使用的語彙。但她不發一語，只是看著他埋頭工作。他保持緘默，在鍵盤上輸入各項指令，進入銀行、醫院、報紙，甚至是警方的各大資料庫。他的十指在鍵盤上輕巧移動，通往網路世界的各個角落，宛如直驅無人之境，破解密碼與加密安全機制根本是輕而易舉。所有的資料在螢幕上一一現形：

報紙新聞、醫院檔案、罪犯前科、銀行往來資料。

幾乎已經過了一個小時，但貝瑞世一直沒吭氣，只是在這小辦公室裡來回踱步，偶爾會望向窗外。米拉走到他面前，「你們是怎麼認識的？」

「他以前曾為證人保護小組工作，幫我們隱藏證人的行蹤，躲避那些想殺他們滅口的人。」

米拉不再多問，她覺得貝瑞世也不會向她透露其他訊息。或者，應該這麼說，其實是她不想知道全部的實情。因為他把可疑信封交給駭客的那個畫面，依然在她腦海中縈繞不去。喬安娜・舒頓曾經在她面前提過貝瑞世的事——只是沒有指名道姓說出來就是了——「其中的一名特警牽涉到另一起醜聞，名譽掃地。他接受賄賂，在他的幫助之下，某名歸他看管的重要證人也因而順利逃脫。」

駭客的價碼一定不便宜，貝瑞世怎麼會在家裡放那麼多現金？

鍵盤的喀喀聲響突然停了下來，無名氏準備要講出答案。

「他名叫麥可・伊凡諾維奇，失蹤的時候是六歲。」

米拉立刻想到愛麗絲也是六歲。說也奇怪，自從她有了女兒之後，孩童失蹤案會讓她變得特別有感。

「大家一直覺得他是被人綁架，」那名駭客繼續說道，「如果我們講的是同一個人的話，那麼他現在應該是二十六歲左右。」

米拉看著貝瑞世，「正好與那些失眠者一樣，在同一段時間人間蒸發。」

「我們沒有把他當成凱魯斯的第一批受害者，想必是因為這個失蹤案例並沒有牽涉到安眠藥。」

七個人憑空消失，加上賽薇亞，是第八個，而我們現在又有了第九個。

米拉問道，「這段時間他跑到哪裡了？」

「我沒辦法給妳答案，」駭客回道，「我只能告訴妳，一個禮拜之前，他突然在網路上再次現身，而且幾乎是『正式』歸返人間。」

「就算沒有安眠藥，這也未免太巧合了一點，妳說是不是？」貝瑞世相當亢奮，「我看就是他。」

米拉也同意，「我們要怎麼找到他？」

「好，這應該可以幫上你們的忙。伊凡諾維奇曾經打電話給某家電信公司、啟用手機號碼，而且留下了他的全名。然後，他又打了另外一通電話，開了一個網路銀行帳號。不過，他給這兩個單位的地址並不一致，看來麥可只是希望有人能看懂這種作法的意涵，他期盼你們知道他是誰，但同時又不希望被人發現行蹤。」

米拉心想，因為他有任務在身，他還得行兇殺人。

貝瑞世問道，「我們現在該怎麼辦？」

駭客微笑，「我想我應該有腹案了。從麥可・伊凡諾維奇小時候的病歷資料看來，他得了某種罕見遺傳性疾病，名為『器官轉位』。」

米拉問道，「這是什麼？」

「意思就是說，他的所有器官都長在相反的地方，」貝瑞世解釋，「他的心臟在右側，而肝臟則長在左邊，其他臟器也一樣。」

米拉從來沒有聽過這種病症，「所以這條線索可以幫上忙嗎？」

「百分之九十五的『器官轉位』病患都有心臟的問題，」駭客繼續說道，「也就是說，他們必須經常做健檢。」

貝瑞世抓到了重點，「我們不需要去找他的名字，只要找尋他的病例就可以了。如果他這些年都利用某個假名看病，我們可以透過他的那些診療醫生、重建他的活動軌跡。」

駭客立即潑他冷水，「沒那麼容易，我還沒找到罹患『器官轉位』二十六歲男性病患的資料。」

貝瑞世問道，「怎麼可能？」

「麥可・伊凡諾維奇可能在這段時間沒有去過大醫院，只去找家醫或診所而已，要追查這些資料還得花更久的時間。」

「老實說，我們時間不多。」

駭客雙手一攤，「抱歉，我能提供的也就只有這些了。」

「好，」米拉轉向貝瑞世，「不需要洩氣。我想我們就讓他繼續找資料吧，等一下就可以給我們這個麥可的線索了。」

這也是貝瑞世的衷心期待，「嗯，就試試看吧，那我們現在要做什麼？」

米拉看了一下手錶，「我和別人有約。」

46

愛麗絲第一次問起她爸爸的事，約是在她四歲的時候。

不過，這問題已經在她心裡醞釀好一段時間了。小孩子經常就是這樣，疑惑會以各種形式表現出來，肢體動作或是言辭都有可能。愛麗絲在畫一家人的時候、突然多了一個她從來沒有聽過任何人提起的人物。沒有人知道她到底是什麼時候發現自己還有個爸爸。想必一定是和同學聊天的時候吧，或者可能聽到伊涅絲講起自己的先生，也就是愛麗絲的外公。要是米拉有爸爸的話，那麼她為什麼沒有？反正，無論她到底是從哪裡得到的刺激，她的第一個問題問得算是含蓄。

「我把拔幾歲了？」

問得迂迴，但主旨依然很明確。

過沒多久之後，愛麗絲又重拾這個話題，這次問的是父親的身高，彷彿這是什麼足以成為人生轉捩點的寶貴資訊一樣。自此之後，一個接著一個，他眼珠的顏色、他的鞋子尺寸，還有他最喜歡吃的東西。

愛麗絲似乎想要慢慢拼湊出她父親的樣貌。

這過程很辛苦，需要極大的耐心，尤其，對小孩來說更是如此——米拉心理有數。伊涅絲開始暗示這對父女要是能見上一面也好，但米拉卻一再拖延，她想要等到時機成熟再說，但到底該等到什麼時候，她也說不上來。伊涅絲昨晚又舊事重提，而米拉立刻就爽快答應了，宛如先前兩人從來不曾討論過這個話題一樣。她既然做出了這種事——突然闖進去，引發這麼大的騷動——米拉覺得自己好虧欠愛麗絲。她可能不是個好媽媽，但她不能阻止這個小女孩當個乖女兒。

而乖女兒一定會去探望自己的爸爸。

還有，這個禮拜所發生的事，當然會讓她勾起「低語者」那段時光的回憶。答應愛麗絲的要求似乎也沒那麼難了。也許這是宿命的安排，她必須要去面對過往，或者，愛麗絲想要告訴她，不能對於過往的傷口置之不理。

因為，要是如果沒有那一段傷痛，也不會有愛麗絲這個小孩了。

路面緩升，進入山陵，沿途有濃密樹蔭溫柔照拂。

愛麗絲眺望窗外，米拉透過後照鏡偷瞄她，一度以為看到了小時候的自己。她和愛麗絲一樣，也喜歡在車子疾駛的時候貪看窗外風光，一幅幅的畫面迅速倒退，只能捕捉到殘像，房子、樹木，或是正忙著曬衣服的女子。

在這段短短的旅程當中，這對母女幾乎沒說話。出發之前，米拉拿出後車廂裡的兒童安全座椅、放在後座，然後由伊涅絲幫外孫女扣上安全帶，而且也帶了她最愛的洋娃娃。

為了這一天，伊涅絲為愛麗絲挑選了粉紅色的露肩繫帶棉質洋裝，搭配白色運動鞋，頭上別了白色的髮夾。

米拉開了幾公里之後，曾經問她會不會熱，想不想聽收音機，但愛麗絲卻搖搖頭，把「小姐」緊緊摟在懷中，也就是那個紅髮娃娃。

「妳知道我們要去哪裡吧？」

愛麗絲依然眺望窗外，「外婆已經告訴我了。」

「我們要去那裡了，開不開心？」

「我不知道。」

一聽到這句話，就讓米拉不知道該怎麼講下去了。其他的媽媽可能會繼續追問，為什麼不知道呢？甚或有的媽媽會提議，那就掉頭回去吧，想必其他媽媽應該都知道該怎麼處理。但米拉卻覺得自己在愛麗絲的心目中已經成了「另一個媽媽」，而她認定的真正母親是伊涅絲。

遠方出現了那棟灰色石牆建築。

過去這七年來，她來過幾次？今天一定是第三次。第一次是事發九個月後，但她一直沒辦法走進大門口，最後還是逃走了。第二次，她已經走到了房門口，也看見了他，但她卻什麼都沒說。畢竟，他們在一起的時間並不長，而且兩人也幾乎沒有共通點。

她與他共度的那唯一夜晚，讓她留下了比一千次刀割還可怕的創傷。那股痛楚讓人痛不欲生，但也淒美濃烈至極，無法與任何形式的愛相提並論。他脫去了她的衣服，疤痕之身的秘密也在他面前曝了光，他吻了她的傷疤，還將自己的絕望傾注在她的身上，他知道她一定會沉溺其中無可自拔。

距離上次見面，已經相隔了至少四年。

某名黑人護理員特地走到停車場迎接他們，因為米拉早已打電話提醒他們今日會到訪。

「嗨，」護理員微笑問好，「真開心妳來了，他今天狀況好很多。過來吧，他正在等妳呢。」

這是為了愛麗絲而演出的一場戲，以免讓她被嚇壞，一切要裝得甚自然。

他們走進了大門口，接待台後面有兩名保全，他們詢問米拉是否記得進入這棟建物的標準作業程序，她交出了佩槍、警證，還有手機。保全也檢查了那個紅髮洋娃娃，愛麗絲一臉好奇、乖乖遵從指示，完全沒有任何抗議。然後，這對母女通過了金屬偵測門。

「他依然在與死神拔河。」護理員指的是他們這裡狀況最嚴重的那名病患。

他們走進某條漫長的走廊，一旁全是緊閉的房門，空氣中瀰漫著消毒水的氣味。愛麗絲三不五時就得小跑、跟上媽媽的腳步。她還一度伸手想牽住媽媽，但一碰到母親的手，就驚覺犯下大錯，立刻抽了回來。

她們搭乘電梯到了三樓，出現了更多的走廊，與樓下相比，這裡顯得熱鬧多了。

病房裡傳來規律的聲音——呼吸器持續運轉，心臟監測儀叮叮作響。此處的工作人員身著白色制服，以訓練有素的方式執行重要的日常工作事項，打針、更換點滴、清空點滴袋，或者丟棄導管。

每個病患都有專職負責的護理人員、會照顧到他們壽終正寢的那一刻。至少，院內的某個醫生是這麼告訴米拉的，「我們之所以會在這裡服務，都是因為這些人打從一出生就有問題，能撐到現在都算他們賺到了。」聽他那種語氣，儼然像是產品製程出了差錯一樣，彷彿生死是一場緩慢的競賽，看哪一方先落敗而已。

只不過，躺在這些病床上的人，永遠不可能回到這趟旅程的起點。

明明是活著的人，卻不知道自己依然存活人間，而已經死去的人，卻沒有辦法入土為安。這是米拉在貝瑞世面前、對靈薄獄那些失蹤人口所作的描繪，同一套語彙也可以應用於這些病房裡的住客。

護理員站在某間病房外面，「我先暫時告退，讓妳們和他獨處一會兒？」

米拉回道，「是，謝謝妳了。」

米拉往前走了一步，但愛麗絲依然站在門口，雙腳併在一起，緊緊抱著自己的洋娃娃。

她凝望躺在床上的男人，白色床被蓋住胸膛，雙臂露了出來，雙手以掌心向上的姿勢軟癱在毛毯上面。他必須靠著透過連接喉嚨的導管才能正常呼吸，而現在導管已經被口罩蓋住了——米拉心想，應該是為了避免嚇到他的小小訪客。

愛麗絲的目光一直沒有離開她的父親。也許她想要把眼前的景象與自己腦海中的他聯想在一起。

米拉大可以一開始就讓女兒以為父親已經死了，那麼，事情就簡單多了——對她女兒亦然。不過，這是撒謊。她遲早會冒出源源不絕的重要問題——不再是眼珠顏色或是鞋子尺寸的疑惑而已。米拉心想，最好還是慢慢等待吧，時候到了，她才能夠向女兒解釋，那具無用的身軀，正是她父親可悲靈魂被囚禁於內、他人永遠無法碰觸的監牢。

不過，她們很幸運，來日方長。

愛麗絲依然站在原地，側著頭，彷彿她已經懂得這個場景之中的某種幽微蘊含——成人看不透的秘密。

然後，她面向米拉，只說了這麼一句話，「我們現在可以走了。」

47

在麥可．伊凡諾維奇失蹤的那個年代，把失蹤小孩的照片印在牛奶盒上面，是相當常見的尋人手法。

這沒什麼特殊之處，但潛在效果很驚人。每天早上，這個國家的每一家人坐在早餐桌前的時候，都會看到那張面孔瞪著他們。他們自然而然也就記住了那個小孩，只要有機會遇到，一定會報警。如果小孩是被人擄走，那麼綁架者也會覺得被全面通緝。

不過，這卻也引發了某種不幸的副作用。

就理想狀況來說，失蹤小孩會成為全國關注的焦點，這就像是自己的小孩或孫子，會讓每個人擔憂、每天晚上都在禱告，大家殷殷期盼能夠找到他們的下落，懇切之心就如等待樂透結果一樣，他們充滿信心，必有贏家勝出。

問題在於警方——還有牛奶公司——開始思索這張照片還得要放多久。因為，隨著時間逐漸拖長，看到歡喜結局的可能性也變得越來越低。沒有人喜歡在吃早餐的時候、看到有個可能早就死掉的小孩猛盯著他們不放。所以，照片會在某天早上突然消失不見，但從來不會有人抗議，大家寧可選擇遺忘。

麥可．伊凡諾維奇——被大家暱稱為「小麥可」的這個男孩——曾經在牛奶盒出現了十八個月之久。六歲生日之後的一個禮拜，他就人間蒸發了。他的雙親正因為在辦離婚而鬧得不可開交，媒體暗示他的父母一直在忙著吵架，根本沒有時間給予獨子應得的關愛。所以，有人就趁虛而入，把麥可擄走了。

事情發生在某個晚春傍晚，就在他母親工作地點對面的小公園裡面。麥可在盪鞦韆，而母親則在公共電話亭裡與即將成為前夫的那個男人激烈爭吵。她信誓旦旦告訴警方，她幾乎一直都盯著兒子，而且，鞦韆一直嘎嘎作響，更讓她認定兒子還乖乖在那裡。

不過，鞦韆木椅雖然依然在搖晃，但麥可已經不見了。

某名三十五歲的水電工因孩童綁架案遭到逮捕，他的同居人在家裡發現男孩失蹤當天身穿的白條紋綠底T恤，立刻向警方舉報。這名男子辯稱自己是在垃圾桶裡找到了那件T恤，決定要留下來，因為這小孩已經成了知名人物，他想要保存這個「名人紀念品」。最後，警方採信了他的說詞，唯一起訴的罪名是妨礙公務。

在這二十年當中，除了這起小插曲之外，完全找不出麥可．伊凡諾維奇的任何線索。

他們運用處理類似案例的慣常手段，向全國的法醫發出機密通知，裡面有這名男孩的解剖特徵描述，要是發現有小孩的屍體，可以幫助他們進行比對。密函中也提到了一直不曾洩露給媒體的重要訊息：麥可．伊凡諾維奇患有「器官轉位」的先天性疾病。

多虧米拉先前給了貝瑞世靈薄獄檔案庫的密碼，讓他可以下載資料並列印出來，貝瑞世讀完之後，闔上了檔案。

他告訴自己，依照時間序列，這是「晚安男」底下的第九名受害者。

可惜的是，這些文件裡完全看不出麥可．伊凡諾維奇可能會找什麼人開刀。他失蹤的時候年紀太小，所以不可能像羅傑．瓦林、娜蒂亞．尼佛曼一樣，根據自己的經驗挑選特定受害人。受害者與加害人之間的關係可能純屬偶然，就像是艾瑞克．溫切恩提與安德烈．賈西亞的犯行一樣。

不過，這一次凱魯斯選擇他最年輕的弟子執行殺人任務，也就是說，他想要看到警方卯足全力找到他的下落，為什麼？

「他要讓我們覺得自己無能為力，」貝瑞世高聲自言自語，「這一次，他立下了大目標。」

這一整個下午，貝瑞世幾乎都待在辦公室，等待他的駭客朋友來電。他研究完麥可．伊凡諾維奇的檔案之後，把它放回抽屜，看了一下時間，又望向希區，牠不吵不鬧，靜靜躺在自己的角落。已經六點多了，他們兩個都好餓，所以他決定帶狗兒出去走一走。

他打開電話答錄機，準備帶希區去吃東西。

總部大門口附近有個販賣三明治與飲料的小攤，希區好愛吃熱狗——牠的主人心想，應該與這種食物的名稱多少有點關係。

他們與其他警察一起排隊購餐，一如往常，貝瑞世又招來眾人鄙視的眼光。這麼多年了，這是他第一次心有所感，多年來保護他的盔甲彷彿越來越脆薄。

希區一定也感受到他的緊張不安，因為牠抬頭狂吠，想要確定周遭的一切安然無恙，貝瑞世趕緊撫摸牠的鼻頭。輪到他們的時候，他買了兩份熱狗、鮪魚三明治，還有一罐紅牛，然後，他帶著狗兒匆匆離開。在回去的路上，貝瑞世想到了剛才的事，一切沒有任何改變，然而他卻覺得一切似乎都變了。沉寂多年之後，再次投身辦案，終於讓他產生了活著的感覺。他負責偵訊了幾十件的兇案與其他刑案、從兇嫌口中問出了自白，他當然知道自己不是那種惡徒，但他也一直深信他們之所以會對他開誠布公，是因為他們在他身上嗅到某種臭氣相同的氣味。

我看起來不像警察，所以他們才願意告訴我實情。

不過，直到現在，這個天賦才露出了真正的面貌，它是刑期。而他內心深處有個聲音告訴他，也該是結束監禁的時候了。

賽門，你已經付出足夠的代價，現在是重新回到警察崗位的時候了。

他進入走廊、準備回到辦公室，一心陷溺在自己的思緒裡，他一手拿三明治，另一手拿著紅牛，完全沒意識到等一下沒有手可以開門。

最後，是希區把他拉回到現實，他這才發現辦公室的門是敞開的。

「嗨，賽門。」

他的飲料差點直接掉到地上，幸好他控制得住，不然老早就心臟病發了，「我的天，史蒂夫！」

史蒂夫阿諾波洛斯處長坐在他的位置，交疊雙腿、蹺在辦公桌上面，「抱歉，我沒有要嚇你的意思。」他拍拍手，吸引希區的注意力，「小帥哥，快過來！」

希區立刻朝史蒂夫直奔而去，他托住毛茸茸的狗頭，開始不斷搓揉，對牠甚是疼愛。

貝瑞世屏住呼吸，關上辦公室的房門，把熱狗放在希區的碗裡，「如果你早習慣別人把你當空氣，遇到驚嚇很可能會出人命。」

史蒂夫哈哈大笑，「我了解，但我發誓我真的有先敲門。」然後，他的神色轉趨嚴肅，「若不是因為有重要的事必須找你好好討論一下，不然我也不會進來等你。」

貝瑞世盯著前主管的臉龐，自己坐在辦公桌另外一頭的座椅，開口問道，「要不要三明治？」

「不用了，謝謝。但你就吃吧，沒關係，反正要不了多久時間。」

貝瑞世打開紅牛，喝了一小口，「好，是怎樣？」

「我就不拐彎抹角了，也希望你給我直截了當的答案。」

「沒問題。」

「你和米拉．瓦茲奎茲是不是未經上級授權、偷偷進行調查？」

「你怎麼不問她？她不是你的手下嗎？」

史蒂夫聽到這種間接承認的答案，似乎很不爽，「是我叫她去找你詢問案情。」

「我知道。」

「我只是萬萬沒想到你們兩個居然會勾結在一起，你難道不知道這很可能會讓她在總部的名譽掃地？」

「我想她可以自己應付這個狀況。」

「媽的你根本不知道狀況，」史蒂夫大吼，展現出他暴烈的一面，「米拉只要一接觸到黑暗世界，她的反應就像是小孩看到果醬一樣。她小時候，曾經發生過很可怕的事——我們根本難以想像。感謝老天，她還有兩個方法可以面對這段過往，驚恐過一生，或是把它當成某種救贖的來源。米拉總是一直在挑戰最危險的處境，因為她必須如此，就像是那些拚命想要回到前線的沙場老將一樣，對死亡的恐懼會讓人上癮。」

「我知道那種人，」貝瑞世打斷他，「但我也知道我們兩個人都沒有辦法勸阻她。」

史蒂夫一陣氣惱，搖搖頭，然後又直盯貝瑞世的雙眼，「你真覺得你能抓到凱魯斯？是嗎？」

貝瑞世回道，「這一次，沒錯。」

「你有沒有告訴米拉你為什麼這麼想報一箭之仇？」他停頓了一會兒，「你有沒有講出你與賽薇亞之間的事？」

貝瑞世整個人往椅背一靠，冷冷回道，「沒有，我沒講。」

「你有打算告訴她吧？還是你覺得不重要？」

「我為什麼要告訴她？」

史蒂夫重拍桌面，害希區嚇了一大跳，「因為那正是你走下坡的起點。你成了人渣，自毀前程，成了總部的邊緣人，一切都是因為賽薇亞的事。」

「我應該要保護她的，反而卻——」

「卻被凱魯斯擄走了她。」

想不想要有新的人生？

這就是「晚安男」以電話詢問受害者的問題，這些字句在房間裡面不斷發出回音，但只有貝瑞世聽得到。

賽薇亞是不是也曾經去過安布魯斯飯店的三一七號房？和他一樣搭乘電梯到了四樓？看到了深紅色的壁紙？走過有藍色巨花的地毯？吞下安眠藥之後，任由「晚安男」把她帶走？

他們兩人沉默了許久，最後還是由史蒂夫先開口，「貝瑞世，你自己說哪一個比較糟糕？被瘋子修理得一敗塗地？還是與唯一看過他的證人墜入情網？你自己好好想一想。」

「我應該要保護她的……」他像卡住的唱片，又重複了一次剛才講過的話，

「你和她在一起有多久時間？一個月？你為了這麼短的一段時間而荒廢了你的下半輩子，你覺得這樣合情合理嗎？」

貝瑞世不發一語。

想必史蒂夫也知道這樣講下去沒有意義，所以他乾脆起身，蹲在希區身邊，輕輕撫摸牠，「我當時是證人保護小組的組長。發生那樣的事，我也和你一樣，必須承擔責任。」

「所以你才讓自己一直待在靈薄獄。」

處長發出苦笑，起身，握住門把，準備要離開了，「某些失蹤者回來了，所以你覺得她也一樣，是不是？我要親耳聽到你告訴我，我講錯了；還有，你不會以為賽薇亞還活著吧？」

貝瑞世大膽迎向處長的銳利目光，但他其實不知道該怎麼回應才好。這股寂靜變得好沉重，史蒂夫不肯放棄，最後還是電話鈴響打破了他們之間的僵局。

貝瑞世拿起話筒，「喂？」

「我找到的這條線索，一定會讓你愛死我。」來電者是無名氏駭客，背景傳來工業機具的噪音，貝瑞世真不知道這傢伙到底是在哪裡打的電話。

「是不是有什麼事要告訴我？」貝瑞世小心翼翼，不敢露餡，因為史蒂夫依然站在門口盯著他。

「大約在一個月前，麥可・伊凡諾維奇曾經以假名、去看某名私人醫生。」

「確定是他嗎？」

「仔細聽好了。醫生覺得這是天上掉下來的禮物，他日後可以在醫學期刊上面發表關於某名『器官轉位』病患的文章，一定會造成大轟動。所以他仔細詢問麥可的心臟狀況，麥可發現他的企圖，立刻逃之夭夭。但這醫生不肯放棄，一路跟蹤他回家，最後應該是被麥可發現了。第二天，這個倒楣醫生的座車起火，而且他人還坐在裡面。警方與保險公司認為是電線走火的問題，汽車瞬間爆炸，駕駛根本來不及逃生。沒有人想要繼續追查下去，首先，這種狀況時有耳聞，另外這醫生也不是會樹敵的那種人，所以最後就是以意外結案。不過，我花時間仔細閱讀這名醫生筆電裡的資料，從原始動機去推想，也讓我拼湊出事件的原貌。」

「等我一下，」貝瑞世伸手蓋住話筒，對史蒂夫說道，「我答應你，一定會把賽薇亞的事告訴米拉，我也會竭盡一切努力，盡量不要讓她惹禍上身。」

史蒂夫似乎是信了他的話，道謝之後就閃人了。

等到史蒂夫離開之後，貝瑞世才繼續講電話，「你有沒有地址？」

「老弟，當然有。」

駭客講出了地址，貝瑞世也抄寫下來，希望麥可・伊凡諾維奇依然還住在那裡。他正準備要結束電話、打電話通知米拉的時候，卻沒想到對方還沒講完。

「還有……伊凡諾維奇有千百種方式可以殺死醫生，不過，他採取這種方法，卻留下了可能會讓警方與保險公司起疑的數起破綻。」

「比方說？」

「意外報告中提到車鎖遭到破壞，但有可能是被火燒到變形。還有，根據法醫驗屍的結果，屍體焚燒速度緩慢，與警方判定的瞬間急火完全不符。所以，如果說殺人犯預謀一切，待在附近的某個地方、享受這場表演，我也不會覺得有什麼好意外的。」

貝瑞世想起了史特拉汶斯基的《火鳥》，「你是說麥可．伊凡諾維奇是縱火狂？」

「我覺得我們的這位朋友喜歡看人活活被燒死。」

48

他們約在與麥可．伊凡諾維奇住家相隔兩條街的地方見面。

兩人會合之後，貝瑞世把希區放入米拉汽車的後座，自己坐在她身邊，他並沒有問她下午去哪了，不過，他依然可以從她的表情看出一定有狀況。

她開口問道，「確定他住在這裡嗎？」

「我們的線民是這麼說的。」

「我們要怎麼進行？」

貝瑞世看了一下手錶，八點多了，「算他倒楣。現在應該在家。」

「你打算搜查這地方？」

「我不知道我自己的計畫到底是什麼，不過我們應該要通知妳的朋友波里斯。」

米拉不禁輕蔑一笑，「你要讓他知道我是怎麼得到這條線索的？他鐵定會問我。」

貝瑞世倒是沒想到這一點。打電話給波里斯，等於是強迫自己的線民曝光。米拉是怎麼發現麥可．伊凡諾維奇這條線索的？「妳說的對。不過，要是我們找出了他的下手目標，我們一定得通知別人。」

「到時候再說了。」

貝瑞世也同意，點點頭。

這區的兩層樓公寓建築為圓環式格局，中間是由游泳池改建、如今是佈滿下水道的長方形大洞。

貝瑞世與米拉走過大門，直接朝建物後方走去。為了要掩人耳目，他們會使用消防梯上去，麥可．伊凡諾維奇就住在這棟公寓的4B。

他們走到梯底的時候，貝瑞世對狗兒下達指令，「希區，要是有人過來，記得要叫啊。」荷花瓦特犬是頂級的護衛犬，所以牠乖乖坐下，彷彿真的聽得懂命令。

他們兩人都從自己的槍套裡、取出了佩槍。

「這不是我慣用的武器，」米拉說道，「我在凱魯斯巢穴大火現場掉的那把槍，比較讓我得心應手，所以我現在不能做出任何保證。」

貝瑞世知道這是一種委婉說法，提醒他當初在紅磚屋裡的迷宮的時候、對著凱魯斯開槍卻頻頻失準，他感謝她沒有直接點破。不過，「大火」這個關鍵字也讓他想起駭客提到麥可所提到的話。

我覺得我們的這位朋友喜歡看人活活被燒死。

他已經向米拉提過了這一點，但並沒有讓她知道其實自己憂心忡忡。根據他研讀犯罪人類學的心得，他知道縱火狂的人格最為殘虐。

而且，類似伊凡諾維奇這樣的人，還有特殊別稱：「火之生靈」。他們是可怖的對手，因為他們的目的不只是死亡，而是徹底毀滅。

他們到了4B，沒有辦法看到裡頭的狀況，兩人互看了一眼。貝瑞世把耳朵貼在門板，但唯一聽到的是鄰居們的電視節目聲響——天氣太熱了，許多住戶開窗透氣。

繼續耽擱下去，可能會被別人看見，他們必須盡快做出決定。貝瑞世點點頭，米拉也立刻領會，蹲在地上，研究了一下門鎖。

才過了幾秒鐘，門開了。

貝瑞世推門，槍口對準一片漆黑的室內空間。米拉跟在他後面，打開手電筒，映入眼簾的是小小的客廳，中間放有餐桌，上面堆滿了舊報紙與空酒瓶。除此之外，只看到一條長廊，這間公寓似乎是一片空蕩蕩。

他們決定進去一探究竟。

貝瑞世往前走了幾步，米拉把門關上。他們站在客廳入口，豎耳仔細聆聽。

「這裡似乎沒人，」貝瑞世輕聲低語，「但我們還是把槍準備好就是了。」他那語氣彷彿是確有必要。

米拉問道，「你是不是也聞到了？」

貝瑞世猜她指的是那股強烈的人工製品氣味，像是地板清潔劑之類的東西。很奇怪，因為這地方看起來沒那麼乾淨。他搖搖頭，不知道那股味道究竟從何而來。

這個空間的主要家具是裂綻的棕色沙發，角落的陰極射線管舊電視，貼牆的櫃子，裡面什麼東西都沒有。最後，只剩下小桌，再加上顏色完全不搭的兩張椅子。

這地方看起來像是暫棲之地，不像是有人長住於此。貝瑞世立刻心裡有數，這並不是麥可·

伊凡諾維奇在這二十年當中的真正居所。

貝瑞世心想，他應該是最近才搬進來，把它當成臨時巢穴，等到達成任務之後，就會離開這裡。

米拉的手電筒對準下方，「我們的這位朋友不喜歡沙發的位置。」

貝瑞世發現其中一支木腳已經斷裂，「應該是藏了什麼東西。」

兩人合力抓住扶手、把沙發移到一旁，以手電筒照了一下地板，但什麼都沒有。

貝瑞世面露失望之情。

米拉指了一下搬動櫃子之後留下的木板刮痕，「搞不好他也搬動了其他家具。」要是伊凡諾維奇只打算短待一陣子，為什麼要費事搬動家具?貝瑞世覺得太不合理了。

右側是分隔客廳與浴室的骯髒垂簾，米拉把它拉開，看到裂開的馬桶、佈滿水垢的老舊陶瓷洗手台，還有淋浴間。

貝瑞世說道，「水龍頭不見了。」他不知道自己的人類學研究心得能否解釋這種詭怪情景。

他的思緒被米拉打斷，「我們過去看看吧。」

最後一個房間應該是麥可·伊凡諾維奇睡覺的地方，房門有道小縫，米拉把手電筒往裡面一照。

「你看。」

貝瑞世走到她身邊，望向房內。

牆上釘了一張市區地圖，而且還有以紅筆圈畫的某個區域。

「你覺得……」米拉不需要把話講完，因為，紅圈區顯然就是兇手打算發動襲擊的地方。現在，他們只需要進行確認，米拉準備要進入房間。

貝瑞世望著她，突然覺得她的這個舉動也未免太好猜了，早就料到她會有這個舉動。麥可・伊凡諾維奇為什麼會把這麼重要的線索留在顯而易見的地方？也許他對於自己充滿自信，覺得自己的巢穴絕對不會曝光，但貝瑞世才不信，他的答案來自於人類學的訓練。

還不到半秒的時間，貝瑞世已經將這些看似毫不起眼的線索理出了梗概。

那股氣味——地板清潔劑是市面上最容易買到的助燃液體。而他拆解浴室水龍頭是為了滅火。他移動家具——是為了要強迫闖入者進入他刻意安排的地方。還有，畫了紅圈的地圖——是召喚進入臥室的邀請函。而半掩的房門——正是啟動的開關。

「不准動！」

米拉嚇了一跳，轉身看著他。

貝瑞世抬頭，盯著天花板的主燈。

他抽走米拉的手電筒，將光源朝上，他們看到了裸露在燈泡接座外頭的電線，霧面球體裡面裝滿了某種油性物體。

米拉趕緊後退，「那是什麼？」

「某種引爆裝置。」

貝瑞世拿著手電筒，沿著電線的繞行軌跡一路照過去，尾端綁在臥房門口。他將手電筒的光束對準房門側邊，看到其中有個門鍊連接到由兩個電極與低伏特電池所拼裝的粗陋器材，全部的零件都用絕緣膠帶綑得緊緊的。要是米拉一開門的話，電路就會封閉，貝瑞世知道不至於有大爆炸，但他們會被液態的火焰重重包圍，首先燒灼的是他們的衣服，接下來就是皮膚。

這不只是死亡而已，還是凌遲，讓「火之生靈」正中下懷。

貝瑞世心想，這個裝置雖然簡單，但也十分精巧，「我們的這位麥可十分聰明。」

米拉依然全身顫抖，「我應該要更小心才對。」

貝瑞世趕緊拆除其中一條引線，兩人走入房內。

他們站在地圖前，看到那個紅色圓圈標出了某一條街。

「不遠，距離這裡只有九條街，」但米拉發現貝瑞世的表情流露的疑惑，就與她的感受一模一樣，「不過，萬一麥可．伊凡諾維奇留給我們的不是真正的線索？而是另一個給我們的誘餌？」

「好，等我們到達那裡之後，一定會找出答案。」

49

他們一看到街頭的人群，就立刻知道自己來對了地方。

米拉與貝瑞世開到某棟七層公寓大樓，火警警報聲大作，裡面的居民正忙著疏散，但現場看不到煙塵。

他們看到外頭停了台警車，駕駛座的車門大敞，手電筒的燈源大亮。

「似乎有巡邏警員比我們早來一步，」米拉下車，看到大樓門房正忙著幫助住戶離開，她與貝瑞世走到他面前，希區緊跟在後，米拉在門房面前亮出了警證。

「起火點在哪裡？」米拉必須大聲說話，才能蓋過警報器的噪音。

「我不知道確切的位置，但是煙霧偵測器顯示是位於五樓的某個住戶。」

「獨居的警界高官，名叫古列維奇。」

聽到這名字，米拉與貝瑞世的臉色都變得煞白。

貝瑞世問道，「現在的狀況呢？」

「警報器一響，我就立刻幫忙疏散大樓住戶。但你們有個同事已經上樓了。」

「這是唯一的入口嗎？」

「後面還有一個。」

「所以你沒有看到陌生人離開這棟建物……」

「沒有，但現在一片混亂，我也沒辦法給你肯定答案。」

貝瑞世看著米拉，「立刻打電話給克勞斯．波里斯，請他派霹靂小組過來。」

她點點頭，「那我們呢？」

「我們立刻上樓。」

火警警報器的鳴響在樓梯井裡面不斷發出回音，更讓人頭皮發麻。

貝瑞世示意希區坐下來等他們，牠也乖乖遵從指示，進入警戒狀態。

他們到達梯台，米拉發現古列維奇的住家大門微敞。她與貝瑞世互使了一下眼色，各據大門兩側，他們象徵性倒數，跟著點頭三次，然後貝瑞世帶槍一馬當先，米拉在後掩護。

公寓裡光線昏暗，站在門廳的位置朝內探望，看不到任何人。他們往前推進了一點距離，沒有火光或煙塵，但他們面前的走廊傳出濃濃的焦臭，米拉發現那並非尋常的火燒氣味，更刺鼻，更強烈，過了一會兒之後，她才想起那是什麼，當她需要那股自虐疼痛、拿起熨斗貼觸皮膚時所產生的氣味，就和現在一模一樣。

她看到貝瑞世摀住嘴，忍住嘔意，看來他也知道那是什麼。他向她示意必須要繼續前進，兩人開始挪步。

四周都是古董家具與油畫，一切都充滿了古典懷舊風，而暗色的壁紙與地毯讓幽暗氣息更顯濃重。

屋內的主要走道像是博物館長廊，現在已經沒有時間去多想為什麼一名警探能夠過得如此奢華，他們只能繼續往前走。

他們走到了某扇敞開的房門前面。裡面透出一道光束，正好停在他們的腳邊。他們盯著四周，想要找尋兇手可能躲藏的地點，但願這不是另外一個陷阱。然後，他們又重複了一次倒數三下的衝鋒儀式。

領頭的依然是貝瑞世，米拉發現他突然一陣驚恐。

裡面躺了兩個人，緊靠在一起。

巡邏警員仰面而上，奄奄一息的臉龐轉向他們，喉嚨傷口流出的鮮血染紅了底下的地毯。古列維奇已經變得面目全非。他的皮膚散發出陣陣惡臭濃煙，雙眼在焦黑臉龐的映襯下、顯得格外慘白。米拉本來以為他已經死了，但瞳孔卻朝她飄過去，彷彿認出了她。

「你照顧這位巡邏員警，」她對貝瑞世大吼，想要蓋過警報器聲響，「我去看古列維奇。」

她跪在這位探長的身邊，很想要舒緩他的疼痛，但卻不知該做什麼是好。她的衣服全黏在皮膚上、宛如一層熾熱的火山岩漿。附近的紫色窗簾已經被硬扯下來，應該是巡邏員警企圖拿來撲滅伊凡諾維奇的火攻，現場也有伊凡諾維奇拿來潑灑助燃液體的油罐。

米拉望著貝瑞世，他盯著房門，同時彎身聆聽巡邏員警的胸膛，希望能夠聽到心跳，過了一會兒之後，他站起來，搖搖頭。

米拉說道，「古列維奇還活著。」

「警方馬上趕過來，當然救護車也是。」

「我們不知道伊凡．諾維奇是不是還待在屋內或大樓的其他地方。他刺殺了這名可憐同事，所以他很可能有武器，我們必須要封鎖現場。」米拉看得出來，貝瑞世和她一樣心焦，想要趕緊擬定對策。

「我們其中一個人必須下樓，告訴同事現在的狀況。」

就在這時候，古列維奇抓住米拉的手，她回道，「他處於休克狀態，最好還是由你下去。」

「我會以無線電通知案情室，讓我直接聯絡救護人員，我可以立刻向他們告知他的狀況，現在，絕對不要冒險，知道嗎？」

米拉發現貝瑞世的保護之情溢於言表，出奇強烈，不禁讓她聯想到了史蒂夫，她向他保證，「沒問題。」

貝瑞世準備下樓，但頻頻回頭顧看。門房說，這棟大樓有後門，所以麥可・伊凡諾維奇可能已經借道溜之大吉。

他看到希區依然在原地等他，一如往常乖巧。

貝瑞世帶著狗兒一起走出大門，看到警車的閃光逐漸迫近。

第一台聯邦警方的車輛停在群眾旁邊，現在除了大樓住戶之外，又多了看熱鬧的路人。率先下車的是三名身著霹靂小組制服的員警，其中一名是小隊長。貝瑞世直接走到他面前、完全沒有考慮接下來這番話會引發的後果。

「出事現場在五樓，我們有位同仁陣亡，而古列維奇探長身受重傷，米拉・瓦茲奎茲警官正陪在他旁邊。兇手叫作麥可・伊凡諾維奇，此人絕對有攜帶武器。他可能已經趁隙逃逸，但也許依然躲在大樓其他地方。」他發現這名小隊長已經認出他是誰，八成在納悶這個總部邊緣人跑來這裡攪和什麼。「吩咐你的手下，搜查圍觀群眾，」他指向那一小撮人，「兇手是喜歡親眼目睹慘案的縱火狂，所以可能還在附近。」

「是，長官，救護車馬上就到。」小隊長講完之後，立刻走向在大樓前待命的其他霹靂小組成員，對他們下達即刻行動的指令。

現在貝瑞世安心了，走向那台無人看管的巡邏警車。他坐在駕駛座、拿起無線電對講機，「呼叫總部，我是特警貝瑞世。我要直接聯絡正趕往古列維奇探長住宅的救護人員，幫我接通好嗎？」

「長官，沒問題，」擴音器傳來某名女子的聲音，「我們馬上處理。」

在等待救護人員連線的空檔，貝瑞世以食指頻敲對講機，頗是不耐，他透過擋風玻璃向外遠眺，鄰居與好奇圍觀者越聚越多。

麥可·伊凡諾維奇現在躲到哪裡去了？是不是隱身在這些人裡面？享受那股依然在他鼻內揮之不去的氣味——混合了煙塵與燒焦人肉，他一輩子也忘不了的味道？

無線電傳來某名男子的聲音，「二六六號救護車組員，現在狀況如何？完畢。」

「有一人燒傷，出現呼吸困難症狀，看起來相當嚴重，但依然有意識。完畢。」

「火勢起因是什麼？完畢。」

「我們判斷是化學物質混合物，這名兇手是縱火狂，完畢。」貝瑞世忙著講話，但目光也同時飄向後照鏡。

他看到希區在車子後面走來走去，還聽到牠在狂吠。

火警警報器再加上無線電通話的噪音，讓他剛才一直沒注意到狗兒的叫聲。

「火勢已經撲滅了嗎？完畢。」

但貝瑞世沒理會救護人員，反而專心盯著車子後方。

「長官，是否聽到我的問題？完畢。」

「我等一下再回你。」

他把對講機扔在座位，下車，走向車子後方。希區的叫聲越來越激烈，貝瑞世發現狗兒向他示意的是後車廂。

他心想，他在裡面，麥可．伊凡諾維奇為了逃避追捕而躲入車內，除此之外，也沒有更好的窩藏地點了。

貝瑞世四處張望，找尋同事，但根本沒有人注意他。他知道自己必須單兵作業。

他拿出佩槍，緊抓不放，另一手伸向後車廂。他猛然按下打開廂蓋的按鈕，槍口也立刻瞄準車內。

車廂蓋彈開的那一刻，迎面撲來一股熟悉的氣味，不過，此人的燒傷狀況不像古列維奇那麼嚴重。

他全身赤裸，依然意識清醒。

這不是麥可．伊凡諾維奇。雖然這名男子沒有身穿制服，但他記得曾經在中國餐館吃早餐時與他打過照面。

這一連串事件突然豁然開朗，宛如電影畫面投射在腦海中。在這齣電影的最後一幕，他彎身，想要聆聽樓上那名重傷警官的心跳，也許，他的動作太倉促了。

震耳欲聾的警報聲固然影響了他的判斷，但還有更重要的原因，因為他的耳朵貼錯邊，他聽的是左側。

器官轉位病患的心臟在右邊。他立刻抬頭，望著那棟建築物的五樓。

50

古列維奇失去意識的那一刻，他立刻起身。

他臉上掛著詭異微笑，持刀望著米拉，把她當成了已經誤入陷阱的獵物。

米拉眼前正在上演超寫實場景。她現在方寸大亂，但依然拚命想要知道這個起死回生的傢伙到底是誰。

一瞬間，真相大白。

麥可・伊凡諾維奇攔下了警車，燒死駕駛，穿上了他的制服。然後，他去敲古列維奇的大門，有了這身掩護，就算在這麼晚的時候造訪、也不會顯得那麼突兀。他放火燒了這位探長的住家，但自己也來不及逃走。聽到米拉與貝瑞世到達現場，他立刻拿出刀子自刎——失血量足以讓他演出已死假象。

這個假警察伸手抹了一下頸部，果然只是皮肉傷。另一隻手丟掉刀子，從口袋裡取出了某個東西，某個裝滿橘色液體的小瓶子，而瓶口冒出了兩截電線、以某個黑色絕緣膠帶包裹的盒子固定在一起。

米拉驚覺這又是一個引爆裝置。

也許她可以在他繼續逼近之前先開槍，但她不確定這樣做是否妥當。她不知道這個裝置是不是可以靠著按鈕隨時啟動？會不會在他倒地不起之前就已經爆炸？

伊凡諾維奇依然在微笑，「烈火可以淨化靈魂，妳知道嗎？」

米拉大叫，「站在那裡不准動！」

他手臂往後，擺出宛如鐵餅選手在準備全力一擲的優雅動作，米拉舉槍，對準了他，正要開槍的那一剎那，伊凡諾維奇後方出現了一團巨大的白色煙霧，迅速淹沒了他、隨即朝她撲來。

在那團滅火器的化學煙霧之中，她隱約看到霹靂小組的深色制服，他們激動大吼，但移動速度緩慢，宛如幽魂，或者，應該說像是從另一個世界前來營救她的外星人。不到一秒的時間，他們已經將麥可．伊凡諾維奇制伏在地，警方壓住他、奪走他手中危險玩具的那一刻，米拉發現他的眼中充滿詫異。

凱魯斯

證據編號 16-01-UJ/9

[redacted]年九月二十八日，聯邦警方總部[redacted]，訊問過程的錄音片段

訊問人：她在哪裡？

時間：十七點四十二分

訊問人：她在哪裡？

嫌犯：保持沉默

訊問人：昨晚出了什麼事？

嫌犯：保持沉默

訊問人：你與米拉．瓦茲奎茲警官的失蹤案到底有什麼牽扯？

51

執念是生活日常規律的一大敗筆。

這就好像是已經習慣重複相同動作的心理機制，突然之間，被阻塞住了，開始不斷迴圈，只執行單一動作，賦予它無可取代、幾乎是攸關生死的重要地位。

不過，既然有了這個關鍵字，「幾乎」，也就表示停止這種重複性、讓自我從偏執的心理奴隸狀態之中解放出來，的確有其可能。

賽門．貝瑞世靠著鑽研人類學多時的心得、體悟出此一定義的那一天，他也發現自己的狀況無解，他將會以他的餘生、繼續懷念賽薇亞。

他經常告訴自己，愛情的餘韻記憶污染了一切，愛，就像放射線。

所以，只要他碰到了屬於短暫的兩人時光的某個東西──她使用過的、甚至只是指尖輕輕撫刷而過的一切──污染了物品的那股隱形負面能量，就會穿入他的手、爬上他的手臂，直搗他的心臟。

賽薇亞進入貝瑞世生命之中的前一個小時，他正在削馬鈴薯皮、準備晚餐。他打算要煮雞肉，雖然他廚藝不怎麼樣，但應付一下還可以。

那是六月的某個下午，城市裡的光線產生了變化，屬於五月的灰色與深黃色澤，已經被丟棄在一旁，開始轉為粉紅與清藍。氣溫約是攝氏二十度，微微透露出夏天的氣息，令人忘憂的溫適天氣。某處遊樂場的孩童喧鬧聲從敞開的廚房窗戶傳了進來，遠方燕子的尖鳴聲忽遠忽近。他還打開了收音機，轉到某個專播老歌的頻道——比莉．哈樂黛的〈我愛的男人〉、妮娜．西蒙的〈我希望知道自由的滋味〉、艾靈頓公爵的〈沒有搖擺就不算爵士〉、還有查爾斯．明格斯的〈呻吟〉。

賽門．貝瑞世身著牛仔褲，藍色襯衫的袖子捲得老高，還穿了件很搞笑的草黃色流蘇圍裙，他在餐桌與瓦斯爐之間來來回回，動作就像舞者一樣輕鬆自在，而且，他還一直在吹口哨。

他心情出奇愉悅，但也說不上來為什麼。

他喜歡自己的工作，熱愛自己的人生，一切心滿意足。從軍兩年之後，他已經領悟到自己的下一步就是加入警界。他在警校表現突出，短短時間就升到了特警，這種平步青雲的速度在總部來說非比尋常。而被拔擢到證人保護小組，在史蒂夫阿諾波洛斯處長底下工作，更讓他的璀璨生涯錦上添花。

他站在某個勞工階級社區的老公寓裡的廚房裡面，的確有無數個值得開心的理由。烤雞的芳香，明格斯、艾靈頓、妮娜．西蒙、比莉．哈樂黛的音樂，都是理所當然的美好犒賞。他此生將會永遠記得這一刻，因為，一個小時之後將會發生巨變，而認識賽薇亞之前、他志得意滿的一切，終將成為他的安慰獎。

他提前一個禮拜租下公寓，簽訂合約時使用的是假名，所需費用也是來自證人保護小組的經費，他除了有充足的公費之外，而且還有單位提供的假證件與醫療保險卡。

這間公寓的家具算是滿完備的了，但賽門今天早上還是把一些家具與飾品搬了進來，就是為了要讓鄰居們注意一下37 G號的新住戶。

不要引人注目的秘訣，就在於讓別人看到你。

如果他只是單純入住這間公寓，大家一定會對這位突然冒出來的神秘訪客充滿好奇。他任務的最大風險，就是以光速不斷口耳相傳的蜚短流長，所以維持低調實為上策。

如果你就和大家一樣的話，沒有人會刺探你的隱私，沒有人會對你有興趣。

他把所有的東西從卡車卸下來之後，又打開了所有窗戶，將一切擺放就位。

他在扮演認真的老公佈置愛巢，現在唯一欠缺的就是老婆，他們之間，只有一個缺憾。

他從來沒有見過她。

不過，他已經仔細研讀過史蒂夫交給他的檔案。這不是他首次負責這種任務，但卻是第一次必須扮演老公的角色。「這就像是郵購新娘啦，你懂我的意思吧？」史蒂夫先前交給他婚戒的時候，曾經這麼告訴過他——當然，那只戒指只是鍍金的而已。

這間公寓位於一樓，看起來似乎是不利的位置，但這其實是他刻意挑選的樓層，萬一需要逃跑的時候，可以立刻撤退。「當你必須要保護證人的時候，不要使用槍火，」史蒂夫總是這麼告訴他，「抓住他們的手，趕快跑就是了。」

電鈴響了，賽門・貝瑞世關了水龍頭，濕答答的雙手在圍裙抹了兩下，準備到大門口迎接他的新婚妻子。

喬安娜．舒頓站在對講機的旁邊，對他展露出一貫的美麗笑容。貝瑞世覺得好奇怪，她明明魅力四射，怎麼會找不到男人？她的男同事們發現她的美貌其實令人望之生怯，搞不好這正是大家開始喊她「法官」的原因。但賽門總覺得她很好相處，而且也覺得她相當精明幹練。

喬安娜一看到他，就像老友一樣熱情問好，甚至還拍了拍他的肚子，「你看起來氣色很好，看來婚姻生活讓你如魚得水。」

他們哈哈大笑，彷彿兩人交情好得不得了。

然後，喬安娜說道，「讓我介紹一下我朋友。我剛才從車站接到她，她說這幾天很想你，你要好好照顧人家。」

她退到一旁，讓他看到站在人行道的那名女子，她姿勢僵直，穿著過於寬鬆的藍色外套，一頭烏黑秀髮綁成了辮子。一手拿著沉重的行李箱，逼得她身體微微側傾，而另外一手則握得緊緊的，以免婚戒從指尖滑落下去——他們一直找不到她的尺寸。

她四處張望，流露出悲傷失落的神情。

賽門走上前去，給她一個燦爛的微笑，也抱住了她，他親吻她的臉頰，在她耳邊低語，「妳一定要給我一個大大的擁抱，不然，我們的開場就太悲慘了。」

賽薇亞不發一語，放下行李箱，真的乖乖照做。不過，她不只是回抱他而已，因為她抱住他的時間也未免太久了。他發現她不肯放開他，她抱他抱得這麼緊，也讓他感受到她的恐懼。

從那一刻開始，他就知道自己一定會全心全意保護她，而且，超出了他應盡的職責範圍。

喬安娜確定他們沒有其他需求之後，準備離開。但就在出門之前，她又把賽門拉到一旁。

「她狀況不穩，」她指的是賽薇亞，「我不覺得她承受得住，她很可能會害你曝光。」

「不會的。」

「搞不好狀況會更糟糕，」她擺出女人一貫的神秘兮兮姿態，「畢竟，她是個美女。你記得史蒂夫把我送『嫁』過去的那個電腦程式專家嗎？滿滿的頭皮屑，眼鏡跟啤酒瓶底一樣厚的傢伙？你真走運。」

賽門一臉困惑。

喬安娜完全不留給他任何情面，「你不好意思啦？」

「對啦，妳高興了吧？」不過，他神色轉趨嚴肅，「妳覺得『晚安男』會追她追到這裡來？」

「我們根本連到底有沒有這個人都不知道。不過——我知道我不該講這種話——我真的被他嚇得半死。」

這是她的肺腑之言。喬安娜．舒頓一向給大家的印象，就是那種天不怕地不怕的警察，或者，至少是那種絕不示弱的嘴硬派。不過，這一連串事件就連她也心驚膽跳，關鍵就是「晚安男」的模擬繪像，讓每一個人都神經緊繃。

稚氣的五官，還有定睛不動的目光，何其深沉，栩栩如生。

他們都是訓練有素的警官，總部裡的優秀一軍，而這個娃娃臉惡魔卻是他們的超級勁敵。

「我再一個小時就下班了，」舒頓準備閃人，「但要是你有任何需要，今天晚上有個新的值班人，名叫古列維奇，我想他應該是靠得住。」

他與賽薇亞在公寓共度的第一個夜晚，幾乎根本沒有碰觸彼此。

他打開電視，而且調高音量，讓鄰居們以為的確有人住在裡面——不過他們兩個根本都沒多瞄一眼。她窩在臥室裡、整理帶來的衣物，她並沒有關門，刻意留下了一點縫隙，讓自己可以隨時看見他。他偶爾會走過去晃一下，只是為了要讓她知道他一直都在，絕對不會讓她離開他的視線。

其中有一次，他一直盯著她，看著她把衣服一件件掛進衣櫥裡，他一直渾然不覺，等到她看到他、嚇了一大跳之後，他才驚覺自己的失態。

之後，他們一起吃晚餐，雞肉與馬鈴薯，平淡無奇的菜餚，但她什麼也沒說。兩人用餐時唯一交談的內容，不過就是麻煩拿一下麵包或是礦泉水。

大約在十點鐘的時候，她進入自己的房間，而賽門則躺在沙發上，頭倚靠墊，毯子鋪在身上。他單手支在頸後，盯著天花板，無法入睡，他心裡想的都是她。除了檔案裡的資料之外，他對她所知不多，只知道她孤零零一個人，在孤兒院長大，隨後又待了好幾間的寄養家庭。為了討生活，她打過許多零工，但也沒打算追求更好的生活。沒有人愛她，從來沒有人注意過她，不過，在「晚安男」其中一名受害者最後出現的地方、她所遇到的那名可疑角色，那就另當別論了。

「我沒有注意到他，是他看到了我。他對我微笑，自此之後，我就再也無法忘記他的臉。」

賽門躺在沙發上，回想整個事件的發展脈絡，七名失蹤者的這起案子——被媒體冠上了「失眠者」奇案的封號——其實只存在於報章雜誌與電視新聞而已。聯邦警方之所以會展開正式調查，完全是為了滿足輿論需求，不想丟了面子而已。

不過，出現了目擊證人，卻一直是警方的最高機密，嫌犯的模擬繪像亦然。

史蒂夫阿諾波洛斯說服了上級、將這起案件分派到證人保護小組。這不是他們例常處理的案件，但部長很快就首肯了——只要別讓失敗的污點沾染到自己，什麼都好說。

一開始的時候，沒人相信賽薇亞。只有史蒂夫深信這絕非是為了吸引媒體注意力而編造的謊言。賽門與她見過面之後，也相信她說的是實情。

他一直在胡思亂想，後來才隱約感覺到客廳門口站了人。他轉頭過去，看到了身著睡衣的她，動也不動。起初，他不知道她想要什麼，正打算開口詢問，她卻直接走向他面前，他挪出位置給她，接下來發生的事，讓他驚詫不已。

賽薇亞躺下來，但是把頭枕在他的手臂上，賽門又把頭放在靠墊上，擺出舒服姿勢。

她靦腆回道，「謝謝你。」

二十年之後，貝瑞世一想到沙發上的第一個夜晚，依然無法忘記賽薇亞貼住他時的那股體熱——孱弱的身軀依偎在他的懷中、讓他百般呵護。

不過，也許某人對她有更強大的影響力。

想不想要有新的人生？

凱魯斯透過電話對受害者講出的那些字語，開啟了嶄新的面向，貝瑞世一直到不久之前才參透了這一點。想到有一群人進入安布魯斯飯店三一七號房之後、隨時準備執行傳教士的任何指令，實在令人膽顫心驚，就連今天發生的那起事件，也依然無法消除他心中的陰影。

古列維奇之死在總部引發了大騷動，因為揭露出此人不為人知的那一面。

他居住的那間奢華公寓，絕非探長薪水所能負擔的等級，顯然他另有收入來源。

貝瑞世腦中浮現了某個念頭，他相信在命案發生之後、曾經進入那間公寓的人也都有同樣的想法——就連喬安娜·舒頓也不例外，二十年前，某名污點證人為了脫離證人小組的監管、行賄警察而順利脫逃的那件事。

那正是大家對貝瑞世千夫所指的真正原因，不過，他們一直找不出他從事不法行為的證據。

話說回來，雖然現在古列維奇看來應該是真正的罪人，但也不表示就能還貝瑞世一個清白，反倒是人死了，平反的機會恐怕也沒了。

麥可·伊凡諾維奇在離貝瑞世不遠的某個房間裡接受拷問，他與希區也待在自己的辦公室裡面、等待命運被判定的那一刻到來。

他在未經授權的狀況下、擅自行動，必須由長官們決定該如何做出懲處。

他不知道「法官」會不會利用這個藉口徹底毀了他，這樣一來，就不會因為某名身亡探長的過往醜聞讓自己惹了一身腥。不過，這不是他現在最關切的重點，讓他最焦慮不安的是幽影軍團。

還有，不知道賽薇亞是否也是其中的一員。

52

這個房間裡的光線一片昏暗，令人心情舒緩。

裡面沒有窗戶，所有的牆面都塗成黑色。裡面的陳設只有三排同款座椅，全部都面對同一方向，就像是電影院的座位區一樣。不過，前方擺設的不是銀幕，而是單向透視玻璃。

克勞斯．波里斯正在另外一頭訊問麥可．伊凡諾維奇。

米拉是唯一的觀眾。

其他人寧可好整以暇坐在自己的辦公桌前、盯著電腦，靠著不同拍攝角度的閉路電視攝影機、追蹤最新進度。到了這個年代，已經沒有人會進去那間單向透視玻璃房了。

米拉雙手交疊胸前，盯著鏡面。訊問室採用日光燈管，正中央放了張堅實的桌子，兩張椅子，各據桌面兩側。麥可．伊凡諾維奇坐著，而波里斯則在訊問室裡走來走去，宛如貓咪在窺視牠的獵物。他戴了耳機，應該是為了要即時接收「法官」的指令。

伊凡諾維奇——那個紅髮綠眼的「火之生靈」——已經被他們脫掉他原本的巡邏員警制服，改換穿T恤與運動褲，但他穿的不是一般的鞋子，而是拖鞋。這身打扮讓他看起來十分乖順，但心中卻藏有依然在悶燒的危險之火，就像灰燼之下的餘火一樣可怕。

米拉看到他手臂上的刺青，圖紋特殊，觸目驚心。

並沒有納粹或是上下顛倒十字架的圖樣，也沒有憎惡或死亡的象徵，但是卻有自成一氣的一連串符號。從手腕開始，一路延伸到二頭肌，最後隱身在他的T恤裡面，而他被銬住的雙腳也有類似圖樣。

米拉心想，那不是刺青，我想這一定是你自己的傑作，因為你喜歡被火紋身的感覺。

波里斯的對手絕非僅僅是旗鼓相當的等級而已。

波里斯開口問道，「你知道自己現在是什麼狀況嗎？」他們關在訊問室裡已經三個小時了，但他一直沒有脫掉外套甚或是鬆開領帶，「我們可以拿傷害巡邏員警、謀殺警界高層的罪名起訴你，搞不好還可以再加一條謀殺罪，因為你殺死了那名想要將你的案例公諸於世的醫生。」

他們已經對峙許久，現在已經進入了最後的攤牌時刻，但伊凡諾維奇自顧自微笑，態度倨傲，百般迴避訊問者的目光。

「看到你自得其樂，我也覺得挺好的。但不管怎樣，你最好的下場就是在監獄裡老死。」

「長官，隨便你怎麼說了。」

「麥可，你是不是在耍我？」

「長官，沒有啊，我什麼都沒做。」

「沒有？那是誰幹的？」

「我腦袋裡一直有個聲音在對我發號施令……」伊凡諾維奇的語氣平緩，像是機器人在慢條斯理複述台詞。

波里斯傾身向前，朝他逼近，「還在跟我唬爛那一套？」

「長官，我說的是實話，你為什麼不相信我？」現在他的態度嚴肅多了。

「麥可，這種鬼話我才不信，許多比你嘴硬的人，最後還是被我乖乖擺平。」

「是這樣嗎？長官？」

「是的，千真萬確，瞎編故事對你一點好處也沒有。」

「長官，隨便你信不信了。」

波里斯不發一語盯著他，最後，他受夠了，走出了訊問室，進入米拉所在的那間單面透視玻璃房。

訊問室的聲響透過喇叭不斷傳送進來，波里斯乾脆直接把它關掉。

「我需要妳給我個合理解釋！」他語氣嚴厲，順手從飲水機取了一杯水。

「沒問題。」米拉知道這個時刻遲早會到來，但她實在不願直視波里斯的指責目光。

「當我待在史蒂夫的靈薄獄辦公室、請妳一起加入調查的時候，我萬萬沒想到一個禮拜之後，我們的友誼就陷入考驗，為什麼會搞成這樣？」

「我知道，我應該要向你報告進度才是。」

「妳真以為只有這個問題嗎？」

「你就直說吧。」

波里斯喝了一小口水，重重悶哼一聲，「我以為妳信任我。」

「你知道我這個人有多麼忠誠。要是我有需要的話，自然會開口請你幫忙，但我真的沒辦法讓你隨時知道我的進度，因為你妨礙我辦案，或者，你一直覺得向『法官』報告一切是你的基本職責。波里斯，我們就實話實說吧，你已經成了這個體制的一部分，我不是，而且我永遠不會做出這種事。」

「好，我想聽聽妳的高見，我是哪裡做錯了？繼續講啊……是因為我考慮家人嗎？在乎我的薪水與前途？如果是這樣的話，好，我認罪，因為我是循規蹈矩、聽從上級命令的人，而米拉‧瓦茲奎茲當然不會鳥這種事。」他把杯子狠狠捏成一團，怒氣沖沖丟到一旁，「妳說妳尊重我，還大談忠誠，結果呢，妳居然信任賽門‧貝瑞世那種人。」

克勞斯‧波里斯與其他人並無二致，因為當他在評斷別人的時候，也不過就是盲目從眾而已。米拉不禁想到了貝瑞世先前鬼鬼祟祟從家裡拿出的那個信封、隨後又將它交給了電腦專家。她一直想要說服自己，她不該多管閒事，但卻一直沒有辦法消除她的疑慮。直到她進入古列維奇的住家之後，她才恍然大悟。現在，她覺得好難過，因為波里斯居然這樣對待同僚，就是不願承認這個人其實可能是無罪之身。「麥可‧伊凡諾維奇殺死古列維奇的動機，就是要讓大家看到他貪贓枉法，而你居然還在講賽門‧貝瑞世？」

米拉告訴自己，這就是「邪行之假設」：殺死偽君子，以便增進他人整體利益。

波里斯猝不及防，「妳根本不知道自己到底在講什麼。」

「我就等著看吧，接下來喬安娜‧舒頓一定會企圖掩飾她重臣犯下的惡行、挽救自己的顏面，你要是依然只考慮自身利益，不就等於必定成為她的幫兇？」她看出她的老友開始動搖，「『法官』會犧牲貝瑞世，讓大家以為他是總部唯一的叛徒，他又得再次揹黑鍋。」

「妳真的想要討論真正是非曲直？那就給我聽好了，」他脫下外套，把它放在前排的某張椅子上頭，「我們永遠沒辦法為麥可・伊凡諾維奇的那些受害者伸張正義了。」

「什麼意思？」

米拉的天真無知忍不住讓波里斯猛搖頭，「伊凡諾維奇在接受訊問的時候，從來沒有律師在場，難道妳不覺得奇怪嗎？」

米拉恍然大悟，「因為律師正在與檢方進行認罪協商。」

「妳知道律師現在怎麼說嗎？他說他的當事人精神狀態有問題。」

米拉嚇了一大跳，「伊凡諾維奇冷血策劃謀殺古列維奇，而且從頭到尾一直在耍我們，怎麼可能會有人說他精神狀態有問題？」

波里斯指向坐在單面透視玻璃另一頭的伊凡諾維奇，他依然一臉淡漠，等待可能是早在他計畫之中的結局到來。「妳聽到那個變態說的話嗎？他聽到有人在對他講話，他想要誤導我們，以為他是神經病。當然，他的確是縱火狂，也是超級危險份子，但他的辯護律師會堅持麥可小時候被綁架、依然沒有辦法從創傷中走出來。而且，他還罹患了因『器官轉位』所引發的嚴重心臟病，沒辦法待在監獄裡面。我講這麼多應該夠了吧？」

「你覺得檢方會怎麼處理？」

「檢察官會說，在嫌犯精神狀況還沒有完成鑑定之前，我們不能搬出反恐規章，更不能把他當成一般嫌犯予以監禁。伊凡諾維奇必須立刻轉至精神犯拘留所、接受詳細檢查。要是醫生確認無誤，他將會待在某間專門醫院服刑，輕鬆逃脫，只是早晚的事。」

米拉好頹喪，「有警察遇害，檢察官不該與我們作對。」

「恐怕我們也無能為力了。」

「要是我們沒了伊凡諾維奇，怎麼可能抓到凱魯斯？」米拉開始大打「晚安男」這張牌，她覺得波里斯一定早就知悉二十年前的失眠者一案，而且也明白「法官」與此案脫不了關係。

他猶豫再三，但終究還是不知如何開口。

米拉緊追不捨，「新聞遲早會曝光，舒頓一心只希望保住她的美麗顏面，而關鍵就在麥可·伊凡諾維奇的手中，要是我們能夠逼他承認有別人對他下令……」

「他幹嘛要招認一個連警方老早就置之不理的虛構瘋子？」

米拉心想，凱魯斯不是殺人犯，因為他從來沒殺過人。要是那些失蹤者歸返人間，他也不能算是綁架者，就法律層面來看，「晚安男」根本不存在。

伊凡諾維奇面向他們，他並沒有辦法看到鏡面後的那兩個人，但他看起來正好與米拉四目相接。

「他們不久之後就會把他帶到某個戒護處所，」波里斯垂頭喪氣，「我們要逼他招供的話，必須使用更複雜的策略，找人擔任特定角色、巧妙安排佈局，我們一定要攻破他的心理防衛機制……我還沒有升官之前，一直在負責訊問，也學到了操作模式，所以我知道該怎麼做，但問題是我們現在沒有時間。」

米拉面向波里斯，「我們還剩下多少時間？」

「可能兩小時吧，問這個做什麼？」

「你自己也很清楚，這種打敗凱魯斯的大好機會也僅有一次而已。」

「我們問不出來，妳也只能坦然接受事實而已。」

米拉停頓了一會兒，她知道自己的想法是一大險招，「我們應該要讓他試試看。」

波里斯不解，「妳說的是誰？」

「我們總部目前最優秀的那位訊問者。」

波里斯起身，「想都別想。」

「我們欠他的。」

「妳這是什麼意思？」

「這是貝瑞世恢復名譽的機會。他是不二人選，你也很清楚這一點。」

波里斯依然很抗拒，但是米拉想起貝瑞世曾經對她提到的「邪行之假設」，還有傳教士們的教誨內容。

他們以迂迴的方式灌輸理念。

米拉挨近她的老友身旁，「我不希望看到這畜牲逍遙法外。我們的弟兄一死一傷，不能讓他們這樣白白犧牲。」她說完之後，還把手放在他的肩上。

這個姿勢讓波里斯嚇了一大跳，因為米拉痛恨肢體接觸。

「好吧。但我得現在就把話講清楚，想要說服『法官』可沒那麼容易。」

53

「想都別想！」

「法官」與克勞斯．波里斯關起門來開會，但她的尖叫聲依然穿透了房門。

「我絕對不允許他惡搞我們這個單位！」

「但我們都已經走到這個地步了，也沒有任何損失吧？」

「我不管。」

米拉站在外頭的走廊，雙眼一直盯著地板，以免讓引發風波的男主角尷尬不已。不過，賽門．貝瑞世就只是雙手交疊，貼牆而立，態度泰然自若。似乎一切都撼動不了他，這等自制力讓米拉好生羨慕。

「為什麼不讓他試試看？」波里斯繼續遊說，「我們明明都知道他在這過去幾年的訊問表現有多麼傑出。」

「我不想把我們所剩無幾的時間送給一個外行人，讓他在麥可．伊凡諾維奇身上做人類學實驗！再給我想想別的法子。」

她的朋友會不會講出古列維奇貪污的事，藉以說服舒頓？米拉盼望他會使出這一招。值此同時，面對辦公室裡不斷流瀉而出的各種拐彎抹角式的批評，貝瑞世依然出奇冷靜，米拉走到他面前，開口問道，「你怎麼能忍受別人這樣對你？」

貝瑞世聳肩，「反正過一陣子就習慣了。」

米拉鼓起勇氣，「我一直想問收受賄賂的是不是古列維奇？」

貝瑞世立刻潑她冷水，「我怎麼可能知道別人收賄的事？」

「拜託！你還在為他辯護。」

「我不可能對死人落井下石。」

米拉不知道他的這種態度算是勇敢？還是腦袋有問題？「我拿我的名聲當賭注，就是為了要幫你！」

「又沒有人逼妳。」

「能不能至少告訴我出了什麼事？」

顯然他不想說，但他還是告訴了她，「我被派去監控某名轉作污點證人的罪犯。我們為了要保護他，幫他弄了假名，而且隨時盯梢，由我與古列維奇共同負責。」

「為什麼犯人逃跑後，大家只懷疑你？」

「他兒子得盲腸炎的那個晚上，是由我負責看管。他開口要求去醫院看兒子，在被迫與他同住的這段時間當中，我不能說我們成了朋友，但我很敬重他跟我們合作的決心，走上特殊的人生道路——無論這是對是錯——一切就此巨變，而且可能會有生命危險，這絕非易事。」

「所以你到底做了什麼事？」

「我違反規定，帶他去醫院。之後他就脫逃了，大家就以這起事件判定我們是同夥。最後我並沒有被起訴，因為他們一直沒找到錢，但既然惹了一身腥……從此就很難擺脫這個印記。」

「我不懂，」米拉回道，「在沒有任何證據的狀況下。我們這些同事沒有權利批判你。」

「警察哪會管什麼真相？他們評斷同事的標準不是法律。」

米拉再也無法忍受他的態度，「我不明白你為什麼依然要保護古列維奇的過往。你明明是無辜的，但你卻不希望大家知道真相。」

「死者無法替自己辯護。」

「這不是重點。我覺得真正的原因不過就是——就像你自己說的——你『習慣』了這樣的生活，其實還樂在其中。難道你就沒有一點自重嗎？你把忍受的所有屈辱當成籌碼、讓自己成為烈士，也許這樣一來，你就可以欺哄自己，任由別人霸凌、覺得高人一等。」

貝瑞世不發一語。

「貝瑞世，我們大家都遇過低潮，但是你這樣自殘是何苦呢？」

「是啊，難怪大家都想要維持正面形象，即便並非事實，也堅持要這麼做。他們只有遇到像我這種人的時候，才願意告解自己的罪行。」他朝她逼近，「妳知道我為什麼會成為總部裡最優秀的訊問者嗎？這些罪犯不認識我，不知道我是誰，不過，當他們一看到我的時候，他們就會立刻知道我其實跟他們沒什麼兩樣，我，也有不為人知的一部分。無論我到底有沒有秘密，反正這特質已經成了我的強項。」

「所以你以此為傲嗎？」她決定要採取跟貝瑞世一樣的尖銳態度。

「沒有人會打算自行招認罪行但卻不求回報，米拉，就連妳也不例外。」

她思索了好一會兒，「你記得老是在我家附近徘徊的那個流浪漢嗎？」

「妳會送餐的那一個？」

「我之所以這麼做，完全不是基於利他的動機。他在那裡出沒至少已經一年以上，我只是想要贏得他的信任，因為我真正目的是要引他出來，讓我可以盯著他的雙眼，甚至與他講話。我對他沒有任何感覺，我只是想要知道他會不會是靈薄獄那面牆上的某個人。我也不在乎他過得開不開心。只有在別人的不幸剛好反映出我們自身處境的時候、我們才會投以關注的目光。」

「所以妳的重點是？」

「如果我得要演戲的時候，我也一定會配合演出，但這並不表示我會犧牲自我的基本原則。」

「這就是妳的罪啊？」貝瑞世的語氣充滿嘲諷，「那妳怎麼不講一下妳女兒的事？」

米拉真想一拳揍過去。

但貝瑞世卻不給她反應的機會，旋即繼續開砲，「至少我沒有逃跑，我為自己的過錯付出了代價。而妳呢？妳為了要逃避責任，把女兒丟給了誰？因為顯然對妳來說，她並不存在，妳要是不說，根本沒有人知道。」

「你又知道了？」

他們吵架的聲響幾乎淹沒了辦公室裡的對話音量。

「好，那妳告訴我，她最喜歡哪個顏色？她喜歡做什麼？妳不在她身邊的那些夜晚，她會不會抱洋娃娃上床睡覺？」

米拉沒料到最後那句話把她傷得好重。

要是我連女兒最喜歡的娃娃名字都搞不清楚，我又算是哪門子的母親？

她對他回吼，「有！某個名叫『小姐』的紅髮娃娃。」

「真的嗎？妳怎麼知道的？是她告訴妳的？還是妳偷偷監控她？」

米拉嚇了一跳。貝瑞世這才驚覺原本只是為了要對她反唇相譏的那句話，居然是幕後的真相。

她搬出理由為自己開罪，「我必須要保護她。」

「為了要躲避誰？」

「我。」

貝瑞世沉默不語。他發現剛才對米拉的連番砲轟，其實是因為覺得他自己落居下風，或者，這是多年來忍受無盡羞辱的壓力宣洩。他並沒有對她全然坦白，依然沒有將賽薇亞的事告訴她。不過，此時此刻，他只想要向她道歉。

辦公室裡一片沉靜，門開了。波里斯第一個出現，不發一語，而他的後頭則跟著「法官」。

她瞪著貝瑞世好一會兒，彷彿不認識這個人一樣。然後，她又面向米拉，「好，瓦茲奎茲警官，接下來就由妳的人馬負責訊問。」

這個消息讓他們兩人都愣住了，方才吵架的事也立刻丟在一邊。

「法官」進入走廊，細高跟鞋不斷發出回聲，一如往常，還留下了那股過於甜膩的香水氣味。

米拉與貝瑞世成為全新任務小組的成員。

「妳有聽到她剛才說什麼吧？」克勞斯．波里斯氣急敗壞，面向米拉，「她把他稱之為『妳的人馬』，因為她要妳知道，這件事由妳全權負責。要是出了任何差錯，你們兩個就都完蛋了，到時候我完全幫不上忙。」

貝瑞世希望米拉能夠轉頭看著他，讓他可以利用眼神安撫她的心緒，但她沒有。

她回道，「我明白了。」

波里斯走向貝瑞世，站在他面前，「我們還剩下一個小時左右。等一下你訊問麥可．伊凡諾維奇，有沒有什麼地方需要協助？」

貝瑞世毫不遲疑，「把他帶離訊問室，我們找間辦公室讓他應訊。」

54

攝影機藏在某個櫃子裡的檔案堆之間。

貝瑞世堅持不需要把它藏起來，何不拿出腳架拍個清楚呢？但「法官」聽不進去，不斷重申她才是調查案的主導者。

喬安娜．舒頓坐在隔壁房間的前排，準備觀賞即將在電視螢光幕播出的這場表演。波里斯與米拉站在「法官」背後，剛才與貝瑞世在走廊上的那場爭執，依然讓她的心情難以平復，不過，她依然盼望他能夠圓滿達成任務。

她在心中暗暗鼓勵他，讓這場惡夢就此終結吧。

此時此刻只看到貝瑞世忙著清理桌面，只要是麥可．伊凡諾維奇可能拿來傷人或自戕的物品，全都必須清除乾淨。貝瑞世又隨意擺放了幾份文件，以免桌面看起來太乾淨，然後，他又準備了筆記本、兩支鉛筆，還有電話，但與伊凡諾維奇的座位刻意保持適當距離。

他之所以挑選普通辦公室問案，就是因為不希望犯人覺得自己處於不友善的環境之中。

過沒多久之後，被兩名駐警扣住手肘的麥可．伊凡諾維奇，進入了房間。

由於他也上了腳鐐，所以無法行走自如，只能拖著腳步、慢慢走進來。那兩名員警幫助他入座之後，隨即離開房間，現在，只有他和貝瑞世而已。

貝瑞世問道，「這樣坐還舒服嗎？」

伊凡諾維奇沒接腔，只是把身體往後一靠，把右手肘支在書桌上，因為手銬的關係，這個動作也變得格外遲緩。

貝瑞世沒打算坐在他對面，反而挑了他旁邊的座位坐下來，現在，他們兩人的上半身、同框出現在隱藏式攝影機的鏡頭裡。

「都還好吧？他們有沒有讓你進食喝水？」

「嗯，有啊，他們都非常和善。」

他伸手打招呼，「很好，我是特警貝瑞世。」

一開始的時候，伊凡諾維奇只是盯著不放，隨後還是伸出他那佈滿刺青的手臂，與貝瑞世握手。

「我可以稱呼你麥可嗎？」

「當然，那本來就是我的名字。」

「我想你今天已經被問得差不多了，不過，麥可，我不跟你扯謊，這是警方的訊問。」

對方點點頭，「我明白，」他開始四處張望，「是不是有攝影機？」

貝瑞世指了一下位置，「攝影機就藏在那些檔案裡。」

伊凡洛維奇舉起雙臂，向鏡頭打招呼。

「我就知道，」舒頓在隔壁房間怒吼，「都是他，害我們像是在耍白痴一樣。」

貝瑞世看著手錶，「你的律師非常優秀，再過五十分鐘，你就可以離開這裡。現在，你想要聊些什麼？」

伊凡諾維奇覺得好笑，也繼續配合他玩下去，「我不知道，看你吧。」

貝瑞世佯裝思考了一會兒，

「消失二十年，還是有它的好處。你知道嗎，在我小時候，失蹤是我最期盼的願望之一，僅次於當隱形人而已，要是能夠隱形，我就可以偷窺別人，但不會被大家發現。」

伊凡諾維奇露出微笑，他似乎有些好奇。

「我也曾經很想要搞失蹤，」貝瑞世開始滔滔不絕，「我想要在突然之間、不告訴任何人的狀況下，在森林裡四處遊蕩，因為那時候的我熱愛露營。接下來，兩個禮拜之後，我就會回來。我相信，原本緊張不安的大家看到我之後，一定會鬆了一口氣。我母親一定會哭出來，就連我爸爸也會感動得不知如何是好，祖母會特地烘焙我最喜歡的蛋糕，我們會找來所有的親戚和鄰居、舉辦歡慶派對。雖然自我出生之後、我與住在北方的表哥表弟也只見過兩三次面而已，但相信他們也會特地南下。大家都會到場祝賀，完全是因為我歷劫歸來。」

伊凡諾維奇輕聲鼓掌。

舒頓不喜歡眼前的這一幕，「他幹嘛要在犯人面前講自己的事？應該顛倒過來才對。」

米拉知道貝瑞世想要建立兩人共同的對話基礎。她同時又瞄了一下自己的手錶，祈禱他知道自己在做什麼，現在已經過了五分鐘。

「這故事真不錯，」伊凡諾維奇說道，「所以你怎麼做？」

「你指的是我離家出走？」

伊凡諾維奇點點頭。

「對，我真的付諸行動，」現在貝瑞世轉趨嚴肅，「你知道後來怎樣嗎？沒搞到一個禮拜那麼轟轟烈烈，其實，只有幾小時而已。我覺得夠了，一回家之後，根本沒有人熱烈歡迎我，他們連我不見了都沒發現。」

貝瑞世靜靜等待，讓伊凡諾維奇好好咀嚼他講出的最後一句話。

「但你的狀況不是這樣，麥可，對嗎？你那時候才六歲，年紀太小了，沒辦法離家出走。」

伊凡諾維奇不發一語，但米拉發現他的表情出現變化，貝瑞世正在刺激他。

他起身，開始在裡面來回踱步，「有個小孩被人從鞦韆架上擄走了，沒有人看到，就連他媽媽也不例外，那小公園明明就在她工作場所的對面而已。她總是帶她的兒子去那個公園，與其他小孩一起玩耍。不過，事發當天，麥可只有一個人，而且他母親正忙著講電話。二十年過去了，沒有人知道這小孩到底發生了什麼事。其實，這麼久之後，大家早已忘了你這個人。只有兩個人知道真相，其中一個是小麥可，在這段時間當中逐漸長大成人，另外一個，就是在當天擄走他的人。」他停頓了一會兒，直視麥可的雙眼，「我不會問你這個人是誰，反正你也不會告訴我。不過，也許你可以告訴你的母親，麥可，難道你不想再見她一面嗎？那個把你帶到這個世界、賦予你生命的女人，難道你不覺得她有權知道嗎？」

伊凡諾維奇不發一語。

「我知道他們已經把她接來這裡，她已經在外面等候，如果你有意願的話，我隨時可以叫她進來。」

這是謊言，但是伊凡諾維奇信了，或者，至少是裝得很像，「她幹嘛要見我？」

貝瑞世似乎找到了切入點，這是伊凡諾維奇第一次回答了有關於他自己的私人問題。雖然只是一根細草，但貝瑞世卻緊抓不放，「這些年來她飽受煎熬，難道你不覺得到了這種時候，也該放她一馬？消解她的罪惡感？」

「她不是我媽。」

米拉發現伊凡諾維奇的語氣帶有一絲嫌惡，貝瑞世顯然已經搶下一分。

「我了解，」貝瑞世回道，「好，那就算了。」

米拉不解，貝瑞世好不容易才建立起來的互動，為什麼卻在中途放棄？

「我抽菸沒關係吧？」貝瑞世沒等對方回答，逕自從口袋裡拿出了一盒萬寶路與打火機。米拉稍早之前曾發現他向其他警察商借這些東西，現在，他直接把它們放在桌上。

伊凡諾維奇盯著那個打火機。

「我可沒有同意他這樣搞，」喬安娜．舒頓開始咆哮，「他不能玩這種危險遊戲，問訊到此結束！」

「等等，」波里斯求情，「再給他一分鐘吧。他很清楚自己在做什麼，我從來沒看他失敗過。」

現在，貝瑞世雙手插在口袋裡、開始在辦公室裡來回踱步。伊凡諾維奇假裝自己毫不在意，但目光卻緊盯著桌上的打火機——宛如占水師看到了水，只不過，他感應到的是火焰。

「麥可，你喜歡足球嗎？」貝瑞世莫名其妙冒出這個問題，「我自己是很愛。」

「為什麼要問這個？」

「我只是想知道在過去這二十年當中你到底在幹什麼，應該多少有些嗜好才是，大家通常都有自己喜歡做的事，可以打發時間。」

「我和別人不一樣。」

「是，我早有感覺了，你很……特別。」貝瑞世還以誇張語氣強調了最後那兩個字。

「你不抽菸？」

「再等一會兒。」貝瑞世立刻回道，他假裝在思考別的事情，但搞不好其實是在擔心自己的問案進度。

米拉此時也不禁開始擔心了起來。伊凡諾維奇渴望看到烈火，而貝瑞世利用打火機作為壓迫的工具、想要從他口中逼出線索，但無論貝瑞世到底有什麼盤算，目前看來是完全行不通。

米拉的擔憂果然成真，伊凡諾維奇拿起桌上的其中一支鉛筆，一副心不在焉的模樣，開始在筆記本上面亂塗亂畫。

「在古列維奇探長的公寓裡，」貝瑞世繼續說道，「你曾經對瓦茲奎茲警官講了一句話，引發我的好奇心。」他的問話主題天馬行空，似乎沒有明確邏輯可言。

「我不記得了。」

「不用擔心，我馬上幫你還原現場……你問她是否知道烈火可以淨化靈魂，」貝瑞世皺著鼻子，一臉輕蔑，「我覺得這句話也沒什麼了不起，也許在你心中的確非同小可，但我覺得聽起來有點老掉牙。」

「我可不這麼覺得。」伊凡諾維奇回話的語氣憤恨不平。

貝瑞世拿起那包萬寶路，抽出一根、含在嘴裡，然後又拿起了打火機，在兩手之間不斷拋來拋去，似乎猶豫不決，難以決定是否要點火。伊凡諾維奇死盯打火機不放，像是個被拋接雜技表演迷得團團轉的小孩。

「他現在是要幹什麼？玩催眠嗎？」舒頓的語氣聽得出輕蔑。

米拉只希望貝瑞世依然能夠穩住狀況。

貝瑞世點燃打火機，舉到兩人之間，「麥可，火光裡有什麼？」

伊凡諾維奇臉上露出邪惡微笑，「只要是你想看到的東西，應有盡有。」

「誰告訴你的？凱魯斯嗎？」

伊凡諾維奇的目光發亮，但那眼眸中的光彩並不是來自打火機的映焰，而是來自他內心、從靈魂深處竄出的火光。這時候的他，依然在忙著亂塗亂畫，完全是出於下意識的動作。

貝瑞世從外套口袋裡取出一張摺好的紙條，像是魔術師一樣，在左腕輕彈了一下，在伊凡諾維奇的面前攤開來。上面是「晚安男」的模擬繪像，他把它移到了火光旁邊。

「他到底在幹什麼？」舒頓怒道，「再過兩分鐘，我就要出手制止了。」

伊凡諾維奇因興奮感而整張臉都亮了起來，宛如等不及要開始玩新遊戲的小孩一樣。

貝瑞世問道，「你的導師還對你說了什麼？」

伊凡諾維奇彷彿已經在神遊遠方，而且他的手在不停顫抖，鉛筆的力道也深透紙背，「有時候你必須要直搗地獄，才能發掘自己的真實面向。」

貝瑞世緊追不捨，「麥可，那麼地獄裡有什麼？」

「警官，你是迷信的人嗎？」

「不是。為什麼要問這個問題？」

「有時候，要是你知道惡魔的名字，你只需要把它大聲說出來，就會得到他的回應。」他的鉛筆宛如壓力計指針一樣、在紙面上不斷快速移動。

貝瑞世為什麼要鼓勵他做出這種瘋狂行為？米拉著實不解。貝瑞世等於給伊凡諾維奇大好機會——證實他自己心理狀態有問題，讓他們的努力化為烏有。而他們的時間已經所剩無幾。

「我要進去停止這場鬧劇，」舒頓下令，「我受夠了。」

但貝瑞世卻不給他們時間進行干預，他吹熄火焰，把嘴裡的那根萬寶路拿出來，伊凡諾維奇臉龐的熱切神情也逐漸褪淡，宛如越來越微弱的火焰。

貝瑞世把打火機放回口袋，把那張繪像揉成一團，「好，麥可，我想這樣可以了。」

□

米拉已經困惑得不知該說什麼才好。喬安娜．舒頓似乎堅決要貝瑞世好好給個交代。

克勞斯．波里斯面向米拉，「很抱歉。」

麥可．伊凡諾維奇已經被帶回牢房，他們三人全進入了剛才執行訊問的辦公室。

「法官」立刻開始修理貝瑞世，她的聲音傳進走廊、發出了回聲，「你完蛋了，而且不只是這個案子而已。我要立刻止血，不能讓你繼續傷害我們。貝瑞世，你爛斃了，我們多年前有機會把你攆走，我真不知道我們當初幹嘛要手下留情。」

米拉發現貝瑞世只是任由她口沫橫飛，一如往常，面對直接的羞辱，他依然根本不在乎。她突然想到，這場訊問鬧劇搞不好只是他在報復眾人而已，這是對古列維奇的復仇，明明是他收取賄賂，但卻讓貝瑞世揹黑鍋。這也是對舒頓的復仇，雖然古列維奇已死，但依然想要袒護這個罪人，而一切只是為了要保住她的顏面而已。

貝瑞世拉整領帶，貌似要離開辦公室，但舒頓顯然並不習慣被人冷漠以待，立刻攔阻他的去路，「我話還沒講完。」

貝瑞世輕輕推開她，「妳有沒有聽過意念動作效應？」

「那是什麼？你的另一項人類學大發現？」

「其實，這是來自於精神分析學，它是由某個心靈意象所產生的非自主性動作。」

舒頓正打算要開口講話，但讓她足以爬升到今日高位的那股本能，卻讓她乖乖閉嘴。

「訊問者所說的或是所做的一切，」貝瑞世繼續解釋，「會刺激對方做出某種特殊動作，所以我才會給他看火焰。」

「所以呢？」舒頓語氣冷硬。

「這就像是你坐在桌前，與某人聊天，你沒在吃東西，反而開始玩盤子裡的食物，擺弄出某個樣子；或者，你正在講電話，隨手抓了紙筆，在不自覺的狀況下隨意亂畫，通常，這樣的塗鴉不具任何意義，但有時候卻透露出重要訊息。所以，如果我是你們的話，我現在一定會仔細看看那個……」

他指了指後方的某個東西。先轉過去的是米拉，然後是波里斯與「法官」，房內一片靜默，眾人都盯著桌上的同一個位置。

麥可先前在筆記本上的塗鴉之作。

那是一棟長方形的四層樓建築，屋頂裝設了一排天窗，巨型入口大門，還有多扇窗戶。

其中一扇窗後面，出現了某個人形。

55

他很想要向米拉道歉。

不過，舉行問訊的辦公室裡的那場短暫會議結束之後——他還在回味打敗喬安娜．舒頓的小小快感的時刻——卻已經看不到她的蹤影。也許她回到靈薄獄，也可能是回家了。但她選擇離開的原因八成是因為不想和他講話。

他究竟是哪根筋不對？在走廊上與米拉吵架的時候居然把她女兒也扯進來？他好殘忍，而且也沒有權利這麼做。

但他也相信自己碰到了她的痛處，不然她為什麼要透露那麼多的隱私？為什麼要告訴他有關那個她經常贈餐的流浪漢的事？為什麼要講出自己在遠端監控女兒？為什麼米拉要向他告解罪行？

他想起了一句話，*大家都想要和賽門．貝瑞世談心*。

對米拉來說，亦是如此，而麥可．伊凡諾維奇也不例外。貝瑞世回到了與希區共居的公寓，腦中不斷迴盪著麥可的話語。

麥可，火光裡有什麼？

只要是你想看到的東西，應有盡有。

貝瑞世沒開燈，直接把鑰匙丟在桌上，整個人癱在窗邊的沙發裡，街燈的淒冷陰森之光流瀉而入，他鬆開領帶，用腳跟蹭脫鞋子，希區則躺在他的腳邊。

他必須要打電話給米拉。除了道歉之外，他還有別的事要告訴她。他並沒有向其他人吐露全部的細節，因為他得到的問案成果，並非只有筆記本的那張圖而已。

伊凡諾維奇手臂的刺青圖樣，讓他有了靈感。那是某種特殊語言的符號——火的語言——宛如蝕刻在皮膚上、有待解密的象形文字，而貝瑞世也以同一套的幽微語彙在與他對話。

你的導師還講了什麼？

有時候你必須要直搗地獄，才能發掘自己的真實面向。

這並不是為了裝瘋賣傻才說出的話。

麥可，那麼地獄裡有什麼？

警官，你是迷信的人嗎？

就是這個看似突然天外飛來一筆的問題點醒了他。這個縱火狂一直有事想告訴他：但卻是麥可內心中的凱魯斯之聲在與他對談。

不是。為什麼要問這個問題？

有時候，要是你知道惡魔的名字，你只需要把它大聲說出來，就會得到他的回應。

貝瑞世相信如要找出麥可信手塗鴉的那棟建築，這些話就是關鍵，最重要的是要找出站在窗後的模糊人影究竟是誰。

他在光線昏暗的家中，突然聽到了滂沱大雨的聲響，雨滴敲響了萬物，但這只是他腦中的幻聽而已。淅瀝之聲應該可以滌淨他的思緒才是，沒想到，它反而把它們全部沖積到他的心底。

雨聲也喚起了某段過往回憶。

這間位於藍領住宅區的公寓裡面，燈光全暗。大約在六點鐘的時候，下起了大雷雨，天色立刻轉為一片暗黑。賽薇亞發高燒，賽門必須出門買抗生素。通常負責這種事情的人是古列維奇——喬安娜說的沒錯，這名新人表現亮眼。他負責採買、繳帳單，有時候還會一起留下來吃晚餐。貝瑞世對外宣稱他是自己的弟弟，偶爾會過來看他。

但這一次狀況緊急。

賽門覺得都是自己搞砸了一切。他應該要事先檢查藥櫃、確保一切準備妥當才是。裡面有紗布、藥用膠帶、阿斯匹靈、消炎藥，但就是沒有抗生素。留賽薇亞一個人在家太危險了：他從來沒有做過這種事。不過，由於大雷雨的關係，古列維奇被困在車陣中動彈不得，恐怕還得苦等兩個小時。

賽薇亞整個下午都在昏迷狀態。一開始的時候，賽門只能挖出房子裡所有能派上用場的東西：為她的前額蓋上冷毛巾、給她吃了普拿疼。但效果不怎麼樣，她的病情越來越嚴重。

所以，逼不得已，他身著襯衫，帶著雨傘，衝向街尾的那間藥房。他在櫃檯等待結帳，但目光一直盯著窗外，他可以約略瞄到他們家的大門，但要是有人從窗戶爬進去，他就看不到了，所以他焦慮萬分。

他付了錢，抓起紙袋，立刻飛奔回家，根本沒時間再次打開雨傘。進屋的時候，已經全身濕透。踏上門口短階的時候，他的心臟幾乎要從嘴巴裡跳出來了，擔心一打開門之後就看到了最可怕的惡夢。他一進門就衝向臥室。

她不在那裡。

他基於本能，隨即取出自己的佩槍。現在的他已經陷入過度恐慌，沒辦法冷靜思考。她站在窗戶旁邊，睡衣因為汗濕而緊黏著肌膚，她背對著他，所以沒有聽到他回來的聲音。她兩手握住話筒，彷彿無比沉重。

她正在和某人講電話。

起初，賽門不知道這到底是什麼狀況，等到他走到她身邊的時候，他才發現她不是在講電話，而是在靜靜聆聽。

「是誰？」

她嚇了一跳，立刻轉身，額頭已經一片汗濕，而且目光激動，全身顫抖不止，「電話響了，但我接起來之後，卻聽不到任何人在講話。」

他動作溫柔、從她手中抽走了話筒，現在依然聽得見佔線的嘟嘟聲。他扶她回到床上，心想這通電話應該沒什麼，只不過是她的高燒惡夢罷了。

想不想要有新的人生？

賽薇亞在那天晚上聽到的是不是這句話？凱魯斯的聲音是否穿透了某個悲慘年輕女孩的心？是不是「晚安男」把她哄騙到安布魯斯飯店的三一七號房？然後她就此沉淪黑暗世界？

現在，多年之後，賽門．貝瑞世坐在家中的扶手椅裡面，又在昔日執念之中找到了慰藉，宛如老友輕輕拍了一下他的肩膀，叮嚀他千萬不可忘記。

而他得到的回報是希望，一種痛苦而愚蠢的希望。

好幾年前——那時，他已經從賽薇亞失蹤的陰影中走了出來——在某個尋常月份的某個禮拜的某個尋常之日的夜晚，電話響了，他一接起來，就聽到雷雨交加的聲音。他的本能反應就是望向窗外，卻只看到盈亮月夜，他這才發現那陣雨一定是來自非常非常遙遠的地方。

在霎霎雨聲之中，他覺得聽到有人在呼吸。

然後，電話斷線了，只留下了一個可怕的大問號。一股毛骨悚然的感覺氾湧全身，對，是她。她想要喚起他的記憶，某個發高燒的滂沱大雨之夜。

自此之後，貝瑞世就不再頹唐下去。搞不好她還活得好好的，這一線希望理應會讓他感到寬慰才是，畢竟，他的諸多祈願總算有一個實現了。然而，他又多了一個新的疑問。

她為什麼不留下來跟我在一起？

在這間僅有路燈光源流瀉而入的昏暗公寓裡，貝瑞世突然覺得好疲倦，不過，他也在這個時候，幾乎已經看清了整起事件的全貌。

你的導師還講了什麼？

有時候你必須要直搗地獄，才能發掘自己的真實面向。

麥可，那麼地獄裡有什麼？

警官，你是迷信的人嗎？

不是。為什麼要問這個問題？

有時候，要是你知道惡魔的名字，你只需要把它大聲說出來，就會得到他的回應。

貝瑞世在心中重複了最後一句話，你就會得到他的回應。不過，當麥可・伊凡諾維奇失蹤的時候才六歲，這麼小的年紀，不可能會知道惡魔的姓名，也不可能會被追問想不想改變人生，他根本不會想到這種問題。而且，也不可能在六歲之齡前往安布魯斯飯店的三一七號房……

貝瑞世突然豁然開朗，但他必須要等到明天才能印證自己的想法。

她不是我媽。貝瑞世在問訊時提到這話題的時候，麥可曾經對他說出了這句話。她也感受到字句之間的飽滿恨意——某種至為明顯的憎惡。他不明白麥可為什麼會想說出這種話。

只有他的親生母親才可能知道真正的原因。

貝瑞世決定第二天早上要打電話給米拉，把這件事告訴她，然後，兩人一起去追查真相，然後，他可以在路途上想出方法向她道歉。

就算他是邊緣人吧，但他知道自己至少能夠獲得她的原諒。

56

她突然萌生一股衝動，好想看愛麗絲。

在過去這幾個小時當中，米拉突然出奇焦慮，好擔心會失去女兒。她不知道自己為什麼會這麼掛心，但這股焦慮千真萬確，她從來不曾有過這樣的感受。

所以她飆到極速、駛往母親的家。上次她衝過去是因為自己的幻覺，而這次的緊急狀況卻大不相同。她想要看到愛麗絲還沒有入睡的模樣，她不會回頭，沒有看到愛麗絲，她絕對不走，真的，只要給她幾分鐘就夠了。

米拉一直覺得自己與母親的角色格格不入。但歷經過與貝瑞世的那場激烈爭吵、又目睹了伊凡諾維奇接受訊問時的反應，她覺得已經犯下了無可彌補的錯誤。

她不是我媽。

這就是從麥可口中所說出的話。但這並不是被他斷絕母子關係的那名女子的錯，畢竟他在不過只有六歲的時候就遭人擄走。或者，為人父母者或許一定得為子女所發生的一切負起責任，純粹因為是他們把小孩帶入黑暗無情又毫無理性、似乎只有邪惡成理的這個世界當中。

米拉開車疾行，她看到的不是前方的路面、車輛，以及房子，擋風玻璃成了顯現過往回憶的螢幕，遙遠過往的一連串影像透過她的眼眸、投射在前方的玻璃。

要不是七年前發生的那一場惡行，她也不會生下愛麗絲。要不是因為有好幾個小女孩被綁架而且慘遭殺害、好幾對父母痛失愛女，米拉也不會遇見愛麗絲的爸爸，都是「低語者」把他們連結在一起。

讓他們成為了一家人。

他是創造者，預見了一切，他們的命運完全依照他的佈局而行，然後，愛麗絲出生了。米拉一直躲避女兒，除了想要保護她之外，也是因為她不想知道「低語者」是否已經以黑暗之手為女兒受洗。

她的遭遇也可以用「邪行之假設」來解釋，其實，再適合她不過了。

母獅子殺害斑馬幼兒、餵養自己下一代的行為是好是壞？愛麗絲之所以會降臨在這個世界，都是因為那些無辜小女孩喪命，應該要用正面還是負面角度來看待她們的不幸？

因為，要是米拉決定要履行母職——與女兒住在一起、照顧她、如同正常家庭一樣——那麼，她就必須承認，她的幸福全是那些兇殘惡行所換來的代價。

所幸，米拉快樂不起來，她欠缺感同身受的能力，自然也不知道自己失去了什麼。不過，愛麗絲享有快樂生活，卻是她的基本權利，這畢竟不是她的錯。米拉從上個禮拜開始、一直到今天下午，才終於有了完整體悟，現在，她得趕緊衝到女兒的身邊、彌補自己的過錯。

今晚，光是在螢幕盯著她，已經不夠了。

□

屋內依然有亮光，她走入通往大門的步道，在那盆秋海棠的盆底下拿出鑰匙。

屋內傳來餅乾的香氣。

米拉的母親身著圍裙、從廚房裡走出來，手指沾滿了黏糊糊的麵團，「米拉，我不知道妳今天要過來。」她似乎覺得有些蹊蹺。

「我不會待太久。」

「哦，就留下來嘛，我正在做巧克力酥餅，愛麗絲明天要參加學校遠足，得一大早起床。」

「所以她已經睡了。」

伊涅絲看出米拉的失望之情，「怎麼了？」

「是有關愛麗絲的問題……我擔心那是某種自閉症。」

現在米拉終於流露出對愛麗絲的關切之情，伊涅絲覺得自己有責任要讓女兒安心，「她沒問題。」

米拉嘆了一口長氣，「我希望妳的判斷沒錯。如果真是這樣，那麼，隨著她年齡增長，應該也會慢慢培養出危機意識。我們必須要好好盯著她，我不想看到她爬上屋頂表演特技或是放火燒了房子。」

「不會出事的。」伊涅絲努力裝出信心十足的模樣，但其實她們兩人都十分焦慮，「妳怎麼不進去看看她呢？也許可以趁她熟睡時親她一下。」

米拉正準備走向愛麗絲的臥房，但又轉過頭來，開口問道，「爸爸過世的時候，只剩下我們母女相依為命，妳是怎麼撐過來的？」

伊涅絲把雙手在圍裙上抹了兩下，整個人靠在門柱旁邊，「我那時候很年輕，缺乏經驗，妳爸爸比我厲害多了，他比較懂得要怎麼滿足妳的需求。我以前常常開玩笑，他應該要當媽媽才對。」她露出淺笑，但面色又轉趨哀傷，「他過世之後，我發現我一直走不出來。我只能窩在床上，我沒有能力照顧我們，照顧妳，我的悲痛是完美的缺席藉口。妳爸爸不在了，我也不是個好媽媽，我想妳可能不記得了，但我曾經有一陣子幾乎都沒辦法下樓。」

米拉的確記得，但並沒有告訴母親。

「妳和我住在一起，我也知道這樣並不好，妳必須承受這間空屋的沉重回憶，不然，就是眼睜睜看著一個母親任由自己葬身其中。」

「妳當初為什麼沒有放棄我呢？」

「因為，某天早上，妳跑進我的房間，一切就此改變。妳站在我的床頭，對我說道，『我才不管妳難不難過呢，我餓了，靠！我就是要吃早餐啦。』」

她們兩人都哈哈大笑。伊涅絲從來沒有爆粗口，她一直很注意形象，總是擔心自己失態。對米拉來說，聽到母親說出這樣的話，確實有些奇怪。

等到笑完了之後，伊涅絲走到米拉面前，用那沾滿麵粉的手撫摸她的背，「我知道妳不喜歡被人撫摸，不過，這次就破例一下吧。」

米拉不發一語。

「我之所以會告訴妳這件事，是因為妳將來也會有相同的體驗。某一天，愛麗絲將會講出某個字、或是做出某個手勢，讓妳大吃一驚。然後，妳就會想要把她帶回家，再也不肯離開她。在此之前，我就先把她留在這裡，就算是我向妳暫借一下。」

她們互看彼此，伊涅絲說出的故事以及那些鼓勵的話語，讓米拉很想開口向她道謝，但說不說也不重要，她已經都知道了。

「有個男人……」米拉過了一會兒才發現自己吞吞吐吐，「我認識他的時間並不長，但是……」她講不下去。

伊涅絲鼓勵她，「但他是會讓妳掛念的人。」

「他叫賽門，工作是警察。我不知道，但我覺得應該……我已經好久不曾與某人這麼親近。也許是因為我們一起共事的關係，讓我們的相處更融洽，但我覺得我信任這個人。」她停頓了一會兒，「我覺得我從來沒有信任過任何人。」

伊涅絲露出微笑，「這對妳來說是好事，對愛麗絲可能也是如此。」

米拉點點頭，充滿感激，「我過去看她。」

愛麗絲的房間在走廊的盡頭，略帶琥珀色澤的昏暗光線從百葉窗穿透進來。米拉本來以為她已經熟睡，但就在距離房門約一公尺左右的地方，她聽到了聲音，立刻停下腳步。

米拉望著衣櫥鏡面，看見愛麗絲坐在床上，正在與紅髮娃娃講話。

「我也愛妳，」她說道，「妳要相信我，我們會永遠在一起。」

米拉正準備要進去，準備要親她一下——這是她鮮少做出的舉動，但最後她還是改變心意。與自己玩耍的小孩就和夢遊者一樣，不應該喚醒他們。回到現實可能會讓他們留下創傷，天真爛漫的美好也會就此破咒。

所以，她就站在那裡不動，靜靜聆聽愛麗絲以呵護的語氣對她的「小姐」講話，當然，這絕對不是從她身上傳承得來的經驗。

「我不會丟下妳一個人的。我不會跟我媽媽一樣，我會永遠和妳在一起。」

這些話宛如打在米拉胸口的一記重拳，就連她那些自殘的傷口也不會這麼痛，這世界上沒有任何一把刀能讓她傷得這麼重，只有她女兒的話才會產生這種毀滅性的力量。

「『小姐』，晚安。」

米拉看見愛麗絲抱著娃娃、一起鑽進被子裡，然後又把她摟得緊緊的。她全身麻痺，無法呼吸，這個小女孩說的是實情，真誠坦率：她母親拋棄了她。但親耳聽到她說出來，感覺卻截然不同。她好想哭，但她不知道該怎麼流淚，雙眼明明一陣刺癢，但就是沒有流下任何一滴淚水。

她好不容易終於能夠移動腳步，立刻奔向大門，衝了出去，而且猛力甩門，也沒向伊涅絲道別，留下她母親在廚房裡瞠目結舌。

她把車停在不該停的地方——她也不管了——快步走向她家，心中只惦記著一件事，床底下有個紙袋，裡面有她需要的一切。

消毒劑、棉花、藥用膠帶，最重要的是，尚未拆封的一組剃刀刀片。

對街廣告看板的那兩張巨大人臉，正俯視著她的前行步伐，而當她經過巷口的時候，流浪漢還抬頭張望，期盼她施捨食物，但米拉卻對他置之不理。

她走到了公寓大門，手指頭抖得好厲害，幾乎沒辦法拿鑰匙開門，她得要發揮高度的自制力，因為，舉刀的那一刻，她的手必須要維持平穩，她三步併作兩步奔上樓梯，終於進入自家的隱密角落。屋內的那些書靜默不語——想必裡面的故事與人物都已經消失，只剩下空白的紙頁。她連外套也沒脫，就直接打開床頭燈。現在，她唯一想做的事就是拿刀割傷自己。取代恐懼的那套老方法，她已經戒了一年之久，現在她想要再次體會，盯著那細薄的鋼片陷入大腿內側的肉裡，感受自己的皮膚宛如薄紗一樣被劃開，鮮血像是熱油一樣汩汩而出。

以痛苦緩解痛苦。

她彎腰，從床墊底下取出了那包東西——再過幾秒鐘之後，一切就緒，她就可以忘了愛麗絲。自從她決定要戒斷這個自殘見血的詭異習慣之後，她一直就把工具藏在那裡。

她伸手去找，指尖終於碰到了袋子。她又往前伸個幾公分，把它撈了出來，撕開袋口。

不過，裡面並沒有她的自殘必備品，袋中另有他物。

米拉望著自己手裡的那個奇怪東西，她根本沒多想，這裡怎麼會出現一把黃銅握把鑰匙？

安布魯斯飯店的三一七號房鑰匙。

57

伊迪絲．琵雅芙正在唱〈一日情人〉。

昏黃的門廳裡空無一人。看不到客人，皮沙發上沒有那個身穿格紋外套的盲人男子，一頭短灰髮、左耳耳垂掛著小金環、手臂有褪色刺青的門房，也不見人影。

這首歌是此地的唯一住客，像是被遺忘多時的記憶一樣沉痛，但也像搖籃曲一樣舒緩人心。

米拉走向電梯，按下按鈕，靜靜等待。

她到達四樓之後，走入漫長的走廊，經過了一間又一間的黑色塗漆房門，她盯著房間號碼，終於找到了她要的那間。

被磨亮的金屬數字，三一七。

米拉從外套口袋裡拿出那把黃銅握把鑰匙，把它塞入鎖孔，轉了幾下，打開了門，映入眼簾的是滿室幽黑。

她走進去，摸到了電燈開關，大床上方的天花板主燈亮了。舊式燈泡裡的鎢絲發出嘶嘶聲響，透出昏暗黃光。

深紅色的壁紙，同一色系的地毯，上面印有宛如在漂浮的巨大藍色花朵。有多處菸灼痕跡的酒紅色緞面床罩，兩張床邊桌，右邊那張的大理石桌面上頭，除了黑色電話、以及牆面的十字架遺痕之外，還有別的東西。

「晚安男」的贈禮。

一杯水，還有兩顆藍色小藥丸。

58

手機一直在響，但就是沒人應答。

也許她還在生氣，不想和他講話。貝瑞世心想，這也不難理解，畢竟是他罪有應得。他很想去靈薄獄一趟，乾脆把事情講清楚——已經到了這個時候，米拉應該已經不在家了。

他今天早上起得晚，而且都是因為希區一直吵他要出門，他才悠悠醒來。

更可怕的是，他居然沒換衣服，就窩在窗邊的老扶手椅裡面睡著了，現在他的背脊痛得要命，更甭提他的頸部肌肉。

這麼多年來，何時睡得這麼熟？他已經沒印象了。昨天這一覺彷彿像是冬眠，這麼彆扭的睡眠姿勢居然沒有完全對他造成任何驚擾，他不但一夜好眠，也沒有作夢。從他閉上雙眼的那一刻、到再次醒來，整個過程就像是一趟漫長的旅程。

雖然全身痠痛，但他卻覺得精神煥發。

他進入淋浴間，隨便沖了一下，換了衣服，穿上海軍藍西裝，喝了咖啡。現在是早上十一點，空氣清爽，秋天終於趕走了垂死掙扎的夏日。貝瑞世為希區準備好了飲水與食物，這一次，他沒有辦法帶牠同行。

他叫了計程車，他必須要在疲倦襲身之前，趕緊確定一下昨晚想出的線索。

要是米拉能夠跟他一起去就太好了，但也許她必須要先消消火氣。他不知道該怎麼對待她才好——畢竟，他認識她的時間並不長。

至多一個小時，他應該就能確定自己預期的結果是否成真，而當他帶著這個捷報出現在靈薄獄的時候，米拉就會忘記他們一開始爭吵的原因。老實說，貝瑞世自己也不記得了，也許根本是因為莫名其妙的事而吵架，這種事也難免。

計程車抵達那棟白色建物的大門口，草坪中央有面旗幟在迎風飄揚，當他下車的時候，只聽到旗竿扣環發出的匡啷聲響。他付錢給司機，隨即走入這間療養院的大門。

這地方看起來很漂亮，但也只是金玉其外而已。主建物後方錯落了許多棟鈷藍色油漆綴飾的白色小屋，儼然像是個小村莊。

接待櫃檯告訴貝瑞世要怎麼前往麥可．伊凡諾維奇母親的住所，他走進園區小徑裡，開始尋找。

他敲門，趁等待的時候準備好自己的警證，過了一會兒之後，大門開了。

迎接他的那名女子坐在輪椅裡，她立刻就看到了他的警證，「我知道的都已經告訴你同事了，」他還來不及開口，她就已經發飆，對他下達逐客令，「給我滾。」

「等等，伊凡諾維奇太太，這件事很重要……」他沒多想，立刻就脫口講出這句話，這才驚覺應該要事先準備藉口才是，但也來不及了。

「我的兒子是殺人兇手，而我已經二十年沒見到他了，還有什麼比我的感受更重要？」

她正準備要關門，但既然有了眉目，他不能就這麼罷休。他覺得好後悔，應該要帶米拉一起來才是，她比較擅長與別人打交道。他避世多年，也造成他無法與其他人順利互動——當然，訊問時除外。

「我昨天與妳兒子見過面，我想麥可有事情要告訴妳……」

他撒謊。其實，伊凡諾維奇表態得十分清楚。

她不是我媽。

那女子又緩緩打開了門，直盯著他，她好渴望知道答案。

貝瑞世走進小木屋，他心想，她想要尋求寬恕，但我沒辦法滿足她的期望。

貝瑞世關上了門，伊凡諾維奇太太也早已移到了客廳的對角。

「他們昨晚過來，告訴我麥可回來了，還把他所做的事全告訴了我，根本不在乎我身為他母親的感受。」

她最多也只有五十歲，但看起來卻比實際年齡蒼老得多。頭髮也早已轉為灰白，她剪了一頭極短的短髮，幾乎接近光頭。這種居所的確很適合她，功能俱全，宛如病房；陳設簡陋，彷彿監獄。

「我可以坐下來嗎？」貝瑞世瞄了一下被油布蓋住的沙發。

伊凡諾維奇太太以手勢示意，請他入座。

貝瑞世不知道自己能否說出什麼寬慰或是同情的話語。反正，他覺得就算講出口也發揮不了什麼作用，這女子的聲音裡已經內含滿溢的怒意。

「我已經看過妳兒子的失蹤檔案，」他繼續說道，「麥可在公園裡盪鞦韆、卻被某個妳根本沒看見的人擄走，想必那個場景依然讓妳背脊冷到發顫。」

「我不知道你們為什麼都會有這種想法，」那女子回他，「你知道讓我痛苦欲絕的是什麼嗎？要是我能夠早一秒轉身，就不會發生這種事了，那座公共電話亭距離鞦韆不過只有十公尺而已，不到一秒的時間就綽綽有餘——他媽的我怎麼不少講一句話就好了？我們學習要如何數算分鐘、小時、天、年……但卻沒有人告訴我們一秒鐘有多麼寶貴。」

她的情緒轉為感傷，也讓貝瑞世燃起希望，搞不好伊凡諾維奇太太願意打開心房。「妳那時候正在與丈夫談離婚，對吧？」

「沒錯，他有了別的女人。」

「妳丈夫愛麥可嗎？」

「不愛，」她回答得斬釘截鐵，「好，我兒子到底要告訴我什麼事？」

貝瑞世從矮桌下面抽出一本雜誌，又從外套的內裡口袋拿出筆，開始在某個角落畫畫，重現麥可・伊凡諾維奇當初在訊問過程中、在筆記本留下的信手塗鴉。

「你拿我雜誌幹什麼？」

「抱歉，我現在也沒別的法子。」

他畫出了那棟四層樓的長方形建築，屋頂裝設一長排天窗，巨型大門，有許多窗戶，其中一扇窗後面，出現了某個人形。然後，他把完成圖交給了伊凡諾維奇太太。

她低頭看畫，過了一會兒之後，才把它還給貝瑞世，「這是什麼意思？」

「我正希望妳可以告訴我。」

「我不知道。」

貝瑞世十分確定她在撒謊，「麥可在畫畫的時候，還講了許多不知所云的話。」

「警察說他應該是瘋了。既然他四處殺人，而且還放火燒了他們，我看他真的是腦袋有問題。」

「就我看來，他是希望誤導我們，以為他瘋了。當我詢問他在火裡看到什麼的時候，他回答我，『只要是你想看到的東西，應有盡有。』那句話不禁讓我陷入沉思，妳知道為什麼嗎？」

「當然不知道，但我看你一定會講出來。」她一臉挑釁，姿態很明顯，她在這些年來所封築的高牆，絕對不可能讓別人越雷池一步。

貝瑞世還是想要突圍，「我們看到表象就已經心滿意足，自然不會去觀察火中的景象，」他停頓了一會兒，緊盯著她，「伊凡諾維奇太太，火焰之中藏有秘密。」

「是什麼？」

「有時候你必須要直搗地獄，才能發掘自己的真實面向。」他從容不迫，在她面前重複麥可當初所說的話。

她眼睛突然睜得好大，剎那之間，貝瑞世看到她兒子的表情映照在她的臉龐。

「伊凡諾維奇太太，妳知道地獄裡有什麼嗎？」

「我每天都活在地獄裡。」

貝瑞世點點頭，彷彿正在玩味這句話，「妳以前做什麼工作……」

她低頭看著自己已經鈍無生氣的大腿，「我以前是法醫，很諷刺是不是？我工作的那十年，都在與屍體為伍，也不知道為什麼，反正隨時就是會有人死掉。我見識過的那些……世間的魔鬼比地獄多太多了，你自己是警察，你一定聽得懂我在說什麼。」

「有時候，如果你知道魔鬼的名字，只需要大聲喊出來，就會得到他的回應。」貝瑞世藉她的話當引子，再次引述麥可講出的那些。

她斜眼瞄他，「警官，你在玩什麼把戲？你是在挑戰上帝還是魔鬼？」

「我們沒有辦法打敗魔鬼。」

兩人都陷入沉思，現場一片沉默，那女子的眼眸充滿厭倦。

「伊凡諾維奇太太，妳是不是迷信的人？」

「這是什麼問題？」

「我不知道，」貝瑞世回答的語氣很平靜，「這是妳兒子問我的問題，我不知道該如何回答，這是他留下的最後一段話。」

「你一直在耍我。你跟我講的那些事，那幅畫……和我沒有任何關係，你到底要做什麼？」

貝瑞世起身，巨大的身軀節節逼近那女人，讓坐在輪椅裡的她忍不住縮了一下，「我今天早上過來之前，壓根沒想到妳會涉入其中，不過，當妳打開門的那一瞬間，我就發現妳絕對脫不了關係。」

她冷冷回道，「給我滾。」

「我馬上就走，」他在想要怎麼切入才好，「凱魯斯總是靠著電話、逐步潛入受害者的生活之中。」

「凱魯斯是誰？」

「或者，你希望我稱呼他『晚安男』比較好？他專門打電話給那些身處絕望的人，承諾會給他們更好的生活。我一開始覺得好困惑，他要怎麼對麥可施展這種招數？畢竟麥可當年只有六歲，這種年紀根本不懂什麼是更好的未來。也就是說，他一定是被綁架。不過，其他人——也就是那些失眠者——都願意自動自發追隨他，他又何必冒這種風險？想必他一定有相當充分的理由。」

「聽你在胡說八道。」

但貝瑞世依然死盯著她不放，「麥可有『器官轉位』的遺傳性疾病，會引發嚴重的心臟問題。」

「怎樣？」

「妳和妳先生正在辦離婚。麥可的爸爸即將組織新家庭，恐怕沒有空間容納生病的小孩。而妳又沒辦法自己照顧他，是不是？我想，這種終將癱瘓的退化性疾病的各種前兆，那時候都已經一一出現了吧。」

她現在已經方寸大亂，乾脆默不作聲。

「麥可需要有人一直照顧他。無父無母，最後會被送到育幼院——因為他生了這種病，有誰會想要收養他？而且他的治療費用高昂，妳自己具有醫學背景，非常清楚接下來會出現什麼狀況。要是沒有充足財力奧援，妳的小孩能存活幾年？」

那女子開始低泣。

「不過，某天妳接到了一通電話。妳不認得對方的聲音，但電話另外一頭的男人所說的話，似乎言之成理。他贏得妳的信任，讓妳用不同的觀點看待事物，為妳帶來希望。雖然妳不知道他是誰，但卻是妳多年來的唯一朋友，然後，他問了妳這個問題，『想不想要有新的人生……為了妳兒子著想？』」

貝瑞世刻意沉默，讓她仔細反芻這一段話。

「伊凡諾維奇女士，所以妳到底做了什麼？妳當時做出妳自認最好的選擇，因為妳希望至少要給麥可一個機會。妳把他帶到安布魯斯飯店的三一七號房，給他吃安眠藥，等他昏睡過去。然後，妳把他一個人留在床上，一走了之，妳知道此生再也不會見到他了。而且，妳還瞎編了一套邋鞦韆失蹤的謊言。」

現在，那女子已經淚如雨下。

「伊凡諾維奇女士，我只能深表遺憾，」貝瑞世對她寄予無限同情，「對一個母親來說，這一定是相當可怕的回憶。」

「當你可能會失去某個東西的時候，」她的話語從緊繃的雙唇緩吐而出，「你當然無法接受。但當你可能會失去一切的時候，你就會覺得其實沒有任何損失……那件事發生不久之後，我真盼望我能夠趕快死掉，但我居然苟活到現在。」

貝瑞世很想要立刻離開，他覺得自己是個入侵者。從來沒有小孩的男人，怎麼可能懂得那樣的悲劇？最重要的是，他是靠著欺瞞、才能夠站在這裡問話。

她不是我媽。

那句充滿輕蔑的話，一直在他腦海迴盪不去。要是麥可知道這女子曾經為他所做的一切，她的犧牲……也許他真的知道，而這就是他為什麼會責難母親的真正原因。無論真相如何，貝瑞世不能再繼續同情下去了，因為要是沒有得到自己需要的全部答案，他絕對不會輕言離開。

「我剛才說過，」他重啟話題，「凱魯斯挑選小孩，有很高的風險——因為，妳也知道，大家特別關愛失蹤孩童，會牢牢記下印在牛奶盒上面的協尋照片，不會輕言放棄……所以，如果凱魯斯依然願意付諸行動，而且還留下一名隨時可能會反悔、向警方供出所有案情的證人……那麼他一定有相當充分的理由。」

那女子搖搖頭。

「伊凡諾維奇女士，他到底向妳要求什麼回報？」

她低頭看著那本雜誌上面的巨大長方形建築物，「過了這麼久，我以為他早就不記得了……警官，你知道這代表了什麼意思嗎？我兒子並沒有忘記我。這棟建築物的位置，就在我們常去的那座公園的正對面。」

真不可思議，一切全兜在一起了。麥可假失蹤事件當中的那座鞦韆小公園、他母親的痛苦煎熬、他在問訊時的信手塗鴉。貝瑞世拿起雜誌，請那女子再次看著他模仿麥可所畫下的草圖，「這到底是哪裡？」

「殯儀館。我在當法醫的時候，在這裡待了足足有十年之久。」

貝瑞世走到她面前，把手擱在她的肩上，「麥可成魔，並不是妳的錯，但我們依然可以阻止那名引他走上魔路的人。二十年前，凱魯斯到底向妳要了什麼？」

「某具屍體。」

59

這樣的緊張氣氛，他覺得自己快要受不了。

解答已經呼之欲出，現在只需要做最後確定而已。而且，他也想要告訴米拉最新進度，想必她現在已經在辦公室了。貝瑞世相信只要自己有機會盯住她的雙眸，就能讓她明白這一切都是真的。

搭乘計程車前往總部的途中，貝瑞世一直坐立不安，腎上腺素在體內大暴走。他決定不要打手機找米拉，他一定要在她面前親自說出這條新線索。

追查真相，足足花了他二十年的時間，現在，謎底即將揭曉，他已經快要按捺不住。值此同時，他也開始想像各種不同的劇本，有的合情合理，有的不符邏輯。但他充滿信心，到了最後，拼圖的每一個碎片都會復歸原位。

這場超級大詭局的謀劃者——「巫師」、「靈魂魅誘者」、「晚安男」、「凱魯斯」——狡猾至極，而且肆無忌憚。

但他依然可以擊敗對方。

貝瑞世請計程車司機讓他在總部前的大噴泉廣場下車。

玻璃大門映照出正午過後的陽光、以及僅有幾抹白雲的清朗天空。大家都知道，週五是整個禮拜當中最平靜的一日，他一直不知道為什麼。也許黑白兩道都需要在繁忙週末之前好好休息一下。話雖如此，依然可以看到總部有許多警官忙進忙出。

貝瑞世也跟隨大家的腳步，朝大門走去。

他發現當自己經過他們身邊的時候，每張臉都朝他張望——宛如向日葵在尋探日照，眾人的目光全都聚焦在他身上。

平常不鳥他的那些同事，現在全對他投以異樣的眼神。他們的表情倒看不出有什麼異狀，只不過平日的冷漠變成了驚訝。

向他投以詭異注目禮的人越來越多，貝瑞世基於本能反應，放慢腳步，他好困惑，不知道究竟發生了什麼事。

他後面有人在大吼大叫，貝瑞世根本不清楚對方喊話的對象。他轉頭過去，和眾人一樣詫異。

「貝瑞世！給我站在原地！」對方又開始大叫，這次他聽得一清二楚。

貝瑞世轉身，看到克勞斯．波里斯朝他走來，而且伸出手臂，居然拿槍對著他？

「不准動！」

貝瑞世趁其他警察還沒衝過來對他上銬之前、趕緊舉高雙手。

60

在偵訊室裡，沉默是一種刑求的手段。

但這是一種隱形的暴行，沒有任何一條法律能夠予以制裁。

賽門．貝瑞世所待的地方，就是警方在幾小時之前招待麥可．伊凡諾維奇的同一間偵訊室。他和被帶入這個房間的多數人不一樣，因為他知道這些白色牆面覆滿了吸音材質，這項原理就是製造「無回音」房間，聲音無法穿透。由於這個空間缺乏聲響，所以身體會自己創造人工幻音——耳鳴。隨著分秒流逝，你就越來越無法區辨真實與想像的差異。

長時間待在這樣的環境之下，可能會發瘋。

他一直覺得很奇怪，不知道他們憑什麼控訴他，但想破頭也想不出來。他在等某人進來、坐在桌子的另外一頭，好好向他解釋到底出了什麼事。值此同時，他拚命讓自己看起來輕鬆自在——但也不能太過分——才能在瞄準他的每一個鏡頭前表現出自然的一面，他知道不會有人躲在單面透視玻璃後面。

對於這些訊問技巧，他早就摸得清清楚楚，而且他也知道這些同事會讓他枯等兩三個小時後才現身。但他也只能忍耐。他不會開口要水喝或是央求去廁所，因為這種需求顯現出嫌犯越來越招架不住，就某方面看來，確是如此。如果他想要在他們面前證明自己是清白之身，一定得要想辦法搗亂他們的既定計畫。

太過冷靜或太過緊張的嫌犯，幾乎鐵定有罪。一直問自己為什麼被帶進來的人也一樣，太冷漠的會立刻招供，冷靜型的應該會被判無期徒刑，無辜者的下場其實也一樣，秘密關鍵就在於擺出無所謂的姿態。

狀似無所謂，就會讓他們失去判斷力。

大約過了三個多小時之後，門終於開了，克勞斯．波里斯與「法官」走了進來，兩人都抱著檔案、露出令人不寒而慄的笑意。

「貝瑞世特警，」舒頓開口，「波里斯探長與我有些問題想請教你一下。」

「如果你們花了這麼久的時間在思索這些問題，想必一定是茲事體大。」貝瑞世雖然緊張，但還是想要發揮一下幽默感。

「你的訊問經驗豐富，要是你想要搞我們，大家就會在這裡耗一整個晚上，」波里斯說道，「所以我們不跟你玩了，我希望你就直接跟我們好好合作，讓事情可以順利解決。」

「賽門，要是你不肯配合的話，」舒頓也跟著進逼，「我們別無選擇，也只能結束訊問，將所有的文件交給檢方，我向你保證，我們已經掌握了足夠的起訴證據。」

貝瑞世哈哈大笑，「抱歉，但我們大家窩在這裡的原因到底是什麼？」

「我們已經知道了一切，但我想給你一個為自己辯駁的機會，或者，至少可以解釋清楚。」舒頓伸出食指對著他，「她在哪裡？」

貝瑞世不發一語，部分原因是因為他不知道該說什麼是好。

「昨晚出了什麼事？」

貝瑞世忘記自己昨晚睡得死沉，還真的在努力回憶昨晚做了哪些事。所以他依然保持沉默，希望可以突然想出答案。

其他兩個人顯然不吃這一套。喬安娜．舒頓走到他右邊，靠在他耳畔講話，他感受到她的溫暖吐納，也聞到了她過於甜膩的香水氣味，兩者都讓他渾身不自在。

「你與米拉．瓦茲奎茲警官的失蹤案到底有什麼牽扯？」

他愣住了，並不是因為謎底終於揭曉而已，同時也是因為他根本給不出答案。

「米拉失蹤了？」

他的焦慮顯然是出於真心，另外兩個人互看了一眼。

「她昨晚待在她母親那裡，」波里斯說道，「她離開的時候，顯然非常傷心。後來她母親打她家裡電話，但沒有人接，打手機也沒辦法找到人。」

「我知道，」貝瑞世回答，「我早上也打過了，沒回應。」

舒頓開口，「我看你還是趕快給我們一個不在場證明吧。」

「什麼的不在場證明？」他怒氣沖沖回嗆，「你們至少有去找她吧？」

他們對他置之不理。

波里斯坐在他對面，「貝瑞世，快說，你為什麼又捲進凱魯斯的案子？」

貝瑞世好不容易擠出最後一絲耐心，「當初是米拉．瓦茲奎茲來找我的，自從那起紅磚屋夜半失火事件之後，我才開始與她一起辦案。」

舒頓靠在桌角，「當晚你也在那裡？那你為什麼不現身？為什麼要讓瓦茲奎茲一個人扛下責任？」

「因為米拉不希望我被牽扯進去。」

「你以為我們現在會相信你這種說詞嗎？」她緩緩搖頭，「那天晚上你潛入紅磚屋攻擊她，對不對？」

「什麼？」貝瑞世嚇了一大跳。

「你拿走了她的槍，假造這起攻擊事件。」

「當時還有別人在那間屋子裡，而且趁隙逃逸，你們也看到了那裡有下水道的通道。」他開始失控，他知道這不是好事。

波里斯回他，「如果可以從大門走出去，又何苦要鑽進下水道把自己弄得髒兮兮？」

「你到底在說什麼？」

「我們要是搜查你的公寓，一定會找到米拉的佩槍吧？」

「你們為什麼要提到那把槍？我不懂。」

舒頓嘆氣，「今天早上，他們已經完成了火場鑑識。屍體無法承受那樣的高溫，塑膠與紙類也是如此，但金屬就不一樣了。在現場的殘餘金屬物件當中，並沒有發現米拉的槍，所以到底是在哪裡？」

「如果你們真的想要搞我的話，編故事也要有點說服力，」貝瑞世語氣充滿酸意，「不然的話，你們只是毀了一個美好的禮拜五，最後什麼都沒有。」

舒頓與波里斯再次交換眼神。貝瑞世感覺不太對勁，他們一定另有計畫，目前只是在耍他，但等到時機到來，他們就會亮出底牌。

「在失蹤者一案中，付出最慘痛代價的人就是你，」舒頓說道，「我靠著自己的專業直覺脫身，古列維奇也是，就連史蒂夫阿諾波洛斯也不例外。但你卻任由自己沉溺其中，不斷犯錯，最後成了總部的邊緣人。」

「我們都知道發生了什麼事，」貝瑞世態度倨傲，「妳我都很清楚，我是為了什麼樣的罪行而付出代價，妳只是想要找個讓我閉嘴的方法而已。」

「法官」不為所動，「我不需要因為古列維奇的事逼你閉嘴，我也不需要對你羅織罪名，你沒有收受賄賂、而是別人貪污的這項事實，已經是相當明確的動機了。」

現在貝瑞世真的被嚇到了，但他不動聲色，「什麼動機？」

「你的同事早已失去對你的尊重，」舒頓裝出假惺惺表情，繼續說道，「你必須承受他們的羞辱，聽到他們講出難聽的話，而且，不是躲在你背後，是在你的面前。這真的很痛，尤其是當你知道自己是無辜的時候。」

舒頓到底在搞什麼把戲？貝瑞世不懂，但他已經發覺狀況不對。

「你有充分的仇世動機，你在想，也許哪一天可以讓大家都付出代價……」

「妳在暗指我是這一切的主使者？教唆這些失蹤的人回來？然後開始殺人？」

「你能夠成功說服他們，是因為你知道屈辱的感覺是什麼，他們也有相同遭遇。你的仇敵是古列維奇，而且，因為他的緣故，你也仇視整個警界。」舒頓的語氣轉趨強烈，「恐怖組織需要意識形態與計畫，要是能攻陷某個聯邦機構，那就再好也不過了。你可以靠武器摧毀某個組織，但要是能夠傷害它的可信度，就能引發更嚴重的殺傷力，你對於總部一直懷恨在心。」

貝瑞世不敢相信自己的耳朵，「這一切跟米拉失蹤有什麼關聯？」

「因為她已經發現了你的陰謀，」波里斯說道，「打從一開始你就把她當棋子，是你把她騙進那間紅磚屋。」

「我沒有。」

「法官」對這個答案充滿質疑，「明明是你在玩弄瓦茲奎茲警官，讓她誤以為你在幫她，同時可以確定她不會向長官透露任何風聲。」

「這樣說吧，」波里斯繼續說道，「如此一來，你就可以在最有利的位置追蹤案情，袖手旁觀，卻可以對一切瞭若指掌。」

「不過，當瓦茲奎茲警官發現一切，你決定要將她除之後快。」

「什麼？」

波里斯回道，「我昨天甚至聽到你們在走廊上大聲爭吵。」

「吵架又不能證明什麼。」

「你說的對，那不是證據，」舒頓語氣平靜，「但有證人看到你昨晚進入她家公寓、把她帶走了，這就是證據。」

貝瑞世覺得這根本是鬼扯，「證人是誰？」

「史蒂夫阿諾波洛斯處長。」

61

他們什麼都沒有。

貝瑞世依然待在訊問室，他不斷告訴自己，舒頓與波里斯聯手編出了綁架的指控，只是想要看看他會不會中計。但為什麼偏偏是史蒂夫？為什麼史蒂夫要對他做出那樣的事？

他一度擔心他們沒有把真相告訴他，搞不好米拉出事了。但他覺得不必擔心，因為她要是真的遭遇不測，那麼對他們來說，最簡單省事的方法就是直接指控他……他不想說出「謀殺」這個字詞，就連與自己內心對話的時候也一樣。現在，他的思路一直在兜圈子，沒辦法面對問題。

不過，此時此刻，他有更緊急的需求。他想要喝水，也得上廁所。他們依然把他留置在此，顯然剛才佯裝無所謂的策略是行不通的。

他心想，檢方應該已經準備好聲押，他不久之後就會被送進看守所。

對了，現在是幾點？他們當初逮捕他的時候，除了拿走他的佩槍與警證之外，連手錶也拿走了。訊問室裡面也沒有時鐘：目的是為了要讓嫌犯產生混淆，讓他喪失時間感。不過，他猜現在一定已經過了晚上八點。

今天早上辦案時明明一帆風順。造訪麥可・伊凡諾維奇母親之後所得到的情報，頗有可能是破案的關鍵——弔詭的是，現在卻完全派不上用場。他一度想要向「法官」與波里斯談條件，但他又能拿什麼回報他們？他們絕對不會放他走。

而且他們究竟會不會相信他，還很難說。

他的唯一希望就是告訴舒頓，她可以藉此得利。他太清楚她這個人了，只要能讓自己從古列維奇的醜行中全身而退，叫她做什麼都可以。不過，如果想要佈局成功，就必須要讓喬安娜看起來像是這場遊戲中的真正贏家——在二十年之後、終於解開凱魯斯與失眠者之謎的人。貝瑞世相信媒體已經聽到風聲，警方瞞不了多久。

突然之間，偵訊室的門開了，他立刻挺直身軀，看來敵人已經返回戰場。雖然口渴又想小解，但他也只能忍住，準備迎戰第二回合，現在他也只能暗中祈禱，自己能夠撐得越久越好。

不過，進來的那個人鬼鬼祟祟，一直背對著他，此人身著繡有聯邦警方佩章的海軍藍運動服，還戴了一頂小帽，帽簷壓得好低，蓋住了雙眼。貝瑞世立刻進入警戒狀態，因為必須遮遮掩掩成這種模樣的人，絕對不懷好意。

貝瑞世站起來，現在的他也無能為力了。對方轉身，是史蒂夫阿諾波洛斯。

□

處長關上門，貝瑞世一臉困惑盯著他。

史蒂夫脫掉帽子，「我們時間不多了。」

「你在這裡做什麼？誣陷我，害我困在這裡的人不就是你嗎？」

「沒錯，」他大方承認，「很抱歉，但我不得不如此。」

貝瑞世不敢相信自己的耳朵，怒火立刻飆升，「不得不？」

「你聽我說，」史蒂夫抓住他的雙肩，「早在米拉失蹤之前，他們就想要設局誣陷你。你是完美人選：心中懷怨的警官，成為某個恐怖組織的領導人。他們根本不需要向媒體提二十年前的舊案，只需要講你與賽薇亞的部分，就可以證明你有多麼不可靠。」

「但你已經把他們需要的證據交出去了。」

「對，可是等我撤回之後，他們就根本無法起訴你，到時他們就得向媒體好好解釋了。」

貝瑞世仔細思量了好一會兒，計畫很周詳，只要史蒂夫願意撤回就沒問題了。就在這時候，他想起有數台攝影機全都正對著他們。

「他們正在監控我們，而你剛剛卻承認——」

「別擔心。大家都在跟『法官』開會，而且，反正我剛才進來之前已經關掉了閉路電視監控器。」

貝瑞世沒什麼好擔心的了。

史蒂夫的眼中流露一抹焦慮，「等到他們發現真相之後，他們就會停止搜查她的下落。」

「什麼？你在講什麼？」

「你也知道，我們在處理失蹤人口案件的時候，必須等到當事人失蹤後三十六小時才會發動搜查。如果失蹤者是警察，等待的時間會比較短，只有二十四小時而已，但即便如此，對她來說也未免太久了。」

「我不懂。」

「米拉的母親在今天早上向警方報案，她女兒失蹤了，他們也立刻派人察看她的住處。她的現代汽車依然停在大樓外頭，而且也看不出屋子有強行進入的痕跡，但這也不能代表什麼。她沒帶走手機和鑰匙，就連她在那場火災丟槍之後、所重新配發的手槍也依然還在屋內。」

貝瑞世慢慢懂了，「如果他們覺得這是起犯罪事件，就不會等了一天之後才展開行動。所以你誣陷我綁架她——讓他們盡快展開搜查。」

「給她一個機會，」史蒂夫繼續說道，「反正你早已經惹了一身腥，他們本來就打算要以恐怖犯罪的名義起訴你。」

貝瑞世緊盯著他的前主管，「你覺得這次輪到她了對不對？她自願失蹤了……」

史蒂夫嘆氣，「我不知道。有可能某人把她擄走，然後又把她的隨身物品放回她家，製造出她自願人間蒸發的假象。不過，我以前也告訴過妳了，米拉習慣走極端，我不知道這是否算是自我毀滅傾向，但危險事物對她充滿吸引力，就像飛蛾撲火。」

貝瑞世想要釐清脈絡，「根據舒頓與波里斯的說法，她昨晚一臉傷心欲絕，離開了她母親家。」

想必與那個小孩有關。米拉一定有悶了多年的心事，昨晚到訪母親家成了引爆點。貝瑞世想起伊凡諾維奇太太的話，「當你可能會失去某個東西的時候，你當然無法接受。但當你可能會失去一切的時候，你就會覺得其實沒有任何損失。」

貝瑞世恍然大悟，差異在於「某個東西」與「一切」，而凱魯斯就是利用這一點在剝削他們。

「我想米拉想要親眼見到黑暗世界裡的景況，」史蒂夫說道，「但黑暗世界裡除了一片幽暗之外，什麼都沒有。」

貝瑞世覺得自己必須要當機立斷，現在不能浪費任何時間，他開口說道，「我知道凱魯斯是誰。」

處長突然無語，臉色慘白，彷彿快要心臟病發一樣。

「我現在也只能講這麼多而已，」貝瑞世繼續說道，「你必須幫我，讓我趕快離開這裡。」

史蒂夫沉思了一會兒，「沒問題。」

他離開了幾分鐘之後就回來了，還帶了貝瑞世的警證與一副手銬。貝瑞世剛才並沒有請他取回自己的佩槍。在追捕犯人的過程中，要是逃犯沒有武器，追捕方式就會大不相同，他可不希望給自己的同僚找到藉口開槍打死他。

史蒂夫問道，「你要警證做什麼？」

貝瑞世把手腕塞進手銬裡，開口回道，「我需要這證件才能進去某個地方。」

史蒂夫抓住他的手臂，兩人一起進入走廊。

負責看守的警官們一看到他們兩人，立刻面露詫異，但史蒂夫對自己的警階充滿自信，完全不為所動，甚至還下令其中一人陪他一起帶引嫌犯去上廁所。

貝瑞世先前並沒有提出過這個要求，現在聽起來也算是合理。

他們進入走廊，眼觀四方，期盼波里斯或是舒頓的手下千萬不要在此時突然現身。當他們走到犯人廁所門口的時候，史蒂夫卻依然繼續往前走。

那名護衛的員警問道，「長官，你要去哪裡？」

史蒂夫轉身，怒氣沖沖盯著他，「除非他已經被定罪，不然我絕對不會讓我們的警察弟兄在犯人廁所裡尿尿！」

他們繼續走向警用廁所，裡面的窗戶沒有鐵條。等到他們進去之後，史蒂夫吩咐護衛員警站在外頭，自己與貝瑞世一起進去。

「五分鐘之後，我就會通報有緊急狀況，」他指了指窗戶，「這時間讓你前往靈薄獄絕對綽綽有餘，那裡有道門，可以從建物後方出去。」他把辦公室、自家公寓，以及自己的福斯汽車的鑰匙全交給貝瑞世，「車子停在中國餐館附近。」

「可不可以麻煩你去我家一趟？帶希區出門？」貝瑞世問道，「牠獨自窩在家裡好久了，好可憐，一定很口渴，而且牠得出去走一走。」

「沒問題，我馬上過去。」

「謝謝。」

「別謝我，是我害你蹚這場渾水。」他取下貝瑞世的手銬，然後又戴回小帽，「先去找凱魯斯，然後，去找米拉。」

62

貝瑞世的四周一片漆黑，他靜靜坐著不動，聆聽遠方傳來的警笛聲響。

大家在找他——要把他緝捕歸案。待在史蒂夫的公寓裡並不安全，他的同事鐵定也會搜查這裡，尤其他是在處長看管之下成功脫逃，這間公寓當然是他們的搜查範圍。不過，不是現在，他們現在正急著在其他地方找尋他的下落。

當然，他們一定會覺得奇怪，為什麼這名主要證人會跑進訊問室找那名他控訴的嫌犯。他們可能會發覺有問題，而且對他施壓，但就算他們使出各種威脅手段，史蒂夫也不會透露半個字。

目前，貝瑞世還有一點時間。

他坐得挺直，凝望前方，雙手放在大腿上，警證就擱在手心下方。

那不只是單純的身分證明，而是通往亡者國度的鑰匙。

貝瑞世看了一下時間，已經過了半夜十二點，他站起來，可以走了。

□

他把史蒂夫的汽車停妥之後，又繼續坐了一會兒，向外張望。

這是四層樓的長方形建築，屋頂裝設一長排天窗，巨型大門，有許多窗戶，不過，並沒有麥可．伊凡諾維奇畫作裡的窗後人影。

不過，他知道自己追查的那個男人其實就在裡面。

國立殯儀館是一座蹲踞在荒蕪之地的水泥巨物，建物主體位於地下樓層。

有時候你必須要直搗地獄，才能發掘自己的真實面向。

事實上，凱魯斯的這名年輕門徒所言不假，貝瑞世有興趣的正是地下室的最底一層。

他走到入口，旁邊有間小小的警衛室，裡面那個人正在聚精會神看電視，門廳裡迴盪著觀眾的大笑與掌聲。

貝瑞世敲了敲玻璃隔窗，那名警衛顯然萬萬沒料到此時會有人出現，嚇了一大跳，「你要幹什麼？」

貝瑞世拿出自己的警證，「我是要來這裡認屍。」

「就不能早上再過來嗎？」

貝瑞世只是不發一語盯著他。才不過幾秒鐘的時間，那名警衛就受不了了，立刻乖乖聽令。

他打電話給地下室的同事，底層即將有訪客。

第十三號房，是保存沉睡者之地。

電梯緩緩下降、前往地下室，賽門．貝瑞世覺得好納悶，不知道他們為什麼要挑選這個號碼。

麥可．伊凡諾維奇曾經問過他，警官，你是迷信的人嗎？

興建飯店或是摩天大樓的業主通常都會避開十三這個數字，不過，在這個地方，這根本不是什麼忌諱。

貝瑞世心想，不，我不是迷信的人。而這些死人也不是，因為不幸之極致就是死亡。

電梯發出氣壓推進的嘶嘶聲響，頓了一下，經過一段宛如漫漫無盡的等待之後，電梯門終於開了，有名臉色紅潤的警衛早已等在那裡、準備迎接他。

警衛後方是一道長廊。

貝瑞世本來以為會看到純白色磁磚與慘白螢光燈管，讓訪客雖然到達深達地下數公尺的地方，依然能夠產生置身廣大空間的錯覺，而且，也可以消解空間幽閉症的恐慌感。事實上，這裡的牆面卻是綠色，橘色燈源以平均間隔的距離、沿著踢腳板一字排列展開。

「這些顏色可以避免產生恐慌。」警衛解答了訪客心中的疑問，並交給他一件與自身制服同一色系的藍袍。

貝瑞世穿上之後，兩人開始往前走。

「這層存放的屍體多為遊民與非法移民，」警衛說道，「沒有身分證明，沒有家人，斷氣之後就被送來這裡，集中在第一到第九號房。第十與第十一號房的就是和你我一樣會納稅會觀看電視足球賽的普通人，但卻在某天早上搭乘捷運的時候突然心臟病發身亡，旁邊有人假意幫忙，但其實真正目的卻是扒錢包，然後嘩啦！騙術得逞：那個人也就此在世間永遠消失。不過，有時候純粹是政府作業問題：某名公務員搞錯文件，家屬前來認屍，但看到的卻是另外一個人，彷彿你沒死，他們還在尋找你的下落一樣。」警衛想要來場震撼教育，但他卻不為所動。「然後，還有自殺或是意外事件：集中在第十二號房，有時屍體實在慘不忍睹，根本無法相信那原來是個人。」

貝瑞世知道警衛顯然想要對他來場震撼教育，但他卻不為所動。

「然後，還有自殺或是意外事件：集中在第十二號房，有時屍體實在慘不忍睹，根本無法相信那原來是個人。反正，法律對這些屍體的規定一視同仁：必須放置冰庫十八個月以上。然後，要是無人認領，警方也無重啟調查的意願，那麼就會交由當局火化。」警衛背誦法條相當流利。

貝瑞世心想，的確，但對某些死者來說，結局卻大不相同。

對方似乎有讀心術一樣，「接下來，就是第十三號房的這些屍體。」

他指的是謀殺懸案的無名屍。

「根據法條，在確定謀殺案遇害者的身分之前、必須保全屍體作為證據，要是不能證明確實有受害者，那麼也無法將殺人犯予以定罪。如果找不出姓名，屍體只是某起謀殺案的存在證據而已。所以它們沒有保存期限，這也成為律師們喜好的訴訟偏門技巧之一。」

法律明文規定，要是無法確定遇害致死原因，絕對不可毀損屍體，也不能任其自然腐化。但貝瑞世知道，要不是因為有這種法律的矛盾問題，他今晚也不會來到這個地方。

「我們把他們稱之為沉睡者。」

這些無名男屍、女屍，以及童屍的背後元兇依然逍遙法外，他們殷殷期盼多年，希望有人能夠現身、讓他們能夠就此脫離宛如依然在世的魔咒。而這正像是某種悲慘童話裡的情節一樣，只能等待那個奇蹟字詞出現。

他們的名字。

收容他們的那個房間——第十三號房——位於走廊另一頭的最後一間。

他們走到了某道鐵門前面，警衛翻弄鑰匙，過了一會兒之後才找到正確的那一支。他打開門，瞬間飄出一股臭氣，貝瑞世發現那不是硫磺味，而是消毒劑與甲醛的混合氣味。

他打開之後，退到一旁，讓訪客進入黑漆漆的房內。他才一跨進去，立刻觸動感應器，一排天花板黃燈也隨即亮起，正中央擺放了驗屍台。一面面的高牆排列了數十個儲屍格。

鋼製蜂巢。

警衛拿出登記簿，「訪客必須簽名，這是規定。」貝瑞世突然覺得，要把自己的名字留在這種地方，真是個殘酷的玩笑。

他心想，當你來到這世界上之後，第一個學到的就是自己的名字，不過才幾個月大，就能辨識出它的聲音，知道別人在呼喚你。當你長大成人之後，要靠著自己的名字才能讓大家知道你是誰，初次見面的人第一個問的就是名字。你可以說謊，可以另起新名，但你永遠知道自己的真名，而且絕對不會忘記。等到你死掉之後，剩下的不是屍身或聲音，而是你的名字。無論你做了什麼，遲早都會有消逝的一天，但大家都會記得你的名字。要是沒有名字，叫別人怎麼懷念你？

貝瑞世若有所思，沒有名字的人，不能被稱之為人，他心不在焉，簽下了自己的名字。

警衛變得焦躁不安，「你是對哪個有興趣？」

終於，貝瑞世總算開口，「待在這裡最久的那一具。」

AHF-93-K999。

他向訪客指了一下位置，左邊牆面從底下數來的第三個儲屍格。

「在這些屍體當中，這一具呢，我們連當初出了什麼事都不清楚。某個星期六下午，有些小孩在公園裡踢足球，球飛進了樹叢，他們也就是在那裡發現了他，頭部中槍身亡，找不到身分證，也沒有鑰匙。他的面孔依然清晰可辨，但並沒有人撥打緊急電話尋找他的下落，也沒有任何失蹤人口的報案紀錄。現在，也只能等待警方追出兇手，但真相可能永遠無法水落石出，而這場犯罪惡行的唯一證據就是這具真正的屍體，所以法院才會裁定屍體必須要保留到破案的那一天，得以伸張正義。」他停頓了一會兒，「但是，多年過去了，他還是依然在這裡。」

貝瑞世心想，二十年了。

警衛之所以會告訴他這個故事，八成是因為他一直待在這裡，沒有什麼機會可以和真正的、活生生的人聊天。不過，就在今天早上，他早已從麥可·伊凡諾維奇母親的口中聽到了這個故事。

然而，這名警衛可能沒有辦法想像，保存在這數公分鋼材之後的秘密，絕非只是個名字而已。貝瑞世之所以夜訪殯儀館，是因為某個更重要的謎團，因為有太多人因而喪命。

這具屍體，就是答案。

「打開，我現在要看。」

警衛乖乖照做，他開啟氣閥、打開了儲屍格，靜靜等待。

沉睡者即將甦醒。

儲屍格鉸鍊後縮，櫃身徐徐滑動而出。塑膠布下方就是麥可．伊凡諾維奇母親當初交付「晚安男」的代價。

那具屍體。

警衛揭開屍布、露出死者的臉。雖然二十年過去了，依然年輕，這是死亡的獨有特權，貝瑞世心想，死人是不會變老的。

根據賽薇亞描述所繪製的模擬圖，歲月完全沒有在凱魯斯身上留下任何痕跡。

這就是他執念多年放不下的面孔，真正的仇敵一直在耍弄他們，讓他們苦苦追索某個死人的下落，但傳教者依然在眾人之間逍遙遊走——他多麼盼望現在腦海中浮現的只有這些念頭而已。

然而，他真正想到的卻是這一切何其諷刺，居然得在這群沉睡者之中才能找到「晚安男」。

他也忍不住心想，辦案陷入了瓶頸。他原本以為自己多少掌握了一點案情，再加上過去這幾天以來、從別人身上也挖出了線索，但現在可能只是一場空。

他不知道答案，而現在也沒有辦法查證了。

也就是說，再也無法找到賽薇亞——還有米拉到底發生了什麼事。

「所以他是誰啊？」警衛迫不及待，「他叫什麼名字？」

貝瑞世盯著他，「抱歉，我不知道。」他立刻轉身，準備回到地面樓層，突然之間，他覺得好疲憊，雙腿幾乎不聽使喚。

警衛又把屍布蓋住死者的臉，這具無名屍依然是AHF-93-K999。

有時候，要是你知道惡魔的名字，你只需要把它大聲說出來，就會得到他的回應。

不過，貝瑞世剛剛才發現，魔鬼的秘密就是沒有名字。現在，他無計可施，只能離開這個地方。

後頭的警衛忙著推回儲屍格，大門發出匡啷聲響，關上了——下次再度開啟是什麼時候，沒有人知道，警衛開口，「另外一個人也是這麼說的。」

貝瑞世停下腳步，「抱歉？」

警衛聳聳肩，「前幾天來過的那個警官啊，他也不認識這個人。」

貝瑞世頓時語塞，想講出的話一直卡在喉嚨裡，終於還是問出來了，「是誰？」

警衛指了一下他先前留下簽名的登記簿，「他的名字就在這，你的前一頁。」

63

警方頃刻正在全力追捕的那個人，又返回了總部。

現在是凌晨兩點，但總部卻忙得一團亂，像是白天一樣。但絕對沒有人猜到賽門・貝瑞世居然笨到會回來這個地方。

他把那台福斯汽車停在小巷，走向直接通往靈薄獄的後門，這正是他在幾個小時之前的逃脫秘道。

他走入等候區，數千隻眼睛正盯著他。被這些失蹤者重重包圍，他覺得自己彷彿像是個闖入者，而且充滿了罪惡感，因為他還活著——或者，至少知道自己還沒死。

他的腳步聲發出了巨大回音，高調宣示自己到來，但他一點也不在乎。

他十分確定，雖然時值深夜，但有人正在等他。

他聽到希區在叫——應該是認得牠主人。牠被綁在辦公室門外，貝瑞世摸摸狗兒，讓牠安心，解開了牠的狗鍊之後，示意牠要乖乖坐好。

房門露出了一點縫隙，裡面開著燈，可以看到某個幽暗的人影。

某名男子開口，「進來吧。」

貝瑞世緩緩將門推開，史蒂夫阿諾波洛斯處長正坐在辦公桌前，依然身著下午那套繡有聯邦警方佩章的海軍藍運動服，他的眼鏡貼在鼻尖，因為他正忙著寫東西。

「坐吧，我快寫好了。」

貝瑞世坐在史蒂夫辦公桌前面，等他完工。

過了一會兒之後，處長放下自己的筆，盯著貝瑞世，「抱歉，但這真的很重要。」他態度一派冷靜，拿下了眼鏡，「需要我幫什麼忙？」

「原來我們一直在追捕的是個鬼。」

「所以你找到了屍體。」史蒂夫似乎對此感到很滿意，但其實蒼白面容卻一直擠不出笑容。

「米拉第一次來中國餐館找我的時候，我告訴她，沒有凱魯斯這號人物，他只不過是虛構的角色，我說的沒錯，」貝瑞世停頓了一會兒，「其實，是你讓這些人消失不見。媒體與社會大眾把這失蹤的七個人——我們稱之為失眠者的無辜受害者——全部兜在一起，差點就讓真相呼之欲出。」

「那時候我經驗不足，」史蒂夫語氣充滿懊悔，「後來我的技巧就高明多了。」

「你必須在我們發現真相之前、趕緊轉移調查方向。只有一個方法：嫁禍給某人。然後，沉寂一段時間後，又繼續開始搞失蹤案，但之後就再也不會有任何阻礙。」

「看得出來你做了功課。」

「二十年前，你找上麥可·伊凡諾維奇的媽媽，她當時擔任殯儀館的法醫。你告訴她，你一定會救她兒子一命，為他找到新家庭，負擔醫療費用……你勸誘她的那套說詞，就與你說服賽薇亞的方式如出一轍。」

史蒂夫雙手支住下巴，擺出這姿勢也算是承認了。

「不過，你卻向麥可的母親要求回報，一具無名屍。她只需要等待適當時機到來即可，過沒多久之後出現了，小孩在公園裡踢足球時意外發現的屍體，完全找不到身分證明。沒有人會多瞄一眼——畢竟殯儀館裡的死人來來去去，而且警方還有更重要的案子得處理，而不是什麼頭部中彈身亡的可憐無名屍。法醫驗屍報告的死亡日期並不重要，反正伊凡諾維奇太太一定會竄改，往後移一個月就是了。」貝瑞世稍作停頓，「這個可憐的男人還不能『正式』死亡，對吧？他必須等個三十天，讓你有充裕的時間實行計畫……所以你編出了凱魯斯。伊凡諾維奇太太拍下他那依然完整無缺的臉部照片，你把它拿給賽薇亞看，命令她向警方舉報。」

「凱魯斯對她微笑，所以她記得一切細節，這故事不錯吧？」史蒂夫露出賊笑，「能想出這種精采情節，連我自己都拍案叫好。」

「賽薇亞向我們報案之後，我們把她納為保護證人，但這也沒辦法持續太久。因為，如果要讓一切天衣無縫，你也得要讓這名證人消失才行。」

「沒錯。」

「凱魯斯擄走她的證據，就是總部數日後收到的賽薇亞那一綹頭髮。」

「由於屍體的死亡日期遭到竄改後移，所以就算在證人遭到綁架的那一天，殯儀館的那具屍體也還是處於存活人世的狀態，沒有人會發現這個陰謀。」史蒂夫露出微笑，「要是有人堅持要找尋『晚安男』，那麼最後找到的也不過只是具無名屍，結案。」

「兇手意外死亡：運氣真好，這是上天給的禮物，真是讓人無法置信。這個偽造的真相將會讓警方停止調查，而且不留任何蛛絲馬跡，」突然之間，貝瑞世的語氣宛如共犯，「但這樣其實是多此一舉，在此之前，由於我、喬安娜、古列維奇的關係，早就打算收手，而你身為我的長官，也就只好配合同意結案。萬一有人——比方說，像我好了——對這個案子緊追不捨，那麼依然還有第十三號房的無名屍在等著他。」

史蒂夫緩緩拍了三次手，宛如在對每個字逐一叫好，「你還有件事沒問我，我想你馬上就會開口了。」

貝瑞世乾脆成全他，「為什麼要這麼做？」

史蒂夫嘴唇在顫抖，但被問到這個問題似乎依然欣喜，「因為我幫忙的那些人過得悶悶不樂。生活拒絕給予他們任何的樂趣與些微尊嚴。就拿第一個來說吧，安德烈．賈西亞因為同性戀的身分而被迫退役。或者，看看迪安娜．穆勒，因為生下她的那個女人犯了罪，而她卻必須為此付出代價。還有羅傑．瓦林，照顧母親到最後一刻。記得娜蒂亞．尼佛曼嗎？她之前根本沒有勇氣逃離施暴的老公。更不要說艾瑞克．溫切恩提了，我每天親眼看到他在這間辦公室裡、因為那些失蹤懸案而飽受折磨，這些人都應該要有第二次機會。」

「你利用證人保護小組的資源與業務之便、實現了你的瘋狂計畫。你運用公費、印製官方文件，提供他們偽造的身分證明，而這明明都是我們為了那些與司法合作的證人、提供他們嶄新生活的專用資源。」

「罪犯哪，」史蒂夫不以為然，「不值得我們出手相助。」他拚命保持冷靜，但額前已經冒出了豆大的汗珠。

貝瑞世問道，「你是怎麼靠講電話說服他們的？」

「他們需要我。他們雖然不知道，但其實他們終其一生就是在等我出現。他們從來沒見過我，但依然信任我，這就是明證。我告訴他們，如果想要人生大轉彎，那麼就必須遷往安布魯斯飯店的三一七號房，躺在床上，吞下安眠藥——這是通往未知世界的單程車票。」

「或是下地獄。」

「然後，我前往飯店，利用貨梯把他們帶走，我解救他們，讓他們脫離了悲慘生活，有時候，也讓他們得以擺脫了過往的自我。」

「而且，最近你還多了艾瑞克．溫切恩提這名幫手。」

史蒂夫露出微笑，「我刻意挑了他，因為我年紀大了。」

貝瑞世無法掩藏語氣中的酸意，「而當他們醒來之後，又會有什麼改變嗎？」

史蒂夫搖頭，大失所望，「你不懂嗎？我給了他們新生，他們可以重新開始，又有多少人能夠擁有這樣的機會？」

貝瑞世知道這位處長的心理狀態扭曲，「史蒂夫，你是從什麼時候開始失去了現實感？又是什麼時候開始無法分辨真假虛實？」

處長的嘴唇又在顫抖。

「為什麼是我？」貝瑞世的聲音近乎哀求，但他好恨自己這樣的語氣。

「你自己好好反省一下賽薇亞的事……」史蒂夫靠過去，盯著他的雙眼，「你跟其他警官沒什麼兩樣。你並不在乎那個女孩，你只在乎她帶給你的感受。你曾經想過自己可能並不適合她？」

貝瑞世立刻反駁，「才不是這樣！」

「這麼多年來，我在這個部門工作的心得之一，就是沒有人真正在乎受害者——警方，沒有，媒體，沒有，社會大眾也沒有。大家終究只會記得罪犯的姓名，受害者被永遠遺忘，而靈薄獄的存在，證明了我所言不假，」他語氣越來越激昂，還提高了音量，「你想要抓到惡魔，在你自己的法庭裡譴責惡魔……所以我就讓你稱心如意，創造了凱魯斯。」他哈哈大笑，「凱魯斯是我小時候隔壁鄰居的貓，這就是我取名靈感的來源。」

貝瑞世覺得自己被背叛了。

「我讓他成為你放不下的執念，」史蒂夫繼續說道，「這些年來，你都是靠著他而存活下來。」

「是我讓他存活下來！」貝瑞世憤恨出拳敲桌，「他為了要在這個世界活下去奪走了我的生命，」他停頓了一會兒，想要冷靜下來，「事實上，是你竊奪了我的生命，因為你就是凱魯斯。」

史蒂夫似乎覺得好笑，「你根本不知道自己在講什麼。」

貝瑞世說道，「『邪行之假設』。」

「什麼？」

「為了行善的目的而作惡，風險就是善行可能會轉為惡行。」

「我救了他們！我從來沒有傷害過任何人！」

貝瑞世盯著他不放，「你明明有。你一直在觀察你的那些失蹤人口，也許你因為自己的成就而得意洋洋，讓你覺得自己是個大恩人。不過，當你發現他們對於你賜予的新生活並不滿意的時候，你勸誘他們歸返人間，展開全面復仇計畫，人人遭殃，你就是傳教士。」

「不是，不是這樣，」史蒂夫聽到貝瑞世的指控，緊張萬分，「『晚安男』確有其人。」史蒂夫眼睛瞪得死大，宛如已經被恐懼全然宰制，「都是因為我們。這些年來我們拚命在追查他的下落，召喚他出來，最後，他也真的現身了。」

「你講的這些話根本邏輯不通。」

史蒂夫把手伸過辦公桌，抓住貝瑞世的手臂，「這就是我幾天前特地前往殯儀館的原因。我必須確定凱魯斯還在那個儲屍格裡面，並沒有還魂重返人間。過了這麼多年，我——身為他的創造者——我得再次檢查他那張面孔。」

貝瑞世抽開自己的手，「史蒂夫，夠了，是你害米拉與我一起捲進這個案子。」

但是史蒂夫已經沒在聽他說話了，「我沒辦法阻止她，我無能為力了。」他癱在椅子裡，雙手放在大腿上面。

「對，沒錯，快講出她在哪裡。」

史蒂夫突然望向貝瑞世。

貝瑞世看到他從辦公桌底下取出手槍、抵著自己的下巴，槍響大作的那一刻，他說出了自己的遺言。

「快去找她。」

史蒂夫的頭往前倒在桌上，一堆紙張也隨之四處飛散，讓貝瑞世嚇了一大跳。貝瑞世聽到希區在外頭一直叫，趕緊繞過辦公桌，扶起史蒂夫了無生息的身軀、安靠在椅子上，又輕輕闔上他的雙眼。

他發覺自己的手沾滿了血，退後一步，這多少也算是他的錯。史蒂夫額頭沁出的汗珠，蒼白顫抖的唇，在在顯示他即將做出瘋狂舉動，但貝瑞世卻一直沒有參透這一點。

他的腦袋忙著釐清思路，雙眼卻注意到史蒂夫用來自殺的手槍，就在他的身邊。

他望著槍把側面的刻字，除了一組序號之外，還有佩槍警官名字的縮寫。

M.E.V.

他告訴自己，槍枝的主人是瑪莉亞·艾蓮娜·瓦茲奎茲，這就是米拉在紅磚屋起火之前遺失的佩槍。貝瑞世不敢相信：那個夜晚，躲在凱魯斯巢穴、躲過他的子彈而順利逃亡的人，居然是史蒂夫。要是他當時能夠瞄準一點，那麼整起事件早就落幕了。

然而，貝瑞世也發現自己真的完蛋了。

「法官」與克勞斯·波里斯早已認定他拿走了這把他媽的手槍，現在他們正好可以把史蒂夫之死算到他頭上，他殺害了指控他的證人。而且就算他把手槍拿走也沒用，因為只要做了彈道分析報告，他們就會知道那是米拉的佩槍……

他剛才一度忘了米拉，但現在一想到她，就不禁一陣揪痛。

史蒂夫死了，找到她的希望也消失殆盡。

貝瑞世站在那裡好一會兒，動也不動，只是盯著眼前的景象。屋內的一切都在指控他是殺人兇手。他找出了答案，但代價何其龐大？他不知道他或是米拉最後會有什麼下場。

雖然現在難以保持冷靜，但他還是必須穩住，要不然的話，他很可能會立刻束手就擒。要是有任何方法可以脫困，那麼他一定得想出來，而且是當下立行，「之後」是不存在的字眼。

最重要的是，自從他進來之後所發生的一切，他必須趕緊消化沉澱一下，唯有如此，才能夠在此一犯罪現場找出可能對自己有利的線索。

貝瑞世回想起開門之後，史蒂夫開口請他進來，但他那時候已經坐在這裡……寫東西。

應該是遺書。

貝瑞世趕忙翻找散落一地的那些紙張，他不知道遺書寫了什麼——靠，剛才他居然沒留神。

他像瘋子似的拿起一張又一張，看過之後就扔在旁邊。然後，有一張紙吸引了他的目光，因為上頭的字跡倉促凌亂，下筆者顯然已經決意求死。

貝瑞世不知道這是否算是正確的線索，但他現在也別無選擇。

快去找她……這是史蒂夫死前的遺言。

那張紙上面寫了某個地址。

64

那個小鎮距離市中心約有兩百公里之遠。

貝瑞世準備開史蒂夫的福斯過去那裡。現在這種處境，無論是搭乘火車或巴士都一樣危險。他不走高速公路，而是選擇替代道路，躲避了兩處路檢。

使用死人的車——尤其當別人懷疑你正是兇手時——絕非上策，但貝瑞世別無選擇。他整夜都在開車，腦中忙著計算時間——或者，應該說這只是他不抱任何希望的期盼——他們發現史蒂夫的屍體，應該也是兩三個小時之後的事吧。

離開市區之前，他把希區趕緊寄放在某間狗舍，只能向舍主解釋有緊急狀況。他深覺這次不宜帶牠同行，因為他不知道會挖出什麼內幕，他萬萬不希望自己唯一的好友受到傷害。

這可能是某種不必要的擔憂，但貝瑞世最近經常會出現莫名恐慌。他所愛的人似乎總是會從他生命中蒸發，一開始是賽薇亞，現在又是米拉。他一邊開車，腦中也一直無法放下她，她會出事，他一直覺得自己也應該要負起部分責任。

但她先前到底出了什麼事？

遲遲無法找出答案，讓他決定要走險招。比方說，開車到某個他從未去過的小鎮，尋找某個陌生的地址。

第一棟住家映入眼簾的時候，大約是週六早晨六點。街道空無一人，只有少數人在慢跑或遛狗，家家戶戶的車道裡整齊停放著上班族們的座車。

他靠著在加油站買的地圖、找到了這個地址的位處區域——位於小鎮另外一頭的某個寧靜社區，看來這裡原本是鄉下地方，最近才剛開發成了住宅區。

他看到了自己要找的那個門牌號碼，裡面座落了一棟兩層樓的斜屋頂白屋，還有精心養護的花園。他把車停在人行道旁邊，但沒有立刻下車，他想要先透過窗戶觀察裡面的情況。

這棟房子看起來不像是歹徒的巢穴或是囚室，比較像是一般有錢人的住家，他心想，會存錢送小孩上大學、成家立業的那種人。

但這可能只是假象而已。

傳教士的信徒很可能把米拉關在裡面。搞不好他會看到艾瑞克．溫切恩提，那個在靈薄獄工作的同事，大剌剌從門口出來，那麼，他就可以確定自己的辦案方向正確無誤。但此時此刻，他只能在車子裡靜靜等待，不需要因為焦慮而亂了方寸、衝到屋前看個究竟。現在他又能怎麼辦？畢竟身上沒有任何武器。

這是他的重大危機時刻，而且，他現在只有一個人。

他的四周都是幽影軍團的人馬，他們無所不在，但也完全察覺不到他們的蹤跡。每個人的背後都隱匿了多重樣貌。這就是他的敵人：孤軍作戰的邪惡靈魂，但卻擁有各式各樣的假面。不過，這無關乎任何超自然現象，貝瑞世還記得自己說過的話，凡事都有合理的解釋，所以他認為自己應該還是會贏得最後的勝利。

他太久沒闔眼了，而且身體訊號開始一一浮現。背痛，因壓力而緊繃的肌肉。他一度把雙臂靠在方向盤上休息，沒想到居然這麼舒暢。緊張感逐漸消退，車內的溫度讓他開始眼瞼低垂，他快要睡著了。

他閉上雙眼，想要忘記一切。突然之間，一陣腎上腺素發作，把他硬是拉回到現實之中，正好讓他看見某名穿著睡衣的女子拿起車道上的報紙之後、準備走回屋內。

他最後一次看到賽薇亞是六月末的某個夜晚。等到她失蹤之後，他才發現自己一直沒有她的照片。所以，這二十年來，他唯一保有的影像就是在他記憶深處裡的畫面。

想要牢牢記住那張臉龐的小小細紋，何其困難；又有多少次差點就再也無法找回有關她的記憶，還有，當他驚覺自己再也記不得她的聲音的那一天，他惆悵至極。

那個六月的夜晚——他記憶中永恆的「最後一夜」——他們就像是一般夫婦一樣，在露台用餐，完全無視潛在的危險。

只要看到他們的人，都會誤以為他們是住在37G號的年輕夫婦，不會有人猜到是警官在保護證人。不過，也許是因為他們真的陷入熱戀。

當那股愛意浮現——也就是他們第一次接吻之後——他不該有任何遲疑、應該要立刻請辭任務才是，他知道有了感情牽扯之後，對他們兩人來說都極其危險。

入睡之前，他們做愛，她在他面前完全繳械，把頭埋在他的裸肩，嗅聞他的肌膚。

黎明時分，他依然貪慕她的氣味，伸手過去想要撫摸她，但她卻早已起床，他開始尋找留在被褥與枕頭上面的殘溫。

但一片冰涼。

當下的那種感覺，多年來一直都讓他無法忘卻，驚惶萬分。他立刻跳下床，隨手拿被子裹身。他在公寓裡四處找她，但其實心裡已經知道是怎麼回事。

他恐慌襲身，第一件事就是衝進廁所大吐特吐——這當然不是老鳥警官的正常行徑。然後，當他的頭從洗手台裡抬起來的那一刻，他看到了浴室鏡櫃內的某個東西。

讓他恍然大悟的安眠藥藥罐。

二十年之後，情境相似的早晨，貝瑞世依然覺得想吐。

快找到她……史蒂夫阿諾波洛斯指的不是米拉，貝瑞世現在才恍然大悟。

他覺得自己準備好了，但依然充滿恐懼。每當他放任自己想像終能找到她的那一刻，幻想之極致，不過也只是見到她的那一幕而已。接下來會發生什麼事依然成謎，他必須為了自己、解決這個謎團。

他下了車，橫了心，直接走向大門。

65

賽薇亞開了門，她的容貌就和他記憶中的一模一樣。

就連那頭烏黑的髮辮也依然如昔，只是變得稍微有些灰白。

她裹緊自己的睡衣，過了好一會兒之後才認出眼前這男人是誰，她突然驚呼，「啊，我的天哪！」

貝瑞世也不知道該怎麼應對，乾脆直接把她拉進懷中。除了她之外，他很少與人有過肢體接觸，他憤怒、失望、痛苦不堪。不過，等到負面情緒慢慢消退之後，只剩下一股怡人暖意，彷彿有宇宙之間的某種寧靜力量，弭平了所有傷痕。

賽薇亞往後退，開始再次打量他，露出不可置信的微笑，但那欣喜神情卻立刻轉為恐懼，「你受傷了？」

貝瑞世低頭，這才發現雙手沾滿了凝血，衣服也是，他早就忘記先前為了要扶起史蒂夫、卻讓自己搞得一身狼狽。

「不是我的，」他立刻回道，「我等一下再解釋。」

她四處張望了一下，然後溫柔挽住他的手臂，把他帶入屋內。

她幫他脫去外套，讓他坐在沙發上，又拿了濕海綿、一路從脖子往下擦拭血跡。

這麼親暱的舉動，貝瑞世覺得受寵若驚，但也就任由她了，「我得離開，他們在找我，我不能留在這裡。」

「你哪裡都不准去。」她語氣溫柔，但十分堅定。

他乖乖配合，剎那之間，還讓他產生了在家的錯覺，但這並不是他的家，掛在牆面、以及擺放在家具上方的那些相框，可為明證。這些照片讓他看到了不一樣的賽薇亞，快樂的賽薇亞。貝瑞世焦慮不安，覺得自己真是沒用，他從來不曾讓她這樣開懷大笑。

在這些照片當中，她的身旁總是有個小男孩，然後，又變成了年輕人。這整個成長轉變的過程，完全展現在貝瑞世眼前。那兒子的面孔看起來出奇熟悉，他不禁想到他們要是有小孩的話，不知道會長什麼樣子。

不過，真正折磨他的是隱身在照片之後的那張面孔，為他們母子拍照的那個人。

塞薇亞發現他的目光在客廳裡四處搜探，立刻開口問道，「我兒子是不是很帥？」

「妳一定很以他為傲。」

「是，一點都沒錯，」她語氣欣慰，「前一張照片還是小孩，但現在已經變成大人了。你應該要見他一面才是，有這個兒子，讓我覺得自己好老，像是上一個世代的人。」

「他是不是隨時會回來？萬一他發現我在這裡怎麼辦？」

他正打算起身，但她卻伸手輕輕壓住他的肩膀，「別擔心，他還會在外頭待一陣子，他說，他想要『為了自己體驗世界』。」她皺起眉頭，「哎，我能說不嗎？小孩子就是這樣，前一天吵著跟你要巧克力，第二天又嚷著要獨立。」

剛才賽薇亞為貝瑞世開門的時候，他本來擔心史蒂夫——那名傳教士——也曾經接觸過她、說服她殺人，當作是還給他二十年前的恩情。不過，也許史蒂夫根本沒有想要向她開口，因為就她的狀況看來，他的計畫施行得十分成功。屋內看不出挫敗的留痕，也沒有看到仇恨的鑿印。

貝瑞世不再盯著賽薇亞，因為他只有這樣才敢問出那個一直憋在心中的疑團，「我很好奇，是誰幫妳和妳兒子拍下這些照片？不知道妳……有丈夫？還是男友？」

她哈哈大笑，「我的生活中根本沒有男人。」

他不想要喜形於色，但聽到這個答案的確令他十分開心。繼之一想，他又滿心愧疚，太自私了，因為賽薇亞一直孤零零過生活，全世界最應該要擁有家庭的人就是她。

「妳這二十年來都在做些什麼？」他期盼自己聽到的答案，能夠證明他這些年守候著她、還是具有一定的意義。

賽薇亞很坦白，「遺忘。你也知道，這並不容易，需要決心與毅力。你認識我的時候，我是個鬱鬱寡歡的年輕女孩。我一直不知道自己的父母是誰，幾乎都在育幼院度過童年，沒有人真正在乎我。」她目光低垂，彷彿在為剛才說出的話道歉，「當然，你我之間的故事另當別論。」

「我正好相反，我拚命想要牢牢記住有關妳的一切。但，細節變得越來越模糊，我無能為力。」

「賽門，對不起，二十年前都是因為我害你捲入風波，但你畢竟是個警察。」

「風波？」他大驚，「賽薇亞，我愛妳啊。」

從她臉上的表情可以看出來，她看待他卻不是這麼一回事。

原來這二十年來，他都在自我欺瞞，他覺得自己跟白痴一樣，居然到這時候才發現真相。

「你沒有辦法讓我走出傷悲，」她想要安慰他，「這只能靠我自己解決。」

賽薇亞的話不禁讓他想到了米拉口中的那個流浪漢，住在她家附近，她總是會固定送餐給他。

我的真正目的是要引他出來，讓我可以盯著他的雙眼……我對他沒有任何感覺，我只是想要知道他會不會是住在靈薄獄那面牆上的某個人……

短短的這幾句話，已經道出她完全缺乏同理心。

我也不在乎他過得開不開心。只有在別人的不幸剛好反映出我們自身處境的時候、我們才會投以關注的目光……

貝瑞世突然驚覺自己與米拉並無二致。他從來沒有問過自己，賽薇亞到底有什麼感受，因為他自己過得幸福開心，理所當然認定她一定也是如此。

我們一直期盼自己的感情能夠得到某種回饋，但事與願違的時候，我們就會覺得自己遭受背叛——不過才幾秒鐘的時間，貝瑞世已經明白了這個道理。

「妳不需要多作解釋，」他一邊輕撫賽薇亞，一邊對她說道，「有人要讓妳得到新生，妳抓住了這個機會。」

「還不都是因為我說謊，」她指的是自己作偽證、讓警方畫出了凱魯斯模擬繪像。「最糟糕的是，我還對你撒謊。」

「重要的是妳安然無恙。」

她眼眶含淚，「你是認真的嗎？」

貝瑞世握住她的手，「對，這是我的真心話。」

賽薇亞露出感激微笑，「我去幫你煮杯咖啡，看看能不能幫你找件乾淨的襯衫。我兒子的衣服尺寸應該沒問題。你好好放鬆一下就是了，我馬上回來。」

貝瑞世望著她起身，帶著剛才為他擦拭血污的那塊海綿、離開了客廳。他沒有問她兒子叫什麼名字，她也沒說。但這樣也好，賽薇亞人生的那一個部分，並不屬於他所有。

他現在才發現，多年來苦心研究人類學，無非是為了要了解人性，但他卻忽略了一項事實，分析人類行為必須要將感情因素納入考量。再怎麼無關緊要的行為，也都受到了情感因素的支配。他與賽薇亞不過小聊了一會兒，就已經讓他了解到米拉可能發生了什麼狀況。

克勞斯．波里斯說，她離開她母親家的時候，整個人傷心欲絕。

貝瑞世先前並沒有注意這句話，不過，他現在卻覺得米拉失蹤前的那個晚上一定出了什麼事，讓她大受打擊。

與她女兒有關的事。

他想起來了，自從她發現凱魯斯是邪惡傳教士之後，她一度想要打退堂鼓——因為一想到這個案子與「低語者」一案的相似性，就讓她十分害怕，擔心小女兒會因而受到影響。

要是她與她女兒之間真的出了什麼事，她就只會去那個地方了。

對許多人來說，那個地方——也包括了賽薇亞——等於是抑鬱生活的解決方案，就和史蒂夫所說的一樣，米拉可以在那裡拿到通往未知世界的單程車票。

「我怎麼會這麼粗心大意？」貝瑞世完全沒意識到他在自言自語。

他發現賽薇亞拿著乾淨的襯衫、站在門口，他知道她剛才一定聽到了他所說的話。

她的臉色陰沉，「警察在抓你，你為什麼不告訴我？」

「說來話長，而且我不希望妳捲進來。所以我現在得走了，讓妳好好過自己的人生。我向妳保證，絕對不會有人因為我的關係而找上妳或是妳兒子。」

「至少睡一下吧，你看起來好累。何不在沙發上躺一下？我去幫你拿毯子。」

「不需要，」這一次他十分篤定，「我找到答案了，而且這就是我最想要解開的謎團。我現在得走了，還有人需要我。」

66

他再次走進旋轉門，進入氣氛詭譎的安布魯斯飯店。

貝瑞世覺得他不只是進入了某間飯店，反而像是再次跨過疆界、進入了某個平行世界——某個狡詐的神祇，以已知世界為原型所做出的低劣仿品。如果說，地心引力在這裡起不了作用，又或是人可以在牆壁上恣意行走，他一點也不意外。

希區應該也有類似的感覺，因為牠看起來很緊張。貝瑞世先前已經把牠從狗舍裡領了回來，因為他需要狗兒的靈敏嗅覺，當時希區一看到主人，就頻頻興奮狂跳。

「喂！你不能把動物帶進來！」門房從櫃檯後方的紅絲絨布幔現身，口氣甚是不爽。

貝瑞世發現他與第一次見到時的打扮一模一樣——牛仔褲搭配黑色T恤——

不過，他發誓，這傢伙雙臂上的刺青沒褪得那麼嚴重，而且小平頭的髮色也少了幾許灰白，彷彿回到了時光隧道，明明是同一個門房，但現在的他看起來更年輕。

但這只是錯覺而已，因為他持續焦慮不安，而且渴望找出在這間飯店之中、多年來發生的一連串事件的意義——就算是給他一個荒謬的答案也好。

這地方有某種氣場。

保留了所有詭秘事件的殘遺氣息，這些房間有成千上萬的過客——有人只是純粹睡覺而已，也有的人到此是為了發洩更低階的慾望。之後，他們重新鋪床，洗淨床被與毛巾，清理了地毯，但原始人性的隱形殘跡卻依然存在。

那名門房想要以伊迪絲・琵雅芙的歌聲掩蓋這種留痕——但畢竟藏不住。

雖然對方罵了他的狗，但他卻置之不理，逕自走向櫃檯，坐在光禿禿沙發上的那名盲眼黑人，依然一臉冷漠。

「還記得我嗎？」

那名門房看了他好一會兒，似乎想起來了，他開了口，「嗨！」

「上次和我一起過來的那位女性友人，最近是不是有回來過？」

門房想了一會兒，噘嘴，搖搖頭，「沒看到她。」

貝瑞世懷疑對方並沒有吐實。希區不安走動，想要吸引他的注意目光，他知道空氣中一定有她的氣味。

米拉曾經來過這裡。

但貝瑞世沒有證據，而且他也不能指責對方說謊，「這幾天有沒有人預訂三一七號房？」

「最近生意不是很好，」他指了一下後方的鑰匙架，「你自己也看到了，鑰匙明明還在那裡。」

貝瑞世態度冷靜，整個人挨在櫃檯上，抓住對方的衣服。

「喂！先生！」那男子大聲抗議，「我不知道房間裡的事，客人來來去去，我也不會逐一盤問，我只是門房而已，還得上夜班。我沒事就窩在自己的小角落，有人需要鑰匙的時候我才會出來——進了這地方，大家都是預付現金。」

貝瑞世放開他，「我第一次來到這裡的時候，你曾經提過三一七號房在三十年前發生過兇案……」

聽到這段往事，門房臉色很難看，坐立難安。

「三十年前我根本不在這裡工作，所以我也沒辦法講什麼。」

「我很好奇，反正給我講出來就是了。」

對方眼睛一亮，「這位朋友，在這種地方，好奇是有代價的。」

貝瑞世聽懂了話中玄機，從口袋裡拿出一張鈔票。

門房把它塞到櫃檯底下，「某名女子遭人亂刀砍死，一共有二十八處刀傷。就我所知，他們一直沒抓到兇手。不過，有現場目擊證人，她的小女兒，躲在床底下逃過一劫。」

貝瑞世很想問門房，真的就只有這樣嗎？他原本以為可以得到什麼線索，史蒂夫阿諾波洛斯與三一七號房之間的某種特殊關聯。不過，第一次來到這裡時所產生的那股直覺，依然很強烈。

傳教者之所以選擇這個房間，是基於策略考量。這個房間毫不起眼，但卻最為搶手，因為它的位置正好位於貨梯的旁邊。

要是米拉真的回到了安布魯斯飯店——他確定她一定來到了這裡——由史蒂夫幫助她人間蒸發，都是因為她自己心甘情願。

她已經崩潰，再也不肯回來了。

現在沒有人能夠還貝瑞世一個清白，他們會把史蒂夫之死算在他頭上，光是這一點，就足以逼他承擔其他的一切罪行。

一個還活得好好的罪犯，遠比某個死掉的傳教者更具有新聞價值。
處長說的沒錯，沒有人在乎受害者，大家一心只想到惡魔。
貝瑞世已經做好了心理準備。

67

山谷已經流瀉出夕陽的最後一抹殘光。

貝瑞世坐在公園長椅上頭，撫摸著狗兒，欣賞眼前的美景。他們一整個下午都在四處走晃，現在他與狗兒都累了。

希區感覺得出來，自己即將與主人分離。而他們這次靜靜造訪牠最喜歡的地方，其實是為了告別。牠把鼻子挨在貝瑞世的大腿上，那雙充滿人性的棕色雙眼，目光熱切，抬頭凝望主人。

當希區還是狗寶寶的時候，貝瑞世就把牠從繁殖飼主那裡抱了回來。希區住進他公寓的第一晚，一切依然歷歷在目——防止牠溜出客廳的臨時柵欄，買狗食時、為了鼓勵牠玩耍而順便帶的那個小球，小狗興致勃勃、對新環境充滿好奇的模樣，還有，新主人上床睡覺之後的絕望哀號。

繁殖飼主早已交代會有這種狀況，如果他希望這隻寵物能夠習慣獨處的話，那就不要理會牠。但貝瑞世覺得自己的心不夠硬，狗兒哀哀怨怨吠了約一個小時，他起床安慰牠，而且還盤腿而坐，任由希區窩在他的大腿上，他不斷撫摸小狗，最後一起在地板上沉沉睡去。

他當初之所以把希區帶在身邊作伴，正是因為他深信狗兒不會對你做出任何評價。對於他這樣的邊緣人來說，希區是完美的朋友。隨著光陰流逝，他也改變了想法，狗兒判斷的準度超過了任何人，牠們只是無法言語而已——這也算是人類走運。

貝瑞世已經打算要自首，但他還想繼續享受一下有狗兒相伴、閒散自由的時光——因為他很清楚，失去自由的起點，並非是被上銬的那一刻，打從他們決定發動追捕之後，他就再也不是自由之身。

再過幾個小時之後，他就會再次進入訊問室，他希望可以向對方供出自己所有的罪——不過，他的同事們只想聽到他招認自己不曾犯下的那些罪行。

但他還有一件事沒完成，他虧欠他唯一的朋友，某個小女孩。

他心中突然冒出一股悔憾，但隨著餘暉落盡也一起消失無蹤。山谷之間湧現大片幽暗雲海，黑影宛如大浪朝他猛撲而來。

貝瑞世知道該動身了。

米拉的母親一開門，立刻就認出這是剛剛在電視新聞上出現的逃犯臉孔。

「對不起，」貝瑞世立刻道歉，除此之外，他也不知該說什麼是好，「我來這裡，絕對沒有要傷害妳的意思，我對天發誓，我真的不知道妳女兒的下落。」

她盯著他，雖然驚魂未定，但還是努力平撫情緒，「他們把你講得很難聽。」

貝瑞世一度以為她會把門關上，立刻報警，但她並沒有這麼做。

「在米拉失蹤前的那個晚上，她曾經告訴過我，她相信你。」

「妳相信自己的女兒？」貝瑞世不敢抱持太大期望。

她點點頭，「對，當然，因為米拉知道什麼是黑暗世界。」

貝瑞世四下張望，「我不會耽擱妳太久時間。等一下我離開這裡之後，就會立刻趕去自首。」

「這樣做就對了，至少可以爭取為自己辯護的機會。」

絕無可能。貝瑞世很想這麼告訴她，但終究沒開口。

「我是伊涅絲。」她主動伸手問好。

貝瑞世也與她握手致意，「如果您不介意的話，我有份禮物想要送給您的外孫女。」

他退到一旁，讓她看到了希區。

伊涅絲好吃驚，「我正想要為她找條狗，這樣她才不會因為她媽媽失蹤的事而胡思亂想。」

她招呼他與狗兒進去，關上了大門。

貝瑞世說道，「這隻狗很好教，而且非常聽話。」

「你要不要親自告訴愛麗絲呢？」伊涅絲說道，「她今天過得不太順心，在公園裡跑步的時候摔倒了。」

貝瑞世回道，「小孩子就是這樣。」

「哦，米拉沒有告訴你嗎？愛麗絲對危險完全無感。」

「沒有，她從來沒在我面前提過這件事。」

「也許她覺得自己就是女兒身邊的危險人物。」

聽到這句話，也讓貝瑞世突然大有體悟。

「如果你想找愛麗絲講話的話，她就在她的房間裡。」

□

伊涅絲陪他走過去，自己站在門口，看著貝瑞世進入屋內。愛麗絲身穿睡衣，坐在地毯上，膝蓋貼了一大塊彩色膠帶。

她在玩扮家家酒，正忙著準備下午茶派對，所有的洋娃娃都被邀請入席，但是最尊貴的位置保留給紅髮娃娃。

「嗨，愛麗絲！」

小女孩心不在焉轉頭，看了一下剛才呼喊她名字的人，「嗨！」她打完招呼之後，盯著站在訪客後面的那隻狗。

「我是賽門，牠是希區。」

「嗨，希區。」小女孩彷彿把這個名字當成小禮物，高高興興收了下來。

狗兒一聽到牠的名字，立刻叫了兩聲回應。

「我們可以和妳一起玩嗎？」

愛麗絲想了一會兒，「好啊。」

貝瑞世坐在地板上，希區也立刻蹲在他們的旁邊。

愛麗絲問道，「你喜歡喝茶嗎？」

「我超愛的。」

「要不要喝杯茶？」

「太好了。」

她假裝為他準備了一杯茶，交到他的手上。

貝瑞世將假茶杯舉在半空中，努力鼓起勇氣開口，「我是妳媽媽的朋友。」

愛麗絲聽到了，但沒吭氣，似乎是想要讓自己遠避心痛話題。

「米拉曾經在我面前提到妳，我對妳很好奇，所以才會過來找妳。」

愛麗絲指了指假茶杯，「你不喝嗎？」

貝瑞世作狀舉到嘴邊，心如刀割，「妳媽媽很快就會回來了。」雖然他做出那樣的承諾，但他也不知道會不會成真。

「『小姐』說她再也不會回來了。」

貝瑞世一開始沒聽懂，然後他想起「小姐」是愛麗絲最鍾愛的洋娃娃的名字，他和米拉大吵的那一次，她曾經說出這件事，而那也是他們最後一次講話。

他心想，都是我在激她。

好，那妳告訴我，她最喜歡哪一個顏色？她喜歡做什麼？妳不在她身邊的那些夜晚，她會不會抱洋娃娃上床睡覺？

有，某個名叫『小姐』的紅髮娃娃。

「妳媽媽不能沒有妳。」貝瑞世衷心盼望自己的預言一定會實現。

「『小姐』說媽媽不愛我。」

「哦，她搞錯了。」也許他的口氣稍微重了一點，愛麗絲臉臭臭的，「我的意思是……『小姐』又不懂，她怎麼會知道呢？」

「好吧。」愛麗絲彷彿接受了這種說法。

貝瑞世還想繼續講下去，但他畢竟跟她不熟，「等到她回來的那一天，妳們就可以一起去遊樂場，不然也可以去看小孩子最愛的卡通電影，要是妳喜歡的話，還可以邊看邊吃爆米花。」愛麗絲聽了只是猛點頭，他這才發現自己有多麼口拙——小孩子其實擁有豐富智慧，有時候，大人對小孩講話的態度、彷彿把他們當成了傻子，他們也只好跟著遷就。

貝瑞世長大之後，喪失了那種寶貴的感知能力，也加入了世間愚蠢大人的行列。

他覺得自己應該到此為止，正準備起身離開的時候，愛麗絲開口，讓他停下腳步，「你不跟我們一起玩嗎？」

這問題讓貝瑞世不知所措，「我得要離開一陣子，所以想請妳幫個忙。」

愛麗絲看著他，等他繼續說下去。

「我要去的那個地方，沒辦法養狗……所以妳要是喜歡的話，就麻煩妳照顧希區了。」

愛麗絲嚇了一大跳，嘴巴張得好大，「真的嗎？」

其實，她發問的對象其實是她的外婆，伊涅絲站在房門口，雙手交疊胸前，點點頭。愛麗絲拿起她最愛的娃娃，交給貝瑞世。

「我想你要去的那個地方，一定可以帶洋娃娃，那就讓她一直陪伴你吧。」

貝瑞世不知該說什麼是好，「我保證會好好照顧她的，還有，『小姐』和我在一起，也一定會過得很開心。」

愛麗絲愣住了，「她的名字不是『小姐』。」

「不是嗎？」

「不是，『小姐』不是洋娃娃，她是真的人。」

貝瑞世不寒而慄，有話哽喉，一直說不出來。他抓住她的雙肩，逼她看著他，「愛麗絲，妳到底在說誰？」

她一聽到這個問題的時候，似乎十分困惑，然後，她泰然自若，全說出來了，「『小姐』是『晚安女』，她常常過來和我道晚安。」

聽到凱魯斯的女版外號，貝瑞世體內的血液瞬間封凍，「愛麗絲，這件事非常重要，」他繼續追問，「妳沒有騙我，對不對？」

她慎重點頭。

貝瑞世心想，當我們還是小孩子的時候，自己的房間似乎是全世界最不安全的地方。到了晚上，你被迫待在黑漆漆的環境中獨自入眠。衣櫥是怪獸的藏身之地，而且床底下總是會有可怕的東西在蠢蠢欲動。

不過，他記得愛麗絲對危險完全無感……

也許這正是她母親必須要遠端監控的原因。

儘管心中恐懼不已，但貝瑞世已經知道自己下一步該採取什麼行動。

68

米拉的小公寓裡沒有開燈，唯一的光源就是電腦散發的微光，映照在貝瑞世的臉龐，而螢幕裡面是愛麗絲房間的夜視畫面。他的四周堆滿了數百本書，宛如高築的堡壘。

他開始搜尋筆電裡前幾個晚上的影像存檔，終於找到了兩天前的紀錄——也就是米拉失蹤那晚的資料。

他看到衣櫥鏡子出現米拉的映影，她站在走廊，動也不動，專注聆聽，也許她之所以如此傷心欲絕，就是因為等一下傳出的那些話。

愛麗絲坐在床上，柔聲講話。

「我也愛妳，」她說道，「妳要相信我，我們會永遠在一起。」

但她不是在跟手中的紅髮娃娃講話。

角落還藏了一個人，比屋內昏暗光線更幽暗的人形，貝瑞世必須湊到螢幕前面才能看個清楚。

「我不會丟下妳一個人的。我不會跟我媽媽一樣，我會永遠和妳在一起。」

貝瑞世無法置信，他覺得恐懼的冰冷刀刃插進了自己的背脊。

「晚安，『小姐』。」愛麗絲說完之後就上床了，米拉在這個時候狂奔離去。

那道幽影也離開了牆面，往前一步，撫摸小女孩的頭髮。

「小姐」是「晚安女」，她常常過來和我道晚安。

她不知道攝影機拍下了她的一舉一動，所以她對著鏡頭抬頭，完全是出於反射動作。

69

黑漆漆的屋子，一片寂靜。

賽門．貝瑞世只不過是一道映在後門玻璃的幽影，一會兒之後，他悄悄掩上了門。

剛才居然把米拉的槍留在史蒂夫的辦公室，他懊悔不已，現在，他完全沒有任何武器。

但賽薇亞應該沒想到凌晨三點鐘會有訪客。也許她自信滿滿，自己老早就贏定了。不過話說回來，她也可能隨時保持在警戒狀態，他真的沒把握。

現在，他覺得一切都很難說。

街燈流入室內的光線宛如白霧，貝瑞世借光引路，慢慢走過小小的用餐區，腳步聲宛如輕聲細語。他豎起雙耳仔細聆聽，唯恐錯過任何聲響。

他進入走廊，立刻轉向客廳，看到了那張沙發，剛才她以充滿愛憐的姿態、為他擦去史蒂夫血跡的地方。他依然感覺得到她愛撫他脖子時的那種體觸——某種隱形污穢的褻瀆行為。

他朝樓梯走去，現在必須要找出賽薇亞在哪裡——他猜她在這時候應該是睡著了。他開始爬樓梯，一次一階，腳下的木板發出了吱嘎聲響，階梯似乎好漫長，永遠爬不完。

他到達梯台，停下腳步，盯著淡灰月光映照之下的那些掛牆相框。那天早上，賽薇亞曾經在他面前提過自己的兒子。

我兒子是不是很帥？

都是他們的照片。在遊樂園與海灘的留影，還有與生日蛋糕的合照。凝神細看，他們的笑容似乎是虛情假意，只是做做樣子而已。

還有，那個在母親身邊、慢慢長大的男孩，再次讓貝瑞世覺得好眼熟，不過，這一次他認出來了：是麥可．伊凡諾維奇。

她不是我媽。

當初在訊問的時候，他一直不明白麥可說出那句話是什麼意思，而現在終於真相大白。他先前一直覺得很納悶，史蒂夫從安布魯斯飯店三一七號房帶走了這個六歲小男孩之後，究竟把他交給了誰？原來是賽薇亞早已與他談好了條件，收留這個小孩當作回報。

她依照邪教的訓示、將他養育長大。然後，她派他歸返人間、執行他的可怕任務，她知道就算他們逮捕了他，這孩子也絕對不會背叛她。

這又是「邪行之假設」的另一個明證。

由善轉惡，轉善、再次轉惡——無法抑遏的生死循環。

拼圖碎片陸續就位。不過，他想到了早上的疑問，到底是誰拍下了這些照片？

然後，他看到出現在某張照片背景裡的汽車車頭。

史蒂夫的福斯轎車。

他終於找到了答案。

兩名傳教士。

一男一女。他萬萬沒想到「晚安男」有雙面靈魂——善惡並行。

快找到她……

他指的是賽薇亞，貝瑞世糾正自己，或者，應該說是凱魯斯比較正確。

都是因為我們。這些年來我們拚命在追查他的下落，召喚他出來，最後，他也真的現身了。

這是史蒂夫的最後遺言，而貝瑞世原本以為他在胡言亂語。

不過，現在沒時間繼續推演下去。走廊上的每一道房門都是開著的，貝瑞世開始一間間檢查，到了最後一間，他看出是主臥室。

他探身進去，本以為會看到熟睡的賽薇亞，他早已想到了好幾套讓她斷命的招數。

不過，根本沒人碰過那張床。

他暫停腳步，開始仔細推敲，現在猜測她人在哪裡並沒有意義，因為任何地方都有可能。不過，他十分確定這間房子裡還有其他的秘密。

他又回到走廊，原本想要繼續搜查樓下的區域。但他的專業直覺告訴他，絕對不能疏忽任何的蛛絲馬跡。

他轉身要下樓的時候，背對著唯一的窗戶，發現對面牆壁上有個在慢慢晃動的細長黑影，宛如鐘擺。

他抬頭一看，發現天花板懸垂了一條細繩。

他伸手拉了一下，栓扣的暗門滑脫而下，爬梯也展落在他面前，宛如巨人嘴裡的舌頭，也像是通往另一個世界的人行天橋。

貝瑞世爬上去，進入了閣樓。

□

他的頭一穿過地板，灰塵撲面而來，而且，還聞到了燒盡蠟燭的氣味。凸面窗透入的清冷光線，在這偌大空間中央投射出一泓白色光池。

他四周的牆面掛了數百張照片。

這種效果就像是靈薄獄的等候區一樣。只不過，在牆上盯著他的這些臉孔，全都是安布魯斯飯店三一七號房的失蹤人口。

明明是活著的人，卻不知道自己依然存活人間，而已經死去的人，卻沒有辦法入土為安。

他們彷彿古老幽魂一樣悲傷，像是那些有太多記憶等待拋卻的人一樣疲倦。

除了這些面孔之外，貝瑞世還發現某張行軍床上面躺了個人，不需要問那是誰了，他立即衝過去，握住她的手。

他輕聲呼喚，「米拉……」

沒有反應。他把耳朵貼住她的嘴唇，希望可以聽到她的呼吸，或者透過皮膚感知也行，但他實在太緊張，沒辦法判斷她是不是還活著，於是，他改聽心跳。

還有，但十分微弱。

本來應該要感謝上蒼才是，但他卻發現到她狀況奇慘：全身上下只剩下內衣，頭髮汗濕，內褲因尿水而發黃，身上的疤是舊傷，但是赤裸雙臂卻佈滿了新的紫色瘀傷。

他心想，他們對她施以靜脈注射藥物，讓她昏迷不醒。

就像她曾經深愛過的那個男人一樣——貝瑞世知道他們的故事，也發現他們彼此之間的可怕關聯。那男人給了她愛麗絲之後，就陷入了重度昏迷。

但這種事絕對絕對不會發生在米拉身上：貝瑞世還沒對她開口，但早已先在心中默默起誓。

他已經不管屋中到底會有什麼潛藏的危險，直接抱起米拉，他必須帶她離開這裡。懷中的她好孱弱。當他轉身過去，他看到了賽薇亞，她一直在盯著他。

她說道，「如果你有需要的話，我可以幫忙。」

這些字句——稀鬆平常，溫柔體貼——但卻比任何威脅更令人膽顫心驚，她的表情看不出狂暴，聲音裡也聽不出惡意。

「我是認真的，」她依然很堅持，「我可以幫你，一起把她送下去。」

貝瑞世冷冷回道，「不准靠近她。」

她沒有武器，而且也依然穿著同一件睡衣。事隔二十年，她又再次欺騙了他。

牆上那些失蹤人口的默默鼓舞之下，貝瑞世抱著米拉往前走，他越來越靠近賽薇亞，一度以為她會阻擋去路。他們盯著彼此，彷彿像是在努力辨識對方到底是誰一樣，然後，她退到一旁。

他小心翼翼維持平衡，爬下梯子。他知道她依然在盯著他，但他根本置之不理。

他一路退到了樓下，聽到賽薇亞的腳步聲，遠遠跟在他後面，就像個小孩子一樣。

惡魔的模樣看起來好脆弱，而且充滿人味。

貝瑞世走出大門之前，轉頭問她，「你們究竟有多少人？」

賽薇亞微笑，「我們是幽影軍團。」

他一跨出大門，就被屋前的警車燈光閃得睜不開眼睛，不過，他們對他並沒有任何敵意。克勞斯・波里斯神色緊張，大步朝他走來，「她狀況如何？」他指的是米拉。

「需要醫療協助，狀況緊急。」

帶著擔架的醫護人員緊跟在波里斯後面，一名男護士從貝瑞世手中接過昏迷的米拉，他放手的時候，還輕撫了一下她的臉頰。她被送入救護車之後，嗚笛狂響，立即上路。

他往前走，目光緊追不放。

波里斯開口，「謝謝你打電話給我。」

但貝瑞世根本沒聽到這句話，他也沒發現同事們將賽薇亞戴上手銬、靜靜把她帶走。賽門・貝瑞世——這名邊緣人——只想要人間蒸發。

安布魯斯飯店第三一七號房

證據編號2121-CLLT/6

[redacted]年二月二十九日二十三點二十一分的錄音謄本

主旨：撥打到[redacted]的緊急求援電話，求援者：安布魯斯飯店的夜班門房，接線員：警員克萊夫・艾文

附註：此為距離當今案件三十年前的通話紀錄。

接線員：您好，有什麼需要警方協助的地方？

門房：（語氣激動）我是安布魯斯飯店的夜班門房，有名女子死在我們的客房。

接線員：死因是？

門房：她全身都是刀傷，是被人殺死的。

接線員：兇手是誰？

門房：我不知道。

接線員：先生，沒關係。兇嫌是不是還在飯店裡？

門房：……

接線員：先生，聽到我的問題了嗎？

門房：有，我聽到了。

接線員：那麼可以告訴我答案嗎？

門房：那房間裡有個小女孩，我們聽到尖叫聲衝過去的時候，是她打開了房門門鎖。

接線員：你還是沒回答我的問題。

門房：聽我說，我不想失禮……但你知道我剛才告訴你的是什麼狀況嗎？在我們過去的時候，三一七號房是從裡面反鎖的。

接線員：了解，我們立刻派警車過去。

通話錄音結束。

70

他為她買了花。

在加護病房與死神拔河了十天，然後又在普通病房休養了十天，米拉總算快要可以出院了。貝瑞世不想錯過那一刻。之前他幾乎天天都到醫院看她，某天晚上，他站在加護病房的外頭，透過窗戶，緊盯著她沉睡身軀的細微變化。她在被監禁的那短短幾天當中，他們對她施打了可怕藥物，造成藥物性昏迷，當醫生終於喚醒她的那一刻，他也在現場。當時米拉狀況相當危急，因為那些藥物減緩了她的呼吸頻率，也引發氧氣攝取不足，進入瀕死狀態。

不過，醫生們還是想辦法把她救回來了。檢驗報告顯示，早期的組織缺氧狀況並沒有造成太嚴重的傷害。

米拉行動有些困難——尤其是其中一隻腳。不過，除此之外，她的復原狀況似乎相當良好。等到她清醒之後、離開了加護病房，貝瑞世的探病次數就沒那麼頻繁了。現在有一堆市政府要員與警界大官蜂擁而至，忙著擠在病床邊探望這位新的媒體女英雄，但他對這些人是避之唯恐不及。

凱魯斯事件造成了大轟動。

只有貝瑞世沒有從中撈到任何好處。他依然是聯邦警方總部之恥，也就表示大家還是不鳥他，自然也就不會讓他像個訓練有素的傀儡一樣、站在媒體前曝光。

當邊緣人畢竟還是有好處的。

不過，還是有些事情起了變化。在那間中國餐廳裡面，已經再也不會有同事來鬧他了，前兩天，還有一個開口向他打招呼。當然，這些都是小事。雖然大家都知道當初收賄的人是古列維奇，但他心裡有數，在大家的心目中，他永遠不可能恢復百分百的清白。但至少他現在走進那間餐館的時候，他們會讓他能好好吃個早餐。

他帶著劍蘭，走向醫院大門，心覺自己看起來一定很好笑。花店老闆說服他買下這樣的花束，不過，他現在真的不確定這是否適合米拉。她不是嬌滴滴的女人，倒不是說她是個男人婆，但她的確有狂野不羈的因子，就是因為這一點，讓貝瑞世覺得她格外迷人。

當他走到門口的時候，發現吸菸區正中央有個大花瓶，他乾脆直接把那束花丟進去。

然後，他朝病房走去。

米拉被安排在警方保護區的某間私人病房，看來是嚴陣以待。好幾名警察站在走廊，正忙著護送某人進入病房。

貝瑞世認出訪客是克勞斯．波里斯，昨晚他在家中接到波里斯來電，叫他今天要過來一趟。

現在，波里斯出來了，臉上掛著友善笑容，朝他走來，還向他握手致意。

「她今天狀況怎麼樣？」

「有大幅進步，而且未來狀況越來越樂觀。」

波里斯指了一下病房門口，「我們可以進去了嗎？」

「我並沒有受邀參加這場派對，」波里斯交給他一份黃色檔案，「顯然你是唯一的與會者，祝好運。」

喬安娜．舒頓說道，「我們還得釐清好幾件事。」她坐在其中一張單人病床上面，雙腿交疊，驕傲展露她的絲襪，病房內已經盈滿她的香奈兒五號氣味。

米拉待在另外一張床，但已經不再躺著了。她臉色蒼白，而且還有黑眼圈。她穿著帽T，沒有穿鞋，雙腳懸空。她雖然坐著，但還是以雙臂保持平衡，旁邊放了根拐杖，個人用品已經全部打包收好，準備與她一起返家。

「賽門，進來吧。」

「法官」的語調很親暱，宛如和以前一樣，那時候，他們還是朋友。

貝瑞世拿著黃色檔案夾，走到了病房中央。米拉對他笑了一下，這是她主動要求召開的會議，貝瑞世衷心期盼這會對她有幫助。

「我剛才已經讓她知道了最新的辦案進度，」喬安娜．舒頓說道，「羅傑．瓦林、艾瑞克．溫切恩提、安德烈．賈西亞依然在逃，我們懷疑這個邪教的其他成員協助窩藏了這些人。」

聽到警方高層總算捨棄了愚蠢的恐怖主義攻擊理論，貝瑞世也放下了心中的大石頭。

「就我們所知，娜蒂亞．尼佛曼與迪安娜．穆勒已經死亡，」舒頓繼續說道，「麥可．伊凡諾維奇住在精神病院，依然宣稱自己心智不正常。最後，稱號為『賽薇亞』的那名女性傳教士已經入獄，一直保持緘默，不肯說話。」

貝瑞世發現米拉的臉龐流露出一絲焦慮。

米拉大膽試探，「至少你們現在知道有多少失蹤人口加入了這個邪教。」

「對，」舒頓回道，「在妳被監禁的閣樓裡面，牆上掛的那些照片幫了很大的忙。」

米拉點點頭。

「但還是有許多我們找不出解答的問題。」舒頓望著貝瑞世，彷彿準備要交棒給他。

「所以，史蒂夫自殺是真的了。」米拉依然覺得無法置信。

貝瑞世明白她的感受，「他在我面前舉槍自盡。我覺得他是因為良心不安才做出這個決定，他知道自己也必須為賽薇亞的惡行負起部分責任。不過，他覺得在紙上寫下某個地址、交給我去解謎，這樣反而省事多了，然後，他自己選擇畏罪自殺。」

「所以真的是他們兩個人……」米拉似乎一時之間無法接受。

喬安娜趁著這個空檔、與貝瑞世迅速交換眼神，然後，看著自己的手錶，「四十分鐘之後我得與羅契市長見面，所以我得走了。瓦茲奎茲警官，希望妳別介意，接下來就由貝瑞世告訴妳剩下的案情，他也會回答妳的所有問題。」她伸出戴著耀眼戒指、塗了漂亮指甲油的那隻手，「親愛的，趕快好起來，我們需要妳。」

舒頓離開病房，再次迴避貝瑞世的目光。房門關上了，現在，只剩下他們兩個人而已。

米拉一直到這時候才注意到貝瑞世手中的黃色檔案夾，「那是什麼？」

「好，」他流露出近乎十分慎重的神態，坐在她身邊，「就讓我們從頭說起……」

71

「還記得我曾經告訴妳『邪行之假設』？」

「無法劃分善惡之界，不但同時並存，甚至可說是模糊不清。」

「沒錯。在這個故事中，善方代表是是史蒂夫阿諾波洛斯。妳也已經知道二十年前的事了，處長決意運用證人保護小組的資源、幫助別人失蹤，他挑選的全都是他自認應該要給予第二次機會的人。根據他的思維，解決這些人問題的辦法就是重新開始，給他們新的身分、足夠的金錢，讓人生從頭再來一遍，安排他們生活在某個沒有人知道他們過往的陌生之地。」

「史蒂夫是好人……」聽米拉那樣的語氣，彷彿是只要有人對她的長官提出了些許質疑，都會讓她覺得很受傷。

「他覺得自己是大善人，不過，他對於現實的觀點也很扭曲，而且，時間一久，狀況也變得越來越嚴重，」貝瑞世雖然覺得史蒂夫瘋了，但也不想直接點出來，

「我覺得，到了最後，某種超越他自己的可怕力量，已經逼他成為受害者。其實，當他發現自己創造的這套體系出了問題之後，他依然不願說出實情，放任瓦林或溫切恩提之類的人大開殺戒。史蒂夫防止情勢繼續失控、避免更多人死亡的唯一具體作為，就是把我們兩個湊在一起，讓妳過來找我。」

米拉嘆氣，彷彿承認他說的沒錯，「他希望我們能夠偵破這個案子，因為他自己也不確定到

底發生了什麼狀況。」

「這樣說吧，他跟蹤我們、進入凱魯斯的巢穴。等到我們發現他之後，他立刻燒了房子，銷毀自己留下的痕跡。」

米拉的目光滿是問號，最後，她直接講出了心中的疑問，「為什麼史蒂夫在多年前沒有想到會有這樣的後果？」

「邪惡因子悄悄潛入他的行善計畫。我必須再提一次，『邪行之假設』。」貝瑞世停頓了一會兒，「兩名傳教士：一個行善，一個行惡。而在這個故事中的邪惡元素就是賽薇亞。」他覺得就連現在說出她的名字依然萬分艱難，「史蒂夫選擇了她，作為證實確有凱魯斯存在的關鍵證人、讓這個案子無法繼續偵辦下去。他對她充滿信心，還把小麥可交給她。但賽薇亞其實表裡不一，她除了把養子教成了縱火狂之外，還利用了史蒂夫協助失蹤的那些人。她是他的影子，在背後偷偷操盤，但他卻渾然不覺。她頻頻接觸這些人，說服他們加入這個邪教——這是史蒂夫犯下的真正錯誤——對於這些沒有辦法活下去、飽受生活折磨的人來說，光是得到重生機會是不夠的。想也知道，他們沒辦法應付新狀況，內心充滿了憤慨與仇恨。對他們來說，這場轉變反而成了一場痛苦的幻夢。」

「所以賽薇亞成了他們的領導人，」米拉做出結論，「史蒂夫儼然在為她招募新血，她與史蒂夫從一開始就成了同夥。不過，他們到底是怎麼認識的？」

貝瑞世深吸一口氣，「安布魯斯飯店的三一七號房。」

米拉挑眉看著他，一臉懷疑。

「我們第一次到那裡的時候，門房曾經提到那房間在三十年前出過事。我們沒有把它算進來，因為它的發生時間比失眠者失蹤案件早了十年，這是我們的失策。」

米拉遲疑了一會兒，才開口問道，「在凱魯斯現身的十年前，三一七號房出了什麼事？」

「命案。」貝瑞世知道接下來的這個故事著實令人驚恐，但也只能努力保持鎮定，「當時飯店才剛開幕沒幾天而已，某天晚上，有名女子遭人刺死，而真正驚恐的是死者女兒目睹了整起過程，她一直躲在床底下，所以逃過一劫。」

米拉幾乎是不假思索，「賽薇亞。」

貝瑞世點點頭，「由於這個小女孩能夠辨識出兇手的長相，所以立刻被轉送到證人保護小組，當時的負責人是史蒂夫。」

米拉嚇了一大跳，「他們有找到兇手嗎？」

「沒有，一直沒有，」貝瑞世繼續說道，「但還沒結束，有件事不太合理。大家聽到有女人在尖叫，但等到他們衝過去的時候，卻發現房門反鎖。」

「難道是那個女兒……」她講不下去了。

「誰知道？也許兇手一離開，她就立刻關上了房門，因為她害怕兇手會回頭殺害她——恐懼會讓我們做出各式各樣的行為。警察當然認定她是無辜的，還有，兇器一直沒找到，根據法醫的說法，傷口非常之深，十歲小女孩不可能使出那種殺人力道。」

似乎就是這樣了，但米拉看得出貝瑞世表情有異，似乎欲言又止，但憂心忡忡不敢說出口，

「還有別的狀況，對不對？」

「對。」他老實承認，嘆了一口氣，將黃色檔案交給她。

米拉盯著它，遲遲不願打開。

貝瑞世說道，「沒關係，等妳準備好了再說。」

她終於打開檔案夾，裡面只有一張照片。

他說道，「是犯罪現場拍的照片。」

米拉認得三一七號房——深紅色的壁紙，同色的地毯，上面有藍色巨花。那張床就和她記憶中的一模一樣，牆上還掛有十字架，某張床邊桌上面放了聖經。唯一缺少的是這地方現今的老舊氛圍。他們拍下這張照片的時候，還沒有幾個客人踩過地毯、睡過那張床，一切看起來十分簇新，就像沒人碰過一樣。門口站了好幾個飯店員工：身著白色與酒紅色條紋制服的黑人服務生、頭戴漿挺小帽與身著純白圍裙的兩名清潔婦，氣氛端莊穩重。當時的安布魯斯飯店，還沒有被非法惡行所染指。

貝瑞世剛才提到了這裡是犯罪現場，所以相片中還有警官與鑑識人員在忙著工作。受害者躺在床上，覆屍的床單染滿了血。背景出現一個年約十歲的小女孩，滿臉淚水，女警正忙著把她帶離現場。想必她就是賽薇亞了，他們身旁站著年輕的史蒂夫，似乎在交代女同事要好好照顧她。

米拉一直盯著那張照片。大家似乎都在忙，不然就是望著床上的屍體、露出驚懼神情。

只有一個人望向相機。

他待在房間角落——也就是照片的邊角——握住三一七號房的黃銅鑰匙門把。

他身著深紅色制服——飯店門房的制服，臉上掛著微笑。這個刻意擺出照相姿態的男子，就是「低語者」。

米拉盯著他，一直無法移開自己的視線。

貝瑞世握住她的手，「妳為什麼要去安布魯斯飯店？為什麼要吞下床邊桌的安眠藥？」

米拉抬頭，「因為那來自於我出身的黑暗世界。偶爾，我必須回去。」

「米拉，妳在講什麼？我不懂。」

她盯著他，「你要知道，他通曉一切，因為他知道我的性格。」

貝瑞世猜她指的那個人就是「低語者」。

「他知道我一定會去，因為那股召喚的力量太強烈，誘惑的劇烈痛楚令人難以抗拒，」她停頓了一會兒，「要是你不懂……」

她雖然沒講完，但貝瑞世已經知道她想要說的是什麼。如果他不明白她為什麼總是會墜入未知世界，那麼他永遠不可能進入她的內心。

米拉卻在這時候繼續開口，彷彿在安慰他一樣，「我只見過他一次，七年前的時候。他當時所說的那幾個字，在我心中留下了烙印，像是某種預言。或者，那只是他隨口亂猜，正好被他說中了。」米拉闔上檔案，「他跟其他人一樣，吃飯，睡覺，也有與眾人相同的需求，他也有自己的弱點，終會一死，我們只需要抓到他就是了，其餘的部分，只是無意義的空想邪念而已。」

最後那幾句話讓貝瑞世鬆了一口氣，「待在賽薇亞閣樓的那段時間當中，妳真的什麼都不記得了嗎？」

「我告訴你了，我一直在昏睡，」米拉微笑回道，又把黃色檔案夾交還給他，「我沒事，現在我只想要去看我女兒而已。」

貝瑞世點點頭，準備離開病房。

她叫住他，「賽門……」

他又轉身面向她。

「謝謝你。」

十月二十二日

她的媽媽要回家了。

為了要表現慎重的歡迎誠意，她的外婆堅持她必須穿上最漂亮的洋裝，紫羅蘭色的那一件，搭配亮晶晶的鞋子。但愛麗絲不喜歡那件洋裝，只要她一坐下來，腰線就會往上縮，害她每次都得拉下來。而且，穿上這件衣服之後，她也不能好好玩耍，因為伊涅絲老愛提醒她不能弄髒。

穿上這件洋裝，肯定討罵。

她外婆說，這是特別的一天，因為米拉遇到了可怕的事，她們必須要好好待她。

愛麗絲決定要乖乖配合，但萬萬沒想到卻是超級轉折——沒有人告訴她，也沒有人徵詢她的意願。伊涅絲只是為愛麗絲準備了一個小包包，告訴她得要搬回她媽媽家住了，因為米拉現在想要好好與她相處。

當下，她只能挑三個玩具。實在很難選，因為紅髮娃娃——失而復得的最愛——當然會帶在身邊，所以她只能再挑兩個而已，但她不想偏心。

要是沒有她的話，它們怎麼能在外婆的那個房間裡安心入睡？而她沒有它們相伴，又會不會覺得寂寞呢？

所幸，還有希區。那個名叫賽門的警察之前曾告訴她，他得待在某個不准帶狗的地方，最後他並沒有進去，但也沒有把希區要回去。他每天都來看牠，然後他們會一起去公園遛狗。愛麗絲知道她的朋友遲早會回到真正主人的身邊，不過，她好盼望牠能夠再多待一段時間。

賽門說希區會陪在她身邊，教導她了解什麼是危險，評估各種事物的風險。等到她學到訣竅之後，他才會把希區帶回去。

她喜歡賽門，她最喜歡的是他對她講話的方式。他從來不會叫她做這個做那個，而是等她自己領悟。

愛麗絲覺得大人不是很有耐心，但賽門不一樣，他甚至還問了她有關「小姐」的事。而且，當他在發問的時候，也不會露出那種妳做錯事的表情。

愛麗絲真的把「小姐」的事一五一十告訴他，她知道秋海棠花盆下面藏有鑰匙，所以「小姐」可以進入屋內。

一切都是因為那個紅髮洋娃娃。

她曾經把娃娃藏在背包裡、偷偷帶去學校。老師不希望小朋友把玩具帶到學校，但是，對愛麗絲來說，這個洋娃娃不是她的玩具，而是她最好的朋友——當然不一樣。

然後，可怕的事發生了。

愛麗絲一整天都好忙，完全忘了娃娃。等到放學之後，校車把她載回家，她才發現紅髮娃娃不見了。

愛麗絲慌了，不知該如何是好，她不能告訴外婆，因為鐵定會招來一頓責罰。

她想過要把娃娃的照片交給米拉，因為伊湼絲曾經告訴過她，她媽媽專門尋找失蹤人口，所以她一定可以幫忙找出洋娃娃才是。

但是那天晚上她媽媽並沒有過來，愛麗絲一直輾轉難眠，不知道自己的好朋友到底在哪裡——想必又冷又孤單，怕得要死。

在這個不安之夜的某個時候，她發現有隻手放在她的前額。起初，她以為自己的禱告得到了回應，米拉終於來找她了，但睜開眼睛之後，才發現是另外一個女人坐在她床邊。大人們總是數落她對危險渾然不覺，但這次沒什麼好怕的，因為這個陌生人正抱著她的紅髮娃娃朋友。

她專程過來把娃娃還給她。

愛麗絲當時立刻問她，「妳叫什麼名字？」

「我沒有名字。」

所以她就乾脆開始喊對方「小姐」。

愛麗絲以為自己再也見不到那娃娃了，但沒想到這女人卻把它送了回來，然後，她問愛麗絲，以後是不是可以偶爾回來看看她？愛麗絲說好。她並沒有天天過來，只是偶爾而已。她會詢問學校與玩遊戲的事，態度總是十分和善。一開始的時候，愛麗絲覺得這樣不太好，因為她的外婆總是告誡她不可以與陌生人講話。不過，如果「小姐」可以進入家裡，那麼她就不算是陌生人了。

賽門覺得她說的有道理，所以愛麗絲才會這麼信任他。

不過，她還有另外一個也很想告訴他的秘密。

愛麗絲曾經答應「小姐」一件事，而且是把手放在心口的那種慎重承諾，那是她最後一次來看愛麗絲時所發生的事。大家都知道，如果把手放在心口發誓，就一定得遵守諾言。她的某個同學曾經告訴過她，他表哥認識一個男孩，因為違反了某項重要誓約就失蹤了，沒有人知道他出了什麼事，而他的父母依然在尋找他的下落。

愛麗絲不想要永遠消失不見，只有「小姐」才能解除這道誓約的效力。

不過，當米拉從醫院回來、帶她去自己的公寓的時候，她很想把一切都說出來。然後，她媽媽做出從來沒有做過的動作，緊緊抱住她，當她們緊靠在一起的時候，愛麗絲感受不到她母親的溫度，好奇怪，外婆抱她的感覺完全不是這樣，反正就是有點……不太對勁。

然後，米拉向她介紹這個新家，到處都是書，實在太多了，走路都有點困難——而且連廁所裡也有書。

那天晚上，她們共進晚餐。她媽媽煮了義大利麵與肉丸，其實不是很好吃，但愛麗絲什麼都沒說，倒是希區狼吞虎嚥全吃光了。米拉的行為舉止和以往不太一樣——比方說，她會站在浴室門口，看著愛麗絲刷牙。狗兒窩在扶手椅裡面，她們也上床就寢，床墊太小，塞兩個人有點擠，而且枕頭也讓她覺得很不舒服。

關了燈之後，母女兩人靜靜躺在床上，愛麗絲知道她媽咪還醒著，她慢慢挨過去，米拉也伸手把她摟入懷中。

這一次，感覺就沒問題了。

愛麗絲爬到米拉身上，她開始撫摸女兒的灰金色長髮，然後，動作就停了下來。愛麗絲仔細聆聽米拉的呼吸節奏，猜她媽媽一定是睡著了。但她根本還不想睡。米拉動了一下身子，喃喃低語，一定是在作夢吧。愛麗絲又想到了「小姐」對她吐露的那個秘密。

有一個很特別的人想要見妳。

誰？

可以幫妳實現所有願望的人。

什麼願望都可以嗎？

只要妳說出來，一定沒問題。

她半信半疑，但她很盼望這是真的。只有一個辦法能夠找出真相，她必須乖乖聽從「晚安女」叫她謹記在心的一切守則。所以她悄悄離開母親的懷抱，光著腳丫子、走過冰冷的地板，到達窗前。

窗外正對面的建築物掛了一個巨型看板，上面有一對巨人情侶在微笑，然後，她目光低垂，終於看到了他。「小姐」說的沒錯，他正在等她，站在那裡，抬頭望向她站立的那個窗口。夾雜灰塵的狂風在小巷裡不斷呼嘯，有張紙屑在他的腳邊狂舞，彷彿像是鬼娃娃在吸引大家的注意力。

愛麗絲舉起手、對他揮了好幾下。

那個流浪漢也對她回笑。

證據編號 2573-KL/777

[redacted]監獄

第四十五號監區

報告人：典獄長強納森・史坦恩

十月二十五日

此致　檢察長伯特蘭・歐文

主旨：密件

歐文先生您好：

在此謹覆您先前詢問囚號 GZ-997/11 犯人的近況。賽薇亞依然關在單人囚室，完全不願與監所人員對話，大部分的時間都在睡覺。她的行為舉止並沒有違規，也沒有提出任何要求。

不過，有一點需要請您留意，過去這幾天當中，她突然出現了有些反常的行為。

她頻頻清洗自己碰觸過的一切物品，撿拾遺落在枕頭或是水槽裡的毛髮，每次使用完碗盤以及馬桶之後，一定清洗得乾乾淨淨。

如果是其他犯人出現這種狀況，我們會強烈懷疑這種異常潔癖是為了避免讓我們取得生物性資料、採集 DNA。

不過，我們已經進行了檢測，完全找不到相符的比對結果。對於這種異常行為，我們還沒有辦法找出合理解釋。

我必須向您報告，這個狀況與多年前的另一名犯人有高度相似之處，而該犯正是現今眾所周知的「低語者」。

希望這樣的答覆能令您滿意，未來如有任何進展，我們也會隨時向您稟報。

典獄長　強納森．史坦恩　謹呈

作者後記

在我們的一生當中，至少都會有那麼一次，想要就此消失人間。

生活重擔壓得我們喘不過氣來的時候，我們可能會覺得前往車站、隨意搭上一班列車，也許是個解套的方法——在冬日的某個晴朗星期二，消失個幾小時就好。要是我們真的做出這種事，一定是絕口不提。但我們一定不會忘記那種解放的感覺：關掉手機、拋卻網路、解開科技的枷鎖、任由命運帶引我們走向它所屬意的方向。

撰寫有關一部失蹤者回歸人間的小說，一直是我長久以來的執念，甚至可以這麼說吧，這正是米拉·瓦茲奎茲這個角色的靈感來源。

在我提筆之前，已經訪問過了許多警官、私家偵探，以及記者。而最重要的是，我也找到了那些主動選擇黑暗世界、或是被黑暗世界選中者的親朋好友。

不過，與他們會面的過程當中，我一直覺得自己只摸索到這個現象的其中一小部分而已：也就是暴露在明光之中的那個區塊，但其他部分卻依然混沌不明。

□

某一天，有名失蹤者與我主動聯繫，要不是這個契機，我永遠也無法放下自己對於失蹤人口的執念。

在《惡魔呢喃而來》一書出版之後，我收到了一封電郵，來信者自稱已經「完全抹消」了自己先前所有的生活留痕，開啟了全新的人生——截然不同的身分，全新的人際關係網絡。

我無法查證他所言是否為真，可能只是一套精心設計的謊言而已。不過，我們開始有了互動，在這段過程當中，我知道了許多真相——可信度頗高——我沉浸其中，無可自拔，腦中也出現了小說的雛形。

這名身分不明的男子講述了許多細節，讓原本只是空想的故事有了豐富的血肉。他必須嚴格遵守匿名守則，唯一破例的一次，他透露了他的國籍——義大利人——還有他貓咪的名字：凱魯斯。

等到我們短暫的電郵往來結束之後，我發現如果想要真正體會什麼是人間蒸發，也就只有一個方法……就是讓我自己消失。

不過，我的這次逃遁也只持續了幾個禮拜而已，這一次我需要專心對付自己的小說。當然，我通知了自己的至親好友，並沒有與我的前半生完全切斷臍帶。但我的確關了手機，而且也暫時捨棄使用電郵與社群媒體。突然之間，我覺得自己身處在某個平行世界之中。

我的失蹤經驗顯然是雲淡風輕，泰半因為我知道自己雖然失蹤，但一定會有結束的一天。不過，我真的發現失蹤未必等於解脫：一開始的時候，黑暗世界在召喚你，然後囚禁你，只有依照它的遊戲規則走下去，它才會願意讓你脫身。

我回家的時候，家人與朋友問我到底跑到哪裡去了，我的答案總是言簡意賅：「造訪殯儀館。」

現在，大家都知道，更詳盡一點的答案就在本書裡。

當我們一講到失蹤案的時候，總是會引用數據。不過，在這裡列舉數字並沒有意義，也不需要重述每天在每一百萬人當中、就會有二十一個人失蹤——報紙老早就已經刊登過這類的資料了。

但卻沒有人告訴我們周遭到底有多少失蹤人口，當然，我們也不可能得到這樣的數據。我們在購物的時候，他們可能就出現在街頭，正在搭公車，我們盯著他們，但只是渾然不覺。而躲藏在偽造身分之下的他們，也一樣在凝視我們。

所以，我要向這位帶給我小說靈感的無名氏電郵作者表達最誠摯的謝意——不管他是不是真正的失蹤人口都一樣——也要謝謝他的貓咪凱魯斯。無論你在哪裡，在做些什麼，我衷心期盼你的新人生的確有其價值。

多那托．卡瑞西

致謝

史蒂芬諾・墨里，我的出版商，感謝他的禮遇與友誼，因為他們信任作者，就代表了他們尊敬讀者。

法布里奇歐・寇可，這位不可或缺的支柱，一定會出現在我身邊，感謝他的黑色幽默與天賦。

吉賽佩・史塔拉澤里、瓦倫提娜・佛提奇亞利、艾蓮娜・帕瓦內托、克里斯提娜・佛斯奇尼、吉賽佩・索曼奇、葛拉奇耶拉・切魯提。多虧了他們寶貴的熱情，才能將我的故事轉化為一本本的書。

戴博拉・考夫曼，因為巴黎現在也算是我的家了。

韋托、奧大維歐、米榭爾，他們是永遠為我指引方向的真正好友。

為了將來，感謝亞力山卓；為了起始，感謝阿奇列；為了當下，感謝瑪莉亞・喬凡娜・路伊尼。

我的妹妹奇亞拉，我的父母，我的家人。

伊麗莎貝塔，滿心感謝。

特別要感謝我的經紀人，露吉・伯納波。他是生活風格與寫作的典範，感謝他的能量、堅持，以及熱情。

感謝我的諮詢來源：

羅馬警政總部的警官「瑪西墨」，多年前給了我創造米拉・瓦茲奎茲這名主角的靈感。「我四處尋訪他們的下落，永不停歇。」——正是他的話語，這也正好闡明了他辦案過程中所受到的煎熬，失蹤人口沉默無語，成了他的魔咒。

拜倫・J・瓊斯，又名「無名氏先生」，他是幫助大家消失的幕後要角，是真正的逃脫藝術家。

尚—盧克・維尼耶里，引領我進入人類學的幽暗神殿，也向我仔細解釋了人類學就像犯罪學一樣，也能夠成為調查的利器之一。

米榭爾・迪斯坦提教授，《邪教與傳教士角色》一文的作者。

這本小說希臘文版的銷售所得將留在希臘、捐給Boroume機構（www.boroume.gr），他們提供食糧給需要幫助的人們。在這個偉大國家遭逢史上異常困境的此時此刻，我實在無法忘記在人類發展進程當中、我們積欠希臘文化的那筆債務。舉個例子來說，萬一，在數千年前，希臘人未曾發明類似「假設」以及「人類學」的字詞、並且賦予它們意義的話，我也沒有辦法能夠完成諸位剛才所看完的這部小說。

Storytella 82

生死逆行

L'IPOTESI DEL MALE

生死逆行 / 多那托.卡瑞西作 ; 吳宗璘譯. -- 初版. -- 臺北市 : 春天出版國際, 2018.11

面;　公分. -- (Storytella ; 82)

譯自 : L'ipotesi del male

ISBN 978-957-9609-94-4(平裝)

877.57　　107018673

ISBN 978-957-9609-94-4

Printed in Taiwan

作　者　多那托・卡瑞西

譯　者　吳宗璘

總編輯　莊宜勳

主　編　鍾靈

出版者　春天出版國際文化有限公司

地　址　台北市信義路四段458號3樓

電　話　02-7718-0898

傳　眞　02-7718-2388

E－mail　frank.spring@msa.hinet.net

網　址　http://www.bookspring.com.tw

部落格　http://blog.pixnet.net/bookspring

郵政帳號　19705538

戶　名　春天出版國際文化有限公司

法律顧問　蕭顯忠律師事務所

出版日期　二〇一八年十一月初版

定　價　399元

總經銷　槙德圖書事業有限公司

地　址　新北市新店區寶興路45巷6弄6號5樓

電　話　02-8919-3186

傳　眞　02-8914-5524

香港總代理　一代匯集

地　址　九龍旺角塘尾道64號 龍駒企業大廈10 B&D室

電　話　852-2783-8102

傳　眞　852-2396-0050